题词: 慎召民

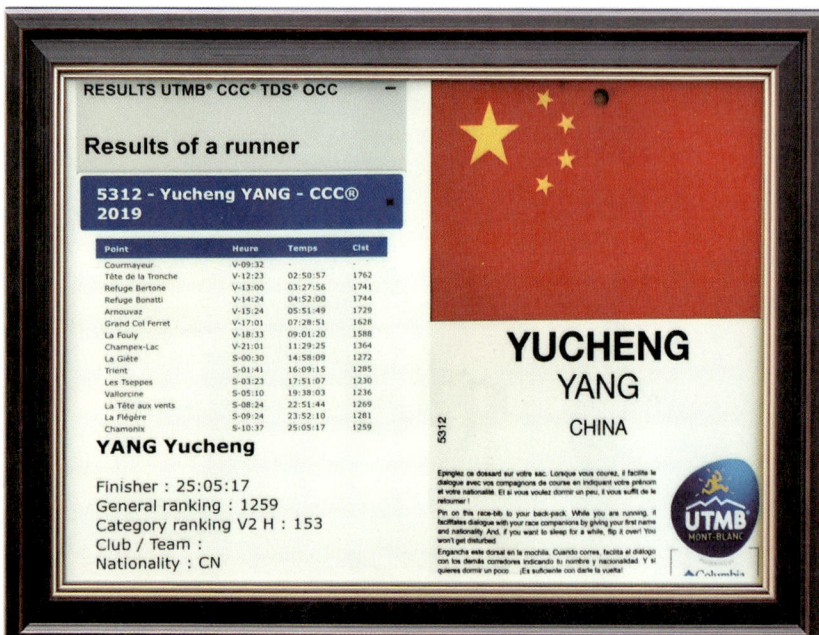

作者的UTMB国籍铭牌和完赛成绩

Marathon life

生命的荣光

杨玉成 著

上海文艺出版社

图书在版编目（CIP）数据

生命的荣光／ 杨玉成著. — 上海：上海文艺出版
社，2020
ISBN 978-7-5321-7720-2

Ⅰ.①生… Ⅱ.①杨… Ⅲ.①散文集—中国—当代
Ⅳ.①I267

中国版本图书馆CIP数据核字（2020）第105338号

责任编辑　徐如麒
特约编辑　长　岛
装帧设计　长　岛

生命的荣光
杨玉成　著
上海世纪出版集团
上海文艺出版社 出版
200020上海绍兴路74号
上海文艺出版社发行中心发行
200020上海绍兴路50号www.ewen.co
苏州市越洋印刷有限公司印刷
开本787×1092　1/16　印张23　字数290,000
2020年8月第1版　2020年8月第1次印刷
ISBN 978-7-5321-7720-2/I·6132　定价：68.00元

告读者　如发现本书有质量问题请与印刷厂质量科联系
T：0512-68180638

序

文字有一个极大的好处，它是水平和无限的，它永远不会到达某个地方，但是有时候，会经过朋友们的心灵。

——加西亚·马尔克斯

近几年，马拉松这项曾经颇为冷门的运动逐渐风靡全国。这是一项最为考验人们毅力的体育项目，它代表着毅力、喜悦、希望与和平。马拉松源于公元前490年，希腊在马拉松击败入侵的波斯大军后，为尽快把胜利的消息告诉雅典市民，由一名士兵从马拉松出发，一路跑回雅典通报喜讯，从而成为现代马拉松比赛的起源。1896年，第一届现代奥运会在希腊首都雅典举行，马拉松顺理成章地成为正式比赛项目，从此走上了世界舞台。2013年起，随着我国进入中等收入国家行列，马拉松开始在中国流行。目前，不论是在大城市还是小县城，带有各类主题的马拉松赛事频繁举办，参赛选手络绎不绝。北京、上海等重点赛事的马拉松参赛资格更成了紧俏商品。为了跑马，他们或出现在崇山峻岭、异国他乡，或早起晚归、风雨无阻，或以越野、百公里跑等各种方式挑战自己，而且越跑越快、越战越勇。因此，尽管我本人并非马拉松跑者，但我相信，"马拉松热情"这个现象的出现，不仅仅是强身健体这么简单，其背后应该有它更深层次的内涵。

无独有偶，我的家庭是一个真正的马拉松家庭。我的父母都是全国马拉松一级运动员，我的叔伯以及其他多位亲戚，都或多或少地参与过大大小小的马拉松赛事。我本人参加过的最长比赛是16公里越野跑，算是拖了后腿。

我父亲跑马缘起于2014年初，他首次参加厦门马拉松。说实话，当时我对于父亲能否跑完全程是将信将疑的，因为他已经接近五十岁，且没有太好的运动基础。尤其是当我和母亲在终点等他完赛之时，有个小伙子在终点前体力不支晕倒在我们面前，更令我感到担心。但是最终，父亲顺利完赛，并从此热爱上了这项运动。

之后的时光里，他以五十多岁的年龄坚持跑步，每年刷新着自己的最佳纪录，同时成功地吸引身边人纷纷加入到这项运动中去。在跑马的道路上，他意志坚定，气定神闲，既挑战了国内、国外各项别具特色的公路赛事，也在更为极限的香港100公里越野赛中摘得小铜人（24小时内完赛即可获得小铜人），并和我母亲一起于2019年摘获马拉松界的皇冠明珠——大满贯赛事的六星勋章奖牌。

于我而言，印象至深的是2018年4月，我陪父母参加波士顿马拉松（我并没有报名）。那天的气温非常低，应该是近122年来温度最低的一次，且6.5级逆风、大雨，令人十分不适。当时我想，如果是我，应该会直接选择退赛。但我父母克服种种困难，成功地以良好的成绩完成比赛，拿下了这枚意义非凡的奖牌。三天之后，他们又顶着时差马不停蹄地飞到伦敦，参加伦马赛事。他们参赛的强度之大、身体素质之优秀令我感到非常吃惊。从他们身上，也让我很疑惑跑者们为什么要这样跑。

关于为什么要跑马拉松，其实我父亲的初心很简单。只是因为他2013年时身体状况欠佳，想找到一个易于行动和坚持的锻炼方式，而跑步对场地的要求相对较低，一个人就可以完成。就这样，他开始跑步。逐渐地他发现，马拉松的魅力不止于强身健体，而是如同草蛇灰线，伏脉于生活的方方面面，令人享受却又难以名状。在赛事过程中，他也会产生"我在家中休息不好吗"似的自我怀疑，但一旦冲过终点，一切都会烟消云散，收获的只有喜悦和满足。

马拉松之路漫漫，然热情不曾消退。通过一次次的比赛和历练，我父亲从这项运动中萃取出了属于他本身的意义：于体魄，马拉松使他更加健康自律；于生活，马拉松使他结交了志同道合的跑友，拉近了和家人朋友的距离；于人生，马拉松丰富了他人生的维度，使他更加积极面对，找到生活的另一个出口……

和比赛同样重要的，是我父亲以散文的形式记录下历次参赛的所见所闻和种种心境，辅以时事、典故和秘辛，并整理成厚厚一本文集。六年来，这项工作未曾中断。坚持写作的背后，除了抒发他对长跑的感悟，也是他对大事件的观察，对社会前进的记录，和对他丰富人生的凝炼、总结与表达，其中情感极为朴实，饱含着对于美好生活的热爱。我相信，这些文字将徜徉于流年中，发酵于时光里，酿成属于他这一代人独具特色的浪漫。

生活仍在继续，跑马脚步未停。如果你是一名跑马爱好者，相信文中的内容会令你有相当的感触；若你正准备开始跑马，或许，这些文字已能够以某种形式抵达你的心灵。

杨砚冰

2020年3月

目 录

contents

2014年跑马记

初心再现

　　每到年尾，我都会有个习惯，那就是要对自己过去的一年做个总结，检讨一下自己在这一年中做了些什么、有什么成绩、有什么不足，好让自己能够在未来的一年中做得更好一些。

　　今年，在做 2014 年总结时，我总是想笑，一边总结一边也在笑。想想是有些好笑。因为这一年的总结与以往有所不同，它跳出了原来的工作、家庭、理财、夫妻子女关系等传统范畴，出现了一个以前想也不敢想、更不可能做的、一个非常熟悉又非常恐惧的词——马拉松！

　　马拉松，一项出现在古希腊城邦的古老运动，居然与我产生了联系！

　　马拉松，Marathon，说白了就是跑步。只是因为希腊士兵菲迪尼茨被指派从马拉松市到雅典报告战争胜利的消息，因没有其他交通工具，他就一口气从马拉松跑到了雅典，并在到达雅典报告胜利之后的那一刻倒地不起。为了纪念这一历史性的时刻，现代奥运会创办人顾拜旦 1896 年在雅典举办首届奥运会时，就把 42.195 公里确定为奥运会项目并把菲迪尼茨出发的城市马拉松冠为这项运动的名称，才有了马拉松运动。现在我才了解，马拉松已然成为了风靡全球、最具有广泛参与性、专业与业余结合得最为紧密的运动，并于 2013 年起在中国大地迅速蔓延，在 2014 年成为风潮。

2014上海马拉松

2014深圳马拉松

　　之前，在很多人包括我的眼中，马拉松是一项艰苦的、专业的、与普通人不相干的竞技性运动，常人是不可能、没意愿，也没有机会参与的。试想，42.195公里，近85里路，从上海出发都快到昆山了，要在短短的几个小时中跑下来，一般人怎么受得了?! 再说了，再怎么马拉松，也就是跑步，跑步谁不会啊? 跑步谁没跑过啊! 从小学到中学再到大学，体育课上跑步还跑得少吗? 100米、200米、400米、1500米比赛时那撕心裂肺、两腿发软、死去活来的感觉还体验得不够吗? 所以跑步有啥好跑的呀! 高尔夫、网球、羽毛球、乒乓球才代表着现代运动，才代表着时尚生活，才代表着运动的水平。因此，每当有奥运会，打开电视观看的一定是跳水、羽毛球、体操等中国的优势项目，既优雅又能拿金牌，看起来十分带劲。偶尔，也会看看曲棍球、马术等中国并不普及，但看多了也能看出一些门道的比赛。马拉松，算了吧，跑来跑去的，一点趣味性和观赏性都没有，只是在实在没啥好看时，才会瞄上两眼，三分钟后一定换频道。

　　这么多年以来，我也参加过不少运动，网球、乒乓球、羽毛球、高尔夫都专门请教练进行过指导，因而也能打出一些好球。闲暇时间，最喜欢的就是约人打网球、羽毛球或乒乓球了。赛场上，激烈奋战、挥汗如雨、用心算计，总想一招制胜的场景历历在目。那时候总是开心得不得了，无论输或赢，都会笑得前仰后合。

无论参加运动或不运动，我都没有想过要去或会去跑步。难得的几次，也就是在公司两年一次的运动会之时，象征性地参加过 100 米、400 米和 3 公里健康跑，持续性的跑步或跑马拉松是想都没有想过的事。2012 年 6 月，我突然眩晕，由于病情较重，前前后后持续了两个月的时间，这给我的身体留下了隐患。2013 年，人逐渐有了散架的感觉，零部件开始不那么紧密了，浑身总是不得劲，身体感觉不好，运动自然减少，运动一少，人就更不得劲。原本很好的睡眠突然不行了，出现了很严重的失眠，经常要靠安眠药的帮助才能入睡。记得有一次出差，忘记带安眠药，睡觉时翻来覆去睡不着，就坐起来靠在垫子上闭目休息，没想到不知不觉地睡着了，竟这样坐着睡了一夜，醒来时已是早上 6 点钟。

这给我造成了越来越大的压力。

因此，2013 年 11 月的一个周末，当我们一行人到昆山拜访 John（《厦马记》中有交代）之后，在回上海的路上，保平聊起他的一个朋友准备参加 2014 年 1 月 2 日的厦门马拉松时，John 获美国宇航局批准以六十岁之身准备参加太空旅行的外在刺激和自己身体的内在压力，使我毫无思考地说出了这样一句话："给我也报个名吧。"

就这样，我在五十岁之年踏上了马拉松的赛道，一发不想再停留。

让我自豪和让人吃惊的是，我五十岁开始的马拉松运动，成绩居然还不

2014广州马拉松

长江源头马拉松——水富马

错，或者说是相当的好! 真正印证了那句有名的广告:"你的能量超乎你的想象。"

这一年,我参加了八个马拉松:厦马、苏马、扬马、水富马、北马、上马、广马、深马。

这一年,我参加完了中国的四大金牌金标赛事:厦马、扬马、北马、上马。

这一年,我参加了一个全马——上马;五个半马——厦马、扬马、北马、广马、深马。

这一年,我参加了武夷山乡村半程越野跑、李宁10K北京站、奥林匹克日5K跑(那一天雨非常之大,终身难忘那跑友们或冒雨或打着雨伞奋力奔跑的情景),虹口区5K文化易跑等社会性活动。

这一年,我参加了云南昭通地区水富县第二届国际半程马拉松。其时,昭通地区鲁甸县刚刚发生强烈地震,正在抗震救灾中。很多人都建议我和谢红别去跑了。我说,越是这样,越要去。我们要以实际行动表达对灾区人民的支持。让人感动的是,今年这一"万里长江第一跑"的主题是"为爱奔跑,重建家园!"

这一年,我原来只计划跑半马,全马放在下一年。结果由于上马远超预期地火爆,临时决定报了全马,居然跑得极为理想——4小时21分18秒(净

2014北京马拉松

2014厦门马拉松

成绩）完赛，总排名第 3352 名。

　　这一年，不仅自己跑了马拉松，太太谢红、哥哥弟弟，还有保平、小王、小戴，洪斌一家，刘璇夫妻等也受我的影响，加入到了马拉松的行列之中，分别跑完了上马、北马、苏马、扬马等赛事。保平更是以五十七岁高龄，在上海全程马拉松赛跑出了 3 小时 57 分的惊人成绩，让我心里颇不平静。谢红则始终是我十分佩服的。从年初连续跑两分钟就要休息，通过坚持训练，一年也跑了 6 个马拉松，包括北马、上马、深马 3 个半马，且都在两个半小时左右完赛！回想起她 3 月 30 日第一次跑马——参加苏州金鸡湖马拉松时，自己放弃了半马陪她跑，颇有多此一举之感。

　　这一年，让我没有想到的是，在美国上学的儿子受到我们跑马的影响，暑假回来之后也开始跑步。暑热的夜里，我、谢红、儿子一家三口奔跑在世纪公园的红色塑胶跑道上，星辉闪耀着我们的身影，为人父的我有着不一样的幸福！更让我体会到言教不如身教的道理。

　　这一年，谢红因为喜欢上了跑步，就在她的小公司中推广跑步文化（有点学巴菲特的味道）。那些北大、清华毕业的高材生们，从来没有对跑步产生过兴趣，更别说跑马拉松了。但在谢老师的"权威"和适当方法的鼓噪下，大部分人都参与了进来。谢老师还专门请了国家队刚刚退役的年仅二十一岁的顶级运动员许教担任大家的教练，他的全马成绩可是 2 小时 18 分哟！许教是山东人，个子不高，但极其负责，每周二、四晚上持续近 3 小时的训练基本雷打不动，年轻人的兴致却越来越高，体能和运动素养有了明显的提高。他们都计划 2015 年要参加正式的马拉松呢。

　　现在，身边很多人都知道我在跑马拉松。马拉松也经常成为相互之间共同的话题。尤其是我和谢红之间，在参加了马拉松、有了切身体验之后，一方面参加训练，一方面又买了很多书来看以提高理论修养，如《跑步圣经》《天生就会跑》《太极跑》《百马人生，从五十五岁开始》等。马拉松成为了我们聊得最多的东西，两人共同探讨、相互促进、轻松交流，夫妻之间的生活平添了一份乐趣，也让我们对健康、对运动、对生活多了许多的了解和认知。通过跑马，在"奇迹不是我完成的，奇迹从我有勇气开始""胜利者不是跑得最快的人，而是拒绝认输的人""progressive, Like Audi, Like You"等马拉松文化的感染下，让我知道如何才能更好地做好自己！

更让我没有想到的是，跑马以后，母亲对我的满意度大幅提升。她老人家操劳了一辈子，原来一直因我应酬多、运动少而为我的健康担心。现在，老人家整天乐呵呵的，再也不为我担心了！人人见了她都说她年轻！

2014年过去了，我的第一个"马"年结束了。2015年到来了，第二个"马"年开始了。新年伊始，我也有了新的目标。希望这一年，自己能在"百马人生"的道路上跑得更欢、更畅、更好！

是为记。

大事记：

2018年11月22日，中共中央、国务院印发《"健康中国2030"规划纲要》，强调要实现"以治病为中心"向"以健康为中心"的转变。

厦马记

2014 年，在自己行将五十岁之际，有许多值得品味、回味和欣赏的事。是啊，一年了，只要想做，总是能做出点事情来的。其中，最值得我骄傲，也是构成我人生中一抹特别的亮色的，竟是我开始跑马拉松。而这，源于我极为偶然的一次跑马。

这要说到 2013 年 11 月中旬的一个周末，朋友们一起去昆山拜访 John——原美国上海商会会长。到了那里，等待已久的胖胖的 John 首先给

厦门马拉松路线图

兴奋的出发

补给的大旗

我们炫耀的，是他刚刚拿到的美国宇航局（NASA）颁发给他的一份证书，这份证书显示，John 已经通过了 NASA 的体能测试，他可以参加太空旅行了！这让大伙无比吃惊：John 已经是六十岁的人了啊！但 John 好像没有觉得他六十岁了有啥不一样，自始至终为此显得兴奋不已。吃完晚饭，保平、他太太坐我的车回上海，因我喝了点酒，保平一边帮我开着车，一边和我随意地聊着。聊着聊着，我们又聊起了这事。这时，保平又说，他的一个朋友，四十多岁了，刚刚参加完冰岛 250 公里越野跑回来，正准备报名参加 1 月初的厦门马拉松。这又让我大为吃惊：6 天时间 250 公里越野跑？还有这样的比赛？这意味着要在那冰天雪地的地方每天跑 1 个全马（42.195 公里）。而且，刚回来又要参加厦门马拉松？这信息让我的脑子一下子有点乱。可能是听了太受鼓舞，也可能觉得马拉松是不是就是一个简单的事，只是因为原来觉得那与俺无关就没去关心，并且又把它想得太复杂？总之，我随口说出了这样一句让我回到家就后悔的话：帮我也报个名？

厦马就这样报上了！半程，21.0975 公里！

谢红听说我要去跑马拉松，倒是没有阻止（可能她也没概念），只是说要多练练。是啊，多练练，那就练吧。也不知道怎么练，就上跑步机跑跑吧，谢红平时健身不都是上跑步机的嘛！

第一次，咬牙跑了 2 公里。2 公里，多不容易啊，跑下来以后挺高兴。

但下了跑步机一想，厦马要跑 21 公里，现在才跑了 2 公里，心里立马开始绝望：这怎么跑啊？！真后悔当时太不冷静，随口请别人报名，现在想拒绝又实在开不了口。再说了，保平为了陪我，自己也报了名，他都五十七岁的人了，报的还是全马，我怎么能打退堂鼓呢。真是自找苦吃、进退两难！

之后的一个多月当中，我始终就在"不去了"和"名都让人报好了怎么能不去"之间挣扎着跑着。为了鼓励自己，每跑一次，我就在自家的微信群中公布一次以示还很努力。尤其是有一次史无前例地跑了 8 公里之后，那个得意劲就别提了。心里觉得，一口气跑了 8 公里，那多了不得！厦马那根本就不算个事儿！其实 8 公里只有 21 公里的三分之一多那么一点点，但已顾不上那么多。

1 月 1 日，在累计跑了六七次、累计跑程不到 30 公里的情况下，我准备开拔奔赴厦门。当时，儿子正好放圣诞假回来。谢红对儿子说，陪爸爸妈妈一起去厦门吧。儿子因为刚回来，时差还没倒过来呢，因此非常勉强。"一定要去吗？"他问，其实这意思已很明显：我不想去。"一定要去"，谢红说，"万一你爸跑完要抬回来，你要帮我抬的啊。"我在旁边听着，心想，我会那么惨吗？又一想，那也不一定啊，刘翔 110 米栏不也跑残了嘛，何况 21.0975 公里？听了他们的对话，我没吱声，只是觉得儿子也怪受罪的，但我也不知道该说什么。反正，儿子还是陪我们去了厦门。

1 月 2 日，厦马正式开跑。早晨，天气十分寒冷。酒店的服务倒是不错，专门安排车辆把我们送往出发地。6 点钟，跑友们在大堂集合以后，拿到了酒店给我们准备的早餐：一个鸡蛋、一罐银鹭八宝粥、一瓶水、一个橘子，都是冰冷冰冷的。因为完全是懵懵懂懂过来，根本不了解跑马前该怎么进食，第一反应只是太冷了，不想吃。不想吃也得吃啊，后面还有 21 公里等着呢！勉强吃了一点，就随大伙出发了。我和保平到厦门国际会展中心的起跑点时，那里已是人山人海。此时才听说，竟有 8 万人参加厦门马拉松，难怪到处都是人。

毕竟是第一次参加马拉松，对于马拉松的规则，我们一点都不了解。天空中，转播的直升机在盘旋；广场上，各种各样的跑团在一起热闹地表演；身边，准备比赛的人们不停地窜来窜去。我们俩则像小学生一样，在把厚厚的保暖衣物寄存以后，穿着件单薄的短袖赛衣，找到了离出发点不远处的墙边，在冷风中活动着筋骨。衣衫单薄，无以抵御寒冷，看着不远处的计时器一分一秒不痛不痒地跳动，虽然脸上笑嘻嘻的，心里却充满着对即将开始的比赛的惘然。保平不愧是军人出身，心理素质超好，看着我的样子，不停地安慰我，又时不时地拉上行色匆匆的跑友，问这问那，想尽可能多地了解一些信息，但那些年轻的厦大的学生跑友，基本都顾不上我们，说个一两句话就匆匆地走了，印象中只有一个女孩子还不错，比较耐心地回答了几个问题。哎，这感觉！又不是虎落平阳了，至于嘛！

8点整。厦马正式开跑。如潮人流中，人贴着人，根本跑不起来。大家都在踮着脚小步向起跑点涌去。我和保平一步不离，慢慢向前踮着，心里只有一个愿望：不要走散了！当我们踮到起跑点时，已是8点15分。一脚踏上计时器，人就有了比赛的感觉。正前方是各种各样的转播器、录像机、照相机，人群朝着它们挥舞着双手，喊着，跳着，尤其是感觉镜头在对着自己时，更是兴奋不已，就希望自己出现在镜头之中，出现在中央5台。我也和大家一样，一边挪动一边使劲地挥手，结果一脚踏在了一个矿泉水瓶上，瓶里的水在我脚步的重力下喷射向我的小腿，那个冷！

人真多啊！虽然已经上了国际知名的马拉松赛道——厦门环岛路，但根本跑不起来。我因为对跑马惘然无知，总想跑快一点，但处处都是阻碍（事后证明，很可能因为开始跑得慢，我才能跑完）。

跑了一阵，心里开始嘀咕起来：怎么还不到5公里啊？怎么还不到5公里啊？因为这时，人已开始出现跑不动的症状，呼吸急促，腿没有劲，有点提不起来，心理上开始产生焦虑感。还好有保平在身边，感觉还比较有依靠。

美丽的滨海大道上，前后左右全是跑马的人。这么宽敞的马路，平时是交通要道，也是游客集聚的地方。马路两边，随处可见掩映在芭蕉丛中的各式酒店和悬挂着巨大招牌或横幅揽客的海鲜大排档，不停地吊着我只喝了点

金门岛风光

厦门岛风光

八宝粥和矿泉水的胃口。左边，海水一片湛蓝，微风轻轻地吹在海上，海水荡起层层涟漪，柔柔的，非常 nice 的感觉。我觉得那是在温柔地对我说：加油，加油！

跑着跑着，远远地看到了竖立在右边的八个著名大字：一国两制 统一中国。

据说在对面的金门岛上，也竖立着八个大字：三民主义 统一中国。

毕竟都是中国人，心愿是共同的，那就是中国必须统一。所以从字面上看，已经有 50% 的共同点。至于是通过一国两制还是三民主义，中国改革开放的总设计师邓小平早就讲过：摸着石头过河。

快要到 10 公里处，正好是一个下坡。远远望去，前面还是人山人海，就没有一点人少的感觉。是啊，毕竟有 8 万人在这马路上跑，再宽的路也会显得拥挤的。还好是在跑马，我心想，要是这么多人一起做什么对社会不利的事，那也是挺可怕的，比如"文革"。

我看了看身边，跑友们穿着各式丰富多彩的服装，在快乐地跑着，好像没有人像我想那么多。厦马的参赛队员很多都是本地的大学生，总体都很年轻，活力四射。他们的目标就是尽快地跑，尽快地完成比赛。

厦门马拉松不愧是除北京、上海之外的国内第三大马拉松赛事，也是金牌金标赛事，市民的知晓度和参与度都很广，赛道边到处都是观众。长长的

嗨翻的志愿者

马路旁，志愿者一层又一层，他们不停地喊着"加油，加油"，尤其是年轻貌美的女孩子，不停地喊啊，跳啊，真是活力四射。有这样的精力马拉松也可以跑完了，我想。

　　每隔 2.5 公里，马路边就有医疗站和补给站。医疗站里的医生在忙着给腿抽筋的、跑不动的、出现状况的人进行简单的处置；补给站前则不停地涌进一批又一批的跑友，端起水杯积极补水，还有香蕉等补充能量的食品。确实需要补给点能量了，大家从早上四五点钟起来，就吃那么一点早餐，已经过去了这么长时间，还要跑这么远的路，不补充点东西人都要累垮的。我因为第一次跑，对这些都不太懂，除了对所有看到的这些事物感到新奇以外，也因为身体的现实需要，每跑 2.5 公里就会去医疗站或水站进进出出。

　　就这样一路跑着。正在气喘吁吁之余，忽然，前面出现了一阵又一阵的欢呼声。抬头一看，左边的马路上，警车在开着道，计时车紧跟着，计时车的后面，是行云流水般奔跑着的小黑哥。原来，是这些顶级的全马选手跑回来了，正在向终点奔去。他们的速度确实不一般，那步频和步幅，我也是第一次亲眼见到。我以膜拜的心情看着他们威风凛凛地跑过，心里涌上了一个"中国梦"：我要是能跑得像他们一样就好了！

18 公里时，到了全马和半马的分道处。保平随着全马的人流呼啦啦地右转跑去，顿时，一种从未有过的孤独感油然升起，后面怎么跑啊！不知道怎么跑也得跑，我坚持着向半马的终点跑去。最后的 1 公里，很多人在冲刺，我想我还是老实点吧，能跑完就好，也不要在乎这一两分钟了。最后 500 米，进入一个拐弯处，我看到一个跑友躺在地上，可能是冲刺过急了，出了点状况，几个医生在给他急救。没事的吧，我想。离终点还有 200 米时，突然听到有人叫我，一看，是儿子追了上来。这有点出乎我的意料，我一直以为他们会在终点处等我的，没想到儿子这么关心我跑到这么前来等我。"我没看到你嘛。"我说。"我在拐弯处就看到你了，一直喊你，你跑得太专注没有听见。"儿子说。儿子一边说着，一边陪我跑完了最后的 200 米！

　　谢红在终点等我们。她在看到我跑完并且还能有那么好的状态时，可能因为不需要抬我回家了，显得特别激动。我马上拥抱了一下她和儿子，并一起拍了首张跑马全家福。

　　回到上海，一进家门，母亲早就倚门在望，面孔激动得红扑扑的，一见到我就情不自禁地拥抱了我，说："儿子，祝贺你！"传统思想没有让我迅

首马全家福

速冲进母亲的怀抱，只是伸出手在她肩上拍了拍，简单地表示了一下。为这，我至今依然非常遗憾。

回上海的路上，我和谢红说，马拉松是特别有娱乐性的一项运动，以后可以多跑跑，但必须找人指导一下。就这样，我找到了中国田径队莘庄训练基地的陶科长和高指导。当他们听到我在基本没有准备又毫无经验和积累的情况下跑完了半马时，相对无言，良久良久！

5月初，在跑完扬州马拉松回来以后，通过高指导，我们认识了2004年杭州国际马拉松赛女子冠军吴敏。当时，她刚刚创办了"吴敏健康跑训练营"。我和谢红立即报名加入并成为钻石会员。从此，我们走上了规范的跑马之途！

北马记

对于北京，我总是怀有崇高的感情。这种感情，踏踏实实地在我的心中沉淀着，让我无论在何时、何地、何种处境中都能充满希望地活着，内心安详。

记得在读大学时，遇到无聊的课程或不淑的老师，我就会想东想西。经常想的一个问题是，我大学毕业后一定要去北京工作。当时，南方人都想留在上海，想去北方工作的人很稀少。我产生这样的想法其实也很简单。我想

雄伟的天安门

我去了北京，这样的话就会在北京结婚，我的小孩就会出生在北京，他（她）就会在北京上幼儿园、小学和中学。这样他（她）就有可能被选为少儿代表，到天安门广场向来华访问的外国元首献花。因为《新闻联播》中经常会有这样的场景，那为什么不可以是我的小孩呢？这将会是他（她）一生的荣耀。

后来的后来，我却是一直在上海生活着，很长一段时间也没有机会去北京（那时几十块钱的收入，自己根本去不起，出差又没机会）。90年代后期，我已经在金融机构工作，去北京的机会多了起来。每次到了北京，我一定会去天安门广场，看看升旗或降旗仪式；看看毛主席，瞻仰瞻仰人民英雄纪念碑。在天安门广场如潮的人流中踱着，感受着周围环境的庄重、深沉、自信、朝气，我庆幸自己生活在这样一个好的时代！

但站在天安门广场，看着飘扬在天空中的国旗，心中总会有些许的遗憾：何时能有机会在长安街上走一走、跑一跑，该有多好！

所以，当我今年开始跑步，并参加了几个马拉松以后，北京马拉松便成为了我坚定的选择！

9月3日，北京马拉松开始报名。由于新疆暴恐活动频繁，以及潜在报马人数众多的原因，北马对今年的比赛规则作了一些调整：全马名额确定为26000人，半马名额4000人，取消了10公里和健康跑，如果全马有多余的名额，再调剂给半马，所有参赛选手通过抽签决定。看到这个通知，我心想，半马名额这么少，这次北马是跑不了了（当时没信心，也没准备跑全马）。果然，报名参加半马的我、谢红、小王都没有中签。之后，虽然心里一直都在想着这事，但也只有想想的份：谁让自己那么晚才开始跑马呢？

9月20日，谢红给我发来短信：北马报名成功！"啊？！啥情况啊，愚人节啊？"我心里吃惊，想也没想，拎起电话就打了过去。原来，谢红一直在默默地争取着参赛的机会。她通过朋友，朋友找了朋友，朋友的朋友通过赛事主办方——中国田径协会所属的中奥路跑体育赛事公司帮我们弄到了三个半马名额！

报上了！报上了！10月19日我能在天安门广场开跑了！

18 日，在心情无比激动中坐上了去北京的飞机，飞机在非常蓝的晴空中降落在北京。心里那个舒畅、痛快、激动啊，真希望马上就能开跑！下飞机的脚步也像飞机滑行一样流畅了不少。

晚上，在畅想着第二天跑步的同时，和谢红出去散步。8 点左右，隐隐地我们都感觉空气中出现了雾霾的味道。谢红说天气预报 19 号是要有雾霾的。我用征求意见的口气说：如果明天还是这样那还跑吗？"跑啊，那肯定要跑。"是啊，肯定要跑，这名额是多么的来之不易啊，有点雾霾算什么，怎么能放弃？！

岳父岳母听说我们要去跑北马，一定要跟我们一起去。老人的心情我们能理解，但毕竟八十多岁的人了，早上 5 点多出去，要中午 1 点左右才能回来，怎么吃得消？所以心里不希望他们去。但参加李宁 10K 北京站活动没让去他们就很不开心，再说他们能参加这种活动的机会确实很少。后来达成协议，10 点钟把他们安排到半程终点——知春里地铁站等我们。

19 日早上起来，雾霾果然重了。顾不得那么多了，穿戴好行装，吃好早饭，毅然决然地走出了家门！

很快地，我们来到了天安门广场。连奔带跑地绕了几圈之后，总算找到了安检口。安检的队伍很长，安检很严格，但因为跑友们身上除了手机一般都没特别的东西，所以安检的速度很快。进了安检口，问了才知道，北马为保证质量，根据全马、半马及跑友的成绩，分别有不同的等候出发区域，成绩最好的全马选手在最前面，枪声响的第一时间就可以出发，以保证他们出成绩，其他人则依次排在后面的区域。我们三人找到了我们的出发区——半马 A 区。

这时，雾霾渐渐浓了起来，身边好多人都在说着这事，也有些人来了又回去了，放弃了参加比赛；也有的人根本就不来了，其中就有万科高级副总裁兼北京公司总经理——企业界知名跑友毛大庆。此人第二天在微博上发的一篇文章《我的 2014 北京马拉松之殇》引起了对雾霾中的北京马拉松的热议。之后，甚至出现了两篇在朋友圈广泛转发的对骂文章《你是那个跑了北马的

SB 吗？》和《不跑北马就不是 SB 吗？》。一场普通的跑步运动，居然引发了这么多的思考和论战（这种印象，除了五四运动时期以外，再无其他），其壮观程度，真是让人大开眼界。

对于这些讨论，我一向是不参与的。不就跑个马拉松嘛，想跑就跑，不想跑就在家待着。怎么因为要去跑个马拉松就有那么多的牢骚、不满，甚至对社会的攻击，有这个必要吗？社会的进步有个过程，那也需要时间，也需要大家一起努力啊！那平时自己都做了些啥对社会有贡献的事呢？不要习惯做个旁观者、评论者甚至破坏者，而要努力做个好的建议者、建设者。与其诅咒黑暗，不如点亮灯火！只有这样，我们的国家才会更好！

7∶55，天安门广场响起了雄壮的国歌声。由于事先不知道有这样的环节，一下子没有反应过来，但随即知道这是为北马专门准备的出征仪式，心情澎湃地唱了起来。第一次有机会站在天安门广场，站在人民英雄纪念碑下，唱着《中华人民共和国国歌》，心中的激动无法用语言也不需要用语言来形容！

8点整，比赛正式开始。跨过计时器，我第一次踏上了久久想念的长安街。长安街啊长安街，我们伟大祖国心中的血脉，我终于有机会在上面走一走跑一跑！长安街啊长安街，我还清晰地记得1976年1月8日，我们

新华门前

敬爱的周恩来总理逝世以后，10万群众自发地聚集在马路两旁，来给他送别的情景。那时，天空灰暗，群众痛愤！

从天安门广场出发向西，宽敞的长安街的4公里部分很快跑完，之后进入了比较窄的复兴门大街、习大大吃包子的月坛南街、三里河南路……前后全是人，要想跑快就要不停地穿插，那对人的消耗会很大。我因为在北马之前训练时，处理不当导致小腿乳酸堆积过多总是抽筋，并直接导致我水富马拉松只跑了10公里就退赛，所以我北马的首要目标是能顺利跑完，力争进两小时。如果再发生抽筋的情况，我的心理压力会非常之大，因为两个星期以后就是上马，那还是我的第一个全马。因此，在这么拥挤的情况之下，我反倒不急，慢慢跑吧，马拉松的核心理论不就是"慢"嘛，慢就是快！我慢慢地跑着。这时，我想起了我刚跑上长安街时遇见的一个老先生，他七十一岁了，来自福建，北马已经是他2014年的第9个全马，而且最好成绩在4小时48分。我在遇见他之前，觉得对于跑马来说，我的年纪已经太大，但在遇见他之后想想自己，唉，人跟人的差距咋这么大呢?！现在，老先生跑到哪里了? 跑得都还好吧?！我又想起了刚出发时看见的一个跑友，推着一把轮椅，轮椅上坐着他年事已高的妈妈，干瘦干瘦的，老妈妈面无表情，但她一手拿着一面国旗，紧紧地握着，被他的孝顺儿子推着在长安街上跑着，

等候的岳父岳母

大家看到了他们，纷纷给他们让道，给他们拍照，那场景之令人感动无法言喻。直到现在，我在写到这里时，眼泪都在不自觉地流着。他们又跑到哪里了呢？他们可是要跑42.195公里的呀，老妈妈能坚持下来吗？！

一路上，太多美丽的风光，太多热情的观众；一路上，太多专业的志愿者，太多感人的场景！马拉松啊马拉松，你是跑步吗？你是跑步，但你何止是跑步啊！你是一个摇篮，孕育了那么多意志坚定的人们；你是一座丰碑，树起了人们前进的方向！马拉松啊马拉松，你魅力是如此之大，引得无数英雄朝思夕念，引得无数英豪舍身相伴！

10点17分，经过2小时17分的奔跑后，我顺利到达终点。"玉成，玉成。"我转头一看，岳父岳母倚着栏杆，相依相偎，神情激动地在等着我们，赶快拿出手机给两位老人拍了一张照片，留下了让人难忘的珍贵瞬间。

第一次北马就这样结束了。

它永远地留在了我的心里。

终点处与岳父母合影

上马记

上

从龙吴路穿过内环高架，就快接近这次上马的终点——上海体育场。想到谢红跑完半马后会在终点处等我，留下我第一个全马冲刺的靓照，我再次不顾已近乎迈不开步的两腿，调整好状态，努力让自己轻快地又跑了起来。越来越接近终点，赛道两边的观众越来越多，很多人或拿着小红旗在给选手加油，或举着相机在拍自己喜欢的镜头，或等待着亲人的出现。果然啊，马赛的终点就是一场嘉年华。这么多人，谢红怎么能挤得进来呢? 又怎么能看到我呢? 更别说找个好的角度拍照。我一边想，一边跑，一边不停地用余光寻找着，希望她能站在一个舒适的位置，力图在她发现我的时候还能摆出最好的姿势，拍出我首个全马最好的冲刺照片。拐了个弯后，就要进到上海体育场里，远远地，我已看到终点的报时器，我面带笑容地跑着。只有 200 米了，没看到人；只有 100 米了，还是没看到人；快冲过终点，人还是没有出现。这时，我一个健步跨过终点拱门，时间定格在了 4 小时 22 分 30 秒! 我的首个全马结束了!

我是今年开始跑步的。自 1 月 2 日厦马算起，陆陆续续已参加了包括北马在内的 5 个 10 公里或半程马拉松，以及如李宁 10K 等几个跑步活动，让我对马拉松运动有了与以前全然不同的认知。但是，由于年龄、跑步基础等方面的原因，我始终把自己首个全马的目标放在了 2015 年的雅典——马拉松神圣的发源地! 自我参加了 6 月 20 日的奥林匹克日 5 公里跑，知道了奥林匹克日居然是我的生日以后，我始终怀着朝圣般的心情在规划着明年参加雅典马拉松的事，并在积极地做着准备。

想到自己能在五十周岁的 2015 年，踏上雅典马拉松的赛道，在 8 个小时以内完成自己人生的首个全马，心中充满着感动和向往！

然而，就在上马报名之时，一切都变了！

9 月 15 日，上马报名正式开始。由于上海马拉松的特有地位和金牌金标赛事的独特吸引力，在短短的 30 分钟以内，摩拳擦掌、枕戈待旦、跃跃欲试的各路跑友蜂拥而入，一举突破了 30 万人次登录上马官网报名！看到这一情况，我立即在跑友群中发了一个信息：今天报名人次可能突破 100 万！这时，微信中的各个跑群已经热闹得来不及看，有的在不停地报数：40 万，50 万，80 万，100 万，130 万；有的在不停地抱怨：上不去，登录不了，到了最后一步不给我付费，进去了又给我退出来了……似乎全世界的目光都停留在了上马的报名上！我坐在椅子上，喝着老家清香可口的白茶，关注着报名的盛况，得意又悠然地笑着：我的判断完全符合预期！上马果然不一样，盛况空前！但是，转念一想，又不自觉地紧张起来：我怎么报呢，今年都已经这样了，现在跑步的人又在以几何级数增长，明年会如何已经不要有任何怀疑！

2014上海马拉松成绩证书

报名成功通知

副市长赵雯与小萨马兰奇鸣枪

明年还有机会参加吗？我思忖着。

今年报全马！我立即决定。

10月9日，收到邮件如下：

报名成功通知
2014年上海国际马拉松赛

杨玉成选手，您好！

Dear 杨玉成，恭喜您已成功报名2014马拉松赛；您的参赛号码为5466。赛事相关资讯请关注官方网站。Congratulation! You have registered 2014 marathon successfully! Your competition ID is 5466. Please be patient for the entry number in official website. Please pay attention to the race website for further official information.

第二天，媒体报道：700万人次轮候报名上海国际马拉松赛。

11月2日早7点，外滩陈毅广场，在雄壮的《中华人民共和国国歌》之后，随着小萨马兰奇和上海市副市长赵雯的一声枪响，在细密而又寒冷的秋雨之中，我跨上了美丽的上马赛道。

下

2014 年 11 月 2 日，凌晨 4：30，随着一声清脆的铃声，我从沉睡中惊醒，快速地梳洗整理完毕，穿戴好行装，吃了点简单的、能补充糖原的早餐，如面条等后，与哥哥弟弟和谢红一起出发来到了上马的出发地——外滩陈毅广场。

6 点多的外滩陈毅广场附近，早已是人山人海。有的已按照 A、B、C、D、E、F、G 的顺序，排进了自己的队列；有的还在周围马路上集结、拉伸或抓紧上厕所；还有大批的穿着跑服的跑友在赶往出发区。场面既令人兴奋又让首次参加上马的我们有点忐忑。6：30，由我组织的上马跑团共 11 人集结完毕，分批进入了指定的出发区域。我和保平来到了全马区域的 A 区。

广场上，带领大家热身的领舞不断地大声喊着，高音喇叭里传出的声音激昂强劲，极具鼓动性，现场气氛十分热烈。随着节奏感强烈的音乐和呐喊，出于对第一个全马的未知，我心情澎湃，但很克制，人只是在音乐声中微微地晃着，耐心等待着出发时刻的到来。

6：50，广播里传来了雄壮激扬的《义勇军进行曲》。由于有了北马的经验，听到歌声，我迅速反应过来，大声地唱起国歌。周围的跑友反应过来以后也陆陆续续唱了起来。大家激动地唱着，歌声越来越响，很快响彻了外滩的上空！看着这么多身着五颜六色运动彩装的跑友在即将到来的艰巨的马拉松之时，这么气势磅礴地唱着《国歌》，尤其唱到"中华民族到了最危险的时候"之时，我的内心十分激动，马拉松的神圣感迅速在我的心底油然升起！我暗暗下了决心：一定要完成人生的首个全马！

忽然间，天空下起了小雨。小雨飘飘洒洒落到了我的头上、脸上和身上，我的身心，被小雨包围着、抚摸着、滋润着。《国歌》声中，一种从未有过的暖流涌上了我的心头，溢满了我的心间。我抬头一望，那珍珠般的秋日细雨，一个个争先恐后地飘洒而下，仿佛在和广场上的 35000 名选手说，我来啦，我来啦，我也来跑马拉松来啦！

陆家嘴风光

　　6：55，细雨密密匝匝大了起来。身上储存的一点热量快要消耗殆尽，人开始有了哆嗦的感觉。这时候，一秒钟都会觉得漫长，怎么还不发枪？心里期盼着能够快点出发。

　　由于是第一次跑全马，又是在没有太多准备的情况下报了全马，自己对于这次上马是没有什么期望的。我给自己设定的目标是：第一目标完赛（马拉松的关门时间一般为6小时）；第二目标5小时完成；第三目标争取4小时45分以内完成。说句心里话，要不是我在北马碰到了一位七十一岁的老先生今年已经跑了9个全马，且最好成绩为4小时48分，我也不会给自己定4小时45分的目标，觉得5小时完成就很好了。

　　但即便如此，我还是很认真地做了规划。根据自己平时训练的情况，我的目标是这样的：前20公里确保2小时完成，前30公里争取在3小时内完成。考虑到自己最长仅跑过半马，赛前由于各种原因也没有进行跑马拉松认为必需的30公里以上的长距离拉练（LSD），我不知道在30公里之后腿会不会抽筋或人会不会撞墙（完全跑不动），我的最坏打算是用两小时走完最后的12公里，这样我正好可以用5个小时完成比赛。这一想法得到了谢红的认可。

7点整，随着小萨马兰奇和赵雯的一声枪响，穿着缤纷赛服的浩浩荡荡的人流分梯次跑了起来，身边迅速响起了"嗒嗒嗒嗒"的非常有节奏的脚步声；高音喇叭里，主持人声嘶力竭，鼓噪着"让暴风雨来得更猛烈些吧"的疯狂之语。队伍里，异常安静，每个人都头顶秋雨，沿着外滩迅速地向前移动。

外滩，金陵东路，河南南路，南京东路，队伍前进的速度很快，跑友之间逐渐地拉开了一些空隙。

我看了一下表，还好，我的平均配速在5分40秒左右，脚步很轻松。都说今天是出成绩的好天气，看来我的目标还是有希望的。

到了恒隆广场附近，道路两旁的观众和锣鼓队多了起来，看到他们在雨中不停地给我们加油鼓劲，我微笑着向他们招手示意，身上也不感到冷了。

静安寺过了，常熟路过了，淮海路过了，很快，健康跑结束了，10公里跑也结束了。这时，遇见了一个手举"吴敏健康跑训练营"的从山东来的

外滩——上马的起点

跑到静安寺

跑友，顿时备感亲切，就和他聊了几句，得知我们的教练吴敏也过来了，说是在终点等我们一起大吃大喝呢。真是有心的教练。这位跑友的速度不错，我评估了一下自己的状态，感觉与他的节奏相比有点差距，就让他先跑，我还是按我自己的节奏跑着。

15 公里处，我吃了第一根能量棒。这时，天已渐渐放晴，但太阳还没有出来，宽阔的西藏南路全都封了道，让选手们自由地奔跑。我感觉就像水里的鱼，有种难得的自在和释放！

"我们的配速多少？"保平问。"5 分 22 秒。"我答。"多少？"问。"5 分 22 秒。"答。"有这么快吗？"问。"有啊，手表就是这么显示的，目前为止最快配速是 5 分 09 秒。"答。我一边答一边心里嘀咕，是啊，有这么快吗？自己平时的配速都在 6 分 20 秒左右，怎么一下子提高了 1 分钟，而且状态还那么好呢？

不管是不是手表出了问题，跑吧，向前跑就对了。16，17，18，……23，24，来到滨江大道时，我追上了陈辰，陈辰一个人优哉游哉地跑着。"你怎么跑得这么快？"他问。"还可以啊，在目标之内，20公里2小时，争取30公里3小时"。"保平呢？""他在17公里时和我分了手，跑到前面去了。"我们边跑边聊着。

陈辰跑得很轻松随意，我的腿却慢慢地越来越沉，尤其是大腿两侧，明显地开始无力。都是核心训练不够啊，我心里想着。即将要进入25公里水站，我吃了第二根能量棒。进入水站，我按照《跑马秘笈》上说的，"有站必进，进站必喝"的原则，喝了一小杯饮料。这时，我觉得自己的计划完成得不错，想走一会儿休整下，于是边喝边走了起来。

稍事休整，我又开跑。美国著名马拉松选手、外科医生乔治·希恩在他的《跑步圣经》中说："当你在跑步时，你就是一个圣人。"由于第一次跑过了半马的距离，心中有些小得意，我想，我是否也是一个圣人了？刚想成为"圣人"，脚又沉重起来，又有了想走一会儿的想法。"不能走，村上春树说马拉松就是要跑的，再累也要跑着。"一个声音说。"还是要平衡好，完赛最重要，走一会儿吧。"另一个声音说。思想在斗争，脚步不停留。我看了看两边，崭新的马路整齐划一，柏油散发着清香，路旁的银杏树挺立着细细的身躯，在风中摇曳，犹如伫立着的青春少女，别有一番韵味，给疲惫中的我们带来了不一样的美好与安宁。跑马就是好，不然感受不到这样的风景。

跑着，累着；累着，跑着。30公里时，明晃晃的太阳出来了，大地哗啦啦一片清爽。我看了一下表，2小时57分！30公里2小时57分完成！太好了，太不容易了！人瞬间兴奋起来，但这兴奋也在瞬间消失殆尽。后面还有12公里呢，心里一个声音提醒道。是啊，能不能完成这12公里心里还真没底。果然，一跨过计时垫，人又开始觉得跑不动。累啊，真是累！难怪很多跑友都会质疑自己为什么要这样跑，要这样累自己。忽然，我的脑海中映现出我那逝去10年的、我深爱着的父亲的身影。他在微笑地看着我，仿佛在对我说："加油啊，儿子！"我立即在心里大声地呼喊起来："爸爸，给我力量吧！爸爸，给我力量吧！爸爸，给我力量吧！……"眼泪瞬时充溢了我的眼眶，头皮一阵抽搐，血液快速流动，人突然没有那么觉得累了。我眼里含着泪水，心里呼喊着父亲，努力地奔跑着。

就这样跑跑走走。到了33公里时，415的兔子（pacer，4小时15分跑完全程的领跑员）追了上来，原来我跑得比415的兔子还快。35公里处，一个跑友在路边拉伸，我想既然跑不动，就也拉伸一下。我朝他笑笑，算是有了默契，停下来开始拉伸。谁知不拉伸倒好，一拉伸，右腿大腿肌肉立马有要抽筋的感觉，心想不好，右腿不能拉伸，拉伸左腿吧，哪知左腿一拉伸，大腿肌肉抽筋的感觉更明显。不能拉伸，赶快走！我朝那个跑友笑笑，重新小跑起来。

很快，38公里过去了。这时，对面赛道上（26公里处）的收容车一辆接着一辆地开过，跑不动的跑友坐满了一辆辆的收容车。有一辆车停在那里，几个志愿者在劝一个瘫坐在栏杆边的跑友上收容车。那个跑友有点倔，

第一个全马，给自己点赞。

既爬不起来，又不肯上收容车。由于快接近终点，队伍正前方，跑得好的人开始加速准备冲刺，也有一些耐力好的人三三两两地追了上来。我估算了一下，4 个半小时以内完赛已经没有任何问题，冲刺于我既不可能，也没有多大的意义。我就按照我的节奏，不紧不慢地跑着。

最后 2 公里处，有人喊我，一看是海鹏，来给我拍照的，心情顿时大好，随即站在马路中间摆了几个 pose，颇有唯我独尊的壮气豪情。拍完照和海鹏道别，调整了一下状态，心里说着，谢红我来了，谢红我来了，忍着疲惫、精神抖擞地向终点跑去。11 点 22 分 30 秒，经过 4 小时 22 分 30 秒的奔跑，我冲过终点。谢红和我哥哥弟弟没想到我这么快就到了终点，在跑完半马以后，正在车上休息。

11 月 15 日，星期天。上午，我回到老家，来到坟地，把我的首次全马——"上马" 5466 号赛衣，用火点燃，祭奠于父亲的墓前。那轻柔的、碧蓝的、重量仅 150 克的首马赛衣，燃烧了足足 10 分钟之久。一缕青烟，带着我深深的哀思，冲上霄汉。

2015年跑马记

前进的方向

　　2015 年 11 月 29 日，星期天，浙江省千岛湖市。上午 11：35 时许，正当我拖着疲惫的身躯艰难地走回宾馆的路上，手机里传来了"叮铃"的短信声，马拉松比赛最为有名的芯片提供商——芝华安方的完赛短信发送到了我的手机上："祝贺杨玉成完成 2015 千岛湖马拉松赛男子全程项目。参赛号：

终点了

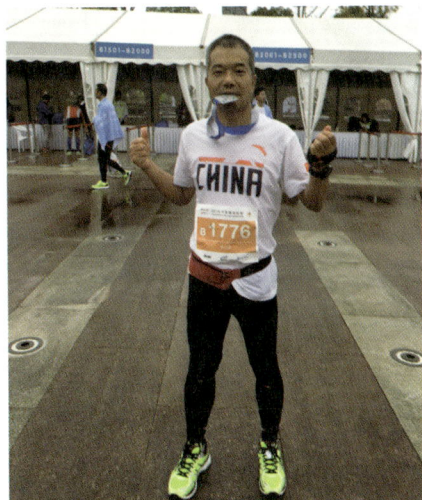

成功进4

B1776；枪声成绩：3∶59∶55；净成绩：3∶58∶58"。看到短信，我知道，我的年度最后一个全马结束了，终于进4了！走在雨后寒冷潮湿的路上，看着赛道上仍在努力奔跑的跑友，我没有丝毫的兴奋，只是轻轻地叹了口气：今年的跑马目标总算全部完成了。

时间拉回到2015年1月1日，早晨7点多钟，我和保平等跑友一起，来到东方明珠塔下，准备参加上马组委会最新组织的系列赛事——以"领跑城市脚步上马更近一步"为主题的元旦迎新跑。由于刚到冬季，晚上又有点下雨，地面比较潮湿。在上海生活久了的人都知道，这样的湿冷天气是最难受的，比北方–10摄氏度的天气可能感觉更冷。我们裹着衣服，外面再套着雨披，一边拉伸，一边随意地聊着。可能一年跑马下来属于"老"战士了吧，也没有对这天气有什么情绪，反而是心情愉悦，等待开跑。

保平问："2015年有什么跑马计划？"我说："能跑就尽量跑，现在跑马形势这么火爆，以后还不知道有没有机会跑，看报名情况。但15个左右总是要跑的，全马争取跑5个左右。主要是要能去成雅典，把雅马跑了。你知道的，本来我是想把第一个全马放在雅典的，这是跑马人的圣地，去年由于特殊原因在上马跑了第一个全马，但雅马是一定要跑的。""成绩有什么想法？"保平问。"向您学习，向您学习"，我说，"争取半马进2，全马进4。"半马进2就是半程马拉松21.0975公里跑进2小时，全马进4就是全程马拉松42.195公里跑进4小时。这两个指标，尤其是"全马进4"通常会被认为是业余跑者的心中理想！

"悠着点，我们一起慢慢跑。"保平关心地说道。"是的，我不急，跑步反正是可以跑一辈子的，能完成就完成，完不成也无所谓，只是目标还是要有的。我觉得半马进2问题不大，全马能不能进4就再说了。"我说道。其实我心里是对自己训练能不能达到一定的高度没有信心。

站在东方明珠塔下，顺着起跑的方向，眼前正对着的是1999年落成的陆家嘴第一座超高建筑，也是中国当时第一高的建筑——佛塔形状的金茂大厦，这是迄今为止我最喜欢的高层建筑。1999年时，我在一家上市公司担任董事会秘书，有次董秘协会搞活动，安排我们参观正在施工的金茂大厦，在一楼的方案设计展示大厅，相关人员给我们介绍这一建筑的由来，才知道金茂大厦是由当时的外经贸部投资建设，起名时取谐音叫"金茂"。该大楼由美国的一家建筑设计事务所设计。该所在设计过程中认为，在中国上海陆家嘴这样一块特殊地块上建起的摩天大楼，不能光有优良的建筑工艺，还一定要有中国的文化元素。他们经过研究，认为佛塔是最能代表中国传统优秀文化，又是建筑艺术上非常经典的表现形式，尤其是"救人一命、胜造七级浮屠"的七级设计结构，完全符合黄金分割法的要求。就这样金茂大厦的设计方案得到确认并最终得以建造。在清晨的阳光里，不断有祥云轻轻地飘过。金茂大厦在一片又一片的祥云中，有时隐有时现，像在捉迷藏，但其庄重的身影却并不虚幻，始终如定海神针一般静静地伫立在陆家嘴这块全球瞩目的热土上。

　　"开跑了。"不知是谁吼的一声，把参加迎新跑的 3000 个跑友的神经迅

佛塔形状的金茂大厦

夜幕中的东方明珠

速地提到了临战状态，原本喧闹的赛道上瞬间安静下来，齐齐地或左转或右转，眼睛盯向一个方向：8公里前方，位于上海世博展览馆的终点。8公里，对于很多跑友来说，就如天空中的云彩一般，轻轻地飘过……

一年以来，我的业余时间基本上都花在看书和跑步这两件事情上。这两件事是我计划在2015年要多做一点的事，"胖时多跑步，闲时多读书"嘛。出于读书人的习惯，读书再无用，也不忘身边放本书；而跑步，虽然开始得晚，但现在却是最不能放下的了。这从我出差时带的装备就可一见端倪。以前，总觉得出差带泳裤是必须的。在酒店精心设计的泳池里轻松地游泳，是很舒服的事，事后回忆，其实一次都没有游过。而现在，每次出差必带的就是书和跑步装备。书，一本一本地读完；跑，则是我现实生活中的"新常态"，不知不觉之中也成为了我人生的新标签。还好，2015年扳扳指头，我也是对得起自己、对得起岁月的：书读了300万字左右（当然，有点水分，一本《抗日战争》就有180万字）；半马以上跑了15个，其中全马5个；正式比赛中，半马顺利进2，为合肥马拉松的1小时56分；全马顺利进4，为千岛湖的3小时58分。

在跑步界，这样的成绩并没有多么惊人。只是就我个人的情况而言，确实有那么一点点值得自豪。对于大多数人来说，能够跑起来就不容易，更别说跑马，全马更是想都不敢想。2016年1月9日，中国田径协会在广州举办的2015年马拉松年会上，公布了2015年马拉松完赛人数，全马仅有89835人，共146690人次；半马155170人，206526人次。这样的数字，在泱泱13亿人口的大国，是何等的渺小。

但毕竟，在不经意之中跑步已经成为社会的潮流，跑马则已经成为新的生活时尚。想跑马的人都感叹，现在在中国这样一个物欲横流、充分竞争的国度，跑马名额居然已悄然成为最为紧俏的资源！

而事实上，这几年马拉松赛事正如雨后春笋一般在国内得以发展。统计数字显示，全国在中国田径协会注册的马拉松，2010年12场，2011年22场，2012年33场，2013年44场，2014年70场，2015年已经达到134场，覆

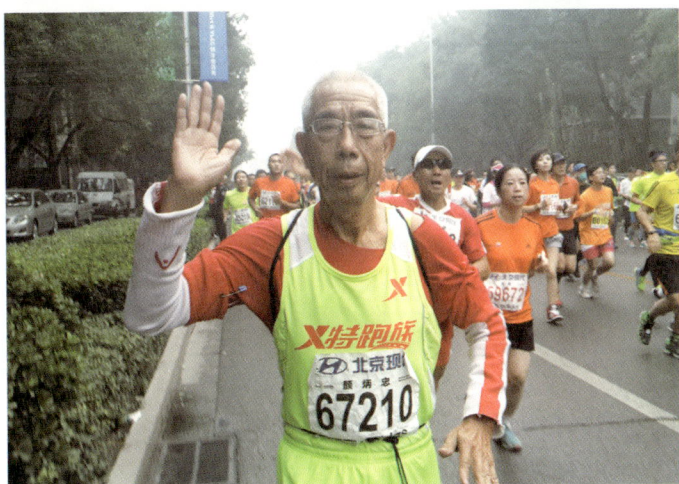

七十二岁大爷跑北马

盖了全国 23 个省、市、自治区的 79 个城市，较上年增加了 34 个城市，全国已有 80% 的省区市拥有至少一场马拉松。10 月 18 日这一天，全国有 11 场马拉松同时举办；全年参赛人次达到了 150 万，光志愿者就超过 10 万，并有 1 万多名医护工作者参与到赛事服务之中。回想 1981 年，中国开天辟地的第一场马拉松——北京马拉松的参赛人数仅有 86 人，且几乎都是专业运动员。三十多年之后，尤其是这两年，马拉松已经成为群众体育、竞技体育、体育产业和体育文化完美结合的一项运动，受到国内东西南北、男女老幼们的广泛喜爱。赛场上，常常可以看到的是年轻人在努力地创 PB（个人最好成绩的缩写，下同）、六七十岁的老年人在一个个地跑马、妈妈推着舒服地躺着心肝宝贝的婴儿车在飞奔、一家三口共同参加欢乐家庭跑等的感人场面。我老家的同学，在我的影响下也已经参加了三个半马，原来天天要吃降压药，跑步以后再也不用吃了。更让我吃惊的是，由于群众性跑步活动的兴起，国内业余跑者的成绩得到了大幅度提高，全马在 3 小时左右、半马进 1 小时 30 分的人比比皆是。去年 11 月举办的江苏泗洪马拉松，我一个跑友半马可以跑到 1 小时 20 分，居然只得到了 60 多名，本来他以为可以进前 5 拿奖金的。

今年以来，关心跑步、关心马拉松的人越来越多，愿意跑起来的人也越来越多。但很多人心中的疑惑也始终存在，除了担心造成膝盖的伤害以外，主要就是觉得跑步太枯燥、不好玩、太累等。这样的想法，我非常理解。我曾经也想过：跑步谁不会啊？跑步有啥好跑的？而当我开始跑步，并喜欢上跑步以后，我再不会想着跑步就是跑步。跑步不仅是一个专业，还是一种心境，一种生活的态度，尤其是一种人生态度。海明威曾经说过，"很多人花一辈子才明白的道理是，我们真正需要的东西实在太少。温暖的阳光、清新的空气、松软的泥土，这些不需要争取便可得到的大自然的恩赐，我们却在用一生的奋斗远离它们。"在我跑步之前，海明威说的不就是我吗？1982 年，我从江苏农村考大学来到上海，之后便一直留在上海工作。三十多年来，眼见着城市越来越繁华，自己也日益地喜欢上了城市的生活，虽然乡土情结依然存在，心里依然喜欢农村芳香的泥土、纵横的河流、金黄的麦浪、雪花纷飞的山野，但回到老家也就是个游客了，再没有一种淡定、一种从容、一种深深的眷恋。台湾著名歌手李宗盛在他的《山丘》中唱道："也许我们从未成熟，还没能晓得，就快要老了，尽管心里活着的还是那个年轻人……还未如愿见着不朽，就把自己先搞丢，越过山丘，才发现无人等候。"每次听到这里，我都会有一种伤感的情绪。是啊，我们努力拼搏的结果，却是等我们越过山丘，发现并没有人等候！王尔德说，人生有两大不幸：一是得不到自己想要的生活；二是得到了自己想要的生活。所以，跑步以后，我开始豁然开朗了。丰子恺在他的诗《豁然开朗》中这样写道：

> 你若爱，生活哪里都可爱；
> 你若恨，生活哪里都可恨；
> 你若感恩，处处可感恩；
> 你若成长，事事可成长。
> 不是世界选择了你，
> 是你选择了这个世界。

其实，马拉松哪里只是跑步呢? 君不见，赛道上，选手们一边奔跑，一边给旁边的跑友喊着"加油"; 有谁跌倒了，旁边的人一定会立马停下自己的奔跑，过来搀扶他; 视障跑陪伴者，则靠一根套在两人手腕上的短绳，陪着对方从起点一路跑向终点; 轮椅跑者，虽然身患残疾不能奔跑，但他们身残志坚，始终是赛道上的强者; 有的跑得好的跑友，则自愿地担负起了救援的角色，穿着自制的标有"救援"字样的衣服，放弃自己的成绩，跑在跑友中间，看到他们随处出现的身影，心中便异常踏实。更不用说，赛道旁的志愿者和啦啦队，他们很多人凌晨三四点钟就会来到这里，目的只是为了给跑友们一份关怀、一份鼓励! 这些是什么? 这些还只是跑步吗? 不! 这些不只是跑步，这些是爱!

爱因斯坦在给他女儿 Lieserl 的信中写道:"有一种无穷无尽的能量源，迄今为止科学都没有对它给出一个合理的解释。这是一种生命力，包含并统领所有其他的一切。而且在任何宇宙的运行现象之后，甚至还没有被我们定义。这种生命力叫'爱'。"

确实，在这个世界上，没有比"爱"更被人需要、更被人接受、更能感动人也感动自己的了。所以，在西方，人与人之间经常会说，"I love you"; 在中国，由于文化氛围的不同，要说出"我爱你"是不那么容易的，但两个人相恋，却非要等到双方说出"我爱你"才会走进婚姻的殿堂。那仿佛是一种承诺，更是一种责任。不管如何，"只要人人都献出一点爱，世界将变成美好的人间"。

跑步吧，跑马拉松吧。只要你站上了跑道，无边的爱和感动都会向你涌来!

1968 年，墨西哥城，奥运会马拉松比赛正在进行。坦桑尼亚选手约翰·斯蒂芬·阿赫瓦里跑到 5 公里处受伤，但他仍坚持着带伤完成了比赛。

《三角洲天空画报》记者跑过来采访，问他道:"为什么明知毫无胜算，还要拼命跑下去?"阿赫瓦里回答道:"我的祖国把我从 2 万公里以外的地方送到这里，不是让我来听发令枪声的，他们是要我来冲过终点的。"

不一会儿，他的话就通过广播回荡在了墨西哥城这座世界上人口最多的城市上空。许多本已回家的市民纷纷赶到路边，为这位勇敢的选手助威、欢呼。在观众的鼓励下，阿赫瓦里拖着伤腿，顶着满天的星星，走入了专门为他打开了灯光的阿兹特克体育场。最后一段距离，他是一瘸一拐甚至是单脚跳着完成的。

　　2008年4月13日，年近七十的阿赫瓦里在祖国坦桑尼亚海滨城市达累斯萨拉姆，手持北京奥运会祥云火炬奔跑了63米。

　　如果能够找到联系方式的话，真想去拜访这位尊敬的跑者！

　　我相信，见到他，我一定会更好地理解并接受马拉松精神：挑战自我，超越极限，坚忍不拔，永不放弃！

　　而中国一位值得尊敬的老人、享年一百零四岁的最年长的奥运冠军郭洁，悄然于2015年11月15日逝世了。郭老有着"中国奥运活化石"之称，1936年，他身着541号赛服，与其他68名中国运动员一起，参加了柏林奥运会；2008年，郭老还以九十七岁高龄担任了179号北京奥运火炬手。在世时，郭老每天都要晨跑30分钟，这一习惯已连续坚持35年。在他逝世前，他说，我人生有两个心愿：一是参加奥运会，二是活到一百岁，现在都已做到了，我的人生无憾了！他的无憾来自于他的人生秘诀：要懂，要坚持！

　　要懂，不容易啊；要坚持，何其难！

　　2014年至2015年发生在赛道上的一些意外事件，让"要懂，要坚持"成为值得深思的问题，由于昆明马、珠海马、合肥马等纷纷发生了猝死事件，让如何防范此类事件的发生成为了在马拉松运动风起云涌之时讨论十分激烈的话题。但从跑者的角度，我总结了一下，此类情况一般都有4个显著特点：都发生在半程之中；一般都是在离终点不远处；都是三十岁左右的年轻人；多数是男性。为什么会发生这样的情况？不是不坚持，而是不懂。不懂在于，在一定程度上，把马拉松当成100米、200米跑，没有按照马拉松运动的三个原则进行：循序渐进、专注和注意自己身体的反应。所以，在跑得相当疲劳之时，快到终点还习惯性地冲刺，是很不科学的做法。殊不知，在这样长距离的运动中，如果你的水平高于他人，那你已经跑在别人前面，最后的冲刺在成绩上的影响微乎其微，很大程度上是为了自己过瘾。我看正式的马拉松比赛，高手们没有一个会在终点前冲刺，即使在为了名次、难分高下之时也是如此，他们一定会按照自己的节奏奔跑。对于一般跑者来说，跑马的乐趣在于参与的同时，很大程度上来自于 PB 的创造，如果一下子就把 PB 拉得很高，后面没有空间的话，其实也不一定是什么好事，因为那会让自己缺少一个目标，而只有参与的乐趣。我全马第一次跑的成绩是 4 小时 21 分，第二次 4 小时 16 分，第三次 4 小时 15 分，第四次 4 小时 9 分，第五次 3 小时 58 分。每次虽然跑得比较累，但都有一点点提高，且从来没有受过伤，跑后也没有特别不舒服的现象。自己的身体慢慢地恢复了，身材也没有肥胖的迹象，逐渐地达到了中国田径协会颁布的国家业余一级运动员的标准。身边的很多人都从我的经历当中得到启发，一个一个主动地跑了起来，让我"双百人生"（自己跑 100 个马拉松，发动 100 个人跑马拉松）目标的实现有了更多的可能，试想还有比这个更好的事吗？！

看过我 2014 年跑马记的都知道，我也是在接触了马拉松这项运动以后才对跑步慢慢了解的，才体会到它是一门科学，需要我们科学地运动。但我懂的还很不够，还需要不断地学。只有学好了，学懂了，坚持才有价值，我才有可能跑得更好，我身边的人也才有可能跑得更好。

李宗盛唱道："为了适应这个世界，我们都跑得太快了，快得已经把年轻的灵魂甩在了身后，当看着镜子里逐渐衰老的外表和莫名而然的沧桑，想再次回头寻找它时，却发现它正躲在身体的某个角落瑟瑟发抖，已不是它当初的模样。"

诚然，为了让自己的生命更有品质，我们都是"和时间赛跑的人"。跑得快的人和跑得慢的人看到的风景必然会有所不同，但当你没有能力跑快的时候，那跑慢一点反而会让你看到更多的风景。即使是跑得快的人，他也是需要在赛后用"慢"来调节自己的。跑步如此，生活如此，工作亦是如此。11 月 29 日，当我带着微恙的身体创造了进 4 的 PB 以后，回到房间，我给我刚刚参加完"新财富颁奖"的全体同仁们在部门微信群中写下了这么一段话："各位亲爱的同学：忙碌了一年，以新财富的揭晓为标志，一个研究季结束了，一切都成了过去。名也罢，利也罢，心也罢，身也罢，都可以放下了！还是给自己的心情放个假吧，离开一下这个市场，放开一下自己的工作，回到美丽的大自然，成为美丽祖国中的一道风景，想象一下'你站在桥上看风景，看风景的人在楼上看你'的美好！"写完以后，我一下子轻松了很多，我相信，看完了这段话，我的小伙伴们一定也会轻松很多。

事实上，当他们看到我真的以五十一岁高龄实现了年度进4的承诺以后，内心都受到了巨大的触动！

2015赛季，还有几件印象深刻的事情：一是6月20日，我参加了"中国奥委会2015年第29届奥林匹克日长跑助力申冬奥"5公里跑活动，国家体育总局局长刘鹏、北京市市长王安顺、跳水女王郭晶晶到场出席，为中国成功申办2022年冬季奥运会，贡献了自己的一点微薄之力。

晨跑天安门

二是 8 月 22 日，我参加了"2015 年北京国际田联世界田径锦标赛"。说起这一比赛，要特别感谢组委会的用心。世界田径锦标赛自创办以来，这是第一次在中国举办。2015 年，正值马拉松运动在中国风起云涌之时，组委会想，何不趁此机会开放大众名额，让更多的跑者参与进来？经与国际田联沟通，得到了支持，一万个大众 10 公里跑名额就此产生，我也有幸成为了其中一员。这次比赛，虽然只有短短的 10 公里，却是我因为跑步有机会历史性站在了世界田径锦标赛的赛场！

尤其值得纪念的是，9 月 3 日，"纪念中华民族抗日战争暨世界反法西斯战争胜利 70 周年"活动即将举行，8 月 23 日是纪念活动预演的日子，我们从北京"天地日月先"五坛之一的先农坛体育馆出发，沿着前门东街，一路跑过宽阔整齐、气势恢宏的天安门广场和长安街。

三是，9 月 20 日举办的第 35 届北京马拉松，办成了全国第一个只有全程的赛事，我参加了比赛，并按计划以 409（我的目标是 410 以内完赛）的成

郭晶晶在主席台

绩完赛。北马组委会很有心，赛后的第二天即 9 月 22 日，我收到了这样的邮件：

亲爱的杨玉成：

2015 北京现代·北京马拉松已经落下帷幕。组委会真诚地感谢您对北马的关注与热爱，希望您在首都北京收获了一个欢乐而难忘的周末。

我们一直在努力，希望打造一个让所有参与其中的人都感到满意和骄傲的赛事。请您花一定时间，给我们提出宝贵意见，以便我们进一步提升改进。

期待明年的此时此刻，我们都会变得更好！2016 年再见！

祝您生活愉快。

北京马拉松组委会

2015 年 9 月 22 日

看完邮件，我在感受到组委会用心办赛的同时，第一时间做了如下回复，以表达连续两届参加北马的一个普通跑者的谢意：

尊敬的北马组委会：

你们好！早上一到办公室，就收到了你们的邮件，非常感动！在如此繁重复杂的大型赛事结束仅仅两天之后，你们就给每一位参赛选手发出了这样一封让人如沐春风的邮件，真太惊喜！看了这封邮件，我比赛之后所有的疲劳都瞬间烟消云散！真心地谢谢你们！

这次北京马拉松是中国第一个全程马拉松，社会各界都充满了热切的期待！尤其是在 8 月 28 号世界田径锦标赛和众所瞩目的 9 月 3 号大阅兵之后，更是如此！我相信，这也让你们面临了更多的挑战和压力！但事实上，我们都亲身感受到了一场十分精彩的赛事。就我个人的参赛体验来说，我觉得 2015 北马赛事有以下亮点：

抗战胜利70周年阅兵礼台

1. 整个组织安排非常用心，整体效果很好，88.12% 的完赛率很高；

2. 赛前、赛中、赛后的各项服务都精细有序，没有出现让大家觉得混乱的情况；

3. 补给充足，选择余地大，有效地保证了比赛的进行（解决了选手在比赛过程中补充能量和中午不能吃饭的问题）；

4. 赞助商的参与适度，对比赛起到了良好的支持作用；

5. 第一时间让选手看到了自己的详细成绩，对选手是一个巨大的鼓励！

6. 不得不说的是奖牌的设计非常精美，非常有特色，非常有纪念意义。在一定程度上，很多选手都是奔了这块奖牌去的，包括我，呵呵。

总之，亮点多多，就不一一列举。

在谈了自己比赛感受的同时，也有几点建议，供参考：

1. 电视转播能否有镜头对准全部参赛选手。马拉松毕竟不是世锦赛，它不应该把所有的转播镜头对准精英选手，而应该具有广泛性，让坐在电视机前关注我们、为我们鼓掌呐喊的亲友们都能看到我们的身影；这符合国家现在的宣传方向，有利于更好地传播马拉松精神。

2. 赛程中后段厕所偏少，印象中几乎就没有了（虽然大部分选手不一定需要，但还有观众、工作人员等有需要）。

3. 大家反映的衣服的问题。由于这次的尺码偏大，原来预订的衣服都不能穿，小一号的后来都没有了，引起了一些不满。

4. 这次的芯片是专门为35周年准备的，很有纪念意义，但都回收了，有点遗憾。

总之，瑕不掩瑜，这是一场精彩的赛事！2015北京马拉松必将因其开创性而载入中国马拉松的史册！

一年过得很快。一年之中，我沿着"你若奔跑，青春不老"的宗旨，跟随着时代前进的脚步，在工作、学习、生活和跑步方面努力地实现着自己的梦想，日子过得扎实而有意味。年底，屠呦呦获得了中国大陆人的第二个诺贝尔奖——2015年度诺贝尔医学奖。获奖后，她在瑞典皇家科学院做了演讲。看了她的获奖词，我慢慢地醉了。

屠呦呦说道：不要去追一匹马，用追马的时间种草，待到春暖花开时，就会有一批骏马任你挑选；不要刻意巴结一个人，用暂时没有朋友的时间，去提升自己的能力，待到时机成熟时，就会有一批朋友与你同行。种下梧桐树，引得凤凰来。你若盛开，蝴蝶自来！你若精彩，天自安排……

大事记：

2015年9月3日，天安门广场隆重举行中国人民抗日战争暨世界反法西斯战争胜利70周年阅兵式，这是新中国历史上第15次大阅兵。

村跑记

2014 年 4 月中旬的一天，就在我刚开始跑马拉松时，朋友发给我一个链接，是报名参加武夷山五夫镇乡村跑的，有 21 公里和 10 公里两个项目。链接后面还有一些关于五夫镇的介绍，说这里是朱熹故里、文化古镇云云，重点是吸引人去参赛。

看了这个链接，我有点糊涂：朱熹不是江西人吗? 怎么武夷山变成他的故里了? 其实我也知道，以前虽然没有飞机高铁，但有些古人从来没有被险山恶水所阻隔，他们犹如神行太保，跋山涉水的本领很是了得，一会儿这里一会儿那里的，到处都留下过他们的痕迹，或题字，或诗词，或故居；更不用说李太白、郦道元、徐霞客这样的"极致玩家"，在吃喝玩乐的同时还写下了诸多皇皇巨著，给现代的极客们留下了无尽的遐想。

其实，武夷山与江西只有一河之隔而已。

去了以后才知道，五夫镇还真是朱熹的故里。原来，朱熹祖籍江西，他的父亲得中进士后到福建当官，他便出生在福建。朱熹出名后，看中了五夫镇这块风水宝地，就到这里来办学，他在全国办书院就是从这里起步，后来由于交通的原因，他重建的长沙岳麓书院和九江白鹿洞书院的名气远远超过了这里，尤其是长沙岳麓书院，更成为民间学堂的翘楚，名扬四方。我们这次 21 公里村跑的路线，就经过了朱熹故居和他创办的明阳书院。

五夫镇以荷花出名。6 月村跑的时节，正是几千亩荷花盛开的时候。在这高山相间的村子里穿梭，旁边荷花要么含苞，要么怒放，要么婀娜，要么多姿，这别样红的映日荷花，与纯朴的村民一起，成为了这文化古镇的一道独特风景。难怪组委会把村跑的首站选在了这里。

就这样，我与村跑结缘了，认识了它的创办人——林海，并一连参加了几场村跑活动。

2015年4月16日，我来到村跑的第四站——福建省平和县坂仔村，参加第二天举行的村跑。对于外省人来说，这平和县根本不为人知，更不用说坂仔村。只是，这村跑选择活动场地并不盲目，而是有标准的：除了地方政府支持、路况适合跑步等之外，还必须是有特色的古村落，最好还有名人出生或曾经居住在这里。坂仔村能够被选中就与这两条大有干系。平和县是福建省境内土楼最多的地方，全县有1000多个土楼，很多人去过的南靖土楼、永定土楼，其标志性的"四菜一汤"，在这里更多，甚至还有"六菜一汤""八菜一汤"。只是不知何因，这里的土楼文化没有得到很好的保护、开发和利用。邻近的南靖土楼是世界文化遗产，过来参观、考察、指导的领导、专家和游客不计其数。而一县之隔的平和县却悄无声息。第二天跑步时，路线中安排我们多次在这些硕大的土楼间穿行，其破败的状态十分令人惋惜。相比之下，坂仔村就不一样了，它虽然地处山中，却是世界知名。这是因为，这里曾经出生了一个人，一个旅居香港的人，一个"两脚踏东西文化，一心评宇宙文章"的人，一个多次与诺贝尔文学奖擦肩而

世界文化遗产——永定土楼

五夫镇荷花

林语堂雕像

林语堂纪念馆碑文

过的人，一个你我所共知的文人：林语堂！

　　林语堂1895年10月10日出生在坂仔村，十岁到厦门读书。他一生著述丰富，写过60多本书，其中广为人知的是《吾国与吾民》《生活的艺术》《京华烟云》等。他的书被翻译成20多种文字，在全世界发行不同版本的著作有800多种。他还创办了《论语》《宇宙风》《人间世》等刊物，提倡"以自我为中心，以闲适为格调"的生活态度。2015年，是林语堂诞辰120周年。坂仔村跑就是为了纪念这个日子特地举办的。

　　早在1935年出版的《林语堂自传》以及之后的一系列文章，乃至1975年写的《八十自叙》中，林语堂都对故乡坂仔村有着大量充满深情的描写。在林语堂的笔下，坂仔村不是一个名字，不是一个村落，而是作为他的故乡，他心中流淌出来的殷红的鲜血！村跑组委会很用心，就在我们到达的当晚，专门安排去林语堂故居参观。走进挂着红灯笼的大门，平实而又宽敞的院子里，一棵大榕树迎面而立，直径足有2米，它犹如一位见证历史的老人，风雅地坐在那里，端详着这世间大地。向上看，绿叶葱茏，冠盖荣华。树的左边，是林语堂二层楼的一排宅子，共五间。宅子的层高并不高，比较紧凑，相当朴实，与奢华完全搭不上边。只有面对大门的墙上挂着的"漳州十大城市名片——林语堂"的牌匾，不声不响地透射着些许贵气，也让人回味到了他"闲适、幽默、平和"的文学风格。

　　参观出来，到了跑友交流的时间。先是由平和县林语堂文化研究会会长黄荣才介绍了林语堂及其文学成就。随后，专程赶来的《跑步，该怎么跑》的作者、美籍俄罗斯人罗曼诺夫博士开始与大家交流跑步及健身的方法。清朗的夜空中，各种不知名的虫儿编织着一曲抑扬顿挫的交响曲。榕树下，我们品着清茶，倾听着罗曼诺夫博士的讲解。七十二岁的罗博士，来到这山清水秀的坂仔村，完全没有受时差的影响，精神特别好。他说话飞快，为了能让大家更好地理解他说的内容，罗博士还时不时地拉个小孩上台表演他所讲的动作，台上活跃的气氛弄得台下听众们的情绪非常高涨。讲解的最后，罗博士即兴表演了一套拉伸技术，只见他拉伸起来，整个身体就像橡皮筋一样，柔软而有弹性，他左拉拉、右拉拉、前拉拉、后拉拉，一下子就把现场的气氛拉到了高潮！他也因此成为了今天晚会的绝对主角。坐在林语堂的故居里，看着罗博士的表演，我想起了林语堂先生的一句话："人生不过如此，且行且珍惜；自己永远是自己的主角，不要总在别人的戏剧里充当着配角。"是啊，人的大部分时间，都是在充当配角里度过的。还是跑马拉松吧，踏上了马拉松的赛道，你始终是自己的主角。

　　第二天早上8点，村跑第四站——坂仔村站正式开跑。1000多名穿着特别设计的金黄色赛服的选手，随着发令枪响，一起冲向了赛道。由于不是正式的马拉松比赛，大家的心情明显比较轻松，基本都是一副来玩的样子，感觉上没几个是为了成绩。是啊，这些人大都是厦门、漳州及附近县市的当地人，平时生活在城里，来乡下的机会不多，现在正好有这么一个活动，可以带着孩子来乡野走一走、跑一跑，吃一吃、玩一玩，是多么幸福的事。林语堂先生说过，人生幸福，无非四件事：一是睡在自家床上；二是吃父母做的饭菜；三是听爱人讲情话；四是跟孩子做游戏。现在的父母，随着科技的发达和教育导向的问题，已经不可能像我小时候那样用根橡皮筋就可以玩上半天，大人和孩子一起玩游戏的机会更少之又少。还是走向乡野吧！在农村广阔的天地里，有吸收不尽的精华、感受不尽的乐趣、欣赏不完的美景、品尝不完的美食。我自己内心里，也应该是因为出身农村的缘故，对田头乡间的一山一水、一土一木有着天生的情感，所以才会一趟一趟地来到这里的吧。坂仔的乡村，正如林语堂所说，是"天底下最美的地方"，所以他"让我与草木为友，和土壤相亲，我便已觉得心满意足。我的灵魂很舒服地在泥土里蠕动，觉得很快乐。当一个人悠闲陶醉于土地上时，他的心灵似乎那么轻松，好像在天堂一般"。林语堂对大自然的执著热恋是多少人深深向往的啊！

出发没有多远，来到了土楼群。为了向跑友们展示土楼文化，组委会特意把一个补给点设在了大土楼里面。但踩着凹凸不平的石头路面，看着破败不堪的历史遗存，我总觉得当地政府应该做点什么。

跑出土楼，山村最有特色的沟渠跳入了眼帘。渠道就是我们的赛道，左边，是一望无际的青青稻田；右边，山泉水急急而下，发出哗哗的流水声。水边，几个老奶奶在洗衣的洗衣，洗菜的洗菜，其中一个奶奶，在用我从小就熟悉的洗衣棒捶着衣服。看着她弓腰洗衣的背影，我马上喊了一声"奶奶，您好"，并停下来拍了一张珍贵的照片。

再往前，离开村庄进入了农田。田埂上，四个做完作业的孩子在给选手

破败的平和土楼

洗衣的大娘

们加油。他们挥舞着小手，黝黑的脸上洋溢着激动的笑容，完全是人来疯，又是小主人的样子。其中的一个女孩，颇像林语堂喜欢的赖柏英。"我爱我们村的赖柏英。小时候儿，我们一起捉鲦鱼，捉螯虾，我记得她蹲在小溪里等着蝴蝶落在她的头发上，然后轻轻地走开，居然不会把蝴蝶惊走。"我跑到他们面前时，准备掏出手机给他们拍照，他们可能以为我是要掏糖给他们吃，马上安静了下来（真想给，可惜没有）。我赶紧说："你们跳一下，一起跳一下。"孩子们看到我给他们拍照，马上又根据口令整齐划一地挥手跳了起来，好纯真、好可爱的孩子啊！一定要多读点书哟，就像你们的林语堂爷爷一样。拍完照心里祈祷着，我继续向前跑去。

坂仔的乡村，非常美丽。那村里的炊烟、绿绿的稻田、飞翔的鸟儿、玩耍的孩童，掩映在碧蓝的天空之下，成为了一道无比静谧、和谐而又生动的画卷。这应该就是人生中最为珍重的一幅画吧？！

再往前跑，坂仔有名的柚子树出现在了眼前。

柚子大大的、青青的，一个个挂在树上，还没到成熟的时节。当地的跑友说，等到七八月份柚子熟了的时候，满眼都饱满、橙黄，那时候才漂亮呢！我开玩笑地对他说，到时候再办一场村跑吧。这时一位黑黑的、瘦瘦的跑

玩耍的孩子

青涩的柚子

友友好地说，你来就是了，想跑就跑，想吃就摘了吃。我一边感谢一边习惯性地和他聊了几句。不聊不知道，一聊吓一跳。原来，这并不起眼的跑友居然是位大佬。他姓吴，五年前五十二岁时开始跑步。当时，他患有严重的糖尿病，体重近 200 斤，吃了多年的药物都不见好转。医生说，你看病是看不好了，要不尝试一下其他的方法吧。刚好，福建的跑步文化特别发达，高水平的人也不少，受到身边跑友的影响，老吴就开始跑步，从此一发而不可收。现在，吴大哥每天要在山里跑 30 公里，一年参加十几个马拉松，还要参加五六个国际注册的越野跑。就在村跑之前，他刚刚被国际越野组织选中作为中国唯一的业余选手，参加 8 月份在阿尔卑斯山举行的 168 公里超级越野赛，那可是国际顶级的越野赛事。

难怪当地人都认识他，让我好生羡慕。吴大哥用他的实际行动验证了林语堂说的话："大自然本身永远是一个疗养院。它即使不能治愈疾病，但至少可能治愈人类的自大狂症。"也难怪林语堂说，"那些山的记忆都进入了我浑身的血液了。只要童年时成了个山地的孩子，担保一辈子是个山地的孩子，永远不会变的。你可以说天下有一种高地的人生观，还有一种低地的人生观。两者判若天渊，永无接近之日"。吴大哥就是一个山地的孩子！

跑到终点，等着聚餐。这是村跑组委会精心组织的又一个活动。只见终点旁的广场上，一个个大铅桶装满了烧好的各种菜式，整齐地排在那里。我掀开看看，一股股香味扑鼻而来。看着这诱人的菜肴和还在麻利地做着各式菜肴的厨娘们，我笑了，这

牛牛的老吴

盖住的香味

快乐地举杯

个笑，是开心的笑，是给自己的笑。

　　林语堂说："人生在世，还不是有时笑笑人家，有时给人家笑笑?"

　　"我本龙溪村家子，环山接天号东湖，十尖石起时入梦，为学养性全在兹。"

　　好一个"为学养性全在兹"！这不就是马拉松精神和马拉松文化的最好表达吗?！

奥马哈记

　　现在，让我们来给投资圈的人士对个对联，上联是美国内布拉斯加州中部的一个城市"奥马哈"，征集下联，估计百分之百的人都会对上："巴菲特"。

　　奥马哈、巴菲特，一个地名，一个人名，几十年来紧紧地联系在一起，相得益彰，相映成趣。

　　巴菲特，1930年8月30日出生于奥马哈，今年已经八十六周岁了。

　　再过一个半月，5月份的第一个周六，巴菲特所掌管的伯克希尔·哈撒韦公司（Berkshire·Hathaway）新一年的股东大会又要召开。回想起自己2015年5月2日在奥马哈参加其股东大会的情景，依然历历如在眼前。

　　2015年3月中旬，与朋友一起午餐。由于都是从事金融行业的人，不自觉地聊到了巴菲特公司刚刚公布的财报，大家都对巴老在这样不确定的市场之中能够始终获得稳定且优异的回报感叹不已。理过财的人都知道，如果只追求稳定安心的回报，那就只有把钱存放于银行或购买国债，拿个3%左右的利息。但这样的回报显然不会让人满意，因为它连通胀都不可能战胜，更不要说追上房价上涨的速度。而要追求优异的回报，就可能要冒相当的风险。有人一定会说，只要有回报，我愿意冒风险。是的，愿意冒风险的人很多，这无关中国外国、男女老幼，这是人的天性。国内P2P行业的"蓬勃发展"不就充分证明了这一点吗？问题在于，某年的优异回报却不能代表下一年或再下一年依然可以获得同样的回报，也就是说，由于市场的波动特征，回报基本不可能稳定，那稳定且优异回报的最重要价值——复利，就不复存在了。

开心的巴菲特

2015 年 2 月 28 日，巴菲特发布"五十年珍藏版"——"巴菲特致股东的信"，信中显示，至 2014 年底，在过去的 50 年中（即现有管理层接手公司开始），伯克希尔·哈撒韦公司股票的每股账面价值由 19 美元已经增长至 146186 美元，年复合增长率为 19.4%。请注意，是连续 50 年的复合增长率！

单看 19.4%，可能有些人不一定有感觉，但连续 50 年 19.4%，是非常惊人的成就！它直接让巴菲特成为了世界前 5 名的富人。

中国大陆对于巴菲特的了解，是从 1996 年开始的。当时，有个叫孙涤的在美国生活过很多年的人，在《上海证券报》上经常会结合美国股市情况写一些文章，其中有一天，他写了一篇题为《证券投资巨擘——华伦·布费》的较长篇幅的文章，首次公开介绍了巴菲特的情况。从此，随着中国股市跌宕起伏的发展，当然主要是各类投资机构的快速崛起，巴菲特越来越成为了众多投资人士心中的股神和学习研究的榜样。

巴菲特做过报童，十一岁时开始投资。他就是用做报童赚的钱开启了自己的投资生涯。开始时，他做投资失败了。但他做报童很成功。现在，伯克希尔·哈撒韦公司股东大会期间每年都会举行掷报纸比赛，就是巴菲特根据自己的经历倡议的，要求是把一摞报纸叠起来，但不能用橡皮筋扎，然后扔到 35 英尺外的 Clayton 家的门口，谁扔得准谁赢。巴菲特虽然初始投资失败了，但坚持做了下来并获得了异乎寻常的成功。2011 年 2 月 15 日，巴菲特获得了奥巴马总统颁发给他的年度总统自由勋章。获奖感言中，巴菲特没有谈及股票，只是说他的好运气。他说他感到很幸运，原因有三：一是能够出生在美国；二是能够在人生初期就找到自己爱做的事情；三是他今生最重要的两个人，他的父亲和母亲，都给予了他无条件的爱。

在和朋友聊着巴菲特时，我突然想到，在 2015 年巴菲特"致股东的信"中，有这么一段话：我们的跑鞋公司 Brooks，将提供一款纪念版跑鞋。你可以穿着它参加第二天早上 8 点开始的第三届"伯克希尔·哈撒韦 5 公里"比赛。全部细节在会议指南中都有，你将有机会与伯克希尔公司的经理、董事和合作伙伴一起参加跑步比赛。

当即，我下了一个决定：我要去参加这届股东大会，并参加第二天的 5 公里跑！或者反过来说，为了要去参加巴菲特组织的 5 公里跑，我要去参加这届的股东大会。尤其是，听说巴菲特和芒格因为年龄和身体原因，这可能是他们亲自参加的最后一届股东大会之时，决心更加坚定！

回家以后，与谢红一说这事，便得到了她的积极响应。事情就这么正式定了下来，并在朋友的帮助下及时办好了参会的各项手续。

4 月 29 日，我们登上了飞往美国芝加哥的航班，并从芝加哥转机飞往奥马哈。每年的这个时候，全球投资人士和伯克希尔的股东一起，都会来到这个叫奥马哈的小城。因此，航班上，绝大多数都是去参加股东会的人。2014 年，有 39000 人出席会议，今年是伯克希尔·哈撒韦公司 50 周年庆典，将有创纪录的人来到这里参加于 5 月 2 日（周六）在 Century link 中心举行的年度股东会议。其中，来自中国的有 2000 多人。

巴菲特虽然取得了巨大的成功，身价不菲，声名远播，但他却始终住在他 1958 年花 31500 美元购买、现价近 50 万美元的一栋灰色别墅（他对面的房屋因为巴菲特的缘故则要价 200 万美元），办公地点则在 Kiewit Plaza 大厦租了半个楼面，50 年不曾离开。巴菲特说："我生长在这里，我在这里生活感觉非常幸福。我在华盛顿和纽约等大城市也居住过，但与奥马哈不同，只有这里才是我的家乡，给我家的感觉。"他又说道："我想奥马哈是一个能够让人心智正常的地方。过去我在纽约工作时，我常常感觉这个城市总是有太多的外部刺激，不断冲击我的内心，我就会分泌太多的肾上腺素而过度兴奋，就会对这些外部刺激做出过度反应，过不了多久就会做出疯狂的举动。

而在安静的奥马哈要冷静思考就容易多了。"

一路上，为了消遣，也为了在参加会议时更有状态，我随身带了有关巴菲特的书。看着看着，我总是会想起 2010 年我首次见到巴菲特的情景。

2010 年 5 月初，我和中央电视台《经济半小时》节目组一起，去参加巴菲特股东大会并在会后对他进行采访。开会的那天早上 7 点钟，等我们赶到会议地点 Quest 中心时，会场里早已经人山人海。突然，我看到左边的大厅中央，巴菲特已经到了，正坐在那里和他的乐队一起弹着吉他，神情悠然。"精力真好啊，这么早就到了。"在我那时习惯性的思维中，会议 9 点钟才开始呢，他这么大牌的人物，肯定也会像国内的公司老总开会那样，要晚几分钟才会出现；即使到了，也要在休息室喝口茶，休息一会儿，然后直接坐上主席台。而绝不会在现在这个时间，就出现在这里，还给大家弹着吉他！哪像个大佬啊！

走在会场里，到处都是人，到处都是摆摊卖东西的柜台，很多人都在选购自己需要的商品，这根本不像是会场，俨然就是百货商店。

这时我才知道，巴菲特不光是投资大师，还是营销高手。他在股东大会

伯克希尔·哈撒韦公司
50 周年股东大会海报

期间，会连续三天在会议地点卖他所投资的公司的商品，从 See's（喜诗）糖果到保险公司的保单，应有尽有。我也花 19 美元买了一件印有 "Berkshire Hathaway" 字样的夹克，还买了一本有关巴菲特的书，准备在见到他时请他签名。

会议马上就要开始，我走进会场找了一个地方坐了下来。由于到得比较晚，只能坐在会场最高处的一角，从那里看主席台上的巴菲特和芒格，朦朦胧胧。

9 点整，巴菲特开始讲话。只见他拿起放在台前的可口可乐，喝了一口，然后用清澈浑厚又非常有节奏的声音开始介绍过去一年的业务。这些业务和数字好像印在他的脑子里似的，他用 PPT 配合着他的演讲，倒豆子一样地倒着。大约半个小时后，豆子倒完，开始进入提问环节。常规情况下，一直到下午 3 点，共会有 60 个左右的提问，从成功的投资，到失败的投资，从全球经济到中国形势，应有尽有。整个过程当中，巴菲特的口才给我留下了异常深刻的印象。这就可以理解了，巴菲特在他的办公室中，挂在墙上的，不是他哥伦比亚大学的研究生毕业证书，或是他与某个名人的合影，而是 1952 年他二十一岁时参加戴尔·卡耐基培训课程（关于有效演讲和领导力培训）的毕业证书。巴菲特说："办公室里的这些东西代表着一些对我一生来说非常重要的东西。那是我二十一岁时参加戴尔·卡耐基培训课程的证书。当时我非常害怕公开演讲。我站在一群人面前，害怕得连自己的名字都说不出来。最后，我决心花 100 美元参加这个培训课程。从此以后，我不但能在一大群人面前公开讲话，也能够在一大群人面前讲话讲到停不下来。我必须说一下，就是在参加培训期间，我向我的太太求婚了。哈哈，看来我这 100 块钱花得太值了。"他又说道，"这培训并不能够防止我在面对公众发表演讲时吓得膝盖发抖，而是能够让我在膝盖发抖时还能够继续进行演讲。"

巴菲特开股东大会的方式好新奇啊。在国内，上市公司开股东大会，一般都只会安排半天，而且大部分的时间，都是相关负责人在阅读一本厚厚的股东大会文件，文件里，是许许多多的会议议题，在花大量的时间阅读完以后，都是象征性地请股东提几个问题（有时还是安排好的股东），然后表决结束会议。

两者之间的差异非会议时间的长短所能涵盖！

下午4点整，在完成了股东会程序并召开了3点以后的董事会议以后，巴菲特出现在了接受央视采访的现场。这是一个位于一楼的有点类似平时堆物的非常普通的房间，房间略大，为了拍摄的需要，在墙的一边用一块大黑布遮着。房间里，只有巴菲特坐的一个小沙发和采访记者坐的一把靠背凳子，除此之外，整个房间空荡荡的，我们站在一边，等待着巴菲特的到来。巴菲特来了，一个人，没有任何陪同，精神好得不得了，一见我们就用他特有的嗓音和我们打着招呼。我的天哪！这哪里像个从早上五六点钟开始忙到现在、中午也没休息的八十岁的老头？但不管你如何怀疑，这就是当时的巴菲特！

采访花了半个小时。整个过程中，巴菲特对于任何提问，都是毫无迟疑地滔滔不绝，反应敏捷；手里，没有一星半爪准备的材料，对于提问的问题也没有任何的设定。如果不是在现场，绝对想象不到是这样一种情况！见到了他，才可能稍微明白巴菲特为什么会成为"巴菲特"，或者，坐在面前的这个人为什么是"巴菲特"。

采访结束以后，是我给他赠送礼物的时间。我想巴老已经忙了这么长时间，也可能是见到他太激动，反正，我赶紧把准备好的礼物拿了过去。那是我精心准备的一个礼物。那年，正是世博中国年，那届世博会最引人注目的就是中国馆特有的设计。因此，我特地花900多元去买了一个世博中国馆的模型。这模型的奥秘在于，它除了外形是非常好看的中国馆以外，中间的印盖可以拿出来当印章用。为了给巴老一个惊喜，出发前，我特意到上海城隍庙请人刻了"Berkshire Hathaway Warren Buffett"这几个印字。所以它是一个非常标准的印章。巴老见到礼物有点不解，就问："这是什么？"我说这是2010年世博会中国馆的模型。他一听迅速地把它拿了过去，像个孩子似的，好奇地左看看右看看。这时，我把印章拿了出来，巴老没想到还有这层变化，

与股神在一起

立即安静了下来（难得他会有不说话的时候）。我告诉他，中国馆是中国印的造型，我拿出来的，就是一枚印章，印章上已经刻好了他公司和他自己的名字（现在，我很遗憾当时只想着把最新的礼物给他，没有刻一个印留下来）。巴菲特看了一下，毫不客气地立即收下了。然后，我请他在准备好的书上签了名，并一起合影留念。

2012年4月17日，巴菲特专门给公司股东写了一封信，说他已经诊断患有前列腺癌，但他仍乐观地表示自己"精力旺盛"，自我感觉还不错，如有任何健康异常情况，会及时向股东报告。

此后，在积极的治疗之下，我至今没有见到他有关这方面的报告。2013年5月5日，即巴菲特患病后的第一次股东大会的第二天，巴菲特却发起了"伯克希尔5公里跑"活动。来自25个国家的2000名股东，以及数十名公司高级经理参加了活动，巴菲特把长跑活动命名为"Invest in yourself"（投资于自己）。

其实，自1995年起，跑步即已成为伯克希尔·哈撒韦公司的文化。当时，时年六十五岁、超级喜爱樱桃可乐、汉堡和薯条的巴菲特发现身体状况每况愈下，便在医生的建议下，开始在跑步机上跑步，跑步里程为3—5公里。

此后，敏锐的巴菲特发现这一活动非常适合于他这样的投资公司，一方面运动方便，另一方面跑步的特点和他投资的逻辑极端契合，那就是"慢就是快"。于是，他便在公司推广跑步运动。现在，伯克希尔公司已经聚集了众多的跑马高手：投资二人组之一的 Ted Weschler 的马拉松纪录为 3 小时 1 分钟；Jim weber，Brooks 跑鞋公司的 CEO，跑马纪录是 3 小时 31 分钟；投资二人组的另外一人，Todd combs 的专长是铁人三项，但他 5 公里跑的纪录是 22 分钟！

所以，江湖曾经传说：巴菲特只选择跑过马拉松的人做他的接班人。此言不知真假，但巴菲特确实说过：长跑的过程并不会一直愉悦，有肉体的痛苦也有精神上的枯燥。但要想得到第一，首先你要跑完全程。

投资不就是这样一场理性的耐力赛吗？

巴菲特是理性的人，也是务实的人。为了经营好公司，为了做好投资界的长跑冠军，巴菲特讲道："我的接替者应具备一种特别的能力，即能够摆脱那些肤浅的商业理论，这些老生常谈的商业理论充斥着傲慢武断、官僚主义和固步自封的色彩，一旦这些理论滋生蔓延，再伟大的公司也将垮掉。"

显然，会跑步不算一种特别的能力。但是，如果始终能以良好的成绩和优异的状态跑完全程，肯定是一种特别的能力！

巴菲特无疑是有特别能力的人！我相信，这并不是一个复杂的判断。君可见，在全球如此众多的投资名家之中，一旦发生危机，只有巴菲特会被人请去（包括 2008 年被美国政府请去）解决各种各样的问题；只有巴菲特的一言一行会如此地受人关注；也只有巴菲特的股东大会，每年都会成为全球投资人士及当地居民的盛会。这都源于他长期优异的业绩表现（50 年来，仅有 3 年的回报为负）。我在见到巴菲特之前，对他这种特别能力的认识都来自于文字的描述，以至于在我心里，对他进行膜拜的同时，对他有的方面的做法并不认同，尤其是在现金管理方面。如果你仔细阅读过巴菲特"致股东的信"，那一定会注意到，在每年"致股东的信"中，他都会一再提到公司账上有充沛的现金等待着机会的出现。这现金的数额，可不是 1 亿或 10 亿人民币级别，也不是 1 亿或 10 亿美元级别，而是动辄 300 亿、400 亿，甚至近 500 亿美元的天文数字般的级别。在国内，一家公司账上如果有钱（即使是借来的，更不用说是自有资金了）没有用出去做投资，那老板一定会急得不得了，公司的财务负责人基本上也做不下去。所以，当我看到这么巨量的现金躺在账上，巴老还总是志得意满地向他的股东们报告此一事项，而股东们也从来没人因为此事提出过质疑，这说明股东们是认可巴菲特的这一做法的，在我，则始终难以理解！

直到，直到见到了巴菲特本人，我对此忽然理解了。正如巴菲特在 2014 年"致股东的信"中所说，现金就像煤矿里的金丝鸟，当没事时，你不会理会到它的存在，而当一旦有事时，没了它麻烦就大了（金丝鸟对瓦斯有极其敏感的反应）。也就是说，当你把钱都投出去了，当出现新的机会的时候，你就会出现无钱可投的状态；而当投资出去的项目并不能产生所期望的回报时，则公司的业绩一定会受到较大的影响。更如果，在遇到金融危机、自身杠杆又很高时，那就只能躺下了：1997 年亚洲金融危机时的百富勤、2008 年全球金融危机时的雷曼兄弟，皆是这方面的典型。

当退潮时，才知道谁在裸泳！

对于手持大量现金，巴菲特幽默地说道：我经常在想，如果核弹爆炸或者美联储主席伯南克和社交名媛帕丽斯·希尔顿（Paris Hilton）私奔去了热带海岛，我该怎么做？

可以看到，巴菲特的一个异常特别的能力就是：他每年在给股东创造巨额回报的同时，又始终能够储备大量的现金！这让他在任何情况下都能进退自如。

多么特别的能力！

因此，当巴老的身体出现状况之后，我心里一直想着要再去见见他。不管怎么说，都是在倒计时啊！

人生真是奇妙。心里虽然想着，但我并没有真正付诸过行动。2015 年，却因为跑步的原因，我又来到了奥马哈。

5月2日，一天的会议依然开得紧凑热烈。9点整，当八十六岁的巴菲特精神矍铄、九十岁的芒格颤颤巍巍地走进会场时，在场的4万多名参会人员立即齐刷刷地站起来，报给他们以热烈的掌声。两位老人坐下以后，巴菲特进行了简短的讲话，随后，照例放了一部介绍伯克希尔公司的小电影，电影拍得一如巴菲特的风格，轻松幽默。电影放完，就是提问时间，依然主要是巴菲特回答问题，比巴菲特大四岁的查理·芒格则眼睛似睁非睁地坐在旁边，嘴里不停地嚼着巧克力，偶尔插上一两句话（我很佩服他为什么不会睡着）。每年的 Q&A（问答环节）很多内容其实都是有点标准化的，比如对于中国的看法，芒格都是始终如一地"坚定看好"。今年的问答中，我印象最深的是有关 IBM 的。大家都知道，巴菲特只投"看得清楚的企业"，对于高科技类的公司，巴菲特认为是看不清楚的，所以他始终不对其进行投资，包括他的好朋友、他 90% 的捐赠都投给了他的"梅琳达·比尔盖茨基金"的，也是他乒乓球双打搭档的比尔·盖茨的公司——微软（Microsoft）。

为此，在 20 世纪 90 年代科技公司突飞猛进之时，巴菲特曾经广受批评。很多人认为，如果投了微软，那一个微软贡献给他的利润都够买下好几个伯克希尔·哈撒韦了，但他就是没投。这一定是他投资史上比较灰暗的一段时期，巴菲特却始终不为所动，直至 2000 年互联网泡沫破灭！

但在 2011 年，巴菲特突然出乎意外地投入 20 多亿美元，买入了 IBM 的股票。这让市场一片哗然：你不是不投高科技企业的吗？怎么买 IBM 了？IBM 在巴菲特买入以后，虽然曾有短暂的上涨，但整体表现并不理想。巴菲特却不顾其市场的表现，仍在大量买入，直接持股比例从 2013 年底的 6.3% 提高到了 2014 年底的 7.8%，总投入达到 131 亿美元，成为他持有的四大公司之一（另三个为美国运通、富国银行和可口可乐）。因此，听到这一问题，我立即吊起了神经，想知道巴菲特如何回答。只听巴菲特说道，这让他特别高兴，因为，如果大家都看好、看懂的话，他怎么能有机会以这么便宜的价格买到这么多想买的东西呢？为了证明他的正确性，他接着又加了句：我怎么能这么有钱呢？！这就让别人无话可说了。就在写这篇文章时，我查了一下，

IBM 的股价在 2015 年下跌了 11%，但它的每股红利已从 2011 年的 2.9 美元一股提升到了 2014 年的 4.25 美元一股，且每年都在增长。

　　将心比心地想，自己手上如果有这么多的钱（自有资金哦），该怎么去投资呢？从哪里去找这么多好的项目呢？是不是整天都该愁坏了？巴菲特就是不一样的人，在这种情况下，他的幽默睿智又来了，只见他说道："双性恋的好处是周末晚上找到约会对象的机会翻了一番。同样道理，我们既愿意参与企业经营，也愿意不干预企业经营，这样，我们的收购机会就多了很多。我们有无穷无尽的现金等待着收购机会。"为了保持高回报率，巴菲特打了一个比喻来说明自己也要改变找项目的方式："一个老年人在零售店里发现老婆丢了，恰好遇到一个年轻人也在找自己的另一半。老人问，你妻子长什么样？年轻人回答：她可真是个金发美人啊，身材火爆得能让大主教从教堂的窗户跳出去，而且她今天还穿着白色小短裙。你太太呢？老人回复说：'别管她了，咱们一起找你老婆吧。'"看了这样的回答，你是不是会觉得没有比他水平更高的江湖高手了？但他可不是这样说说，而是始终这样做的。2002 年投中石油、2006 年投比亚迪、2009 年美国金

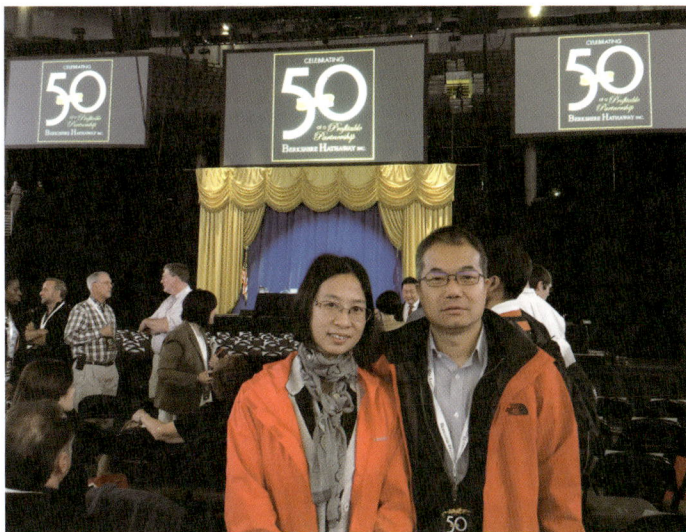

五十周年现场

融危机后投 BNSF（北伯灵顿铁路公司）都是这方面最好的证明。当然，巴菲特也有很实在的时候，在 2016 年 2 月 27 日公布的最新的"致股东的信"中，巴菲特表示，在过去的 240 年中，看空美国始终是最大错误，现在更无从谈起，美国的商业和创新作为两只金鹅，会生出更多、更大的金蛋。因此，巴菲特说，做投资的人必须爱国，他也给自己贴上了这样的标签："美国的爱国主义者"。

看着坐在台上的巴菲特和芒格，我的心里不仅仅羡慕这两个可爱的世纪老人，更多的是深深的祝福。是他们亲密无间且互相尊重的合作，才成就了今天的伯克希尔·哈撒韦。巴菲特说：如果你曾经参加过我们的年度会议，你会知道芒格才华横溢、记忆超群而且富有主见。我当然也不乏想法，有时候我们会意见相左。然而，在过去的 56 年中，我们从未发生过争吵。因为，在我们产生分歧时，芒格会告诉我：沃伦，你再想一想，你就会同意我的观点的，虽然你很明智，但真理却在我这一边。

开完会议以后，同行的肖主任希望我给他们媒体写点参会感想，我立即委婉地谢绝了，道理很简单：巴菲特太高深了，哪有那么容易写并在短时间内写得好的？

第二天，我们都穿着印有巴菲特头像的橙黄色服装去参加 5 公里跑。起点处，两个来自北京的巴迷（其中一个还是京剧名家）拉着印有"Thank you Warren Buffett——Share Holders from Beijing, China"的横幅已经站在主席台边很久了。巴菲特没有来，既没有来参加跑步，也没有来宣布比赛开始。这让我有点失望，但我还是和摆放在现场的巴菲特的玩具头像合了个影。

8 点整，比赛正式开始，参赛队员们一个个都跑得飞快，没人想着"慢就是快"的道理，我也以 26 分 47 秒的成绩马马虎虎地完成了比赛。看来要成为巴菲特确实不是一件容易的事啊！

跑完步，我和谢红搭乘专门过来参加会议的侄子的车往美国乡村音乐之都田纳西州首府拉什维尔市进发，去参加他在范德堡大学的研究生毕业典礼。途中，在中午吃过巴菲特投资的"DQ"汉堡以后，在圣路易斯过夜。

早上 4 点，我醒了过来，又在想着肖主任安排的事。要不还是写一点吧？我的认真劲又在鼓动我了。于是，坐在床上，我提笔写道：

每年 5 月的第一个周六，全球几万人都会如朝圣般地来到巴菲特的家乡——美国中部、人口仅 40 多万的小城——奥马哈，参加由巴菲特执掌的伯克希尔·哈撒韦公司的股东大会。这是当地每年最重大的盛会！

投资人会在上午 9 点开始、持续 6 个小时的股东大会上，向八十六岁的巴菲特和他的搭档、九十岁的芒格提出 60 个左右的各类问题，请教他们的看法。两位老先生从坐下来开始，除了中午吃饭的 1 个小时外，一直坐到下午 3 点，从不离开座位一步，包括如厕，这是让大家十分惊叹的事。

这可能也是股神的与众不同之处吧！

对于巴菲特，基本的看法是，他股票投资做得特别好，他的价值投资理念，他的名言如"别人贪婪时恐惧，别人恐惧时贪婪"等都是股市中人耳熟能详的。

5公里起跑点

与巴菲特道具合影

途中的DQ店

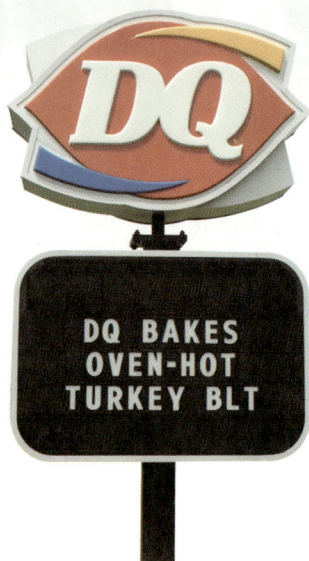

其实，巴菲特的股票投资与纯粹的股票投资有着显著不同，那就是：他是从企业经营的角度来进行股票的买卖，而不是为了博取差价。

所以，我认为，巴菲特的股票投资可以归纳为以下几点：他是以价值为先导、以经营为基础、以绩效为目标进行投资的。

他买进股票的目的是为了给他的公司——作为上市公司的伯克希尔·哈撒韦带来持续的现金流和业绩回报。正因如此，他可以持有可口可乐、喜诗糖果、华盛顿邮报等几十年。这种长期投资是股票投资者根本做不到的。所以，如果从这方面来学习巴老的价值投资，很难取得成果。

据此，巴菲特的过人之处在于以下两点：

1. 股票投资（或者更确切地说，公司投资）方面，如何从独乐乐到众乐乐。

巴菲特买股票，是市场人士都知道的，但很少有人会马上跟着买，因为他买的股票大部分人都看不上，或者认为是错误的投资。但经过一段时间以后，大家会发现，还是巴菲特做得对。那时，巴菲特提前买的股票就会大涨，也就是众乐乐了。

2. 公司经营方面。

因为他买了大量的公司，这些公司涵盖社会生活的方方面面，多样多元、业态复杂，有 30 多万员工，世界各地都有投资。像这样庞大的体系，光文件签字就要花大量的时间，何况还要讨论业务发展或解决过程中的很多问题。

　　我们这次一到会场外，就看到几十个他旗下公司 Netjets 的机长和高管举着牌子在游行。而他的总部 2014 年底才有 25 人！

　　他是如何驾驭公司的呢？

　　这是十分值得正在迅速崛起的中国公司的领导者思考和学习的问题。这样，这些企业领导最起码可以不用每天 7 点就到了办公室，晚上 10 点还在开会。

文章发给肖主任以后，第一时间就被发表出来了。这让我很汗颜：多么粗浅的东西啊。

　　1955 年，法国存在主义哲学家萨特偕作家女友波伏娃访问中国。访问即将结束之际，萨特讲了这样一句很有意思的话："中国最直接的现实就是未来！"

　　是啊，中国最直接的现实就是未来。对于我们很多人来说，又何尝不是如此？这就如同跑步，刚开始只想着跑跑玩玩的，但能跑 5 公里了就想着跑 10 公里，能跑 10 公里了就想着跑个半马，其实心里想的是何时能跑个全马！还是 " Invest in yourself"，一点一滴地开始吧，慢就是快！

雅马记

2015年11月14日，晚上7：30，随着超大型的卡塔尔航空公司QR888航班深沉而有力地降落在浦东国际机场，我们一行人顺利地从雅典回到了上海。雅典马拉松之行结束了。

雅典，一个有名但并不出名的城市，由于某种忽然而来的缘故，成为了我2015年必想到达的地方。虽然这一年，以雅典为首都的希腊整个国度发生了严重的经济危机，失业严重，游行不断；下半年，欧洲又发生了世上最大的难民潮，希腊也不可避免地卷入其中！

这个缘故，就是马拉松！

我在2014年"跑马记"中写过，自从我喜欢上了跑马以后，是特别希望把自己的首个全马放在雅典的。因为雅典是马拉松的发源地，是跑马人必须跑的圣地！只是因为，当时全国跑马的趋势日益剧烈，迫于形势才于2014年11月8日先跑了上海国际马拉松。但在我的心里，始终是把雅典作为正式开始我马拉松生涯的起点的，只有这样，我才觉得我的马拉松跑得有源，名出正统！在跑步界，这不是我一个人的想法，否则，为什么有那么多人都想着把自己的第一个全马放在雅典呢？这就如青春献给爱情一样，单纯、热烈、有爱！

在取得了谢红的认同后，我询问了洪斌和春兰夫妇是否愿意一起去，没想到，刚开始跑步的他们态度特别积极，立马决定参加。他们俩都在金融机构工作，平时特别忙，多年来又忙于小孩的读书，夫妻二人从来没有单独出国旅游过，这次拉他们一起也是希望他们能有机会放松一下，休息

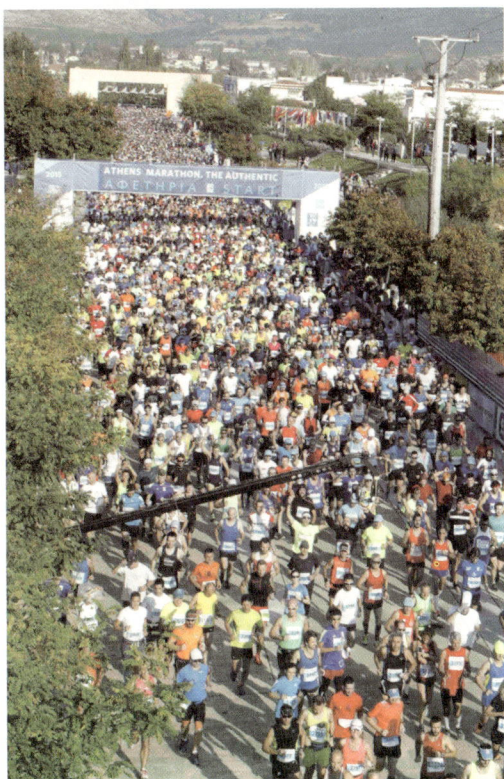

古老的雅典马拉松

休息。但因为这次出国的目的是跑马拉松，所以我在提出之前很是忐忑，提的过程中也一再强调出去以后可以不跑马，就去玩玩。极蓝极蓝的爱琴海、全世界知名的婚纱摄影圣地——圣托里尼以及历史上留下了巨大影响的伯罗奔尼撒半岛……哪一个不值得去亲自体会一番？当然，费用会稍微贵点，毕竟有与马拉松相关的一些开支。但是，也正是因为马拉松，所以整个行程也有它非常特别的地方，比如点圣火仪式。没想到，他们始终表示，不但要去，而且要参加跑马，全马哦！在全世界最知名也最虐的原始跑道——从马拉松小镇到雅典，全程 42.195 公里！

　　为了对雅典以及雅马有更多的了解，当然主要是为了跑好、吃好、玩好，我与 Fay 取得了联系。Fay 可不是一般的人，她的公公 1946 年曾获得过世界六大满贯之首的波士顿马拉松冠军，并且是希腊的民族英雄。在波士顿马拉松的赛道上，六尊雕像中的一尊就是她公公的；在希腊的马拉松博物馆，也有她公公专门的展厅，可见其江湖地位之高。

说起与 Fay 的相识，那真是缘分。这事情要追溯到 2014 年的上海国际马拉松。开赛之前，上马组委会邀请特邀选手（也就是会像鹿一般飞奔的小黑哥、小黑妹）参加浦江游览。在精心布置的游船上，因为好奇的缘故，我对如果上海说是第二，恐怕没人敢说自己是第一的浦江两岸夜晚的景致并没有兴趣，而总是把注意力放在小黑哥、小黑妹身上，看在赛道上行云流水而在生活中略显稚嫩的他们是如何含羞地发言、笨拙地品着中餐、激动地留影。看着他们可爱的样子，我想，他们毕竟还是小孩。这时，知道我想跑雅马的朋友指着一个老外说，他是雅马组委会在上海的联络人，可以和他认识一下。我立马过去打了个招呼，才知他的中文名字叫林海（又是林海），于是彼此留了电话和邮箱，说好三月份的时候联系他，请他帮助报名，由于觉得跑成雅马已有指望，还说了特别多的"谢谢"之类。没想到，当我们正式联系他时，他却迟迟不回邮件，让我对这老外的信用好生失望，也让我对跑成雅马的信心凉了一截。又过了一个星期，收到了 Fay 的邮件，说是林海回国了，雅马的事可以和她联系，云云。就这样，我们和 Fay 认识了。

Fay 是个很热心的人。为了大家都能跑好雅马，她特地组织了雅马分享会，由她先生狄米崔、她自己以及跑过雅马的跑友对雅典以及雅马的相关情况进行了介绍。我这才知道，为什么最令跑友向往的雅马的关门时间为 8 小时，而这条最为原始的跑道被称为最虐跑道，原来是它除了保留着最传统的路基之外，路面很窄、有近 300 米的海拔高差，最最关键的是有连续 15 公里的上坡！心里不免一紧！

11 月 6 日晚上，我们一行人在浦东国际机场集合，登上了卡塔尔航空的QR889 航班，正式出发，经停多哈，飞往雅典。虽然有别于其他旅行，这次出去是出钱又出力的活儿，但每个人都喜滋滋的，看来状态不错呀！我掂量了一下自己，也不错！

登上卡塔尔航空公司的班机，瞬间被它的舒适所吸引。起先，觉得卡塔尔就是一个蜷缩在霍尔木兹海峡一角的石油小国，又是世袭制王国，航空能有何出彩之处？怎么能和咱国航、南航相比？更不用说和美航、美联航比了，因此并没有任何期望。上了飞机才知道，它能成为全球第二大航空公司绝非偶然，强烈建议各位看官能坐一下卡塔尔航空，即便飞出去马上飞回来也行（此处非广告，本人没有广告代言收入哈，我只是喜欢对于美好事物给予赞美，就如很多人在朋友圈发美照一样）。

　　上了飞机不久，我就沉沉地进入了梦乡，这对于我这样一个失眠刚刚开始好转的人来说真是最舒服的事情了（卡塔尔航空好在哪里，知道了吧？）。经停多哈，一个多小时后，我们登上了飞往雅典的航班。上了飞机，一转眼又睡着了（卡塔尔航空好在哪里，这下更清楚了吧？）。五个小时后，我们到达了雅典。怎么这么快就到了？第一次产生了不想下飞机的感觉。

　　中国人在海外的待遇真的很高，最起码在希腊如此。一下飞机，我们就受到了希腊旅游局官员的热情迎接。他们手捧鲜花，真挚地欢迎我们的到来。我们都争先恐后地与他们以两国国旗为背景合影留念。"到马拉松跑马

雅典机场欢迎仪式

拉松"！雅马，我来了！

第二天是调整时间，也是游览时间。用过早餐，我们出发游玩了著名的雅典卫城，以及 2004 年雅典奥运会举办地，也是我们此次比赛的终点、能容纳 6 万观众的大理石体育场，也叫 1896 体育场。想到了吧，它就是第一届现代奥运会、1896 年雅典奥运会的举办地。就是在这届奥运会上，马拉松正式成为了奥运竞赛项目，至今，马拉松作为正式比赛项目从未有过变化，算来已过 120 年，而我跑马拉松才两年！心里惭愧极了！

用过中餐，大家随意地逛了逛街。只见步行街附近人头攒动，商旅兴旺，秩序井然，并没有出现之前所担心的安全等问题。难怪在经济危机最为激烈的时候，平民出身、坚决反对脱欧的齐普拉斯能够当选新一届总理。现在看来，他的当选颇有点"希腊人民对于美好生活的向往，就是我们的最高追求"的意味。

从步行街到宙斯神庙，距离不远，坐车很快就到了。走进神圣的宙斯神庙，脑子里全都是宙斯大神（那可是真正的大神！）高举火炬，带领臣民奔向幸福生活的热烈场景。而眼前，空旷的神庙内，除了几根大柱落寞中透出一丝高贵地孤独耸立，已看不到任何昔日的辉煌、曾经的荣耀。但这丝毫没有影响我们内心对于神的尊重！我想，真正的神是不需要靠物理的形态来衬托自己的伟大的，更不需要通过那些华贵的外表来包装自己，真正的神靠的是自己的力量，更何况宙斯！希腊是一个经济并不发达的国度，但没有人会因为经济危机而否认它对历史的贡献，其原因主要也在于如宙斯和苏格拉底、柏拉图等神话世界以及现实世界中的神皆诞生于此的原因吧。反正我是这么想的，或者我愿意这么想。

我站在一角，凝望着那几根雄伟的大柱。下午的暖阳，穿过层层的城市森林，斜照进了宙斯神庙，把大柱烘得暖暖的，一片金黄；那大柱，却仿佛是离家远行归来的女子，在千年不变的阳光拥抱中，面对眼前的场景，一脸的无奈与苍凉。她们仿佛在无声地呐喊：时光啊，我们到底是该迎接还是该拒绝你的到来？明天一定会给我们带来更多的美好吗？

偷窥的猫

与郎永淳在宙斯神庙

　　斜阳里，一只小猫蹲在后面，看着春兰拍照。斜阳中，多么和谐而又生动的画面啊，一个跑友马上把它拍了下来。

　　就在大家熙熙攘攘之时，人群一阵骚动。原来，是传说中的郎永淳来了。相比于村上春树晨跑时的"小确幸"，在遥远的雅典能遇到郎永淳应该算是"大确幸"。郎永淳是我非常喜欢的央视新闻联播主持人，这不光是他不甘于在徐州乡下做一个乡村医生努力进取成为央视著名主持人的精神，也不仅是他在得知妻子吴萍身患恶疾毅然辞职的"爱、永纯"情怀，而是作为一个身材并不伟岸的男人，他浑厚的声音和坚毅的眼神背后透露出来的那种自信、坚定和不可打倒！

　　这就可以理解了，为什么有那么多的人喜欢他、支持他、关心他、需要他！这样的男人，是真汉子的典范。2015年底，郎永淳加入了"找钢网"，担任副总裁兼首席战略官。他在接受媒体采访时，引用影响了几代人的诺贝尔文学奖获得者、哥伦比亚作家加西亚·马尔克斯《百年孤独》中的名言说道："生命中曾经有过的所有灿烂，终究，都需要用寂寞来偿还。"

　　一如眼前的这几根大柱！

　　离开宙斯神庙，我们坐上车，奔赴赛前的最后一个目的地，也是雅典马拉松出发地的马拉松小镇。马拉松小镇离雅典的行车时间为一个小时。离明天的马拉松越来越近了，我和跑友们一样，都有点兴奋。想到马上又要亲自参加为明天的马拉松专门举行的点圣火仪式，内心的激动更无法自抑。这神圣庄重而又空灵幽然的点圣火仪式，我还是在北京奥运会之时在电视上见过。每届奥运会开赛前几个月，国际奥委会都要组织在现代奥林匹克运动的发祥地——希腊奥林匹克公园，点燃圣火，然后在全球传递。圣火会经过城市、跑过乡村、爬上高山、潜入深海，最后，在开幕式前一天被送达举办地。当时画面中那神圣庄严的场景，至今历历在目。没想到，我因为来跑一个马拉松，也真的有机会亲自参加点圣火仪式，并且，已经坐在了第三排的位置上！

在希波战争中牺牲的 192 名战士的墓前，演员们首先表演了当时以 1 万人对 10 万人、以少胜多的战争的激烈场景。一个小时后，圣火终于被点燃。那高贵明亮的圣火，火焰中透射出的是历史的沧桑和现实的豁达。

从圣火仪式现场出来，准备回雅典。导游说要带我们从第二天的赛道上回去。终于要见到那条著名的魔鬼赛道，它到底是什么样子的呢？心中好生期盼。上了车，车子转了两个弯，导游说我们已经走上了赛道。"还可以嘛，坡度不大，就是窄点。"我对谢红说。就在这时，导游说话了："这里是起点区域，也是全程最为平坦的路段，8 公里后开始有坡度。"坐在舒服的大巴车上，一边回想着刚刚结束的圣火仪式，一边观看着路两旁的风景，不知不觉之中，车子驶入到了所谓的上坡路段。还可以，还可以，我一边观察一边心里在想，但没敢说出口，因为后面的路段情况还不知道，万一判断有误呢！一路上，除了几个明显的上坡、下坡以外，总体上没什么感觉。"没什么，放心洗洗睡吧，明天完赛没问题。"

11 月 8 日早上 4：30，叫醒的铃声准时清脆地响起，如同一个准备奔赴战场的战士，等来了梦寐多时的这一刻，我照例快速地起床、洗漱、穿戴好有雅马标志的专门赛服，赛服上"2015 Athens Authentic Marathon"让我有种如菲迪皮茨般英雄的感觉。是啊，当年如果没有菲迪皮茨在那么困难的情况下勇敢地站出来，去搬救兵、去报捷，并在到达雅典的那一刻，用他最后的力气喊出"欢呼吧，我们胜利了"，并瞬间倒地不起，就不会有今天的马拉松运动，我也不会万里迢迢跑到雅典来跑什么马拉松的原始赛道。所以，在我最后穿上崭新的蓝色战靴的那一刻，我的内心是那样的庄重、那样的严肃，一种从未有过的情感溢满了我神圣的内心。我把鞋带又重重地系了系，暗暗下了决心，无论多么艰难，一定要陪谢红跑完这条英雄的路！

简单地用完西式早餐，很快地，大部队集合完毕出发了，我们快步地走向不远处宪法广场附近的专用乘车点。时间虽然已过5点半钟，但天空还是一片漆黑，几颗星星稀稀落落地挂在天上，等着下班的样子。马路上，仅有的几个早起的行人，在匆匆地赶路；小汽车倒是不少，呼来呼去的，那据说与希腊人民的勤劳有关。快要到达乘车点时，只听见人声鼎沸，大巴车一辆一辆地开来，把激动的跑友送往他们的出发地。我们一行人很快上了车，奔向马拉松小镇。

1个小时以后，我们在微露的晨曦中来到了目的地。一下车，志愿者立即递上了御寒雨披，但在凛冽的寒冷中，那根本不顶用，我们又穿上了自己带的雨披，但还是不管用。于是，我们就像有的老外一样，蹲缩在墙边避风，身子这才感觉稍微有点暖和。我看了看表，离9点钟的开跑时间还有2个多小时。

起点处，路虽然窄，但有一个巨大的体育场。体育场里，已经挤满了到来的跑友，密密匝匝，尤其是在跑道上慢跑热身的人，就像水池里挤在一起循环游动的金鱼，煞是有趣。

这次雅马，是至今为止人数最多的一届，共有超过48000人报名参赛，报名人数增长了43%，其中全马16000人，也是历届人数最多的一次。由于人多以至于组委会把5公里项目分成了上午和下午两场举办，郎永淳和他太太吴萍女士就参加了5公里项目。在马拉松小镇出发的，都是全马项目的人，共分9个梯次（9 block）出发，这样的好处是赛道不会过于拥挤，比较有秩序，也可以保证优秀选手出成绩；不好的地方是当轮到我们最后一组出发时（我因要陪谢红跑，所以放弃了自己靠前的组别，和她一起在第9组），时间已经到了9：29。从我们起床到现在，除了早餐以外，没吃

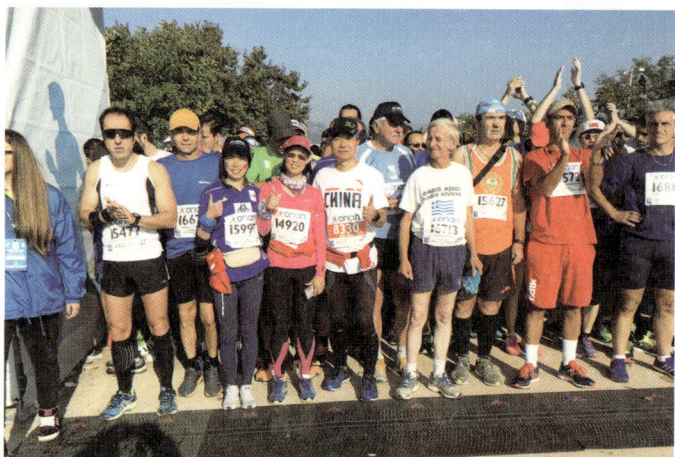
终于轮到我们起跑

没喝地已经整整 5 个小时过去，在国内，如果是参加半马的话，都快要到终点，再过 2 个小时，全马都要冲刺了，而我们可能要在下午 3 点才能到达终点。

但既然来到了这里，既然站上了赛道，那就什么都别想，跑吧，跑就对了。正如马克·吐温所说："人的思想是了不起的，只要专注于某一项事业，就一定会做出让自己吃惊的成绩来。"也正如我很喜欢的电影及基于其改编的英国经典音乐剧《战马》的主题词所讲的那样：每一段征程，都是勇者的舞台。

为什么都说"人生就是马拉松"或者"马拉松就是人生"，而没有人会以大家喜闻乐见的运动说"人生就是足球""人生就是赛车""人生就是游泳"？就是因为马拉松赛道上所遇到的点点滴滴就如人生中所能遇到的点点滴滴一样，有起有伏，有顺有坎，千变万化，不可预料。但马拉松就像人生一样，即便再远，也有尽头。拼搏吧，中国第一代乒乓国手容国团说："人生能有几回搏？"哪一个达到目标的人不是拼搏出来的呢！王思聪说："别人不是没你努力，别人只是没在你面前努力而已。"所以，一个人如果没有"努力到无能为力，拼搏到感动自己"的话，人生是很难留下什么痕迹的。即使他自己认为已经做得很好，也是如此。

9：29，随着帅气的马拉松市市长的发令枪响，我们终于出发。我和谢红一起，轻快地向前跑去。这时，太阳已经大了起来，温度明显开始升高。我心里有点担心，因为谢红的皮肤特别容易光感过敏，这原始赛道的两旁也没啥高大树木可以遮遮荫，这样会不会有问题？但我没有说，因为说了也没用。跑到4公里处，到了第一个补水点，我进站喝了两口水，继续向前跑去，没跑两步，心想天这么热，下一个补水点也不知在何处，万一谢红要喝水怎么办？立马掉头回去拿了一瓶水，攥在手里继续跑。平时跑步，我是特别不喜欢带东西的，哪怕手机，如果不是为了拍照，也不愿意带，更不要说在手里拿瓶水，徒然增加重量，也影响跑步的感觉。但这次不一样，我的任务是陪跑，这不光是要保证自己不能倒下，更重要的是要能陪跑到终点，一路上还要服务好。也好，也是一种体验，马拉松就是人生嘛。

向前跑了不多远，左前方的一个胖胖的姑娘可能是当地人吧，被路旁的观众认了出来，不停地喊她，她立即热情地跑过去与他们打招呼，没想到她迅速地又转过身来，与刚好跑到的我撞了一下。"Sorry Sorry"我俩同声说道。在赛道上这是经常遇到的事，我也没有受到任何影响，继续着我的跑步。突然，有人拉了一下我的袖子，我回头一看，原来是那姑娘追了上来，要送给我一支橄榄枝，我非常高兴地接了过来，连声说"Thanks Thanks"。

橄榄枝是和平的象征，主产于希腊，是希腊等国特有的树种。但国内很多人知道橄榄树，是因为齐豫所唱的那首名叫《橄榄树》的美妙绝伦的歌曲。在希腊，老百姓都特别喜欢橄榄枝。平时，很多人手里都会拿着橄榄枝，小孩子会把橄榄枝当作玩具。橄榄枝也会被当作礼物或信物，当小伙子爱上姑娘时，就会想着送给她橄榄枝，或用橄榄枝编成皇冠戴在姑娘的头上。波士顿马拉松的前三名选手，除了得到奖牌、奖金、证书以外，都会得到一顶做成橄榄枝形状的皇冠，这皇冠就是Fay先生的公司赠送的。可能因为橄榄枝代表着和平，而希腊人民都特爱橄榄枝，所以，希腊国内的犯罪率其实很低。

就这样，我一手拿着水，一手拿着橄榄枝，配合着谢红的速度，穿着最现代的跑鞋，轻松地跑在最原始的赛道上。

1公里、1公里就这样过去了，我们很快来到了8公里处。这里是第一个上坡。远远望去，与当时坐在车上的感觉完全不同，坡度与长度都超过了想象，好在之前有过一些练坡的经历，我感觉还好，谢红就略显吃力。大约1公里后，这个坡总算爬完了，之后间或几个小的上坡下坡，总体还算平坦。赛道上，希腊的、意大利的、克罗地亚的、德国的、南非的当然还有咱大中国的，来自世界各地的选手都有。其中，中国选手包括10公里、5公里等项目在内共有595人参加，这在2010年仅十几人。这么多选手中，中国选手是最好认的，除了长相、肤色以外，主要是中国选手的民族情结特别重，所以一般都会带一面国旗，或贴在脸上，或像发卡一样插在头发上，或背在身上，准备冲刺时使用。我就是把国旗整整齐齐地叠好束在腰间，准备在离终点1公里左右处拿出来，与谢红一起拉着国旗冲刺的！

　　这时，我们遇到了一个在慢慢跑着的中国女子，就一边喊"加油"一边与她聊了几句。闲聊中得知，她姓马，四十四岁了，来自青岛，一年多前开始跑步，这次是第一次跑全程，也是第一次出国跑。她说，她一定要把自己的第一个全马放在雅典，所以今天跟着团友们来了。她说，其他人跑得好，都跑到前面去了，她就慢慢地跑。我赶紧说，慢慢跑、慢慢跑就可以，随后说了一声"再见"，我们就照自己的节奏继续跑去。

　　前方，是18公里处，终于到了最为艰难的魔鬼赛段。相比于波士顿马拉松最后10公里的心碎坡，这连续15公里的上坡真不敢想象会跑成什么样子。20公里后，我忽然看到左边停着一辆大巴士，原来是收容车。收容车上，靠着我们的一边坐着一个帅气十足的小伙，很自在地看着我们。我好歹还没上收容车，心里想着，但看着谢红很吃力的样子，还是问了一句："你要不要上车？""不要！"意料之中的有点意见的回答。

　　马路的两边，热情而又幸福感十足的希腊人民似乎倾城而出，一路上都是人，乐队把音乐吹得震天价响，还有人用石块敲在路中间的隔离栏上，发出清脆悦耳的声音，给大家加油助威。由于我穿的是国家队的队服，胸前有"China"的字样，他们远远地都会向我高喊"China，bravo；China， bravo"（中国，加油；中国，加油）。

最可爱的是那些小孩子，一个个一只小手拿着橄榄枝，一只小手伸着，希望与跑友们击掌。但大部分跑友都在心无旁骛地艰难奔跑，没什么人理会他们。好可爱的孩子们啊，一定要满足一下他们的愿望。于是，我一边照顾着谢红，一边跑到这边、跑到那边，与这些小孩子们一个又一个地击掌，啪啪啪的击掌声中，看着孩子们以及他们的父母虽然身处经济危机之中，但一脸的纯真、快乐、友好，我再次感到这雅马跑得太值了。

26公里处，谢红终于吃不消了。这一次，她不是像之前那样，说走一会儿，而是喘着大气，说她的脚非常疼。我看是有点跑不下去了。唉，对于已经四十八岁的她来说确实太不容易。一年半前，她还只能连续跑两分钟，而现在，她已经在跑第二个全马，而且是在一个遥远的国度！但我知道，依她的性格，她是不会轻易放弃的。我赶紧停下来陪她做拉伸，又给她吃了能

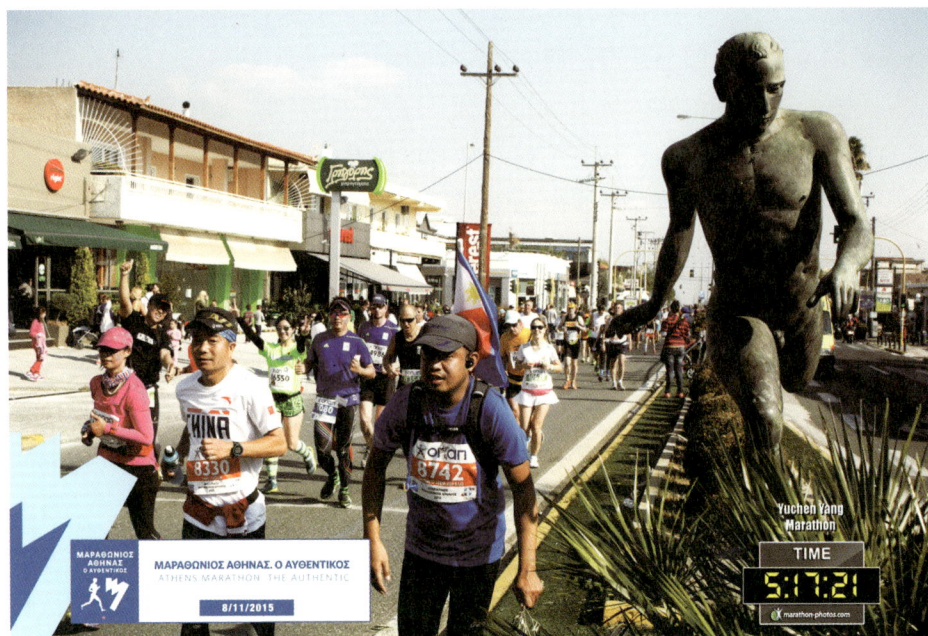

并肩征战

量棒，喝了点水。为了分散她的注意力，我说："还不知道洪斌和春兰怎么样了？""管不上了。"谢红说。是啊，管不上了，自己先跑好吧。

时间一分一秒地过去，由于连续上坡的缘故，原先的优势已经不复存在，六个小时完赛就好，我想。

就这样，我一边拉着谢红走一会儿，一边跑一会儿，终于，15公里的上坡通过了! 在跑了4个多小时后，我们来到了32公里的赛道最高处。从这里开始，就要准备进入市区，是一路下坡的路，直达终点。应该比较好跑了。

进入下坡，略事休整，谢红就飞快地跑了起来。下坡是谢红的强项，技术水平较高，所以跑起来后的状态挺不错。但因为前面跑得太累，我希望她慢点。但她没反应，还是脚下生风地在跑，好像没有之前的痛和累一样。"你是不是想创PB？"我问，她不说话。但我心里清楚，她是要准备创PB了。根据当时的时间来说，如果后面10公里能跑在6分钟左右的配速，那她超过她的首马——北京马拉松5小时19分的成绩在理论上还是有可能的，但最后10公里一般都是跑友们遭遇极限的时间，抽筋、撞墙比比皆是，身边跑友们的速度也在明显减慢，创PB不容易啊!

"水，水。"谢红说。我赶紧把水递了过去。还好我一路上都拿着水，一瓶只要喝完马上换一瓶，保证了谢红随时可以喝到水。毕竟是初冬，太阳出来示了几个小时的威以后，开始萎下去了，下午气温非常适宜。下坡的路很爽啊，跑起来就像不需要力气似的，我们相互鼓励着、奔跑着，超过了一拨、一拨又一拨的跑友，拐了最后一个弯后，终于来到了离终点1公里的地方。我说："我们可以把国旗拉起来了。"

于是，我把国旗从腰间拿了出来，两人庄重地整了整衣服，一人拉着国旗的一角，用最后的力气，向终点冲去! 耳旁，"China, Bravo; China, Bravo"的欢呼声响彻云霄!

5小时17分22秒! 谢红以她快了2分钟的PB成绩跑进了1896大理石体育场，跑完了她的第二个全马。

7小时9分，春兰擦干了她在30公里处几近绝望的眼泪以后，完成了她

五星红旗

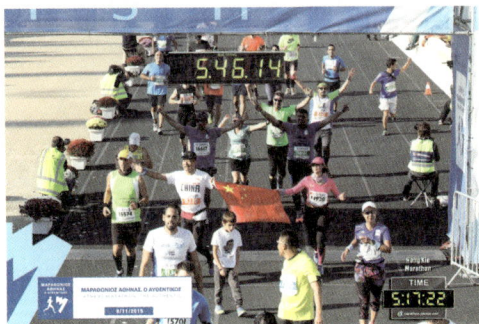
迎风飘扬

人生的第一个全马。而洪斌由于体力不支，中途退赛。

回国的那天早晨 5 点，我们四个人早早地起来晨跑。我说，我们要沿着 1896 体育场、宙斯神庙和雅典卫城全部跑一遍，其中 1896 体育场要跑 3 圈。我们要用此行最后的奔跑来表达对于马拉松运动这最古老而又神圣的发祥地，以及对于希腊历史上最为辉煌灿烂的文化的敬意！

回国后的第二天早晨，我和谢红一起参加了上海国家会计学院和青浦区政府组织的以帮助自闭症儿童为主题的"关爱星星的孩子"10 公里公益跑。跑完后回家的路上，收音机里忽然传来了熟悉的音符和甜美的歌声："不要问我从哪里来，我的故乡在远方，为什么流浪，流浪远方，流浪……"哦，齐豫的《橄榄树》。

瞬间，我的心又回到了希腊，回到了橄榄树下，回到了那一手握着橄榄枝、一手伸出来等待击掌的孩子们的脸上！

2016年跑马记

生命的荣光

离终点只有 100 米了。看着计时钟一秒一秒地跳动，跑友们似乎都忘记了满身的疲惫，在走的，又跑了起来；在跑的，则提神凝气，再度快速地向前跑去。自 7：30 开赛以来，近 5 个小时过去了，42.195 公里就剩这 100 米没有被征服了，无论 PB 或没有 PB，只要跑过这最后的 100 米，那就是胜利者。自己的马拉松纪录里，就会多一块精美的奖牌，多一张多年以后翻出来会感动自己、也会感动后人的成绩证书，多一份沉甸甸的回忆。或许，它还会成为一个故事，让自己愿意讲给孙辈听。那时候，和平那么多年了，没有红军长征的故事可讲了，也没有上战场杀鬼子的故事了，讲讲自己年轻时候的奋斗史，讲讲马拉松，肯定也是蛮好听的，孙辈们也愿意听。

所以这 100 米，是无论如何要征服的。

这时，只见靠左的赛道上，一个男跑友突然双腿一软，倒在了地上。旁边的一个跑友见此情景，立即停了下来，想去搀扶他，却见倒地的跑友摆摆手，自己挣扎着爬了起来，坚持着向前跑去，刚跑两步，摇晃了一下，又倒在了地上。正好跑过的一个跑友，又马上停下来去扶他，他又摆了摆手，让跑友继续跑，自己努力地爬起来，终因疲惫过度，他想站却再也站不起来。这时，只见他放弃了想站起来跑的想法，而是伏下身子，一步一步地向终点爬去！他爬得很慢，却坚定地向终点爬去，直至爬过了终点！

3月20日，无锡马拉松。可能是参加地中海岛国、爱神维纳斯的故乡——塞浦路斯马拉松刚回来不久的缘故，我跑得非常的累，从来没有过的累。在以4小时25分的成绩完赛以后，回到宾馆，人就像虚脱了一般，浑身没有了力气，躺在床上，除了闭目休息，一动都不想动，不想说一句话，不想做一件事。半小时以后，人逐步地缓了过来，洗澡、退房、吃饭、去车站、回上海。刚吃过晚饭，就收到了朋友发过来的当天跑步的视频。9分多钟的视频里，在风景如画的蠡湖边，2016年无锡马拉松的精彩、细腻、激情、壮观尽收眼底。看着赛道上一个个奔跑的跑友，"我在哪里呢？"，好奇心驱使我一边看一边找。找着找着，八分多钟时，突然，我看到了本文开头的一幕。我的心立刻像被什么撞击了一般，瞬间收紧，两眼死死地盯着视频，心里担心得不得了：千万不能有事！千万不能有事！但已经跑到这里了，如果因为这最后的100米没有完赛，那多可惜啊！但硬撑着跑，如果……那是谁也不愿意见到的。总之，我的心里很为他纠结。这时，我希望他能接受跑友的帮助，一起跑过终点，群众性的活动嘛，又不是正式的世界大赛，主要还是参与、健康、快乐为主，没必要太过较真的。但显然，这是一个职业素养很高的马拉松跑者。他深知"挑战自我、超越极限、坚忍不拔、永不放弃"的马拉松精神，他深知既然踏上了马拉松的赛道，就是爬也要爬过终点。就这样，他向终点爬去，在站不起来的情况下，向终点爬去。看着这一幕，作为一个马拉松跑者，作为一个刚刚艰难地完成了这一赛事的马拉松跑者，我瞬间被感动了。我被感动着，看着他的每一步爬动，感动着，眼泪在眼眶里转着，提着一颗心，回想着自己冲刺时的感觉，在时光跳动的煎熬中，感动地看着他一步一步地爬过了终点！

"何苦呢？"一个声音说道。

"跑马拉松就是这样的，这是马拉松永不放弃的精神，也是一个人生命的荣光！"另一个声音说道。

生命的荣光？对，生命的荣光！

自我们呱呱坠地、牙牙学语起，我们就走上了一条人生的马拉松之路，走上了一条人生的不归路。此后，我们欢笑，我们痛苦，我们悲伤，我们庆祝；我们努力学习，我们默默思索；我们到处浪迹，我们步步登攀。一切的一切，都只为着自己的人生能够更为丰富、更有色彩、更具价值。所以，极大多数人、极大多数的时候，都会忘记胡锦涛总书记在 2008 年全球金融危机时讲的"不动摇、不懈怠、不折腾"，而是愿意拿着自己的时间、自己的前途、自己的身体，甚至自己的生命，不动摇、不懈怠地折腾着，总觉得自己也可能像马云那样，可以折腾出一个阿里巴巴来；再不济，也就是我这样的，年纪偏大了，除了所谓的专业知识和管理经验，其他啥都不会，那就去跑个马拉松。这样，一方面可以借着跑遍全球马拉松之名，游历天下，培养自己的世界观。有句话不是这么说的嘛：你都没有观过世界，哪来的世界观！一方面可以攒下一些照片、奖牌和成绩证书，作为炫耀或讲故事，甚至激励子女的资本。我有个朋友，他女儿在美国读书，自己只能利用假期去看看她，来来回回的非常辛苦，自己一个人在上海，就时不时地跟着我们跑跑步。但由于不经常运动，膝盖又不太好，一般就跑个五六公里。2015 年 4 月，上海马拉松组委会在浦东举办第一届半程马拉松，他在纠结了很长时间后，也报了一个名，他的出发点很简单，就是要给身体素质较差的女儿树个榜样，希望她能多运动起来。比赛当天，我一溜烟地跑开了，跑到 16 公里处，我看到对面的赛道上，他两眼呆滞地站在那里：进，很困难；退，榜样在哪里呢？！我向他喊道：加油，加油！或许这"加油"声真的激励了他吧，最后他在跑友的陪同下，提前 4 分钟以 2 小时 56 分的成绩完成了比赛。在终点等到他时，我第一句话不是向他表示祝贺，而是说："你这做爸爸的太不容易了！"他喘着气说道："我就是想给女儿做个榜样，我就是想给女儿做个榜样，没想到真跑下来了。"其实我知道，如果不是为了给女儿做个榜样，他是绝对跑不下来的，这可能就是榜样的力量吧。当然，还有一种方式也可以像我一样，在跑步之余，围绕着跑步这一主题，结合国家的时事、自己的人生、社会的沉思，写一点"跑马记"，聊圆一下自己的作家梦。君不见，我自 2014 年跑步以来，每年写 4 篇文章，至今也已累积了 10 多篇、近 8 万字呢。尤其是，我的

"跑马记"经常会被朋友们发到朋友圈里，还真有那么多人会看。有一次，我同学笑得前仰后合地跟我说，她女儿的一个复旦老师，在聚会时告诉她，他看到了一个叫"杨玉成"的写的跑马记，很有感触，并说，这个人有一颗很强大的内心。我同学听了直想笑，又很低调地不想告诉他"那是我同学"。我听了一阵愕然：他从什么地方看出我有一颗强大的内心了？我自己觉得我的内心特脆弱，最起码没那么坚强。可能别人的内心也没那么坚强吧，这就是"不识庐山真面目，只缘身在此山中"了。不过，我对自己能坚持写跑马记还是比较满意的，虽然写的过程也挺难，因为跑步哪有那么多东西好写的呀？光写跑步，写来写去就那么一点东西，没有意义，更不可能留下来、传下去；不写跑步，那写什么呢？写出来还要有那么多人愿意看。但我确实坚持写下来了，写得还不错。就像另一个受我影响也会跑个10公里欢乐跑的同学说的那样，"老杨跑个步还能写出这样的文章啊"，于是我也有了"跑步中最会写的，写文章中最能跑的"的雅称。能做到这一点，我觉得，主

有力的步伐

要还是自己平时做了有心人。别人跑步时，尤其是在跑马时，只要顾着创PB，或只要顾着自己嗨就可以了，而我一边跑，一边还要注意观察和思考，哪些可以成为我写作的素材，要用心记下来或拍下来。平时，看到一些有用的文章和信息，我都要有意识地收藏或记录下来备用。选择跑哪个马拉松就更有讲究了，除了北京、上海等大型赛事，我都会选择有主题、有内涵、有意义的马拉松去跑，这样，我的写作素材才会更丰富，我的"跑马记"才会更好看。5月中旬，我正在香港参加公司 H 股新股发行路演之时，《21世纪经济报道》记者联系采访我。这家国内最具影响的财经报纸敏感性很强，2015 年下半年在国内马拉松风云正起之时，推出了每周一期的《奔跑吧，中国》专栏。每周一中午拿到报纸，我都会首先翻开这个专栏看，作为一个跑者，看着这个专栏，觉得特别亲切、真实，又有种催人奋进的力量。没想到，他们也知道我，也要来采访我了。于是，我根据他们的要求，用语音把我跑步的情况、遇到的问题、自己的感悟等发了过去，同时，我把我写的《雅马记》等几篇跑马记也发给了记者，记者在看了我的文章以后，给我写了这么几个字：不知何故有点感动。过了几周，我的采访稿以《从偶然到双百人生的理想》为题发了出来。报道发出来以后，记者还特地给我打招呼，说我的素材特别好，但因版面关系，报道内容少了点云云。可能她们跟每个人都这样讲的吧，其实我已经挺满意了。这就不难理解，近现代时，一些名流为了能把自己的思想传递出去，都特别喜欢创办报刊，如林语堂、储安平、邹韬奋等，这样他的文章再洋洋洒洒，也会全文照登的。我想，很多人就是因此成为名流的吧。总之，于个人而言，这是一件光荣的事。

已故著名诗人汪国真有一首深刻反映人内心的诗：《我喜欢出发》。他在诗中写道：

我喜欢出发。

凡是到达的地方，都属于昨天。哪怕那山再青，那水再秀，那风再温柔。太深的流连便成了一种羁绊，绊住的不仅有双脚，还有未来。

怎么能不喜欢出发呢? 没见过大山的巍峨, 真是遗憾; 见了大山的巍峨没见过大海的浩瀚仍然遗憾; 见了大海的浩瀚没见过大漠的广袤, 依旧遗憾; 见了大漠的广袤没见过森林的神秘, 还是遗憾。世界上有不绝的风景, 我有不老的心情。

我自然知道, 大山有坎坷, 大海有浪涛, 大漠有风沙, 森林有猛兽。即便这样, 我依然喜欢。

……

人能走多远? 这话不是要问两脚而是要问志向; 人能攀多高? 这事不是要问双手而是要问意志。于是, 我想用青春的热血给自己树起一个高远的目标。不仅是为了争取一种光荣, 更是为了追求一种境界。目标实现了, 便是光荣; 目标实现不了, 人生也会因这一路风雨跋涉变得丰富而充实; 在我看来, 这就是不虚此生。

是的, 我喜欢出发, 愿你也喜欢。

谁不喜欢出发呢? 我以为, 对于每一个中国人而言, 都随时随地做着出发的准备。君不见, 高铁站、飞机场, 地铁里、马路上, 每时每刻都穿梭着来来往往的人群, 如潮汐一般的人群。经常地, 作为其中的一员, 我会想, 哪来那么多的人呢? 他们都去干什么呢? 从早到晚, 从东到西, 从南到北, 从星起到月落。当然, 作为一个愿意从正面想问题的人, 我清楚地知道, 这是中国生生不息的活力之所在——这活力, 正是来自于我们都喜欢出发。

但目标在哪里呢? 归途又何在? 如果只是喜欢出发而不考虑归途, 对一个人来说, 可能并不是一件好事。但归途又有几个人能看得清、摸得准呢? 所以, 不要纠结了, 喜欢出发就出发吧, 归途嘛, 总会在那里的。

这样想的人, 樊锦诗可算一个。

10 月 6 日, 国庆长假, 我被央视前节目主持人、"玄奘之路"创始人曲向东创办的敦煌马拉松所吸引, 经过长途飞行来到了敦煌。东汉应劭集解的

《汉书》中说："敦者，大也；煌者，盛也。"意思就是极度繁华。但这个地域面积 31200 平方公里的西部边陲城市，人口却仅有 18 万。这区区 18 万人口，怎么能够撑起一个繁华的都市？所以历史上，这主要还是在于它特有的地理位置。著名学者季羡林先生指出："世界上历史悠久、地域广阔、影响深远的文化体系只有四个：中国、印度、希腊、伊斯兰，再没有第五个；而这四个文化体系汇流的地方只有一个，就是中国的敦煌和新疆地区，再没有第二个。"这文化汇流的杰作，就是以敦煌壁画和敦煌石窟著称的敦煌莫高窟。

敦煌石窟主要分为莫高窟和榆林石窟，而莫高窟是其中的杰出代表。在敦煌东南鸣沙山的东麓，长约 1700 米的断崖上，完好地保存着 735 个洞窟、45000 平方米壁画和 2000 多尊彩塑。我跑步的路线，正是在组委会的精心设计下，从敦煌中学到莫高窟的 42.195 公里。

7：30，比赛正式开始。由于地处偏远，比赛规模定在了 3000 人。可能是假期的缘故，也有不少如我这样的人，千里迢迢来到这里，就为了一个跑步。我出发前遇见的一位北京朋友，为了跑这个马拉松，几家人一起，先是乘飞机到兰州，然后租车一路向北，于比赛前一天到达了敦煌，他跑的还只是一个半马。这样说来，跑步是不是一项很奢侈的运动？各地政府在转变生

敦煌莫高窟九层楼

产和生活方式的压力下，可能正是看到了这一巨大的商机，所以在国家要求简政放权、田管中心把举办马拉松由审批制改为备案制以后，各地政府便纷纷开始推广马拉松，致使马拉松的举办场次直线上升，田管中心更是提出了到2020年要举办800场马拉松的宏伟计划，国家也制定了到2025年体育产业7万亿产值的目标。看着赛道上一个个兴奋异常的跑友，我想，在中国，7万亿应该不是天文数字！

敦煌地处高原，海拔在1200米左右。相对于上海只有4米的海拔，尽管1200米并不算太高，但第一次在高原跑步，对于心肺功能会有何反应，我有点心中没底。"反正也不是为了比赛来的，更没想创PB，随便跑吧。"我安慰自己道。没有压力，跑起来就特别轻松。我一路跑着，很快就到了半马和全马的分道口。长长的赛道上，半马跑者一路向前往鸣沙山跑去，全马跑者则折返过来，一路跑向城外的莫高窟九层楼。25公里以后，跑上了一条笔直的、在沙漠中修建起来的公路。远处，三危山等群山如一群将士，守卫在祖国的边陲。公元366年，一个名叫乐樽的和尚，"行止此山，忽见金光，状有千佛"，便在此开凿了第一个洞窟。此后，经过连续10个世纪、10个朝代的建窟、塑像与绘画，才造就了如今的艺术和文化瑰宝——莫高窟。

前往终点莫高窟的路，笔直、漫长，路的两边，空旷、荒凉。由于参赛的人少，我又跑得比较快，我的前方看不到人影，我的后方稀稀拉拉，伴随着我的是头顶的烈日、横穿的漠风。再往前跑去，28公里处，横风开始变成顶风——好大的风啊，风直直地吹在我的身上，从头到脚，阻力陡然增大无数倍，每迈一步都变得极为艰难。这时我才理解在这到处是风的地方，刚刚路边为何还要专门竖一块"大风区，请注意行驶"的指示牌。还好我跑完步就回去了，如果每天都生活在这里，怎么受得了？！前几年，美国《华盛顿邮报》评出了世界十大最新奢侈品，分别为：1. 生命的觉醒和开悟；2. 一颗自由、喜悦、充满爱的心；3. 走遍天下的气魄；4. 回归自然；5. 安稳平和的睡眠；6. 享受属于自己的空间和时间；7. 彼此深爱的灵魂伴侣；8. 任何时候都真正懂你的人；9. 身体健康和内心富足；10. 感染并点燃他人的希望。看

优雅的樊锦诗老师

来，这十大奢侈品并不是轻易消受得起的。在这里，更多的人感受到的是柳宗元的藏头诗《江雪》：千山鸟飞绝，万径人踪灭。孤舟蓑笠翁，独钓寒江雪。也就是"千万孤独"。

但有的人不孤独。非但不孤独，内心还特别丰富和幸福，是这十大奢侈品的当然享受者——比如樊锦诗。

樊锦诗，敦煌研究院第三任院长，1938 年出生于北京，在上海长大。1962 年，求学于北京大学考古系的樊锦诗报名到敦煌研究院实习。到了ft敦煌以后，她被震撼了。她既震撼于当地的生活条件：住的是一间不足20 平方米的土屋，一天只能吃上两顿饭，没有水、没有电，更没有卫生设备。有一次，樊锦诗半夜想上厕所，打开门就看到两只绿绿的大眼睛在瞪着她，她在吓得心惊肉跳之余，赶紧逃回了房间。第二天早上起来，她才发现那不是头狼，只是一只驴。同时，她更震撼于敦煌的石窟艺术。初唐第 321窟的"凭栏天女与飞天"，西魏第 285 窟的"秀骨清像""褒衣博带"，西夏003 窟的……禅窟、殿堂窟、佛坛窟、大像窟；尊像画、经变画、佛教史迹画、释迦牟尼故事画，一桩桩、一件件，无不吸引着樊锦诗。她一边工作，一边带着两个出生在大西北的孩子。每天下班回家，远远地听到孩子的哭声，她的心里就放心，说明孩子没事。如果没有听到哭声，她的心就会提到嗓子眼。

樊锦诗是 1998 年继常书鸿、段文杰之后出任第三任敦煌研究院院长的。多年以来，看着奇珍无比的莫高窟艺术一天天地风化剥落，她的心情无比沉重。她担心有朝一日一觉醒来，莫高窟不见了。"莫高窟终将老去，该怎么办呢？"樊锦诗的心里不停地琢磨着。在这信息化的时代，莫高窟能不

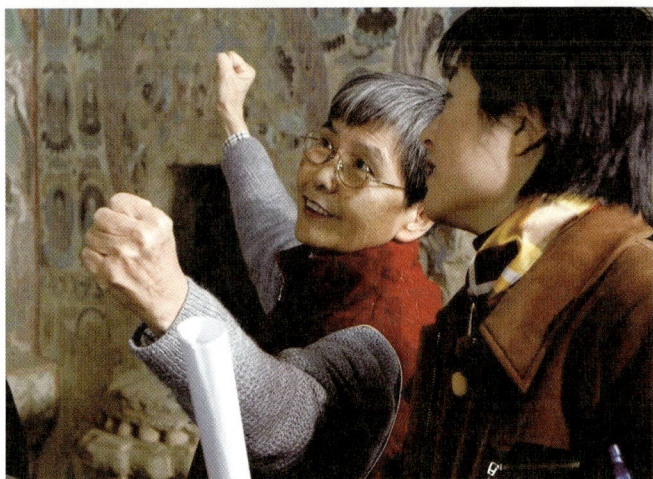
樊锦诗在工作

能够数字化，让游客在洞外也可以看到？2003年，虽然各方面的条件都还不成熟，但方向就这样定了下来。无知者无惧。经过10年的坚持与探索，莫高窟数字展示中心竣工了，《千年莫高》和立体球幕的《梦幻佛宫》两部电影上映了。现在只要去莫高窟，游客们都会被吸引先看这两部电影。进一步地，每一个洞窟、每一幅壁画、每一尊雕像的数字档案建了起来。2016年4月，网站"数字敦煌"正式上线。游客们不必去敦煌，也可以随意地参观敦煌的几十个经典洞窟、几千平方米的经典壁画。樊锦诗1小时3分钟28秒的敦煌文化演讲视频，也正式推出。

樊锦诗二十五岁只身前往敦煌，三十多岁在"文化大革命"中保护敦煌文物，四十多岁敦煌终于通电，四十八岁结束与丈夫19年的分居生活，六十岁接任院长开始敦煌艺术的数字化工程，七十七岁卸任同时担任国务院参事。

2008年，樊锦诗成为北京奥运会火炬手。2009年，她被评为100位新中国成立以来"感动中国"的人物之一。得知这一消息，樊锦诗诧异地说道："我怎么就感动中国了？"她说道，"要不是敦煌，人家知道我是谁？那不是我的荣誉，那是敦煌的荣誉。有一天我成灰了，历史在这儿。"

多么简朴的观念，多么纯洁的思想，多么"奢侈"的人生啊！不愧是"敦煌女儿"！

35 公里处，出现了一个补给站。补给站的东西很丰富，两位穿着民族服装的美女候在这里，可能是跑者太少了，她们没有像城市马拉松志愿者那样又喊又跳，而是脸带微笑，异常安静。我反正也没有想创PB，就跟她们说："我们合个影？"于是，就有了这张挺有西部风情的照片。

经过 3 小时 53 分的奔跑，我跑到了莫高窟九层楼下，完成了敦煌马拉松。

跑过敦煌马拉松以后，我进一步体会了何为"敦者，大也；煌者，盛也"的敦煌。

2016 年，在习近平总书记"健康中国"理念引领下，《人民日报》推出了以"对自身的再认识，对自由的再定义"为主题的极简主义生活方式，主要是：欲望极简，精神极简，物质极简，信息极简，表达极简，工作极简和以"慢生活、锻炼"为核心的生活极简。每个人都更开始关注自己的生活质量。中央电视台则开展了反映人民精神健康的"你幸福吗？"的全民调查。关于幸福，亚里士多德说，幸福就是本身的意义，是过有德行的生活。老子说，幸福就是民各甘其食，美其服，安其俗，乐其业。那么如何才能更幸福？心理学之父马丁·塞利格曼认为，这取决于五个方面：愉悦的情绪、兴趣

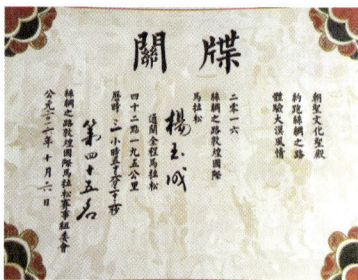

爱好、成就感、良好的人际关系和价值实现。在调查中，大多数人都能围绕这些方面表达自己的幸福感。从电视画面中可以看到，被采访者是真心幸福的，因为他们觉得生活越来越好、自己无牵无挂。但我知道，其实很多人是不幸福的。为何会不幸福？除了确有困难的以外，一般有两种情形：1. 忽视自己拥有的，重视自己未曾得到的；2. 以当下的欲望设想未来。就如英国唯美主义诗人、作家王尔德所说的，"我能抵抗一切，除了诱惑"，那样的话，很难幸福。要幸福，就要放下，放下什么呢？放下诱惑！

那么跑步的人幸不幸福呢？就我的体会与观察来说，跑步的人是属于幸福指数比较高的一群。这与他们总是锻炼，总是重归山野，精神相对放松，身体健康度高于常人有很大的关系。但跑步的人也有可能是不幸福的，因为他们总有异于常人的某种极强的欲望：他们总想PB，他们总想跑更多的马拉松，他们总想能从5公里跑到10公里，从半马跑到全马。那么在这么强烈的欲望之下，他们为何反而会比较幸福呢？我觉得主要在于他们通过跑步开悟了，他们生命的觉醒程度高于常人。同时，坚持跑步的人相对都比较自律，这有助于他们更成功。

曾经流传了一个微信段子，题目是《你看了他们的体型就知道他们为什么有钱》。说的是华尔街的一帮大佬们，个个都是跑步健将、健身高手。这些人我不熟悉，但我知道有一个人确实如此，他就是扎克伯格。

扎克伯格，英文名 Mark Elliot Zuckerberg，1984 年 5 月 14 日生于美国纽约白原市，社交网站 Facebook（脸书）创始人，哈佛大学辍学生。2004 年 2 月，大学二年级的扎克伯格突发奇想，要建立一个专为哈佛大学学生交流的网站平

少年老成的扎克伯格

台，一个星期以后，Facebook 诞生了。扎克伯格是一个极简的人，他在成为全球最年轻的亿万富翁以后，依然住着租来的一套一室一厅的公寓，睡的是地板，早餐通常是一碗麦片。上班开的，是一辆类似捷达的车，有时还骑自行车上班。扎克伯格的词汇中，频率最高的是：透明度、信任、联系、分享。扎克伯格在 Facebook 的个人页面上这样描述自己的兴趣：开放、创造、革命、信息流、极简主义。确如他所说，2015 年 5 月我在 Facebook 总部时，正值午餐时间，只见扎克伯格一个人外出就餐，没有任何人陪同。他站在门口，可能没有想好要吃什么，左看看右看看，好久都没有离开。和工作一样，扎克伯格是一个极有计划性的人。2014 年，他计划学习汉语，目前汉语已相当流利；2015 年，他计划读 30 本书，其中包括刚刚在美国出版的《习近平谈治国理政》。这本书他非但自己读，还要求他的高管读。美国媒体知道了以后，说他是亲共分子，他回应道：我是个商人，如果我都不知道领导在想什么，我怎么做生意？2016 年，他计划跑步 365 天，每天 1 英里，结果只用了 196 天，扎克伯格就能轻松完成 20 英里（32 公里），最快配速达到了 3 分 39 秒。当 2016 年第一个周一，扎克伯格在他的个人页面中著名的"年度计划"（A year of X）里写道，"我要在接下来的一年里，每天跑 1 英里"时，没有几个人相信他能做到。扎克伯格开始他的"A year of running"以后，无论走到哪里，都会坚持跑步。2016 年年中，小扎发表了一些对恐怖组织 ISIS 不利的言论，ISIS 便威胁要干掉他。当时，扎克伯格正在柏林参加一个会议，对此，他根本不在意，一大早就出现在柏林街头跑步，只不过身边多了五个保镖；9 月份，他来北京出差，又潇洒地跑过了长安街。

196 天，小扎提前完成了第 365 个"1 英里"以后，他在 Facebook 上发表了一篇有关跑步的长文，其中写道："这远比我当初想象的有趣多了——可能是因为有一帮跑友陪跑的缘故……我发现跑步是一件让人更加清醒、吸取更多能量的事情；我也会利用跑步的时间去回顾我在 Facebook 和慈善事业中遇到的困难；当我每到一处陌生的地方旅游时，跑步也是探索一座城市的最好方式，特别是对付倒时差问题颇有奇效。"

跑者的共鸣是何其的相似！

但就目前的资料显示，小扎还没有正式跑过马拉松。如果他计划跑的话，我建议他从华盛顿海军陆战队马拉松跑起，而且要和伊万卡一起跑。伊万卡，全名伊万卡·特朗普（Ivanka Trump），1981 年 10 月 30 日出生于纽约，美国现任总统唐纳德·特朗普的女儿，世界超级名模，马拉松爱好者，目前最好成绩为半马 2 小时 11 分。伊万卡和扎克伯格一样，跑步非常之美：既有跑姿之美，更有形象之美。如果他们两人同时在一起跑首都华盛顿的海军陆战队马拉松，其引起的轰动效应我想是低不到哪里去的，对推广马拉松的好处不用说，或许对总统特朗普的支持率也会很有帮助。同时，私下以为，扎克伯格是很可能成为美国总统的。如果小扎成为美国总统，他与中国很契合的共赢理念对于全世界的健康发展会很有帮助。

巧合的是，被称为美国五大马拉松之一的海军陆战队马拉松的举办日期与伊万卡的生日很接近，2016 年还是同一天：10 月 30 日。

海军陆战队马拉松缘起于 1976 年，以志愿者全是现役海军陆战队士兵著称。当时，正值越战结束，美国国内反战情绪十分强烈，对于军队的非议非常之多。正值此时，随着石油危机之后美国国内经济的复苏，人们的生活逐渐安定下来，跑步运动随即兴起。于是，海军陆战队上校 Jim Fowler 提议举办一场马拉松比赛来展示美国海军陆战队的历史与文化。这一想法一经提出，立即得到了海军各级官员包括海军部长约翰·沃纳的支持。11 月 7 日，海军陆战队马拉松首届比赛得以举办并大获成功，直至今日。

海军陆战队马拉松的出发地是在美国著名的阿灵顿国家公墓（Arlington National Cemetery）。阿灵顿国家公墓是专为为国殉职及对国家有贡献的人士建造，占地 170 公顷，埋葬着历经南北战争、世界大战的阵亡将士和马歇尔将军、肯尼迪总统等共 26 万人。从这里出发，也是为了增添比赛的庄重和缅怀感。10 月 30 日，我来到这里，准备跑听起来霸气十足的海军陆战队马拉松。

与海军陆战队士兵在出发点

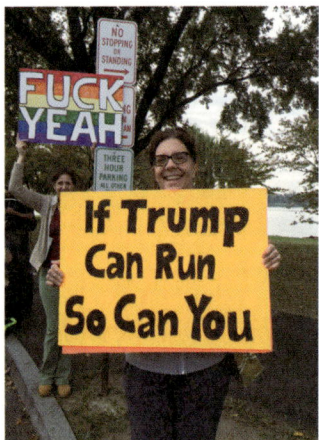
举着标语的观众

感觉果然不一样。

随着天色亮起，无数跑者集结在了起跑点。只听主持人一声召唤，比赛仪式正式开始。首先进行的，居然是组织方宣读美国三军统帅奥巴马总统的贺信，紧接着，美国国歌《星条旗之歌》（*The Star-Spangled Banner*）响起，然后是集体向阵亡将士默哀3分钟。默哀结束，就在我以为即将开跑之际，2架歼击机从右前方向左下方缓缓飞过。刚飞过去，左边远远地2架B型轰炸机"隆隆"地又飞了过来。这架势，就差海军陆战队士兵乘着两栖坦克登陆突击了。参加赛事的海军陆战队现役士兵，可能见惯了战争或演习的大场面，对这样的小打小闹根本不以为意，一个个神情轻松，也很愿意与你合影；也有的士兵准备把这42.195公里当作拉练，背负着一个大装备包，认真地等待起跑。海军陆战队马拉松的发令也不一样，它不是通常采用的发枪模式，而是2门大炮，炮声一响，大家就都争先恐后地出发了。

华盛顿的人口虽然只有56万，开赛又早，但观赛的人却非常之多，气氛营造得非常好。一路跑过去，都热热闹闹的，仅正式演出的乐队就有7个。海军陆战队马拉松的政治气氛之浓也是少有的。当时，正值美国新一届总统大选进入最后阶段，民主党候选人希拉里与共和党候选人特朗普的竞争处于白热阶段，有很多观众都举着反特朗普的标语牌，

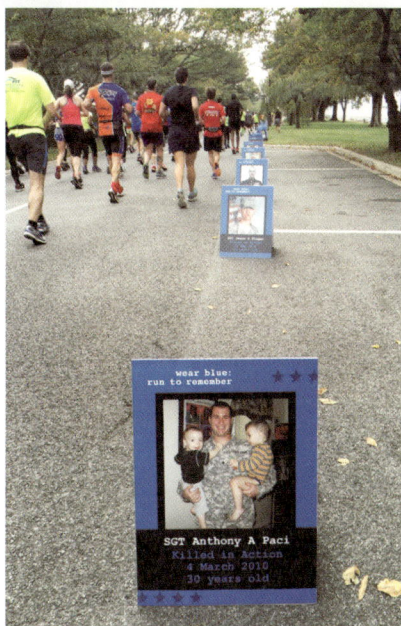

静默三公里

大部分牌子上面写的是："If Trump Can Run，So Can You."

我以为这是说，如果特朗普可以跑，那你一定也能。跑完以后，母校美国校友会会长接待我们吃饭，聊起这事，才知道在这里，"Run"的意思是"选举"，而不是跑。围绕着白宫、五角大楼为核心的区域，沿着波托马克河，一路热热闹闹地跑下去，跑到20公里处时，前面突然安静下来，赛道两旁插满了飘扬的美国国旗和海军陆战队队旗，密密麻麻的观众，无声无息。这是怎么了？我一阵惊讶，抬头朝前看去，只见道路两旁，整齐地摆放着一张张海军陆战队士兵的照片。我好奇地停下一看，原来这些都是在2003年、2004年阵亡在两伊战场的海军陆战队队员，也有少部分是2006年阵亡在阿富汗战场的。这些士兵，大多年龄在二十岁左右，也有三十出头的，大部分照片是军人的单人照，也有一些是和家人或孩子的合影，看了让人好不辛酸。我有心地数了一下，这些照片，两边对应着各放了150幅，共300幅。300个年轻的生命，就这样无妄地在遥远的他乡，陨落了。

跑过这纪念阵亡将士的 3 公里，气氛瞬间又热闹了起来，大家不停地给选手加油鼓劲。一路上，反对特朗普的人，依然不依不饶地举着标语。我不禁纳闷：这些选民，到底有没有听过特朗普的竞选口号，就这样武断地反对他？在我看来，特朗普 "Make America Great Again" 的理念是很有道理的，尤其是他谈到，美国在两伊战争和阿富汗战争，以阵亡几万名将士、花费了十几万亿美元的代价，除了给美国带来了恐怖主义和更不安全的国际环境以外，什么都没有得到。他说，如果把这十几万亿用于美国的基础设施建设，那美国会改变很多。

　　我觉得特朗普讲得太有道理了。近几年，因为儿子在美国求学的缘故，我去美国的次数渐渐多了起来。去得越多，越感到美国作为世界第一大经济体，有的方面真挺落后（这与中国几年来的进步太快也有关系），比如基础设施，比如铁路运输。前任总统奥巴马 2008 年就任总统以后，抱着 "Change" 的执政理念，就认识到了这一点，他说美国有三样东西要向中国学习，其中之一就是铁路运输，他决心要在美国推广高铁，但直到他两届总统卸任，连他最希望建的纽约到华盛顿的高铁都没有建起来一毫米，而中国的高铁到现在为止已经有了 25000 公里。美国的高速公路等基础设施，相当部分还是 20 世纪 30 年代罗斯福新政时期的作品。四通八达是做到了，但其综合品质显然与中国目前的水平有很大的差距。有人可能会说，中国只会做硬件，软件不行，这话不假，但肯定不完全对。罗斯福新政之时，美国的软件比硬件好吗？软件也是在经济整体发展以后逐步发展起来的。也有的人可能会说，特朗普是一个商人，他想从推进基础设施中捞钱，这明显就有问题了。因为美国的法律制度是绝对不许可的，也很难做到。从作为宏观经济晴雨表的美国股市来说，特朗普执政以来，标普指数已经创了历史新高，道琼斯指数也已经上涨 20% 以上。可见市场对特朗普的政策反应之积极。

　　不管基础设施建不建，或怎么建，我觉得战争对于美国及其家庭以及个人的伤害无疑是非常巨大的。6 月中旬，一部由李安执导的美国大片《比

完赛海马

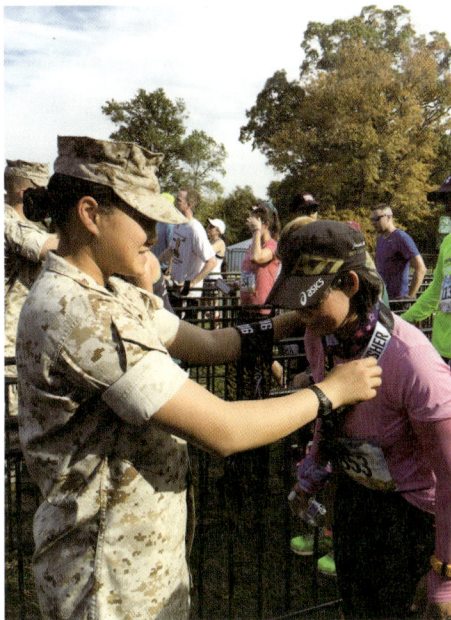

现役军人为谢红戴上奖牌

利·林恩的中场战事》在全球热映。影片中，比利·林恩所在的班在伊拉克战争中因作战勇敢被评为国家英雄。就在他们荣耀地回国休假之际，电影制片人认为赚钱的机会来了，便主动找上门，希望以每人10万美元的代价为他们拍一部电影。没有想到的是，回到国内以后，以比利·林恩为主角，父母、兄妹、女友都强烈反对林恩再回到战场。这些国家英雄走到哪里，受到的主要不是人们真诚友好的欢迎和尊重，更多的人把他们看作玩偶，作弄他们、嘲笑他们，甚至于侮辱他们。也没有投资人真正愿意给电影制片人投资。最后，尴尬的制片人以自掏腰包的形式对班长说，每人5000元，每人5000元他就拍了。班长及全体海军陆战队的战士们觉得受到了极大的侮辱，愤怒地拂袖而去。比利·林恩伤心之余，回到战场的念头开始动摇。这时，班长对比利·林恩说，他一定要回去，他必须回去，没有他，其他人都会死在战场！万般无奈之下，比利·林恩重新走向了战场。

在跑经纪念海军陆战队将士的那一段赛道时，我的脑子里不停地闪过电影中的镜头，虽然没有任何意义，但似乎总想找到他们死亡的场景。他们是多么年轻啊。假如他们活着，谁知道多年以后，他们的人生会有怎样的荣光呢？

　　我更想知道的是，这些海军陆战队马拉松特有的作为赛事志愿者的现役士兵们，他们此刻的想法。

　　离终点 200 米，是一个转弯上坡，我拿出国旗，与谢红一起拉着向终点奔去。无数守候在终点的观众，看到转弯处拉着国旗跑来的我们，可能有点突然吧，他们没有像雅典的观众那样"China，China"地呼喊，但也立即热情地给我们鼓掌。掌声中，我们一鼓作气，冲过了终点。

　　跨过终点的一刹那，一位身着海军陆战队队服的美女士兵，拿着十分精致的完赛奖牌立即迎了上来，给我戴在了脖子上。我又拿着国旗，气喘吁吁地与二位帅气的士兵合了影。合完这张回来后被朋友称为"想策反"他们的影，我连连说："Thank you，Thank you." 他们温和地笑了笑，脸带腼腆。

　　其实，他们还只是孩子。

　　这时，我想给他们朗读一首诗，一首喜剧大师卓别林写的诗——《当我真正开始爱自己》：

　　当我真正开始爱自己，
　　我才认识到，所有的痛苦和情感的折磨，
　　都只是提醒我：活着，不要违背自己的本心。
　　今天我明白了，这叫做"真实"。
　　当我真正开始爱自己，
　　我才懂得，把自己的愿望强加于人，
　　是多么的无礼，就算我知道，时机并不成熟，
　　那人也还没有做好准备，
　　就算那个人就是我自己。

今天我明白了，这叫做"尊重"。

当我开始爱自己，

我不再渴求不同的人生，

我知道任何发生在我身边的事情，

都是对我成长的邀请。

如今，我称之为"成熟"。

当我开始真正爱自己，

我才明白，我其实一直都在正确的时间，

正确的地方，发生的一切都恰如其分。

由此我得以平静。

今天我明白了，这叫做"自信"。

当我真正开始爱自己，

我不再牺牲自己的自由时间，

不再去勾画什么宏伟的明天。

今天我只做有趣和快乐的事，

做自己热爱，让心欢喜的事，

用我的方式、我的韵律。

今天我明白了，这叫做"单纯"。

当我开始真正爱自己，

我开始远离一切不健康的东西。

不论是饮食和人物，还是事情和环境，

我远离一切让我远离本真的东西。

从前我把这叫做"追求健康的自私自利"，

但今天我明白了，这是"自爱"。

当我开始真正爱自己，

我不再总想着要永远正确，不犯错误。

我今天明白了，这叫做"谦逊"。

当我开始真正爱自己，
我不再继续沉溺于过去，
也不再为明天而忧虑，
现在我只活在一切正在发生的当下，
今天，我活在此时此地，
如此日复一日。这叫做"完美"。
当我开始真正爱自己，
我明白，我的思虑让我变得贫乏和病态，
但当我唤起了心灵的力量，
理智就变成了一个重要的伙伴，
这种组合我称之为，"心的智慧"。
我们无须再害怕自己和他人的分歧，
矛盾和问题，因为即使星星有时也会碰在一起，
形成新的世界，今天我明白，这就是"生命"。

奥运记

2016 年 8 月 20 日，当地时间晚上 12 点，巴西里约热内卢小马拉卡纳体育馆，奥运会女子排球决赛迎来了第一个"冠军点"。

现场大屏幕的比分为 24∶23，中国队领先。中国女排与塞尔维亚女排隔网而立，全场观众屏住了呼吸。这时，后三局一直坐在替补席上的中国女排球员张常宁被换上场，只见她发出一记上手飘球，对手垫起，却直接把球送到了网口，守在网前的惠若琪一记探头球将球拍在了界内。

总比分 3∶1，中国女排夺冠！刹那间，整个体育馆沸腾了。中国女排姑娘们满场飞奔，最后围成一个大圈，紧紧拥抱在一起不停跳跃着，喜极而泣的泪珠，飘飞在每一个人的脸颊。

这是属于中国女排的高兴时刻！继 1984 年洛杉矶奥运会、2004 年雅典奥运会之后，中国女排第三次登上了奥运之巅。现场球迷喊哑了嗓子，守

中国女排夺冠后相拥而泣

国旗升起

站上冠军领奖台

在电视机前的无数国人热泪盈眶，不只为胜利与金牌，更是为一份精气神，为一种中国力量（以上见8月22日《人民日报》奥运特刊）。

沙发上，我坐在那里，如入定一般，一动不动。我没法动。我的心中，此时有一股热流在旋转，在奔涌，在想要喷发。我感觉我只要一动，这股热流就会迅速地变成眼泪，哗哗地直流。都这把年纪了，怎么还好意思动不动就泪眼满眶呢？我只能不动。

但是，这一刻，我怎么止得住那激动的泪水？你听，那解说员的声音，已经是那样的哽咽；现场的中国观众，哪一个不已是热泪横流？！无数守在电视机前的父老乡亲，又有哪一个不是激动得难以自抑！多少年了，多少次了，我们因为女排、因为女排的姑娘们，那么心甘情愿、毫无遮掩、肆无忌惮地流下了我们饱含深情的眼泪！同样，在这一刻，我就是想好好地、率性地任热泪流淌。

多少年了，多少次了，女排，中国女排，总是让我们魂牵梦萦，总是让我们心怀理想，总是给我们无穷的力量！

1982 年，我刚从外地来到上海读大学。9 月 12 日，第九届女子排球世界锦标赛在秘鲁举行。那时我刚从高考的重压中释放出来，虽然不知排球为何物，但成为大学生了就好像天然地对体育感兴趣，所以早早地来到教室看实况转播。开赛后，男同学们不约而同地挤在教学楼内唯一的一台 16 时黑白电视机前，叽叽喳喳地看比赛。

比赛共有 24 支队伍参加。根据国际排联规定，比赛分三个阶段进行。第一阶段，参加比赛的 24 支队伍分为 6 个小组，每组 4 队进行循环赛。中国队被分在第 6 组，与美国、波多黎各、意大利一组。第二阶段，各小组第二名共 12 个队编成两个大组进行循环赛。第①③⑤组前两名为 A 组，第②④⑥组前两名为 B 组，第一阶段相遇过的队不再交锋，成绩直接带入第二阶段。获得两组前两名的 4 个队进入决赛阶段的比赛，决定本届锦标赛前四名的名次。第三阶段，先由第二阶段 AB 两组的前两名进行交叉赛，即 A1 对 B2，B1 对 A2，胜者争夺本届锦标赛冠军。

第一阶段：9 月 13 日，中国队以 15∶0、15∶1、15∶1 的比分 3∶0 战胜波多黎各；14 日，中国队以 15∶3、15∶1、15∶4 的比分 3∶0 战胜意大利；15 日，中国队以 6∶15、9∶15、11∶15 的比分 0∶3 输给美国。美国队主攻手海曼太厉害了，郎平打不过她。

中国队以二胜一负的成绩进入第二阶段。

第二阶段：中国队被分在 B 组。9 月 18 日，中国队以 15∶8、15∶8、15∶2 的比分 3∶0 战胜古巴队。这是一场扣人心弦的比赛。由于第一阶段中国队输给美国队，实际是中国队主攻手郎平不敌海曼，因此，这场比赛，郎平对阵当时世界排坛三大主攻手之一的古巴队路易斯会如何，特别引人关注。古巴队整体实力强劲，路易斯年龄比郎平大，显得更成熟，且有身高优势。结果中国队发挥出色，居然以 3∶0 赢了。观众的情绪一下子被激发出来，场面那个激动、热闹啊。同学们一个个都在大声嚷嚷着，发表着"高见"，好像自己就是主教练袁伟民或现场转播解说员宋世雄似的。战胜了古巴队，大家对中国队后面的比赛都充满了信心。果然，19 日，中国队以 15∶2、15∶7、15∶2 的比分 3∶0 战胜澳大利亚队。古巴队被淘汰。日本、秘鲁、美国、中国 4 队进入前 4 名。

第三阶段：9 月 24 日，秘鲁首都利马，半决赛开始，中国队的对手是日本队。日本队虽然没有特别强的主攻手，但是当时世界排坛最强的队伍之一，发挥极为稳定。在上一年即 1981 年的 11 月 16 日，中国队正是在决赛中以 3∶2 的比分险胜日本队，才夺得了当年的世界杯冠军，第一次站在了世界排球之巅。因此，比赛还没开场，只要有电视机的地方就坐满了观众。在仅有的一台电视机前，教室里叠罗汉似的挤满了前来观战的同学。只见中国女排主教练袁伟民指挥若定，女排队员孙晋芳（队长，二十七岁，江苏）、郎平（二十一岁，北京）、梁艳（二十岁，四川）、曹慧英（二十七岁，解放军）、杨希（二十五岁，解放军）、周晓兰（二十四岁，山西）、杨锡兰（二十一岁，解放军）、陈亚琼（二十六岁，福建）、姜英（十九岁，辽宁）、陈招娣（二十七岁，解放军）、郑美珠（十九岁，福建）、张蓉芳（二十五岁，四川）轮番上场。她们左穿右插，相互配合，不停地给郎平输送着炮弹，郎平经过多场的洗礼，更加成熟，把球一个一个重重地扣在了日本队的界内。逐渐地，虽然日本队斗志依然高昂，但已无法抵挡中国队的强劲攻势。很快，中国队就以 15∶8、15∶7、15∶6 的比分 3∶0 战胜日本队，进入决赛，与黑马秘鲁队争夺冠军。所有人相信，冠军是中国的了！

9 月 25 日，依然是在利马，中国队以 15∶1、15∶5、15∶11 的大比分 3∶0 战胜秘鲁队，再次夺得冠军。

从此，中国女排，所向披靡。

1984 年，首夺洛杉矶奥运会金牌，实现三连冠；1985 年，第二次获得世界杯冠军，实现四连冠；1986 年，再次夺得世锦赛冠军，五连冠！中国女排成为世界排坛第一支获得"五连冠"的队伍！

随着女排姑娘们一次又一次的胜利，1981 年中国女排首夺世界冠军后北京大学学生喊出的"团结起来，振兴中华"的口号声一遍又一遍地响彻祖国大地，成为改革开放初期时代的最强音！

正如郎平后来所说：中国女排取得的辉煌成就，其影响力超出了体育本身，中国女排的胜利鼓舞和激励了刚刚打开国门的中国人，走向世界，走向辉煌。

大学里，每一天，我都被女排精神感染着，努力学习，努力成长！

1985年，大三之时，远在异国他乡的长辈资助我去美国学习，我想都没想果断放弃。中国多好啊！在中国，我每天都可以看到五星旗帜冉冉升起，每天都可以读到诸如"把光荣写在共和国的旗帜上"的铿锵词句，每天都可以欣赏到越发秀丽的山川、河流和我热爱的土地！

何况，还有中国女排！

但是，事物的发展总是有其周期性、规律性。盛极之后，由于主教练的更替，中国女排自1986年起再也拿不到冠军。任凭郎平的"榔头"有多铁，任凭周晓兰的"天安门城墙"有多坚，任凭孙晋芳的场上调度有多活——冠军，不再属于中国！这对女排已成为心中力量、深深地影响了成长中的我以及同时代的国人来说，打击太大了！每天，对着刚刚引进的日本电视连续剧《排球女将》，看着女主角小鹿纯子在场上坚毅地飞奔，听着由堀江美都子演唱的电视剧主题曲——"痛苦和悲伤，就像球一样，向我袭来，向我袭来。但是现在，但是现在，青春投进了激烈的球场。嗨，接球，扣杀。任何球都能扣回去。听吧，来吧，看见了吧，球场上，胜利旗帜，随风飘扬；球场上，青春之火，在燃烧"，我再也忍不住了，我决定向国家体委写信，强烈建议重新启用袁伟民。于是，我提起笔，把心中郁结的情感、对排球的热爱、排球对于当时中国的重要性以及建议，一股脑儿地在条分缕析之中满满当当地写在了两页信笺上，然后急迫地装进信封，贴上邮票，寄给了国家体委。自然，我没有收到任何回音，主教练也没有换成袁伟民，中国女排也没有任何起色。直至一年后，主教练再次换人。

无意之中，我履行了一个公民建言献策的职责！

此后多年，无论是中国女排在主教练陈忠和的带领下夺得雅典奥运会金牌之时，还是在里约奥运会开幕之初，我都不再关注女排。不是不想看，而是不忍看，我不忍看到，不忍看到啊，那女排的悲伤。

里约奥运会女排比赛，中国队被分在了死亡之组，队里有美国队、荷兰队、塞尔维亚队、意大利队和波多黎各队。分完组后，郎平说，从来没有遇到过如此残酷的分组。果然，开赛以后，排名靠后的中国队战绩不佳，一开场就以 2∶3 负于荷兰队，虽然在随后的比赛中以两个 3∶0 战胜了本组较弱的意大利队和波多黎各队，但很快又以 0∶3 负于塞尔维亚队，1∶3 负于美国队。幸运的是，中国队以小组第三的成绩进入了四分之一决赛。这时，媒体对中国女排的报道与关注多了起来，尤其是对郎平破格从国家青年队选拔出来的主攻手朱婷的关注日益增加。这引起了我的兴趣。虽然我对朱婷根本不了解，但我知道郎平是一个特别有理想的人，她能这样用朱婷一定有她的道理。

20 世纪 80 年代后期，郎平退役后，被委任为北京市体委副主任一职，一下子从运动员成为了一名副局级干部。但是郎平没有像队友一样走上领导岗位，而是放弃仕途，携带着仅有的 150 美元，只身自费前往美国新墨西哥大学读书，专业为体育管理。由于根本没有钱，也没有拿到奖学金，郎平只能寄住在她的朋友劳尔家，平时上课，周末兼职大学女排助理教练以维持生计。在 80 年代末国内那段特别困难的时期，一个中国女孩要在意识形态完全不同、举目无亲的美国生存下来，其艰难困苦可想而知！我不知道郎平有没有后悔放着好好的局级干部不当，而要放弃一切，远渡重洋，从头开始。郎平写的自传《激情岁月》中对此也没有任何的描述。但郎平硬生生地克服了包括语言在内的一切困难，用 5 年的时间，拿到了体育现代化专业研究生，正式从新墨西哥大学毕业。随即，她被八佰伴世界女排明星队聘为主教练，开始了她的高薪执教生涯。所有的付出开始获得回报。八佰伴世界明星队在郎平的指导下，迅速扭转不利局面，连连获胜，很快获得了女子排球俱乐部比赛的冠军！

此时，中国女排却正在危险的边缘挣扎。1992 年，巴塞罗那奥运会，中国队仅获第 7 名；1994 年，巴西举办的第 12 届世界女排锦标赛，获得第

里约夺冠后的女排姑娘

8 名，之后，又失去了亚运会女排冠军！国内舆论对于女排的表现极度不满，口诛者有之，笔伐者有之，如果再不有所作为——女排，这支中国人民心中的英雄之师将如何自处？！

高层决定，请郎平出山！

正在顺风顺水展开事业之帆的郎平，突然接到这么一个通知，面对的是这样一只烫手山芋，她陷入了沉思与犹豫之中。在经过多年的辛劳之后，刚刚开始拿到可以改善自己生活的薪水，干着自己熟悉的可以掌控的事业，尤其是，一个优秀的男子刚刚走进她的生活，如果去国家队教球，他们必须长久地分离，更何况丈夫明确表示，反对她回中国执教。但是，作为中国女排曾经的主攻手，作为中国女排走向辉煌的见证者，她与中国女排的感情是无法割舍的。面对中国女排的现状，面对"郎平，祖国真的需要你"的召唤，她放不下！她放不下！她决定：回国执教！同时表示：愿意承担风险，也愿意承担责任。

这就是郎平！

高层领导没有看错人。在郎平的领导下，中国女排很快重振雄风。当年，中国女排就获得了亚洲锦标赛冠军；一年以后，1996 年亚特兰大奥运会，中国女排获得亚军，郎平被授予"世界最佳教练员"奖；1998 年，世界女排锦标赛，中国女排再获亚军。

而此前，郎平刚刚经历了婚姻变故。

由于太拼，郎平多次晕倒在了赛场上。有一次，记者采访她的父亲时，郎平父亲流着眼泪说道：她的一生都贡献给了中国女排。

郎平的身心太疲劳了，她需要休息；女儿浪浪太小了，她需要照顾。在中国女排逐渐走上了正轨之后，郎平辞去了中国女排主教练的职务，回到美国。

此后，中国女排有起有伏，波澜不惊地努力着，女排的光荣成为了回忆。

2012年，伦敦奥运会，四分之一决赛，中国女排对阵日本女排，担任央视特约解说员的郎平，在转播室中亲眼看着中国队输了，心中的天安门城墙倒在了伦敦奥运会的赛场，当场伤心落泪。

2013年，拿着500万年薪担任恒大女排主教练的郎平，再次受邀出山，担任中国女排主教练！

郎平接手以后，感慨地说道：没有想到球员的状态、基本功、心理素质都这么差，怎能不输球？

但郎平要么不干，要干就要像样地干！正如她的先生、中国社会科学院研究员王育成所说：郎平不干则已，一干就要尽自己努力做到极致！郎平说：所有的困难都是比赛的一部分！

她带领她的战士们走上了捍卫荣誉之路。

郎平说：女排精神不是喊出来的，单靠精神是不能赢球的。它的实质乃是踏踏实实地做好每一天，没有平时一点一滴的积累，关键时刻是拿不出"精神"的。刘旭辉，北京《京华时报》资深体育记者，从2013年5月10日"郎家军"的第一节训练课，到2016年7月28日出征里约前的最后一节训练课，他都参加了。作为女排荣誉之路的见证者，他说了一件普通得不能再普通的事情——吃饭。4年来一日三餐，中国女排很少能碰到训练局的其他运动队，因为她们早上坐的是最早一趟班车，中午一般要练到1点多，等洗完澡去吃饭时人家很多都已经午睡去了，下午训练结束要到7点多，回到餐厅依然是最后一波。一周7天，6天都是如此，只有周日休息。

郎平为了带好队伍，每次都亲自带着队员们训练。她的膝盖动过无数次手术，她从脖子到脚，也动过十几次手术，长期的打球、执教，使得她的手变形、腰椎盘突出、不能长时间站立，但郎平都咬牙坚持了下来。比赛过程中，队员们休息了，她还要看对手的比赛录像，研究排兵布阵的战略战术，做好功课，一个晚上只能睡四五个小时。

她把"无私奉献精神、团结协作精神、艰苦创业精神、自强不息精神"的女排精神带到了极致！带上了巅峰！

一位观众说道：看铁榔头现场指导，眼泪总会不自觉地流下来，感慨一个人得有多优秀、多敬业、多热爱才能把事业做到这个份儿上啊。

里约奥运会小组赛出线后，四分之一决赛，中国女排对阵连续两届奥运会冠军、东道主，把桑巴足球技术运用到排球上、连球衣都是标准的巴西国家足球队队服的巴西女排。凭着世界排名第一、二届奥运会冠军的雄风和主场优势，巴西队在满场震天的助威声中，很快以2：0领先。看着巴西队的凌厉攻势，以及大幅度领先的比分，几乎所有人都认为，巴西队赢得比赛只是时间问题。但郎平就是郎平，这时，她对队员们说："拼了！拼到你死我活！"比分一点一点地追了上来，1：2，2：2，3：2！中国女排逆转巴西，进入四强！意外！太意外！这一意想不到的结局，让全世界的目光都集中到了中国女排身上，也让大家对中国女排寄予了厚望。我明显感到，周围的伙伴们都开始为中国女排的胜利而激动不已。因为多次品味了"希望越大，失望越大"的滋味，所以这时我还不敢指望女排拿冠军，只能在心里暗暗使劲并祈祷：中国女排更上一层楼。但客观事实是，接下来的比赛都不好打，进入四强的对手的实力摆在那里！"总是那么让人揪心的中国女排"啊！好在，中国女排毕竟是中国女排！二分之一决赛，中国队对阵荷兰队。小组赛中，人高马大的荷兰队曾以3：2击败中国队。但中国队已不是刚开赛时的中国队，它已成为一支成熟老辣、充满朝气、有章有法、不急不躁的世界级强队。最终，中国队以3：1的比分将荷兰队拿下！惊险的是，每一局的赢球方都只赢了对方两分！具体比分是：27：25，23：25，29：27，25：23。比赛结束以后，郎平感叹自己的心脏实在受不了。其实，作为观众的我们，何尝不是？

半决赛之后是决赛！

北京时间 8 月 21 日早上 9：15，女排决赛开始。与中国女排争夺本届奥运会冠军的，正是在小组赛中以 3：0 轻取中国队的塞尔维亚女排。本届里约奥运会的口号是："一个新世界"，必须用这样的方法来创造一个新世界吗？

到了这个时候，还要进行这样残酷的竞争，我的心理有点接受不了。并列冠军吧！为什么不可以像其他项目一样可以并列冠军，而一定要有一个结果？这有什么意义吗？一个声音说道；是的，是可能没有什么意义，但这是比赛规则决定的。另一个声音说道。这我也明白啊，可为什么一定要比呢？一定要让中国女排比呢？那个声音又说道。哦，原来是怕中国女排输，原来是不忍看到中国女排输。

傅雷说：不经过战斗的舍弃是虚伪的；不经历劫难磨炼的超脱是轻佻的；逃避现实的明哲是卑怯的。郎平不愧是郎平，卑怯从来与她没有关系。面对如此紧张的竞争，面对国内亿万观众的眼睛，只见她把队里的 12 名队员调度得就像钢琴上的琴键，不断地奏出了华丽动人的乐章！时而铿锵，时而激越，时而低沉，时而浑厚，时而轻柔，时而高昂，中国女排作为一个整体，发出了久违的历史最强音！12 名轮番上场的女排姑娘，她们没有小鸟依人的娇气，没有卖萌撒娇的嫩气，老队员稳定军心，新队员敢打敢拼，一分一分地争，一分一分地咬，一分一分地顶，一分一分地夺，团结一心，众志成城。面对强大的塞尔维亚女排，她们的目标只有一个：赢！

曾经有人问郎平，女排精神是什么？郎平说，女排精神不是一定要赢得冠军，而是知道不会赢，也要竭尽全力；是你一路虽走得摇摇晃晃，但站起来抖抖身上的尘土，依旧眼中坚定。

这是一种什么样的力量啊！这种力量，怎不让人豪气满胸！这种力量，怎不让人泪湿衣襟！更何况，这种力量来自于一个女性，来自于一个深藏在我们心底的女性，她的名字叫：郎平！

中国女排获得冠军以后，国际奥委会在其官方微信中写道：在中国体育史上，几乎从来没有一个人能连续 30 年受万众顶礼膜拜。只有郎平做到了。球员时代的五连冠带领中国女排走上世界之巅；执教以后再次带领中国女排重回世界巅峰。这 30 年来，中国女排的所有荣誉，几乎都和这个女人息息相关。

请让我们都记住她吧，永远地记住她，郎平！以及其麾下的郎家军：朱婷（主攻，二十一岁），惠若琪（主攻，二十五岁），魏秋月（二传，二十七岁），徐云丽（副攻，二十九岁），张常宁（主攻，二十岁），袁心玥（副攻，十九岁），杨方旭（接应，二十一岁），颜妮（副攻，二十九岁），刘晓彤（主攻，二十六岁），龚翔宇（接应，十九岁），林莉（自由人，二十四岁），丁霞（二传，二十六岁）。

22 日，《人民日报》组织"女排精神大家谈"专栏。我提起笔，由衷地写道：女排精神就是爱的精神。文中是这样写的：

2016 年 8 月 20 日深夜 12 点，中国女排在里约小马拉卡纳体育馆，以 3∶1 的比分战胜了欧洲劲旅塞尔维亚队，赢得了第 31 届奥运会女子排球冠军！那一刻，中国沸腾了，微信刷屏了，包括我在内的许许多多国人都流下了激动的、感动的热泪！

中国女排为什么总是让我们激动、让我们感动？因为，她们总是在传播"爱"。她们爱祖国。女排姑娘们始终把祖国的荣誉放在第一位，无论遇到什么困难，只要想到这个荣誉，她们就可以克服一切困难，克服任何伤病，万众一心，众志成城，去争取这个最高的荣誉。也正

主攻手惠若琪

因为如此，女排精神才成为"振兴中华"的最大推力，也才成为了国人心中永不磨灭的特有记忆；她们爱排球。排球是女排姑娘们的职业，也是她们的专业。为了打好排球，她们在郎平的指导下，可以放弃吃饭、睡觉，可以放弃个人爱好，可以放弃与家人团聚，一心一意，在各自的位置上，把排球打到极致；她们爱团队。正如赛后年仅二十一岁的杨方旭所说：中国女排是一个集体在打球，不是六七个人，是12个人一起在为一个球拼搏。她们每一个人都很好地把自己融在了团队之中；她们爱拼搏。女排姑娘们始终把拼搏作为实现人生理想的重要途径，在任何情况下，不抛弃，不放弃，不强调困难，不讲客观原因，抓住任何一丝希望，全力以赴拼搏。

正是这样的爱，正是这样的大爱，让中国女排一次次地登上了世界之巅，铸就了多少国人心中的高地！

里约奥运会结束了，中国女排却永远地留在了大家的心里。
而我知道，这心里想的都是：中国女排，唯有中国女排，不可辜负！

大事记：

2019年9月14—29日，中国女排在日本举行的第13届女排世界杯赛上，以十连胜提前夺冠，获世界杯第五冠。随后，中国女排站在"祖国万岁"的彩车上，参加了建国七十周年庆典活动。

徒步记

山，快马加鞭未下鞍。惊回首，离天三尺三。

山，倒海翻江卷巨澜。奔腾急，万马战犹酣。

山，刺破青天锷未残。天欲堕，赖以拄其间。

每次读到毛主席的这一首诗词《十六字令·山》，我都会受到异常的震撼。这是一幅怎样的场面啊：那巍峨耸立的一座座山峰，在早期中国革命非常困难的时刻，在毛主席的如椽大笔之下，却成为了一股股坚不可摧的力量，给人信念，给人信心，给人希望。于是，我总是会很向往山。我被那山的气魄所吸引，想象着那山，是那样的如少女般宁静，又是那样的如巨人般挺拔，如名画般多彩多姿。甚至，我总会遗憾自己不是一个如林语堂般的山里的孩子，从小就能受到山的洗礼。在我的老家，看到的只能是海拔高度不到 100 米的田野里，那夏日的麦浪、秋日的稻香。

我喜欢山！我渴望山！我多愿啊，成为那山里的一瓣！

于是，我总是会走向山，登上山，融入山，让自己的灵魂，成为山上的一朵鲜花。

于是，我来到了泰山，来到了华山，来到了黄山，来到了峨眉山、五台山；来到了那一座座知名的、不知名的山……

但这山，在我，更多的只不过是一道风景吧。

直到 2016 年的 8 月底，我来到了贡嘎！是的，就是它，康藏边界的贡嘎雪山（Minya Konka）。

第一次见到贡嘎，是在 10 年前。2006 年的 6 月 18 日，我被邀请参加峨眉金顶十方普贤菩萨的开光大典。那天，天空晴澈万里，大地霞光一片。站在金顶，有朋友指着菩萨对面的山说，那是贡嘎雪山。我是学文科的，地理还算不错，名山大川可以如数家珍，海拔高度 7556 米的贡嘎在山中只能算个小弟弟，所以，看着似乎近在咫尺的贡嘎，基本没啥感觉，只是"哦"的一声表示知道了。后来的几年里，又多次来到过峨眉，在峨眉金顶礼佛之后，下山之前也就是例行公事般对贡嘎瞄上一眼，仅此而已。

其实，贡嘎雪山是一座神山。

2016 年，中国登山协会为了响应国家"健康中国"的号召，推出了以"行有疆，心无界"为核心理念的全新健身方式，计划用 5 年时间，组织走完全国所有的省、市、自治区、直辖市。山，自然地成为了徒步路线的选择。他们选择的第一座有代表性的山就是贡嘎山。组委会的计划是，用 3 年时间，

贡嘎雪山

甘孜康定

每年设计不同的路线，组织绕贡嘎山一圈，完成贡嘎山徒步之旅。

徒步贡嘎，那不是融入山中的最好方式吗？看到这一计划，不假思索，拉上谢红就报了名。

8月25日，带着精心准备的雪山徒步装备，我们来到了徒步的集中地——甘孜康定。

康定？是的，康定！《康定情歌》的康定，"跑马溜溜的山上，一朵溜溜的云哟，端端溜溜地照在，康定溜溜的城哟"的康定。贡嘎山位于康定以南，是大雪山的主峰。贡嘎山也是中国7000米以上山峰中位置最靠近东方的山峰，7556米的海拔，是除喜马拉雅山和喀喇昆仑山以外的山峰中排名第三高的山峰，是四川省境内最高峰，被称为"蜀山之王"。

贡嘎山徒步分三天进行。

第一天，从中国红石滩国家地质公园出发，经过两河口、新店子、笆子房、烂河坝、海子凼，最后到达野外宿营地折田坝，全程16公里，是一条从海拔3300米高处一路往下走到海拔2100米的线路。累计爬升167米，累计下降1657米。

第二天，从折田坝营地出发，一路沿山间土路前行，途经大沟、坭马驼、水电站、康乐村、磨西镇、坛罐窑，最后到达海螺沟 7 号营地，全程 25 公里，是一条海拔从 2100 米到 1300 米再到 2400 米的线路，全天要爬 5 座山峰，累计爬升 2478 米，累计下降 2235 米。

第三天，从宿营地出发，途经刺龙包函、半边街、共和 4 队、海螺沟景区，最后到达徒步终点，全程 16 公里，是一条先下后上的线路，累计爬升 1043 米，累计下降 1256 米。

25 日晚 8 点，组委会在下榻的情歌大酒店 9 楼大会议室，召开了动员大会。会上，徒步大会总裁判长代新华先生用一个半小时对组织贡嘎山徒步的目的、规则、安排、过程、难点、要求等进行了详细的介绍。从他的介绍中得知，与我们徒步活动同时进行的，还有第二届贡嘎山 100 公里越野，越野界的大佬男子运艳桥、女子东丽等都已经来到康定，准备参加这次比赛。

26 日早晨 8 点，吃过早饭以后，我们首先把登山包放到了指定的转运车上，然后纷纷前往情歌广场集合，参加活动启动仪式。情歌广场上，彩旗招展，红旗飞扬，巨大的主席台前，是一块巨大的背景牌："中航安盟保险杯" 2016 中国甘孜环贡嘎山百公里国际山地户外运动挑战赛。看着这气势磅礴的语言，我心里边的欣喜很难找到一种恰当的词语来表达，只是觉得世间还有这样美好的事物，而我又会有机会参与其中。广场上，参赛选手按照 100 公里组、50 公里组、徒步组 3 个组别各自排列着，等待着仪式的开始。

多难得的机会啊！必须多了解点信息、多拍点照片。于是，我穿梭来、穿梭去，与参加越野的选手们聊着、拍着。但越多聊，一个人心里的惭愧就越增加几分。原来，很多参加百公里越野的人只跑了一年左右的步，就不愿意参加马拉松等路跑了，都要参加越野，而且一报就是 100 公里级。而我已经跑了两年多步了，却还在徒步。更可气的是，有几个成都过来的小姑娘，基本没怎么跑过步，也打着"领养代替购买"的公益旗号，来参加 50 公里组的越野。她们有个人"你是什么项目？"的问题还没有问完，旁边一个看着我胸前的号码布就不屑地说道"徒步组的"。哼，什么人，还长得这么好看！

开赛仪式举行得隆重而又简洁。中国登山协会、四川省登山协会、甘孜州政府、康定市政府、冠名商负责人（一个中文特好的法国人）及运动员代表东丽先后讲话。其中，地方领导的讲话让我记忆犹深，通篇讲话充满了希望借助此次活动在新的发展时期推介康定、推动当地旅游事业发展的殷切希望，让我也对一次平常的健身活动平添了一份责任。

9点钟，开赛仪式结束。我们徒步组分乘3辆大巴车前往徒步出发地点。50公里和100公里越野组则前往著名的跑马山参加测试跑，心脏、高反、血压等各项指标通过的人才可以参加27日早上5点正式开赛的越野跑。10：30，由于到处都在大兴土木，在经过一个半小时颠簸后，我们来到了出发地——中国红石滩国家地质公园。

一声枪响，我和谢红随着徒步队员们一起出发了。我们背着装有徒步必需的衣物、水以及当作午饭的干粮等物品，挂着手杖，沿台阶一级一级向下走去。在群山峰峦之间，右边的红石滩醒目地出现在了眼前，如晚霞一般的红，深情地粘附在一块块大大小小的石头上，不离不弃，上游流过来的水，轻轻地滋润其间。

红石滩的形成是很奇特的事情。这石头上的红色不是大家比较容易想到的矿物质，而是一种类似苔藓般的红色物质，科学家说这和当地特殊的地形地貌有很大关系。出了这个区域，这些红色的物质就不再是红色，但回到这里又会变成红色。据说，六世达赖喇嘛仓央嘉措走到这里，写下了两句摄人心魄的情诗：你曾站在这里，任她的容颜填满每一页发黄的经文；她的娇容默默成长，直到你的出现一朝绽放。

我是不可能绽放了。来到这高原上的深山老林，陪着高原反应刚有点恢复的谢红，想到要在完全自我补给、到了宿营地不能洗澡、晚上要睡在帐篷，我的心里总有点放不下。

但走着走着，一种神圣感悄然在我心中升腾开来。我感觉我就像一个红军战士，像一个头戴五角星帽子、身穿灰土布衣服的真正的士兵，像唱着"红星闪闪放光彩，红星灿灿暖胸怀，红星是咱工农的心，党的光辉照万代"的潘冬子，雄赳赳、气昂昂地正走在伟大的长征道路上。

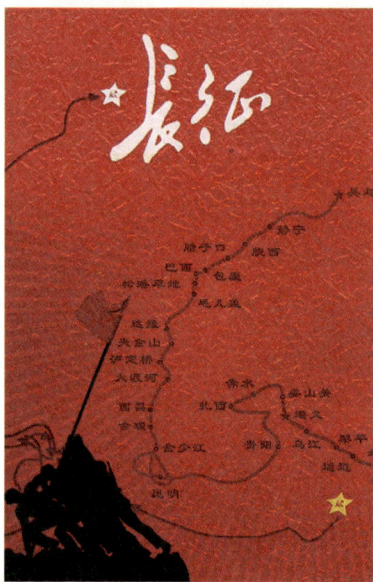

王树增著《长征》

红军长征始于 1934 年 10 月 10 日，历时 2 年，今年正好是长征胜利 80 周年。红军长征的 2 年时间里，共有 4 路红军从不同的时间、不同的地点出发，不约而同地朝陕北方向走去。一路上，红军战士们共跨越了江西、广东、广西、云南、四川、陕西等 12 个省，翻越了夹金山、梦笔山、亚克夏山、巴郎山等 8 座平均海拔 4000 米以上的雪山，穿越了苗族、瑶族、壮族、彝族、藏族等 10 个少数民族聚居区，抢渡了湘江、乌江、大渡河、小金川等 24 条河流，召开了决定性的通道会议、黎平会议、遵义会议、扎西会议、俄界会议等十八个会议，共徒步近 10 万里（红一方面军 2 万 5 千里，红二、红四方面军 6 万 5 千里，其他部队近 4 万里），最后到达了中国革命的圣地——延安。

奥地利作家茨威格在他的小说《人类群星闪耀时》中写道：正如在艺术上一旦有一位天才产生就会流芳百世，这种具有世界历史意义的时刻一旦发生，就将决定几十年甚至几百年的历史进程。……那些平时慢悠悠、按顺序发生的事件，也都往往压缩在这最短的时刻发生。这一时刻对世世代代作出不可改变的决定，它决定着一个人的生死，一个民族的存亡，甚至整个人类的命运。

正因为如此，毛主席在红军成功翻越了六盘山，于 1935 年 10 月 22 日到达瓦窑堡时，会写下《长征谣》这样滋味杂陈而又气度不凡的诗篇：天高云淡，望断南飞雁，不到长城非好汉！屈指行程已二万！同志们，屈指行程已二万！同志们，屈指行程已二万！六盘山呀高峰，赤旗漫卷西风。今日得著长缨，同志们，何时缚住苍龙？同志们，何时缚住苍龙？

少帅张学良曾这样说道：我常对我的部下说，我们都是带兵的，这万里长征，你们谁能带？谁能把军队带成这个样子？带得都跟你走？还不是早就带没了？！

是啊，这不知道走向何方的万里长征，谁能带？谁能带成这个样子？昨天晚上，为了徒步活动的成功，在各种精心的组织之后，我们的总裁判长代新华不还滔滔不绝地讲了一个半小时吗？

由于一直都在跑步，十几公里的路倒并不觉得有多远，尤其是谢红没有再出现高反症状，这让我们的心情逐渐地愉悦起来。刚修好的水泥路上，车子很少，车上的人看到我们，都会稀奇地多看几眼。在暖风的吹拂下，我们保持着较快的步频走着，队友们一个又一个地被我们超过，不一会儿，我们就走到了队伍的第一梯队位置，把其他人远远地甩在了身后。

但是，两个肩膀已经越来越有点受不了的样子。这不，几公斤重的双肩包在肩上背着呢！之前，从未进行过长距离负重运动，现在感觉确实不一样。

红军平均每人要背25斤重的东西，还要一边打仗，一边日行70里路，他们是怎么做到的呢？

下午1点，我和谢红坐在马路旁的水泥墩子上，吃着组委会发的面包、榨菜、火腿肠，看着对面的山川，心里嘀咕着。

一路上，走在洁白的水泥公路上，不知不觉来到了离第一晚宿营地还有

快步行走

途中休息

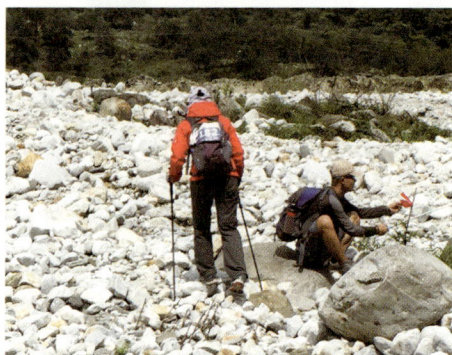

艰难过河   最后1公里

1 公里的地方。"路还不错，快到了。"我说道。

忽然，前方的箭头指向了左转方向。工作人员说，从这里过河，过了河就到了。

哦，原来是一条河，一条已经干涸的河。河上，乱石嶙峋。

一条河，过了整整一个小时，后方没有追兵，前方没有堵截。

3：30，我们来到了宿营地。宿营处，成片的帐篷已经搭好，色彩丰富的帐篷如一朵朵莲花，在金色的阳光下异彩纷呈。我们拿好转运过来的行李，钻进了提前分配好的 6 号帐篷。按着已缺少知觉的肩、腿、腰，鼻子里，却飘来了正在煮着的晚餐的肉香。

今夜，我也成为山里的孩子了。

夜晚，虫声唧唧，星汉满天。

第二天早晨 6 点，天空仍是黑沉沉的。突然，一阵哨子声如约响起，起床的时间到了。第一次野营，睡觉前要把睡垫、睡袋等一应东西拿出来铺好，现在，又要把这些东西收起来打包转运，还是有不小的工作量。尤其是那个睡袋，像床被子似的，要撸好装进那么小的袋子里，几乎都要用上洪荒之力了。

马上就要离开这山坳里的宿营地，虽然只有一晚，却有些不舍。晨曦中，田野里，高粱泛着红光，玉米垂挂在枝上，那绿绿的蔬菜散发着大自然的鲜

山间晚餐

冰镇西瓜

香。道旁的小溪，湍急的水流哗哗地奔跑，农民家里的啤酒、西瓜就放在这天然的冰箱里冰着。队员们就着小溪，刷牙的刷牙，洗脸的洗脸，我脱了鞋子，撸起裤脚，站在这清凉湍急的水流里，享受着大自然的抚摸，畅快无比。

7：50，出发仪式开始。没有想到，在这山沟沟里，一个并不是那么严肃的活动，还搞得这么隆重。也是，现在都讲点仪式感，还是蛮需要的。照例是代总裁判长讲话。在简单地讲了一些当天的赛程等情况以后，代总讲到了一个我很感兴趣的消息。他说，越野组的战友早上5点已经正式出发，我们随时会在路上被他们追上。这有点意思，我们会在哪里被他们追上呢？

出发了。在经过短暂的下坡后，就开始爬山。我这才想起，今天有五座山要爬呢。也不知道这山是啥样子，心里的小惊喜却悄然而至。爬吧，来了就是要爬山的。这里是村民们常走的地方，应该都有路的。但走起来却发现，山里基本看不见路，好像有点难。我们在高大的树林和齐人高的灌木丛中摸索着前进着，山路陡峭而狭窄，经常要相互帮衬才能前进，缓慢地前进。山越来越高，似乎爬不到尽头，心里渐渐有点烦躁。但还刚开始，不能停啊。爬累的时候，抬头看到头顶的山峰，心里就会一阵高兴：终于要到山顶，马上可以下山了。谁知，到了"山顶"才知道，那只是一个小平坡，后面连接着的，是无穷无尽的山峰。

在山里穿梭和平时登山确实不一样！

杨成武将军在他的《忆长征》中写道："队伍隐在山林里，看不到一点行迹。偶尔能听到草鞋踩在石子路面上的窸窸窣窣的响声，风从树梢上吹过，发出像大海接近平潮时那种节奏缓慢的低喧。远处，瀑布哗哗飞溅，四野秋虫唧唧，时而闪亮一丝光，那是伏在草丛里的萤火虫又飞起来了。啪啦一声，不用问，又是谁跌倒了。"

　　面对当时那么艰难的情景，杨成武将军能用这样优美的文字来表述。看来，不光是毛主席，红军将士个个具有革命的浪漫主义精神！

　　美国记者哈里森·索尔兹伯里在他的《长征：前所未闻的故事》里写道："当月亮被云遮住，部队就要燃起火把行军。这种火把通常是一束劈开后又捆扎起来的竹子，有时还有松枝，还有盛满了煤油的竹筒。这时，无论是从山脚下仰视，还是从山崖俯视这条忽隐忽现、逶迤盘旋的火龙，那都是一幅美丽的图画。但是，行军并不都是那么轻松美妙的。在伸手不见五指的黑夜，战士们有时在自己的背上拴上白布条子，好让后面的同志看清楚跟上。有时在危险的小山路上夜行军，后面的同志要将双手搭在前面同志的肩上，以防偏离那条狭窄的小道。这些小道是很滑的，如果一个人摔倒了，后面跟着的一班人也会摔倒，搞不好，有时还会从 200 英尺高的陡崖上摔下去。"

　　现在，身临其境的我，最担心的不就是滑倒嘛！只是，我始终没有弄明白的是，在单人行走都如此困难的山崖里，红军战士们还要背着枪、扛着炮、牵着马、担着大锅、抬着病人，时不时地还要打上一仗，他们是如何能够日行百里的呢？

　　走在这红军长征经过的山里，想着红军长征时的故事，最让我吃惊的自然是红军奔袭泸定桥。

　　1935 年 5 月 25 日，红一军团第一师第一团在安顺场强渡大渡河成功，中央红军近 2 万人陆续抵达，准备从这里渡河。国民党飞机投下传单说，大渡河一定会让红军和当年的石达开一样，成为他们最后的归宿。

　　春季的大渡河，随着周围雪山的融化，河水暴涨，水流十分急促。并不太宽的桥面上，工兵多次架桥无果，加上渡船已经被川军破坏殆尽，在想尽一切办法之后，一天一夜，红军才仅仅渡过去一个团。照这个速度，中央红军全部渡过大渡河，需要一个月！

此时，国民党中央军和川军大队人马正急速追来，时间已所剩无几。为了不做石达开，中革军委当机立断：分左右两个纵队，夹大渡河而上，奔袭泸定桥，从泸定桥过河。

泸定桥位于川西泸定县，距离安顺场240里，建于清康熙年间。它由13根粗壮的铁链连起，横架于大渡河东西两岸。13根铁链重约12吨，其中4根均分两侧作扶手，9根做底链，共有12164个铁环，环环相扣。底链铺上木板就是桥面，木板间缝隙很大，滔天河水就在桥下翻滚、咆哮，只要稍微看一下水面，就会感觉头晕腿软。可以想象，在当时的技术条件下，这桥的建成肯定不是简单的事。清代王锡祺在其编著的《小方壶斋舆地丛钞》对此有过记载："康熙中修建此桥，曾于东岸先系铁索，以小舟载铁链过重，未及对岸辄覆，久之不成。后一番僧教以巨绳先系两岸，每绳上用十数短竹筒贯之，再以铁索入筒，缚绳数十丈，于对岸牵曳其筒，筒达铁索亦至。"原来，泸定桥是用了藏族人民溜索渡河的原理才最后建成。

红军入川后，蒋介石下令川军军阀刘湘炸毁此桥，但刘湘认为红军根本到不了此处，未予执行。

此乃天助红军！

红一军团军团长林彪根据中革军委指示，选择了最能打硬仗的红四团作为开路先锋，并给团长黄开湘、政委杨成武下达了死命令：24小时内必须夺取泸定桥。在这沟壑纵深、山高路险的川西，一天之内跑完240里，还必须经历大大小小的战斗，最后夺下敌人重兵把守的泸定桥，这根本就是不可能完成的任务。

但是，红四团硬生生地就是完成了这一任务，由22名勇士夺下了泸定桥！如今，这22名勇士仅有8人的身份被确定，他们是：廖大珠、王海云、李友林、刘金山、刘梓华、赵长发、杨田铭、云贵川。

这 22 名勇士，无论如何，历史是不会忘记他们的！

泸定桥夺下以后，一向稳重的刘伯承在泸定桥上表现得有点失态。下半夜两点钟，大部队从桥上过河时，刘伯承从桥东走到桥西，从桥西走到桥东，最后，他站在桥中央，用力地在桥板上连蹬三脚，然后说道："泸定桥，我们胜利了！"

这时，在中国的东部城市，北京、上海、南京、香港，中国近代文化史上的重要角色都在陆续登场，他们是：李叔同、沈从文、傅斯年、邹韬奋、陶行知、徐悲鸿、梁思成、林徽因、林语堂、竺可桢、钱锺书、杨绛、巴金、阮玲玉、田汉、宋庆龄、张爱玲……群星闪耀，数不胜数。是他们，正在创造着现代中国文化史上空前的一次大繁荣。

而清谈中的文化，在我看来，却始终不曾有经历过腥风血雨的毛主席诗词那样坚韧有力量："红军不怕远征难，万水千山只等闲。五岭逶迤腾细浪，乌蒙磅礴走泥丸。金沙水拍云崖暖，大渡桥横铁索寒。更喜岷山千里雪，三军过后尽开颜。"

是啊，在这条探寻生存与发展的道路上，中央红军在毛主席的领导下，一直在艰难地摸索着前行。在整整两年的时间里，以十多万年轻的生命为代价，才找到了这条道路的终点，或者起点。而且，我以为，在改革开放之初争议不断之时，邓小平"摸着石头过河"的英明论断也是来自于长征的实践。

在长征取得胜利之后，鲁迅先生专门给红军发送了如下的祝捷电文：英雄的红军将领们和士兵们，你们的勇敢的斗争，你们的伟大胜利，是中华民族解放史上最光荣的一页！全中国民众期待着你们更大的胜利。在你们身上，寄托着人类和中国的未来。

所以，毛主席庄重地说道：长征是宣言书，长征是宣传队，长征是播种机。

长征，永远是人类精神的丰碑。

中国革命胜利以后，毛主席在"人民英雄纪念碑碑文"中深情地写道："三年以来，在人民解放战争和人民革命中牺牲的人民英雄们永垂不朽！三十年以来，在人民解放战争和人民革命中牺牲的人民英雄们永垂不朽！由此上溯到一千八百四十年，从那时起，为了反对内外敌人，争取民族独立和人民自由幸福，在历次斗争中牺牲的人民英雄们永垂不朽！"

正因为如此，每次我参加北京马拉松，站在人民英雄纪念碑下唱着国歌准备出发时，心中总会涌动着无穷的力量！

长篇纪实小说《长征》的作者王树增说："在匆忙前行的步伐里，懂得回头看看前辈走过的路，可以获得精神的滋养，才会知道我们从哪里来，才能知道到何处去。一个回望过去一脸茫然的人或民族，不可能往前走得踏实。……长征是一部可以审视今天的民族精神史。"

松潘草地旁，有个占地20万平方米的红军长征纪念碑园，耸立云端的红军铜像，双手"V"形举起，一手执着步枪，一手执着鲜花。来此瞻仰的人群络绎不绝。他们都知道，革命的理想高于天，长征的精神必须代代承传。

中午时分，我们走出了大渡河左边的两座山，来到了中央红军休息过的磨西古镇。

在炙热的太阳下，镇上一块块饭店的招牌映入眼帘。重庆小面、磨西炖

磨西古镇

鸡等诱人的字眼即刻让饥肠开始辘辘。"吃碗面吧？"我说。"还是吃自己带的东西吧。"谢红说。"行。"于是，我俩坐在石沿上，就着矿泉水，拿起面包吃了起来。"还不错，比红军时期强多了。"我说。吃过中饭，穿过一座小水电站，来到了大渡河的右边。又是那个爬啊。这里远离村庄，山更高，树更密，路更难走，前后左右除了我们两人，看不到一点人迹，听不到任何蝉啾鸡鸣，偶尔有一两只呜呜地从身边飞过的蜜蜂，才给我们带来些许生命的活力。"还好我们只走三天"，我说道，"要像红军那样没完没了地走，还真是受不了。"谢红上气不接下气地应道："是啊。"于是我提议，"红军行军时都唱歌的，要不我们也唱歌吧。""唱不动。"谢红说道。我只能自己一个人吼了起来，"咱们工人有力量"，刚吼了两嗓子，立即开始上气不接下气，还是乖乖地走好路吧。

突然，后面一阵脚步声传来。"他们上来了。"我立即反应过来。往后一看，果然是 100 公里越野组的人，打头阵的是一个我不熟悉的人，年纪轻轻的，身材特棒，从 5 点开始已经跑了近 70 公里，状态却非常好。只见他在陡峭的山坡上快速地跑行着。多好的耐力啊！我赶快给他拍了张照，让到一边，让他过去。

不一会儿，后面一个一个的队员都上来了，还包括一个女队员，一个小时左右，5 个人就过去了。第四个男队员比较胖，有点像中东人，我和他聊了一下，才知他是新疆的，快四十了。他身上已经没有水，向我们讨水喝。这时天特别热，我们也只有两小瓶水了，还不知道前方要走多远才能有水供应，有点舍不得，但我们还是毫不犹豫地给了他一瓶，他也不客套，拿了就往前赶去，一会儿拐过山就不见了。来到一个小村庄的时候，一个老外上来了，我像是给自己打气又像是鼓励他的样子说："You are the seventh（你是第七名）。"他听了很吃惊，说："Really（真的吗）？"我说"yes（是的）。"这确实给了他鼓励，他跑得更快了。

山，快马加鞭未下鞍，惊回首，离天三尺三。

真累！

背靠贡嘎宿营

长征大酒店前的石碑

下午 4 点多，忽然前面一阵人声传来，"快到了"，我一阵兴奋。但爬呀爬呀，就是不见人影，终于在又一个小时以后，我们来到了今晚的宿营地——海螺沟 7 号营地。放下背包，心里喜悦。因为，这里对着的，正是那魂牵梦萦的贡嘎山！

晚上，薄雾轻遮，小雨淅淅。

吃过晚饭，带着一身的疲乏，我们早早地歇下了，越野队员们却不能歇，他们必须在规定的时间里完成他们的赛程。直到深夜 1 点，百公里越野的队员们，在我们的鼾声之中，不停地从这里跑过，在阴雨低温的夜晚，一路从起点跑向他们的终点。

第三天早上起来，裁判组说，由于晚上下雨引发泥石流，临时决定改道，不用再爬山了，直接走公路。正纠结着今天要爬怎样的山呢，听到这一消息，心里一阵高兴。但随即又有点不甘，感觉路线打了个折扣。算了，安全第一，就当到此一游吧。

丰子恺说：无论从前有多慢，无论现在有多快。我知道，脚下的土地和身边的爱人，都要尽全力守护。

下午 1 点，我们到达整个赛程的终点。

"谢红，总用时 14 小时 55 分钟，女子第一名！"代总裁判长宣布道。

"啊？第一名？"

是的，女子第一名，它属于谢红！

晚上，组委会在当地的长征大酒店举行庆祝晚宴。走在去酒店的路上，望着左边连绵的高山，我自言自语地说道："这么高，这是我们爬过的吗？"

山，倒海翻江卷巨澜。奔腾急，万马战犹酣。

山，刺破青天锷未残。天欲堕，赖以拄其间。

大事记：

2018 年 10 月 13 日，中共中央、国务院隆重举行长征胜利 80 周年大会，习近平总书记作"在纪念红军长征胜利 80 周年大会上的讲话"。

鹏马记

　　鹏马，大鹏新年马拉松是也。大鹏新年马拉松何在？深圳是也。

　　在中国的马拉松界，大鹏新年马拉松可谓是一枝独秀，它由万科企业股份有限公司和深圳奔跑者马拉松俱乐部于 2013 年发起。每年元旦的这一天，这一赛事会在被《中国国家地理》杂志评选为"中国最美的八大海岸"之一的，同时也被称为深圳最后的"桃花源"的大鹏半岛举行。这里自然环境优美，山色海洋风光迷人，是深圳最具滨海、文化、生态特色的区域，有着浓郁的岭南风情。大鹏新年马拉松以"乐跑庆新年"为主题，面向所有的马拉松爱好者：不以追求成绩和赛事等级为办赛目的，不特别邀请国内外专业运动员，不设立高额奖金，尽一切可能让参赛者感受到跑出健康、跑出快乐、跑出友谊的乐跑精神。

　　对于一个马拉松来说，有这样优越的线路位置和嘉年华式的跑步内涵，已经足够具有吸引力。但大鹏新年马拉松不仅于此，它的料更多、更猛：名额极少（首届 1500 人，现在包括 10 公里项目在内共 3000 人）、万科冠名、总裁郁亮领跑以及组委会以办企业的理念组织赛事、提供的服务殷勤周到，又在中国田径协会注册。所以，鹏马甫一推出，便受到了广泛关注并很快成为了热门赛事。

　　2016 年元旦，承蒙万科厚爱，我和谢红终于有机会站在大鹏国家地质公园的出发点，开始自己的鹏马之跑。

　　大鹏半岛位于深圳东南部，是一个离深圳市区 50 多公里的小镇，历史

大鹏半岛海湾

上是抗倭前哨。由于之前从未去过那里，也没有订到合适的住所，于是我们就住在大梅沙一家熟悉的酒店，直到住下来才发现，大梅沙离大鹏半岛还有30多公里。

　　1月1日凌晨3点30分，酣睡中被闹钟惊醒，立即起床，照例做起出发前的一切准备。这时，虽然睡眠只有不到5个小时，但人已完全清醒，自己的精神状态似乎已经达到最佳的程度。人真是有意思的动物，平时可能早晨8点还会懒洋洋地躺着，但一有任务，则全然是另外一种情形。

　　由于赛事交通管制的原因，组委会规定自驾车不能直接开到比赛出发地点，必须在6点之前赶到大鹏广场换乘组委会指定的转运车。4点钟，朋友安排的司机小黄已开车来到酒店接我们。车子沿着山边并不开阔的公路平稳开着。右边的大海黑沉沉的，偶尔有一两星渔船上的灯火，在海风中摇曳；深冬的天空，星星都在沉睡，没有早起的意思。看来，南国的冬日，也是一样的萧瑟。在这萧瑟的冬日，比赛应该还是热闹的吧？5 点钟，我们来到了换乘赛事大巴的地点，也是比赛终点的大鹏广场，乘上大巴前往赛事出发地。6 点刚过，天空尚在月色朦胧、鸟色朦胧的时刻，跑友们都陆陆续续地到了。南国元旦的清晨，空气中异常寒冷，"还有一个多小时就开跑了"，我看着谢红瑟瑟发抖的样子，故意镇静地说道。

赛道上，到处都是情绪高昂、等待开跑的跑友；赛道两旁，则一个一个地挨坐着在寒冷中小憩的人们。我和谢红在活动了一会儿之后，也找个地方坐了下来，我簇拥着她，让她能稍微休息一下，毕竟才吃了两块面包的我们，还有 42.195 公里在等着去完成。

谢红靠着我小憩着，我却饶有兴致地看着在微明天色中走来走去的跑友，心里不禁想起了我 1988 年第一次到深圳时的情景。

1988 年 11 月中旬，我正在上海的一所大学担任助教工作，日子过得平平淡淡，一个人身处上海，不知道未来的自己将会是个什么样子。年岁越来越长，人生的压力与日俱增，这让我逐渐地不安起来。于是，"世界那么大，我要去闯闯"的念头开始日渐强烈。到深圳去吧，深圳是改革开放的特区，机会多，我思忖着。于是，我便向我颇为尊敬的教研室主任孙老师请假。那时也不敢说要去深圳，生怕老师疑心，便撒了个人生比较大的谎，说家里有事，需要回去两个星期。没想到见过世面的孙老师倒是十分爽气：去吧，去吧！假就这样请好了。但假是请好了，深圳却不是那么容易去的，那时没有高铁，也没有网上购票，一天就一趟火车，要先坐 36 个小时才能到达广州，再转乘当时已经建好的广深铁路（现在已经是上市公司）去深圳。在排了几次队以后，始终没有买上票。这时，我想到了在复旦大学读博士的老乡春明同学，便托他在学校订票。在那物质匮乏的年代，博士还是比较得到照顾的，春明很快就帮我买到了一张直达广州的坐票。就这样，我精神抖擞地开始南下。一路上，吃着随身带的饼干与食物，没有丝毫倦怠，满怀着希望到达广州，小憩后，从广州转车到了深圳。

在深圳，我借宿在低我一届的同学那里。这个同学也是毕业刚到深圳，分配在一家比较大的公司工作。白天，同学上班以后，我便去兜街。每天，我都带着一叠打印好的简历，像现在发小广告的小哥一样，挨家挨户地递送。那时的深圳，虽然成为中国第一个特区已近10年，但除了国贸中心和建行、中行的两幢楼以外，几乎看不到任何现代化的痕迹。记忆中的深圳发展银行（现平安银行），就是一幢矮小的两层楼房，跟现在工地上常可见到的民工房类似，楼梯是在侧面靠墙的位置，总共可能也就200平方米的样子。现在灯红酒绿的上步区，那时叫上步工业区，工业区里到处都在造房子，大都是造了一个框架，或完成了几层的外墙，就停在那里不动（那时也不知道是因为没钱不建了，成为了烂尾工程）；楼内，总会有一个人坐在那里，除他之外，看不到其他人，我也不知道这是保安，可能也是一路上都见不到人吧，所以见到人，我就把简历递过去，那人就说"放着吧"，我就放下再去下一家。就这样一家一家递着，没有任何的感觉，就因为来了是来找工作的，所以就必须递出去，机械地递出去。晚上回到住处，同学问我，我就会把一天跑下来的情况原原本本地告诉他。有一天晚上，他听我讲了以后，说了一句我一生中记得最牢的第一句话：人嘛，就是要会推销自己。听他这么一讲，虽然每天都没有任何成果，但我一下子还挺有成就感。这是我人生中第一次有成就感。

"几点了？"谢红的一句问话，把我从思绪中拉回了赛场。这时，天已经大亮，跑友们都整装待发，等待着7：30出发时刻的到来。

"快到出发时间了，起来活动活动吧。"我说。于是，我扶着谢红站了起来，沿着赛道慢慢走着。

"前几年郁亮都参加这个比赛了，今年不知道来了没有？"我说。"不知道。"谢红说。"应该会来的吧，这是他们举办的。"我又说道。

郁亮是万科的总裁，苏州人，北京大学毕业以后去深圳找工，被万科创始人王石看中引进到万科。由于年轻有为，三十五岁时被董事会聘为总裁。

万科由于王石喜欢登山的缘故，班子成员都会参与登山活动。登山可不是一般人的活，为了登山，就要进行长时间的体能训练，体能训练最基本的一环就是跑步。没想到郁亮山没怎么登，却因此喜欢上了跑步。于是，在万科内部，出于扩大楼盘影响的需要，同时更主要的是为了推广健康的生活方式，万科在全国范围规划了"万科乐跑60城"活动，还举办了包括大鹏新年马拉松在内的几个马拉松，郁亮自己也开始跑马拉松。他跑的首个全马是2013年北京马拉松，成绩为3小时45分，也就是5分10秒的配速跑完全程，这作为与他同龄、刚开始跑步的我来说，听到他的这个成绩，除了赞叹的份就只有惊叹的份。2014年，他在莫干山参加万科成立30周年研讨会之后，连夜赶到上海，参加了当年的上海马拉松。了解他的人都认为，他可以提高20分钟跑到3小时25分的水平，结果，他仅跑了3小时18分，成绩位列当年全部上马选手的第423名，跑界一时哗然！

受郁亮影响，万科要求区域公司总经理都必须跑步。万科内部，3万名员工有1万多名都在跑步，跑步员工比率在当时的中国企业界绝无仅有。之前，这些房地产行业的老总们总是离不开饭桌、放不下酒杯，结果，被郁亮一句流传甚广的语录"管不好自己的体重，就没法管好自己的人生"完全改变了观念，纷纷跑起了步。这些过程，被原万科高级副总裁、现优客工场创始人、网红型创业者毛大庆通过微博流传了开来，毛大庆自己也因为

攀登的王石

跑步治好了传说中的抑郁症，成为了跑步能治抑郁症的典型案例。当毛大庆离开万科出去创业时，郁亮专程赶到北京参加他的新闻发布会，并俏皮地说了一句很有意思的话："我教会了毛大庆跑步，结果他跑了。"

跑了好啊，跑了说明能跑。比赛已经开始，那就跑吧。

从地质公园出发的路，是在一个相对制高点往下跑。稍稍有点下坡的路上，发令枪一响，急不可耐的跑友们就开始奋力跑了起来。可能是在寒冷中等的时间太长，可能是参赛人数相对偏少，也可能是因为远离城市没啥观众，总之，跑起来却几乎没啥"嗨"的感觉，场面安静得很。这种情况在马拉松比赛中是很少见的，倒是很合适专注地做点事：跑步的专注跑步，看景的专注看景，拍照的专注拍照。在悄无声息之中，大家就一公里一公里安静地跑着。

我一边跑着一边看着，一边想着，我打心底里认为，郁亮是一定会来参加比赛的。于是我又像问谢红又像是自言自语地说道："郁亮来参加比赛了吧？"在我看来，郁亮是一个多么优秀的人啊，自律、坚毅、责任感强、有奉献精神。郁亮作为总裁，上任 15 年来，已经把万科从不到 100 亿的年销售额带到了 1500 亿的水平，使万科成为了全世界最大的住宅建筑公司。每年，他拿到工资奖金以后，都会全部买成自己公司的股票，以实际行动支持公司的发展。他女儿读初中时，有一次过生日，郁亮问女儿有什么生日愿望，他女儿说道：爸爸，你以后是不是可以不要拿到钱就买成股票啊？我们家也是要用钱的啊！他女儿在自己生日宴会上说出的居然是这样的一个愿望，让郁亮一下子惊呆了！一个这样努力做到的人，怎么可能因为宝能系举牌万科就连自己公司冠名的跑步都不来了呢？不会的，一定不会的！何况他又是这么的喜欢跑步！他跑得快，一定是跑到前面去了。

说到宝能举牌万科，这可是从 2015 年 7 月起持续到 2016 年底中国资本市场的大事，这一事件所牵涉到的举牌的合理性、公司治理的合法性、董事会和高管层的履职边界等问题及其解决方式，都必将载入中国资本市场的史册。作为总裁，在这攸关企业发展的时刻，孰轻孰重自然无须多言。

但我就是相信或者愿意相信郁亮跑到前面去了。

因为对他，这也不是第一次了。

1994年3月30日，我的老东家君安证券给万科发行B股，当时市场不好，券商的资本普遍很小（君安证券的注册资本为1.03亿元人民币）。因此，在4亿多港币的发行不成功、君安只能借款包销的情况下，君安要求万科采用假发行的方式，也就是名义上发出去了，但万科要把君安借来的包销款在相应的程序完成后还给君安，君安再去还掉。君安说其他公司也是这么干的。没有想到的是，万科创始人、董事局主席王石不愿意。王石说，我发行股份募集资金是要用于企业发展的，还给你我股本扩大了，却一分钱也没有拿到，还要支付承销费，这不行。万科、君安由此结怨。君安随即利用中介机构的优势，通过发动中小股东投票的方式收购万科，引发了轰动市场，并在中国资本市场留下了深深烙印的"君万事件"（大致情况见吴晓波著作《激荡三十年》）。随后，王石又说了这样一句惊人骇俗的话："张国庆（君安总裁）这

自信的郁亮

海边17公里

么干，迟早要完蛋。"1997 年秋天，此话一语成谶。一代雄主君安消失，国泰君安诞生。

郁亮时任捍卫万科利益的战略部总监。

历史是何等的相似！只是这一次，事情大了点，过程长了点（对此感兴趣的看官可搜索"宝万事件"）。而郁亮也大了啊！

从 10 公里开始，一直是沿着海边跑的路，跑到 15 公里掉头，沿着原路往回跑，直至 22 公里，是整个路段中唯一重复的一段路。海边狭窄优美的赛道上，来来往往的都是跑步的人。17 公里处，只听对面过来的跑友说道："郁亮跑过去了，郁亮跑过去了，还是做的 330 兔子（3 小时 30 分跑完全程的领跑员）。"

听到这个消息，我一下子兴奋起来，也不陪谢红了，全力往前跑去，想追上郁亮的脚步。郁亮是我仅有的内心崇拜的偶像啊，现在，我与他已经无限接近了，我必须赶上他，看他一眼，最好能再与他一起跑一段。但我跑啊跑啊，跑了一长段，除了自己快速的心跳和疲惫的身体，哪里还有郁亮飘逸的身影？！他如风一样地过去了，他就是风！

　　海边，好美好柔的风。这多情的风！

　　大鹏半岛，鹏飞万里！难怪深圳要叫鹏城！

　　现今的深圳，已经成为中国创业创新发展的热土了：腾讯、华为、大疆、平安、中兴，一大批世界级的企业正在这里诞生，它们就如一只只壮硕的大鹏，乘着热风，翱翔在祖国美丽的天空。

　　下午1点03分，我和谢红来到了终点，完成了我们的首次鹏马。郁亮或许也已经回到他的办公室，开始处理他工作中的诸多事宜。但"宝万之争"还在继续，它会如何呢？

　　《道德经》第77章说道："天之道，其犹张弓欤？高者抑之，下者举之；有余者损之，不足者补之。天之道，损有余而补不足；人之道，则不然，损不足以奉有余。孰能有余以奉天下？唯有道者。"

大事记：

　　2019年8月18日，中共中央、国务院发布《关于支持深圳建设中国特色社会主义先行示范区的意见》。

2017年跑马记

复兴的时代

　　马上就是 2017 年元旦了。这一天，我报了著名的在上海奥迪国际赛车场举办的"2017 Run The Track 蒸蒸日上迎新跑"，这是在赛车场里连续跑上 4 圈、共 21.6 公里的一个跑步活动。临跑前，我一直想着，在这样一个蒸蒸日上的时代，该怎么跑才能更好地迎接这新的一年、新的一天的到来呢？反复酝酿之后，最后决定，用 2 小时 01 分 07 秒（2：01：07）跑 21.17 公里最有意义、最能够反映从 0 到 1 的化茧成蝶、蒸蒸日上。站在出发点，我默念着：一定要跑出这"2017"和"2117"！一定要！我知道，这其实挺不容易的，不是 21.17 公里不好跑，这对我来说不是什么事，而是 2：01：07 不好掌握，一秒之差，意义就完全不一样了。

　　起跑了。第一圈、第二圈，我跑得稍快，我想，前面跑快一点可以掌握主动。第三圈，我逐渐慢了下来；第四圈，越来越接近"2017"和"2117"了，我的注意力高度集中起来。身边的跑友，一个个飞快地跑过，我则如进入冥想之中一般，在明媚的阳光之下，紧盯着手机屏幕，紧紧地盯着手机屏幕，右手的食指，就像一个临阵的战士，在"2017"和"2117"出现的瞬间，迅捷地按了下去！成了！2：01：07 跑 21.17 公里！成了！我的"初心"，成了！我的心一阵狂放，挥舞着双手，冲过了终点！

跑完以后，在与跑友涮着火锅时，我说，我要破例发个朋友圈。选好照片，我在附言中写道："今天是 2017 年第一天，参加蒸蒸日上元旦迎新跑，用时 2：01：07 完成 21.17 公里，成功实现小目标，祝福我们的祖国蒸蒸日上！"

想着赛道上努力奔跑的跑友，尤其是那些不畏困难、挑战自我的视障跑者，我相信，我们的祖国一定会蒸蒸日上的！而我的跑步，在新的一年，同样会蒸蒸日上！

果然，北京马拉松，PB；上海马拉松，PB！苏州金鸡湖马拉松，PB；义乌国际马拉松，PB！

一年来，在马拉松的征途上，我用自己的双脚，不断地在祖国的大地上，刷新着自己的纪录。

2017 年是我跑马的第四个年头，也是全民跑马进入高潮的一年。现在，无论与谁相遇，聊着聊着就会聊到跑步上去，似乎不聊一下跑步，话题就不应该结束、最重要的事情还没有聊完似的。公司里，朋友间，同学中，喜欢跑步的越来越多，各种各样的跑团也如雨后春笋般地涌现了出来，凡是能想得出的名字，都会被人用来作为跑团的名称，代表上海的"沪跑团"，喜欢吃素的"素跑团"，以越野为主的"越跑越野"，核心为金融从业人员的"金融街马帮"，由商学院精英组成的"戈友会"，一个个，一群群，犹如星星之火，渐渐地燎原在了祖国的四面八方。

更让人震撼的是，跑友们的成绩提升之快到了令人不可思议的程度。以上海国际马拉松为例，2017 年共有 403 人的成绩进入 3 小时，比 2 个月前北京马拉松的 358 人一下子多了 45 人。其中业余跑者 380 人；达到国家一级运动员标准的 97 人，包括 33 名男选手（2 小时 34 分以内）和 64 名女选手（3 小时 19 分以内）。而 2016 年，上马仅有 231 人破 3，达到国家一级运动员标准的仅为 42 人，其中男子 7 人，女子 35 人。2017 年上马业余跑者冠军、华东理工大学老师李鹏的成绩为 2 小时 24 分，比赛事总冠军、南非选手史蒂芬·莫库卡 2 小时 08 分的成绩仅仅慢了 16 分钟！

这令人不可思议的成绩！我相信，在中国所有的体育运动中，马拉松是唯一的业余跑者与专业运动员水平最为接近的运动。

记得2014年懵懵懂懂地从厦门马拉松回来后，我在与国家青少年队高指导聊跑步时，我说道，中国群众性跑步运动一定会迅速崛起，成绩会提升很快，而且会倒逼专业队出成绩。现在看来，确实如此。

跑步的魅力太大了！跑步不是孤独、枯燥的运动吗，为何会有这么大的魅力，在短短的几年之中，就风行于这九百六十万平方公里的土地？曾经，好莱坞著名电影《阿甘正传》在我国公映时，被主角汤姆·汉克斯所吸引，纷纷跑进电影院去看。但看完出来，除了记住了经典的"life was like a box of chocolate, you never know what you're gonna get"（人生就像一盒巧克力，你永远不知道下一颗是什么味道）的台词以外，总觉得电影名字应该改为《阿憨正传》才对。你看啊，一个人跑啊跑的，从电影的开始一直跑到电影的结尾，那不是"憨"是什么？多少年来，虽然从来没有忘记这部电影，但我始终没有完全理解导演通过跑步想要表达的思想。直到自己开始跑步，周围的人也都开始跑步，越跑越长、越跑越远了，才渐渐开始有所领悟：人永远不知道今后的自己，会遇到哪些事、哪类人、哪种情、哪些谊。就像自制的巧克力，永远不知道下一颗会是什么味道。回想起来，当阿甘一边奔跑、

坐下的阿甘

一边向他遇见的人不停地说"I am Forrest Gump"的画面时，发现阿甘是多么的简单、纯粹，多么的热情、善良。而这种简单、纯粹、热情、善良，也让他不停地超越了智障的自己，成为了美国的英雄。

跑步其实是不孤独的。很多人没有想到的是，几千年以来，为丰富自己的灵魂，人类从科学、艺术、哲学、宗教等诸多领域，进行了孜孜不倦的思考和探索，却始终没有找到合适的答案。简简单单的跑步，却把这一问题解决了。因为跑步是"孤独"的，而孤独，按照台湾学者蒋勋的说法，是体现了美学的本质。所以跑者会说，孤独没有什么不好啊，因为我不觉得跑步孤独，跑步时我也不害怕孤独。如果你觉得孤独不好，那是你害怕孤独的缘故。德国古典哲学创始人康德（Immanuel Kant）说过，我是孤独的，我是自由的，我是自己的帝王。跑者就是自己的帝王。他们跑在四野、跑在山间、跑在城市、跑在高原，有阳光和他在一起，有星辰和他在一起，有温馨的风、有热情的雨，有草木、有蝉鸣、有跑者，有……和他在一起！

跑者是丰富的，跑者是强大的，跑者是简单的，跑者是坚毅的。跑者，更是在追求、在传道。跑者，是内求的。

中国佛教界著名领袖赵朴初先生说，人生有九大定律：1.因果定律：厚道，才有厚报；2.吸引定律：你相信什么，就会发生什么；3.放松定律：越是求，越得不到；4.当下定律：心境变，处境即变；5.80/20定律：心能笃定，成功便是一定；6.应得定律：你自己值多少，就能得到多少；7.间接定律：不懂给予，不成大事；8.宽恕定律：人最该宽恕的，是自己；9.负责定律：你只须对自己负责，天自会对你负责。

这九条定律，我看了一遍又一遍，想了一遍又一遍，对照了一遍又一遍。最终发现，这九条定律，我都是在努力做到的，也多多少少做到了一点。唯有第八条，似乎很难做到，我好像很难宽恕我自己。我总觉得在这社会日新月异的今天，自己学得太少，做得太少，跑得太少。

我是从江苏农村出来的，家在人人称羡的江南水乡——世界长寿之乡天目湖。小时候，正值"文化大革命"时期，"白卷英雄"张铁生是全社会的偶像（现在他已经是一家上市公司的大股东了，这是不是很有意思？），所以我们小孩子是没有人要读书的。每天上学，只是背着书包，到学校坐个一天，心思却完全不在课堂上。上课时，外面稍有声音，两个耳朵，就会竖得高高，生怕错过了什么。课间，即使只有短短的 10 分钟，小孩子们也会吵闹得乱成一团，追来追去，没个消停。下课回家的路上，常常见到的是我的地主爷爷又在戴着高帽子，如电影《闪闪的红星》中的胡汉山一样被批斗的场景。有时候，我也会和其他小孩子一起，站在一旁，看热闹似的看"革命群众"批斗我爷爷等一帮地主。这些"革命群众"，通常都要在宣读上级要求的、对这些地主进行批斗的决定以后，背诵经典的毛主席语录，如"千万不要忘记阶级斗争"，"阶级斗争是纲，纲举目张"等，然后宣布这些地主的罪状，宣布完毕，批斗结束。在那文化生活极其贫乏的年代，批斗也算是戏吧，一场可看的戏，聊以满足一下老百姓们枯寂的心灵。

可能是地处"文明之乡"，对我这样的地主后代倒没有什么，只是自己不想读书。

很多同学都纷纷退学了。自己的父母，虽然儿子不能像贫下中农的小孩那样读书可以免费，每个学期还要为他们的 3 个儿子每人筹出 2 元钱作为学费，却还是极力地支撑着我们上学。别的大人见到我父母总是说："读什么书啊，赶快让小孩去挣工分赚钱吧。"这时，我母亲总是会说："小孩子要干活以后有的是时间，急什么？我就是要让他们在长身体的时候轻松一点。"身体并没有长高，至今仍是 1 米 7 的个，身板说不定就此养好了。

1977 年 11 月，一个伟人顶住各种压力，果断地作出了对中国未来影响至远的英明决策：恢复高考！电视剧《历史转折时期的邓小平》前 7 集中，对此过程进行了非常精彩的描述。作为因高考而改变了人生的自己，我看了电视剧中邓小平决策时步步艰难的情景，真无法想象这样的好事在当时的历史条件下竟如此不易！难怪同为高考受益者的上海世博事务协调局副局长、现民建中央副主席的周汉民说，他是含着热泪看完这一集的。

邓小平，曾用名邓先圣，邓希贤，1904 年 8 月 22 日出生于四川广安县协兴乡，中国共产党第二代领导集体和核心人物，中国社会主义改革开放和现代化建设的总设计师，伟大的马克思主义者，无产阶级革命家、政治家、军事家、外交家。1978年、1985年，邓小平因其对世界作出的杰出贡献两次当选美国《时代》周刊年度风云人物。《时代》周刊是这样评价邓小平的："邓小平改变了世界，功绩史无前例。"邓小平则自我评价道："我算是比较活泼的人，不走死路的人；我是实事求是派；我是中国人民的儿女，我深情地爱着我的祖国和人民。"

我对邓小平的认识，来自于1984年10月1日。其时，庆祝建国35周年阅兵式正在天安门广场隆重举行。作为大三学生的我，和同学们一起坐在教室里仅有的一台电视机前看直播。突然，行进中的北大学生方阵，出人意料地打出了"小平，您好"的横幅。顿时，全场沸腾了，欢呼声、呐喊声响成了一片。坐在电视机前的我们，想到自己也是因高考而走进了大学的校门，瞬间被这情景感染，心情激动，难以平静。是啊，中国在经历了多年的苦难以后，终于在以邓小平同志为核心的党中央领导下，拨乱反正，走上了强国富民的道路，新中国第一次出现了万元户，一批又一批的年轻人走进了大学的校园，人民安居乐业，社会欣欣向荣。对于经受了太多苦难的中国人民，见此情景，能不激动吗？能不自豪吗？中国人民，现在开始真的站起来了！

慢慢地，随着影像资料和各类书籍的增多，我对邓小平的认识和了解越来越深刻。他的思想和情感也深深影响了我：

1969—1973年，在下放江西省新建县拖拉机厂劳动改造期间，邓小平说："我还会出来工作，我还能为党工作10年。"

1977年7月复出以后，邓小平立即多次召开座谈会，强调不抓科学、不抓教育，国家的"四个现代化"（工业、农业、国防和科学技术现代化）就没有希望，决定恢复高考。

1979年访问日本，邓小平在乘坐新干线时，记者问他有何感受，他说："有催我们跑的意思。"

1978年12月18日，十一届三中全会在北京召开，邓小平一开口就说，我今天只讲一个主题，就是"解放思想，开动脑筋，实事求是，团结一致向前看"。新中国历史上最具转折意义的时刻就此到来，中国开始跨入了"科学的春天"。

1979年3月29日，邓小平会见时任香港总督麦理浩（现香港100公里越野跑路线就是以他的名字命名的"麦理浩径"），就香港回归问题推动谈判。1997年7月1日，香港正式回归祖国。

1980年8月26日，经邓小平批准，颇有中国改革开放特色的"深圳经济特区"正式成立。现如今，深圳已经成为全球瞩目的创新创业热土，华为、腾讯、华大基因等一大批世界级企业已经诞生，专利申请量位居全国第一，面积仅1948平方公里的深圳，人均经济总量全国第一。

与众不同的"深圳十大观念"，则在中国改革开放的历史进程中，越来越体现出它无与伦比的力量：时间就是金钱，效率就是生命；空谈误国，实干兴邦；敢为天下先；改革创新是深圳的根、深圳的魂；让城市因热爱读书而受人尊重；鼓励创新，宽容失败；实现市民文化权利；送人玫瑰，手有余香；深圳与世界没有距离；来了就是深圳人。

1991年1—2月，邓小平视察上海，提出了"抓紧开发浦东，不要动摇，

香港回归祖国仪式

一直到建成"。昔日的农田就此成为了一片热土。二十多年过去，浦东已经成为了世界知名的一张中国名片。现在，我每天上下班经过南浦大桥时，都要抬头看看桥顶上邓小平书写的"南浦大桥"四个隽永的大字，看着它，心里暖暖的。

邓小平的女儿邓榕（毛毛）在《我的父亲邓小平》这本书中，针对邓小平"三上三下"的经历（"三上三下"指的是邓小平三次被重用、三次被贬官），说过这样两个发生在他们父女之间的对话。邓榕问："爸爸，长征中从来没有看到过你的名字，那时你在做什么？"邓小平回答："跟着走。"邓榕又问："爸爸，你下放在江西那么长的时间，你在干什么？"邓小平回答，"等。"

短短的、耐人寻味的四个字！

难怪毛泽东会对邓小平有这样的评价：德才兼备，军政皆优，是一位能够"上马击狂胡，下马草军书"的非凡帅才。

正是这样的一位非凡帅才，以他高度凝练的思想精华，引领着中国走向了新的征程：

发展是硬道理。

不管白猫黑猫，抓住老鼠就是好猫。

科学技术是第一生产力。

尊重知识，尊重人才。

……

到了晚年，邓小平又作出了"捐献角膜，解剖遗体，不留骨灰，撒入大海"的决定。他在有生之年，足迹已经踏遍了祖国的大地；百年之后，他要与宽阔的大海在一起。

1997年2月19日，邓小平没能等到他希望看到香港回归的心愿，溘然逝世，永远地离开了他深爱的，也深爱着他的祖国和人民。

2015年五一节，我利用假期去连云港参加"海岛日落马拉松"。想去参加这一所谓的马拉松纯属好玩。因为新加坡有一个世界知名的马拉松，就叫"日落马拉松"，举办这一马拉松主要是新加坡太小了，在白天举办的话，将会影响全国人民的出行，因此只能在太阳下山以后的晚上 12 点开始，早上 7 点钟结束。没去过新加坡就到连云港吧。就这样，我来到了连云港。

海岛日落马拉松在连云港东边、坐落于海上的东西连岛举行，是绕着海岛的一个跑步活动，有 11 公里和 22 公里两个项目，11 公里就是绕着连岛跑一圈，22 公里就是绕着连岛跑两圈。下午 5：30，太阳开始泛出红光，温柔地向大海奔去；波涛汹涌的大海停止了一天的劳作，渐渐地平息，它闪动着晶莹的波光，等待着嫦娥的到来。广场上，起跑仪式举行得轰轰烈烈，规模小归小，仪式感一点不少。

起跑以后，是一段长长的上坡的路。那时，我刚开始跑步不久，也没有练过坡度跑，跑起来顿显吃力，谢红就更不用说了，根本跑不起来，只能走走、跑跑，跑跑、走走，尽力地往前赶。再往前，路线也是起伏不断。

连岛邓小平纪念碑

22 公里看来还是蛮困难的，原先有点低估了。我看出谢红有些情绪，就边跑边安慰她说，就当是雅典马拉松前的热身吧。赛道是刚铺的柏油路，淡淡的，可以闻到些许柏油的香味。在落日的映衬下，海岛显得异常美丽。从连云港一路上过来，到处都是普普通通的样子，没想到这海岛倒很不错。太阳渐渐地落下去，天色开始朦朦胧胧起来，路上的游人不知不觉间失去了踪影；飞翔的鸟儿，争先恐后地各归了各家；草丛里的小虫，开始吹出"晚安"的哨声。2 公里过后，我们来到了海岛面向正东的地方。远远地，我看到正前方有几个亭子，亭子的右方立着一块石碑。"这里还有石碑？是什么石碑？"好奇心驱使我快步向前，跑上去看个究竟。突然，"邓小平撒骨灰处"几个大字映入我的眼帘。啊？这里竟然是邓小平同志撒骨灰处！邓小平同志的骨灰居然是撒在了连云港东面的大海之上！这意想不到的情况顿时让我严肃起来，我停下脚步，面向东边，看着大海，心里祈祷着，祈祷着邓小平同志，能够在这宽阔的大海之中，畅想着自己的又一个人生。我似乎看到，那大海里的波光，就是小平同志，他在照亮着我跑步的路，用他浑厚的四川普通话在叮嘱着我：天黑，慢慢跑哦，不急。我突然感到，我来这里跑步，就是为了瞻仰邓小平来的，就是为了感谢邓小平来的。以前没有机会也不知道到哪里去祭奠邓小平，现在，邓小平就在我的身边，他正在这大海之间，慈祥地看着我奔跑在海岛之上，一圈，又一圈。

不知不觉间，我跑步三年多了，时光来到了 2017 年。这一年，是我的母校上海财经大学成立 100 周年的日子。一百年前，中国第一位教育学博士、中国现代大学开创者、哥伦比亚大学博士郭秉文先生，出于"救亡图存、教育兴国、教育强国"的宗旨，成立了上海财经大学的前身——上海国立商学院。

光阴如晦，倏然间，一百年过去了，郭秉文先生也已在 1969 年老去。而他创办的上海财经大学，却正焕发着独有的青春。在这个世界上，百岁老人、百年老店、百年名校，都会受到人们特别的尊敬。而我，以及我的太太，恰恰是在这样一所名校学习并工作过的。我亲爱的儿子，也是出生在这里。想当年，儿子还在襁褓之中的时候，我把他抱到校园里雄鹰展翅的雕塑前，用当时老旧的海鸥 135 相机郑重地拍了一张照片，希望他长大以后，能够像雄鹰一样地翱翔。而今，儿子也真的到了"九万里风鹏正举"的时刻。

从我 1982 年入学到现在，一晃，35 年过去了；我的母校，也从一个六十五岁的老年人迎来了它百年诞辰的日子。

百年校庆，这么有意义的时刻，我能为它做点什么？能做点什么有特色、有参与性、有影响力的事呢？我时不时地想着。

上海财经大学校内雕塑

　　脑子里首先映现的，是我在后周中学备战高考的情形。那是 1982 年上半年，下午放学以后，我每天都会拿着书，到校园旁的油菜花地里，一边走在田埂上，一边背着历史、地理、语文、英语等各类课程，内心充满了对高考的渴望。毛主席说，"战地黄花分外香"，我则闻到了"考时黄花分外香"。高考发榜，我以全校第七名的成绩被上海财经大学（当时叫"上海财经学院"）录取，来到了上海读大学，受教于苏挺、曹立瀛、俞文青、席克正等大师。我记得，学识渊博、儒雅非凡的苏挺老师，经常穿着一件淡蓝色的棕色外衣，戴着副眼镜，来讲课时，助教总会先给他搬来一张带靠背的凳子，他就坐在凳子上，也不用教材，像谈心一样地和我们讲着"财政学"；当时已经七十多岁的曹立瀛老师，九岁时就能写出"春风何处好？河畔多芳草；柳绿带轻烟，桃花啼小鸟"这样的诗句，熟练掌握英、法、德等六国外语，为了赶到学校上课，总是把装着教材的军用帆布包挂在胸前，在他家附近、上海有名的文化街——山阴路乘上公交车，来到学校；老先生的步频总是很快，如果跑步的话，一定也是个跑马高手……现如今，这些先师们纷纷离我们而去了。

在老教授画像前

　　怎样留住他们的音容笑貌？怎样让他们的精神得以传承？怎样让一代又一代的后生们能够感受到自己先师们的风范？我思忖着。

　　给他们画成油画吧，如哥伦比亚大学、斯坦福大学那样，把这些先贤们画成油画，挂出来，让他们的学生、学生的学生，一代代地沐浴着先师的荣光，努力地学习；让他们每时每刻都能看着自己的学生、学生的学生，一代代地成长。在取得学院领导的首肯后，学校原校长、中国作家协会原党组书记金炳华先生给我推荐了俄罗斯列宾美术学院毕业的中青年画家张谢雄。张画家是个特别严谨的人，在他几个月的努力下，15幅先师们的油画栩栩如生地画了出来。

　　自古有言，文武之道，一张一弛。对于喜欢跑步的我来说，如果能把跑步融入到百年校庆之中，该有多好。

　　有一天晚上，谢红回来告诉我，他们学院（信息工程与管理学院）校友理事会开会，讨论百年校庆的活动方案。作为校友会副会长、喜欢跑步的她，忽然冒出一个念头，提了这样一个建议：既然是百年上财，就搞个百万公里活动，既有意义，又可以让更多的校友响应习近平"健康中国"的号召，加入到健康生活中来。建议甫一提出，她自己都吓了一跳。

听到这个消息，我立即转过头盯着她，想她怎么提了这么大胆的建议，一个很好的有创意的建议。但可不可行呢？我仔细地思索着。经过测算，我觉得可行。因为从我平时使用的跑步软件"悦跑圈"上开展活动的参与人数来看，加入的跑者应该不会少于2万人。2万人，一个月平均每人50公里，就有100万公里了。这么想着，觉得目标挺简单。好，干！但转而又一想，100万公里，还是蛮吓人的。

既然可行，那就推进，我不是只想不干、也不是喜欢拖事的人。于是，3月中的一天，我们约了学院王书记及其他相关人员召开碰头会。看着我们信心满满的样子，王书记信任地看着我们，事情就这样定了下来。我们还为活动起了一个响亮的名字："百年上财，百万公里！"

100万公里，我们考虑，是一个累计里程总数，所以一定要让跑友在跑步的过程中，看得到每天的数字，这样才有公信力。因此，必须找个跑步app合作，通过app把校友以及热爱跑步的跑友们吸引进来，大家一起为这100万公里努力。经过接洽，合作方"悦跑圈"派自山、学院则派出大鹏进行对接。活动方案、页面设计、徽章式样……一样样，一件件，慢慢地都落实了。看着事情进展得如此顺利，我们的心里都美滋滋的。

一天，大鹏说，还需要在页面写个前言，激励一下。我略一思索，提笔写道：

起跑仪式

活动标识

没有什么能够阻挡，

我们对上财的向往；

没有什么能够剪断，

我们对母校的留恋。

上财百年，我们高歌欢唱，

百万公里，我们一起挑战！

奔跑在路上，热血会沸腾，

热血在心中，我们永向前！

来吧，亲爱的上财学子，

跑吧，无畏的上财校友。

精神，总要焕发，

目标，定将实现！

写着这样的前言，我自己都不自觉地激动和振奋起来。我想着，读到这样的前言，跑友还可能不加入进来吗？！读着这样的前言，目标还可能会不实现吗？！

2017年9月30日—10月30日，一个月，100万公里。

9月30日早上8：00，在财大前身——上海国立商学院的老校门前，举行了热烈简洁的起跑仪式。看着参加活动的校友将信将疑的样子，我在作为发起人代表讲话时，特意说道："目标100万公里，并不是一定要完成100万公里，即使暂时完不成，目标是必须有的。国家从1979年提出'四个现代化'（工业、农业、国防和科学技术），到现在不是还没有完全实现嘛。"诙谐的语言，引起了阵阵笑声。我看到，很多人明显地放松了下来。

仪式以后，是纪念版2.017公里校园跑，穿着印有"百年上财，百万公里"字样的红色T恤，60多人组成的跑团纷纷打开了手机上的悦跑圈app，悦耳的"我们开始跑步吧"一声接着一声温馨地传来。听着这动人的声音，我们迈开了双腿。校园里，柳枝轻扬，细雨婆娑。

2.017 公里跑完，我在朋友圈中发了这样一条消息：今年是我的母校上海财经大学诞辰 100 周年，为了响应"健康中国"的号召，校友们发起了这个活动，或跑或走，只要下载"悦跑圈"，在赛事中点击进入，就可以为上财送祝福啦。

照例，是如潮的、点赞的好友。

朋友圈中，一个又一个的师生或校友都在发送着"百年上财，百万公里"活动的消息；悦跑圈上，一个又一个校友或跑友不断地加入进来，参加这一有意义的、历史性的庆祝活动。100、200，500、1000，到晚上 12 点时，已经有 1000 多人点击加入；10 月 2 日，人数增加到了 4300 多位，累积跑量超过了 50000 公里。

晚上 12 点，我欣慰地看了一下 app，坦然入睡了。当晚，我做了一个梦，梦到 100 万公里实现了。

但是，第三天、第四天、……6 万、7 万……在头两天的快速增长之后，人数和里程虽然还在累积，增长情况却明显慢了下来。国庆长假过去，加入的跑友数量刚刚达到 5000，里程仅仅累积了 130000 公里！

这与预期相差太多！

什么原因呢？我思考着，也与团队商量着，其他活动一开展就有几万甚至几十万人参加，而我们这么有意义的活动才几千人，这有点不合乎悦跑圈赛事活动的规律。分析下来，可能有这样几个原因：1. 因是上财的活动，非上财的跑友可能以为只有上财校友才能参加，没有加入；2. 原本以为国庆假期不用上班都会跑步，其实都出去玩了；3. 赛事页面不太醒目，很多人不容易注意到。寻找了原因，在长假结束前夕，我们又通过校友总会、朋友圈等发动了一轮又一轮的宣传，进一步扩大这一活动的影响力。

而我们自己，更是一有时间就去跑步。王书记以身作则，每天总是第一时间就开着"悦跑圈"，手机的电耗得比任何时候都快；从来不运动的向老师，很快超过了 50 公里；原来踢球的校友会会长，一路领先到了 100 多公里；我很多同学朋友，把全家都发动了起来，每天都在累积公里数。有一个亲戚家，在我们的鼓励下终于迈开了双腿，没想到竟和我当初一样，一下子喜欢上了跑步，夫妻二人每天都要出去跑个几公里才舒服。我自己的公里数自然是增长最快的，一百两百地往前蹿。但9月17日北京马拉松后引发的足底筋膜炎也困扰着我，既想多跑、多累积一点、多贡献一点，又担心恢复不了影响即将在11月12日启跑的上海马拉松。这一次，我作为汇添富商学院赛中赛的队员，是站在精英选手后面出发的，PB目标335（3小时35分完赛）呢！我、团队以及众多跑友奋力地跑着，但终因加入人数有限，里程累积很慢、很慢！

会完不成吗？这样的疑问不光是在校友当中，就连我自己，内心也开始发问。也是，100万公里，是怎样的一个概念啊！正如悦跑圈在活动推文中写的那样：百万公里有多长？是23699.5个马拉松！是80个红军长征路！是43.86个祖国陆地边界线长！难怪，连一直组织赛事活动的悦跑圈内部人士，都有同样的疑问。赛事圆满完成以后，有的同事还追问自山：真的完成了吗？没有作假吗？

但目标既已确定，活动既已开始，架势已经拉开，声势正在造成，就这样半途而废、不了了之吗？不行，一定不行。平时做事，只要符合大方向，我都不会轻易放弃，更不要说是百年校庆这样的大事！苏轼在《晁错论》中说道："古之立大事者，不惟有超世之才，亦必有坚忍不拔之志。昔禹之治水，凿龙门，决大河而放之海。方其功之未成也，盖亦有溃冒冲突可畏之患；惟能前知其当然，事至不惧，而徐为之图，是以得至于成功。"我没有超世之才，但坚忍不拔之志还是有一点的。怎么可以因为遇到一点困难就这样放弃！我要举旗，我要举好旗！革命战争年代，总会有这样的命令：人在，旗在！人不在，旗也要在！以前，每当在影视剧中看到这样的对白，虽然觉得庄重，但并没有更多的感触；现在，不经意中成为了"百年上财，百万公里"活动的旗手，我必须举旗，必须举好旗！就像我在财大跑友群中说的那样：我们人生能遇到几个一百年的事情？何况是培养了我们的母校！100万公里目标是有点高，但既然定了，就要去完成它！为了母校，也

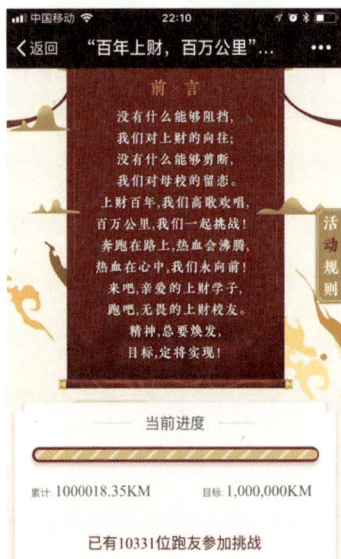

越过100万公里

百万公里活动纪念牌

为了证明作为财大学子的我们自己。

上财信息校友会的公众号里，大鹏写的一篇篇优美的推文持续不断地发出：坚持跑步、读书，成就最好的自己。从明天起，做个幸福的人，跑步、读书、感悟生活；从明天起，熟悉周围的每一条路，告诉它们，你的幸福；从明天起，打开悦跑圈，挑战"百年上财，百万公里"，那幸福的闪电告诉我的，我要告诉每一个人。给百年学府送一份百万公里的贺礼，所有的跑者，我为您祝福：愿你们都有健康的身体，愿你们都有丰富的灵魂。

经过多方面的工作，跑友们的激情再次迸发出来。加入的跑友人数重新快速增长，里程数则以每天 5 万公里左右的速度累积着，最多的一天，达到了 7 万公里！看着目标一天天地实现，我的心里有着不一样的幸福，这奋斗出来的幸福！

10 月 23 日晚上 10 点，随着又一个跑友的点击完成，100.18 万公里！"百年上财，百万公里"目标实现了！

我激动地在朋友圈，发出了以下消息：刚刚，就在刚刚，引领新时代的党的十九大闭幕前夕，在 1 万多名好友的支持下，"百年上财，百万公里"活动提前一周实现了百万公里的目标！国家迈向新时代，上财迈向新时代，我们一起迈向新时代！

至 10 月 30 日活动结束，共有 10591 名校友及跑友参加了活动，总累积里程达到 1370935 公里！多么奇妙的数字！1 代表着财大 100 周年，37 代表着财大门牌号国定路 777 号，013579 全由单数组成，代表着我们的祖国欣欣向荣、蒸蒸日上。

2018 年 1 月 1 日，我又来到了上海奥迪国际赛车场，参加"2018 Run The Track 蒸蒸日上元旦迎新跑"。站在起点，想着习近平总书记 12 月 31 日晚上的新年贺词，想着"幸福是奋斗出来的"的铿锵词语，我的初心再次升腾起来，升腾着，向着心中的梦想飞去。

让我们一起跑步吧，在这中华民族伟大复兴的时代；让我们一起跑步吧，跑向这中华民族伟大复兴的时代！

12 月 31 日当晚，央视记者进行新年愿望调查。当记者问到一个六岁小女孩的新年愿望时，小女孩说道："我的新年愿望就是能够帮爸爸开车，爸爸是一名出租车司机，他每天都太累了，也没有时间陪我……"

复兴的时代，是最好的时代。我们却依然任重，依旧道远。

但正如汪国真所说："只要明天还在，我就不会悲哀，冬雪终会慢慢消融，春雷定将滚滚而来！"

大事记：

1. 2017 年 2 月 19 日，邓小平同志逝世 20 周年。

2. 2019 年 2 月 20 日，中共中央、国务院印发《中国教育现代化 2035》，提出加快推动我国成为学习大国、人才强国。

3. 中央提出，到 2020 年，比联合国要求的提前 10 年实现全面脱贫的战略目标。

双遗记

　　每年的 3 月，对于跑马拉松来说，是一个特别好的时期。新春刚过，白雪渐消，初春悄临，柳树露出了牙尖，桃花映出了春红。各色各样的鸟儿，钻出了它们御寒的窠臼，欣喜地向大地发出了清脆的叫声，仿佛在向世界宣示着它的存在；路边，小虫儿偷偷地冒出了头，在料峭的春寒中甩动着脑袋，急急地欢呼着春天的到来。晨曦中，我则一边跑着，一边合计着参赛的事。

　　3 月 19 日，这一天共有 11 场比赛同时进行，其中，赫然有无锡马拉松和成都双遗马拉松。这是两个我原计划都要参加的赛事，现在被安排在了同一天，这可怎么办？无锡马，虽然刚举办了 3 届，但由于组织工作做得非常好，加上它特有的地理位置和赛道设计，很快获得了世界最著名的六大满贯中参赛难度最大的波士顿马拉松的资格认证，所以短短的时间，就已经成为国内最热门的马拉松赛事之一了。这是我计划每年都要参加的赛事。这既因为这里是我的家乡，更重要的是，国内马拉松太火爆了，以后报名会成为越来越难的事，而如果连续多年跑一个赛事，则可能成为荣誉跑者，获得直通名额，这样我就用不着在千军万马之中去排队抽签，早早地就可以在别人烧香磕头、引颈期盼自己中签的同时，泡上一壶热茶，悠闲地品着，想象着结果出来后中签的和未中签的人的各种惊喜和叹息。更何况，还有可能如今年的厦马一样，对于资深跑者，特别准备了永久号码。1 月 2 日，当我在央视五台的实况转播中看到这一刻，作为跑者的"小梦想"瞬间锁定！今年，无锡马的直通名额除了精英选手以外，就是连续参加过 3 届无锡马拉松的跑者，而我已经参加过 2 届，如果规则不变，再参加 1 届，明年我就直通了！我就可以毫无牵挂地在每年 3 月，以我有力的步伐，和 3 万跑友一起，奔跑在樱花盛开的蠡湖之畔。

而双遗，也是我想去的呀。这不仅是因为一座"来了就不想走"的城市——成都，而是作为双遗马举办地的都江堰，那特有的魅力。多年来，我曾一次次地来到这里，徜徉在世界自然遗产的青城山下，徜徉在世界文化遗产的都江堰前，想象着建立了"川西第一奇功"的蜀郡太守李冰，是如何在二千多年前的古代，在自然条件极为恶劣、自然灾害频繁发生的川西平原，在没有任何科学仪器和现代化设备的情况下，开凿了令现代专家都惊叹不已的水利工程。李冰提出的"遇弯截角，逢正抽心"八字治水格言、维护水利工程的"深淘滩，低作堰"六字诀，是都江堰水利工程几千年以来生生不息的至理名言。由于设计合理、保护完好，今天，都江堰工程已能灌溉四川 27 个县市，800 多万亩土地。可以说，没有都江堰水利工程，就没有"天府之国"的四川！难怪，后人要在纪念李冰父子的"二王庙"中题诗，永久祭奠："蜀守神功此地留，寒潭深处碧如油。昔年毒龙收伏后，离堆夹水峙千秋。"

更何况，还有余旭！

余旭，女，1986 年 11 月 8 日出生于四川崇州，空军上尉，二级飞行员，曾任空军八一飞行表演队中队长。2016 年 11 月 12 日，刚过完三十岁生日的她，在河北省唐山市玉田县上空进行的飞行训练中发生一等事故，余旭跳伞失败，壮烈牺牲，被批准为革命烈士。

事故发生以后，我与各界人士一样，极为震惊且心情极为悲痛！一个优秀的女孩，一只漂亮的"金孔雀"，一位国家培养多年的坚定的军人，就这样突然离我们而去了！11 月 18 日，中央一台"新闻联播"，完整地播出了余旭烈士的骨灰在父老乡亲们"崇州的好女儿，我们接你回家了"的横幅下安葬在崇州烈士陵园的场景，我一边看，心一边在颤抖：硕大的灵堂中间，挂着余旭年轻英俊的军人遗照；灵堂的前方，整齐地堆放着鲜花；余旭的父母，在亲人的搀扶下，强忍悲痛地站在灵前，凛冽的寒风吹散了他们的白发。哀乐声声，柔肠寸断。看着这一切，我便立下决心，一定要去当地祭拜余旭。3月19日，清明前夕，不正是祭拜的时候吗？

短暂的纠结。很快，我便决定：去双遗。

完成了报名手续后，我随即联系了成都的朋友，让她帮我联系一下余旭的父母，告知他们我想去祭拜余旭，并去看望他们的愿望。朋友特别认真，在我认为不太可能真的能找到的情况下，给我发来了消息：杨总您好！我已通过朋友与余旭父母取得了联系，他们还深深沉浸在悲痛之中，谢绝问候。他们表示：衷心感谢关心，希望理解。

理解，当然理解！作为与余旭父母几乎同龄的人，我们都是在国家强调计划生育的年代结的婚，都只有一个小孩，那是真正的命根子。现在，作为命根子的女儿，那么飒爽英姿的一个空军飞行员，突然在蓝天上消失了，即将年迈的父母会是怎样的心情，怎么可能不理解？！

余旭父母见不到，余旭的墓地还是要去的。

3月17日，我特地请了一天的假，提前来到了成都。下了飞机，与接我的朋友会合后，我俩就直接驱车驶往50公里外的崇州，驶往余旭安息的地方——崇州烈士陵园。路上，我俩聊着余旭，聊着她的父母，聊着人生的意义，聊着生与死，当然，还聊着跑步。朋友以由衷赞叹的口吻说：杨总，我特佩服您，动不动就来个全马，成绩还那么好；尤其是，还会想到来看余旭，

崇州烈士陵园

鲜花簇拥的余旭墓

我们成都人都想不到的。我说，这没什么。余旭是真正为国家做事的人，她本来完全可以转业去做民航飞行员的，但她没有。现在，她又牺牲了，我来看她一下，是我应该做的。

朋友非常用心，早就准备好了两束鲜花。到了陵园，下了车，我俩捧着鲜花朝墓地走去。处在城郊一条僻静马路深处的烈士陵园，一个人都没有，显得异常清冷。"这陵园也太简陋了吧。"原先没有想过这个问题，到了那里以后，我才觉得这似乎与余旭的形象不符，于是不假思索地说道。"余旭在哪里呢？""我去问问。"朋友很敏捷，用眼光搜索了一下，看到了一个好像是管理员办公室的门开着，快步走了过去，然后又快步回来了。"后面有鲜花的就是。"朋友说道。这么萧瑟的样子，整个陵园除了翠柏，哪里还有鲜花？往里走去，绕过硕大的纪念碑，突然，真的有好多鲜花映入了眼帘。这些鲜花，是来看望余旭的人带来的，有的鲜花上还贴了小纸条，其中一张纸条上写着：旭姐，我来晚了。这些鲜花，静静地围放在余旭的墓旁，紧紧地保护着余旭，鲜艳而又悲伤！

我把花轻轻放下，嘴里刚想说，"余旭，我来看你来了"，眼泪就不自觉地滚落下来。放好花，我看到墓碑上已有尘土和残叶，便弯下腰，用手擦起了墓碑，一边擦，一边在心里轻轻地说道：余旭，你辛苦了！现在回到家了，就好好休息吧！我一遍遍地擦着，看着墓碑上余旭的照片，一遍遍地说着。我想象着余旭的父母，如何能够一次次地来到这里？又如何才能够一次次地离去！

陵园后面的高速公路上，车辆一辆辆隆隆地驶过。我似乎看到，那是余旭驾驶着她心爱的战机，在巨大的轰鸣声中，正冲上蓝天！

余旭说："我喜欢蓝天，我喜欢飞歼击机的感觉，那种感觉很自由，很酷。"

"我一定要好好跑双遗，用优异的成绩来祭奠余旭，祭奠这位真正的英雄！"我暗下决心。

19日早上5点半，起床后，天阴阴的，第一感觉是下雨了。昨天天那么好，今天怎么就下雨了！吃过早餐，看着时间还早，我没有像其他跑友那样搭乘摆渡车，而是穿上雨披，慢慢地朝起点跑去。早晨的都江堰，宽敞的都江堰大道已经封闭，志愿者和补给都已经到位，啦啦队已开始表演，旁边的商店都主动地拿出了水、圣女果、小饼干等，供运动员自取。警察在维护着秩序，行人都自觉地按指示行走，一派忙而不乱的祥和景象。从这些看都江堰作为一个县级市，能够在办赛的第二年就举办全程马拉松，还是挺有水准的。就在慢慢的热身跑当中，3公里过去了，我来到了比赛出发地。

雨，仍在淅淅沥沥地下着。

天气预报并没说下雨，怎么就下个不停？难道是上天知道，今天的比赛就是应该用来祭奠余旭的？28000名跑友，不管有没有想过，他来到这里，来到余旭的家乡，就和余旭产生了某种联系，就已经自觉不自觉地加入到了祭奠余旭的队伍之中。而余旭的英魂，借着春天的雨丝，其实也已经融入到这马拉松的行列里了。

今年起跑以来，我的跑量有了适当的增加，每月平均跑量比以往多了80公里左右，训练方法也比较适当，因此，成绩一直处于稳定上升状态，无论半马还是全马，都在连续地创造着PB（个人最好成绩）。苏州金鸡湖半马，成绩为143，每公里配速达到了4分55秒以内；东京马拉松，全程在多跑了1公里的情况下，成绩达到了343，平均配速在5分9秒。跑友们觉得我创

跑上南桥

PB 如切菜般容易，因此，每次参赛之前，他们都会鼓励我去创 PB。但我是一个理性的人，不太容易受到外界的蛊惑。而这一次过来，主要是为了祭奠余旭。祭奠余旭的跑步，不能跑那么快，必须庄重一点，内心严肃一点，不能只顾着自己嗨。4 小时以内完赛就好，我想。

1 公里 1 公里地跑过。赛道两旁，热情的四川人民不停地喊着口号，浓重的四川口音，让我听不清楚他们在喊什么。再仔细一听，哦，明白了，原来是"雄起"。

雄起，这不是 2008 年汶川大地震的时候全国人民都在喊的一个词吗？我清楚地记得，当时的广播中、电视里、报纸上，每天出现的最多的词就是"雄起"：汶川雄起、四川雄起、中国雄起！全国人民就是在这样的"雄起"声中，与四川人民一道，快速完成了灾后重建工作，让灾区人民重新过上了正常的生活。没有想到的是，我们在跑马拉松的时候，他们给我们喊的，不是"加油""加油"，而是"雄起""雄起"。可想而知，"雄起"，已经成为了灾区人民的内在精神！

雄起，虽然不是字典里的词，但它是多好的一个词啊！直白、激情，还有点壮烈。听到这个词，浑身都来了劲，先前的疲乏感一下子烟消云散，我就像都江堰里的一条鱼，畅游在马拉松的大军之中，轻松，欢愉。不愧是首个连接世界自然遗产和世界文化遗产的马拉松赛事，全马赛道的设计很特别，它着重为跑者打造"跑步回到公元前"的马拉松文化，是一条从市区凤凰体育场出发，经过彩虹大道、都江堰大道、都江堰景区、磨儿滩、环山旅游公路、青城山，再回到出发点的线路。

6 公里处，我们来到了都江堰景区。为了给跑者提供方便，集市都已关门歇业，跨越岷江的著名的南桥两端，却是人流汹涌。桥下，湍急的岷江恣意奔腾，爆发出巨大的轰鸣声。

我顾不得停下脚步，欣赏一下这壮美的岷江水，而是一脚跨上桥头，三步并作两步地跑过了桥。跑下桥头，右拐弯，就跑进了都江堰核心景区，鱼嘴分水堤、飞沙堰溢洪道、宝瓶引水口……一一呈现在了眼前。与南桥下的水流相比，这里的水势平缓了许多。只见远方的山野之间，一条如白练般的大江慢慢伸展开来，不徐不疾地流淌着，向着它的目的地——成都平原流去。

跑过景区，来到了乡村。整洁的乡村公路两旁，刹那间成片成片的油菜花扑面而来，那盛开的金黄色的油菜花，在微风细雨中轻轻地摇曳；花丛中，小蜜蜂率性地飞来飞去，一会儿停在这里，一会儿飞到那里，自由自在地采着蜜。

余旭，你飞行的时候，是不是也可以这样率性啊？还是有你严格的纪律？你可能会说，怎么可能这样率性啊，当然是有严格的纪律的。那我给你讲一个故事吧，余旭。1937 年，中国第一代战斗机飞行员刘粹刚在火车上邂逅了一位名为许希麟的姑娘，惊为天人，无法自拔。

回到部队，刘粹刚便给许希麟写信：初遇城站，获睹芳姿，娟秀温雅，令人堪慕。耿耿此心，望断双眸……

但家境优裕的许希麟的父亲认为飞行员这职业太危险，不同意。于是，刘粹刚便在队长的授意下，玩起了"喜欢她，就开飞机去她家"的把戏。在飞行训练时，搞起了低飞特技，每次驾驶着飞机从她家屋顶急速飞过，吓得许希麟的母亲对女儿喊道：你赶快嫁给他吧，你赶快嫁给他吧。

最终，二位新人突破世俗的防线，真正结了夫妻。余旭，这是不是

千古奇迹宝瓶口

奔向天府之国

蜂绕的跑者

可爱的小观众

也是世界上最浪漫的求婚了？你喜欢这样吗？结婚后，像所有的飞行员那样，刘粹刚给新婚的妻子，写下了这样一封信："假如我要是为国牺牲，杀身成仁的话，那是尽了我的天职。您要时时刻刻用您最聪慧的脑子与理智，不要愚笨，不要因为我而牺牲一切。您应当创造新生命，改造环境。我只希望您在人生的路上，永远记着，遇着我这么一个人。我的麟，我是永远爱你的。"

结婚两周后，刘粹刚壮烈牺牲！

听到丈夫殉国的消息，许希麟深痛之余，写下了如下文字："刚，在你固是求仁得仁，已尽了军人天职。可是我，正日月茫茫，又不知若何度此年华。粹刚，你平时常说，将来年老退休后决以余力办学。如今你已尽了最后心力。我决定继你遗志，先从基本教育着手，拿你英勇不屈的精神，灌输于未来的青年。"

1937 年底，许希麟在昆明创办"粹刚小学"。

余旭，你是不是也读到过这个故事，所以你也会像他一样义无反顾？！但你是个姑娘啊，余旭。难道真的如一个叫汤卜生的飞行员自述的那样：生命是这样的东西，已经失去了，没有人能知道它！没有失去，没有人会感到

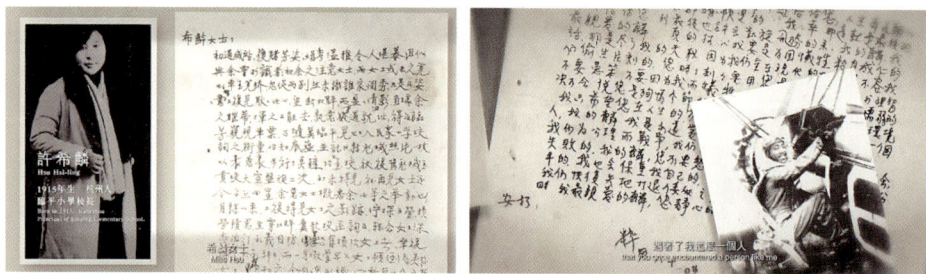

刘粹刚给许希麟的信

它！……但余旭，我依然希望，你能好好地活着；依然希望，你驾驶着漂亮的座机，拉着彩烟，飞过天安门，接受祖国的检阅；依然希望，你代表着中国军人，在异国的土地上，展示着你的雄姿；也依然希望，你能回到你外公外婆和父母的身边，撒撒娇，胡个闹；依然希望……但余旭，我也知道，这只能是希望了。就这么跑着、想着，想着、跑着，我跑过了油菜花地，跑过了樱花林，跑过了青城山，跑过了万达城，在一片"雄起"声中，我跑回了起点，那也是终点。3小时52分，我完成了比赛。

经过终点的刹那，我轻轻地说道：余旭，我完赛了。

那一瞬间，没有被雨水打湿的眼眶，湿润了。

完赛了，就意味着我要回上海了。这一次过来，虽然祭奠了余旭，但我还是很遗憾没有见到余旭的父母。事后，我在网上看到这样的一封信，一封在余旭牺牲后她父母写的公开信。看了信，我也就放下了。

余旭父母写道：

大家好！

11月20日，女儿的骨灰已经安放在崇州市烈士陵园，她已与为国捐躯的英烈们在一起。我们想，女儿已魂归故里，当好好休息休息，我们知道，这些年来，她太累了……

此时此刻，作为孩子的父母，我们想说几句话，表达一下心意。

余旭是我们的女儿，我们只是生了她养了她，她能飞上蓝天，成为一代天骄，取得这么多荣誉，都是党和部队教育培养的，她已献身于她所热爱的蓝天国防事业，她无悔，我们无憾。我们既为失去女儿痛断肝肠，又为女儿受到如此多的人民群众的关心热爱骄傲自豪！

自从女儿牺牲后，部队首长、家乡领导以及战友、工作人员、志愿者为处理善后事宜费尽心机，各类媒体的即时播报、纪念文章、诗篇讴歌等，我们都看到了、听到了、感受到了。从她当兵入伍的那天起，我们就清楚地知道，军人的职责就是要随时准备着为国为民牺牲奉献。我们的女儿只是尽到了一份作为军人应尽的职责，却得到了部队和人民群众这么高的赞誉和这么多的关爱，我们既感动又不安。尤其令我们不安的是，有不少社会爱心人士很关心我们的生活，很关心以后我们老了有病有痛怎么办，一定要捐款捐物，我们深切感受到了生活在这个祖国大家庭里的温暖。大家对我们的好，我们明白，心领了。

部队和政府对我们很关心，已按国家相关政策规定妥善安排，我们已经很知足了。我们深信，有党和政府关怀照顾，今后的生活是有保障的，会生活得很好，请大家放心。

今天，我们着重想说的是，请大家不要给我们捐款捐物，也请不要来家里来看望。我们是普通农家，只想过平淡平静的生活。

以后，我们一定要遵从女儿和大家的意愿，一定要坚强地活下去，把家里的老人们照顾好，让孩子走得安心……

谢谢大家，我们并代女儿余旭向大家鞠躬了……

余旭，有这样坚强的父母，你骄傲吧！他们值得你骄傲！都说父母为子女骄傲，但作为子女，更应该为有这样的父母而感到骄傲！同时，也请你放心，余旭，在适当的时候，我一定会去看望他们，代表我，代表你，代表所有关心你、呵护你、热爱你的人，去给他们泡杯茶，给他们一句问候，给他们一个拥抱！毕竟，我也是他们的同龄人。作为战斗机飞行员，就像有人说的那样，"纵使有再多的不舍，他们必须下定决心斩断自己的未来，才能让他们所爱的人有未来"。现在，你的未来，不就是希望你的父母更好地活着吗? 他们即使如他们自谦地说的，不是"伟大的"，但肯定是高尚的，是勇敢的，是令人敬佩的。余旭，看了你父母的信，我也想到了林徽因在抗战时写给她牺牲的同为战斗机飞行员的弟弟林恒的信——《哭三弟恒》:

> 弟弟，我没有适合时代的语言
> 来哀悼你的死;
> 它是时代向你的要求，
> 简单的，你给了。
> 这冷酷简单的壮烈是时代的诗
> 这沉默的光荣是你。
> ……
> 只因你是个孩子，
> 却没有留什么给自己。

正因为如此，英国首相丘吉尔在战后对英国皇家空军说了这样一句名言:"在人类征战的历史中，从来没有这么多人对这么少人，亏欠了这么深的恩情。"

而我们，不要忘却了我们的英雄!

不要忘了我们优秀到令人扼腕叹息的年轻人!

他们的心智，如蓝天一样透彻单纯;他们的灵魂，都深沉得令人费解。

这也包括你，余旭。

安息吧，金孔雀;安息吧，余旭。

以后，我会更多地仰望蓝天，仰望蓝天中的彩云，因为我知道，蓝天中，有你! 这彩云，是你!

附：3月26日清明节前夕，《解放军报》刊发了余旭母亲追忆女儿的文章《几曾萧雨入梦来》。以下为全文：

旭儿，妈妈昨晚又梦到你了，还是小时候的样子，站在街边上，我冲过去抱你，你却一下就消失了。

我醒来，眼泪打湿了枕巾。你爸爸说，下雨了，清明节要到了。

你走的时候是冬天，现在油菜花都结籽了。没有你的日子，一天一天过得特别长。我总想在梦里抱抱你，和你说说话，问你为什么这么狠心离开我们，可是我咋个都梦不到你。旭儿，你从小就匪，这次真的跑得太远了呀。

那些报道上都说你是英雄，我们是伟大的父母。可旭儿，我从没想过这辈子会和伟大两个字连在一起。我们就是普通的老百姓，最大的愿望就是你能平平安安的，成个家，养个娃，帮你把他带大。你晓不晓得每次看你飞行，我和你爸爸的心都是悬着的，什么激动啊，骄傲啊，都是你平安落地后才会有的感觉。那年劝说你停飞，你哭着说不愿意，我就晓得，我这个女儿，是要嫁给飞机了。

以前觉得崇州很大，有60万人口哪，现在却觉得它太小了，因为走到哪儿都会有人说："那是余旭的爸爸妈妈。"我们这种悲伤的人站在人群里，会让别人也悲伤。我们心里有巨大的伤口，每一点同情的眼光，都会把它烫得很痛。

客厅的窗帘半拉着，挡住了外面的光线。很多时候，我和你爸爸就在这阴影里轻轻地走动，避开对方的眼睛，也不提你的名字。很多人想来看望我们，都被我们婉拒了。你还那么年轻却走了，我实在没法平静地去谈论你。我只是一个失去了女儿的母亲，我不晓得一个英雄的母亲该说些啥子，我只想哭。

你走的那天，有30万人来送你，鲜花盖满了陵园，而现在，你墓前的鲜花也从没有断过。这不，冬去春来，你墓前的白玉兰也刚刚开过。

英雄余旭

每个星期，我和你爸爸都去陵园看你。每回去，守陵大爷就会给我们讲一讲那些来祭奠你的人的故事。

有一个河南的退伍老兵，家里生活也不大富裕，来回坐的都是绿皮车，就为了在你墓前敬一个军礼；你牺牲百日那天，有个人专程从东北飞来告诉你，他给他新生的娃儿取名言旭，说要让儿子延续你的奉献精神和永不言败的进取精神；还有很多年轻人，在你墓前发誓，说要穿上军装，完成你未竟的事业……旭儿，有时候我真想不通，他们这是为啥子呀？你又认不得他们。你表哥说这是一种信仰，因为你的正能量感召了他们。我不懂那么多，不过看到这么多人没有忘记你，我在心里替你说了很多声谢谢。

旭儿，你记不记得，我用微信还是你教的咧。你对我说，要会用智能手机，做个时尚妈妈。我一个老太婆时尚个啥子哟，我最高兴的就是经常从手机里看到你了。你的每次刷新，我和你爸爸都要认真看好久，揣测你在哪里，你的心情好不好。你让我们遵守部队的纪律，我从来不敢乱发你的消息，微信里只有和你的那一张合影，现在觉得好傻，为什么不趁你回来的时候多拍一点呢？你是军人，也是我的女儿啊！

你表嫂告诉我你的粉丝叫"飞鱼"。我问她什么叫粉丝，她说就是爱你爱得不得了的人。旭儿，我没有想到会有那么多孩子崇拜你。有一个舟山的小姑娘说："在生活中、工作上真的有了动力之源，替你精彩地活下去。"你的学弟也说："现在是带着你的梦去飞，挑战自我，高飞远航！"旭儿，我文化程度不高，说不出来他们写得有多好。可如今，每天晚上，我都会翻翻粉丝们给你建的公众号，这已经慢慢成了我新的盼头。你没有孩子，可是你的生命好像传到这些年轻娃儿身上了，你还好好地活着。

那些从全国各地涌来悼念你的人总会对我说同样的话：余旭走了，我们就是您的儿女！我晓得，如果牺牲的是你的战友，你也一定会这样做。自古忠孝难两全。放心吧旭儿，为了你，我和你爸爸也要好好地过下去呀。

天快黑了，多希望今夜你能到梦里来陪陪我，我真的很想你，有很多话要对你说……

戈壁记

5月30日早上8点25分，我爬上了又一个崖口。远处，沿着逶迤的小路，穿过沙漠中的一片绿洲，"2017添富之旅——玄奘之路"的红色拱门已清晰可见，"到了到了"的声音开始隐约传来，威风锣鼓突然响起，我知道，那是迎接我们冲刺的熟悉的鼓声。四天了，每当队员快要到达终点时，鼓手都会擂起这响亮的锣鼓，像欢迎凯旋的英雄一般，欢迎着我们的戈友们又一天征服了戈壁，来到终点。"快到了，加油。"我对坤明和刘璞说。"是的，快到了。"他们回应道。这时，我照例整了整衣服，调整一下状态，提起渐已麻木的双腿，顺坡风一样地冲下山去。"终点有人在拍照呢，一定要面带

跑进沙漠芦苇荡

为成功敬礼

笑容冲过终点！"冲进一路上最后的绿洲——芦苇荡了，脚下的小路照例崎岖，依然起伏。

鼓声越来越响，人声越来越清晰，这时我知道，终点确实就要到了。我领着跑着，跑到了开阔处，我对刘璞说："我们拉着手一起冲刺吧。"刘璞把手伸了过来，我俩的手一下子紧紧抓在了一起！眼前，金光开始洒满大地，砾砾沙石发出迷人的光芒，锣鼓声声感人心魄，红色拱门巍然耸立，拱门柱上，"理想、行动、坚持、超越"逐渐映入眼帘。"到了，终点到了！"我和刘璞的手紧紧抓在一起，一边说一边冲刺。我俩的手紧紧抓着，一起冲过了终点。8点30分，计时员喊道。等候已久的工作人员立即围上来给我们挂上了完赛奖牌，同时紧紧地抱着我们，仿佛我们是下凡的天使。真开心啊，我和刘璞在教练坤明的陪同下，终于最先到达了终点。

2小时24分，跑过终点，我向往已久的"玄奘之路"——戈壁之旅结束了。出乎意料的是，这成绩居然创造了"行知探索"所有活动中除商学院戈壁挑战赛以外的最好成绩。

站在终点，我终于明白，我终……终于明白，为什么有那么多人来到这里，来到这戈壁。

戈壁（GOBI），源于蒙语，沙漠的一种，地面主要由碎小的砾石构成。在人们的习惯中，亦称"戈壁滩"，意思就是大范围的沙漠地区。戈壁的形成主要是因为洪水的冲积。当发洪水，特别是山区发洪水时，由于出山洪水的能量逐渐减弱，大块的岩石就会堆积在离山体最近的山口处，岩石向山外依次变小，在长年累月的日晒雨淋和大风的剥蚀下，岩石的棱角逐渐磨圆，变成了我们所看到的砾石。慢慢地，戈壁滩形成了。也因此，戈壁滩不是一个地名，而是一种地质现象。由于戈壁滩的渗透性极好，雨水不易蓄积，所以地表会呈现出严重缺水的现象，植物难以生长，仅有红柳、骆驼刺等植物得以存活。

知道戈壁滩还是在20世纪80年代。那时，根据名著《西游记》拍成的电视剧正在热播，在那物质和精神双重匮乏的年代，唐僧西天取经的故事极大地打动了坐在电视机前的每一个人。人们向往着像唐僧一样，或像唐僧的徒弟一样，有机会到西天，在朦朦胧胧的感觉中，就是天堂去取经，取回改善人们生活的真经。即使，此去遥远，路途艰辛，戈壁沙漠，盗匪横行。

二十多年过去，这一片戈壁忽然成为了热土，而且越来越热，热到了几乎火热的程度。

这与一个人有关，一个曾经的著名主持人，他的名字叫曲向东。

曲向东，山东人，1992年北京大学文学系中国文学专业毕业后，分配去了国防科工委下属的一个单位，鼓捣一些与文化有关的事。没承想，他还真鼓捣出了一些名堂，作品连续获得了中国科协等评比的大奖。渐渐地，他冒了出来，并在1997年被中央电视台招去做了记者。由于才华出众，工作起来得心应手，1999年10月，曲向东顺利成为了央视二台《经济半小时》节目的主持人。记得当时，我经常到点就会坐在电视机前，收看这一节目。听着曲向东独具特色的磁性嗓音，看着曲向东俊朗神气的脸庞，盯着曲向东清澈中透着智慧的眼睛，面对跨世纪之时一片混乱的全球经济，我的心中总是充满了希望。

但在别人眼中光鲜无比的曲向东，内心却充满了苦闷，他发现了自身理想和现实的巨大差距。他越来越觉得他的生命得不到充分燃烧，他内心的一团火无法让人看到。于是，在2004年的大年初三，曲向东裹着一件军大衣，在凛冽的寒风中，独自来到了北京八景之一的居庸关长城，陷入了深深的沉思之中。他觉得再也不能过这种"每天都在抱怨，这个不好，那个不好"的生活了，他毅然决定：辞职！大年初七，一纸辞职信递了上去，他也赎回了自由身。

人是自由了，但他并不知道自己想干什么、能干什么。在一片迷惘中，2006年恰逢中印友好年，包括王石、王小丫、曲向东、六小龄童等一群中国名流组成的文化考察团决定从北京出发，沿着"玄奘之路"一直走到印度，借以推动中印关系的发展和完善。到了瓜州附近，王石说，这一段路玄奘当年是徒步过去的，我们也走过去吧。

点将

　　于是，大家纷纷下车，靠着自己的两条腿，用了四天时间走完了从塔尔寺到白墩子的112公里路程。没承想，印度回来后，这112公里竟成了曲向东创业的落脚地，他给起了一个名字——"玄奘之路"，他注册了一个目前已在新三板挂牌的公司——"行知探索"，就是要知行合一，读万卷书行万里路、不断探索的意思。

　　2006年，曲向东与长江商学院等6所院校合作，发起了第一届"玄奘之路国际商学院戈壁挑战赛"，至今12年过去了。参赛人员也从第一届时的40多人发展到了现今的2500人。2500个成功的企业家啊，他们都放下优渥的生活，为了同一个心愿来到了戈壁。

　　现在，每年的5月至10月，在这条玄奘之路上，奔跑着或行走着的已不下万人，仅"行知探索"组织的活动，就有"玄奘之路国际商学院戈壁挑战赛""八百里流沙极限赛""刀锋领导实践营""创业戈壁行"以及针对少年精英教育和家庭亲子关系的"戈壁成人礼"等。

　　5月26日，我随着第七期汇添富戈壁徒步的74名队员一起，来到了瓜州，入住瓜州榆林宾馆。一到酒店，我便被热情的气氛感染了。只见酒店门口，整齐地摆放着毛巾、茶水，服务员穿着传统的民族服装，不停地给每一个人端茶、递毛巾，"欢迎欢迎"的话语在柔美的笑声中显得格外的动听。"行知探索"的工作人员王蔚、赵菲菲，比戈跑步学院张教、坤明、李新华，见到熟悉的面孔，马上上来亲切地拥抱问候，热情地招呼大家。很快，部队就安顿了下来。稍事休息，大家来到一楼的大宴会厅，参加晚上的"点将台"仪式。

　　"点将台"仪式有多个环节组成，每一个环节，在主持人、行知探索元领导力发展中心产品总监、戈壁远征军军士长王蔚的展开下，一一精彩地展现在了我们面前。

　　最吸引大家的，是其中的奖项设置，有团队奖和个人男神女神奖等五六个奖项。团队奖，也叫"沙克尔顿奖"，每一组的全体组员在四天的活动当中，没有人退出，没有人乘车，全部完成四天的行程，就可以获得沙克尔顿奖。而在最后一天的行程中，前六名的男、女戈友则可以获得个人男神女神奖。沙克尔顿奖？沙克尔顿是谁？为什么会有这个奖项？王蔚说，现在请大家看一个视频。原来，沙克尔顿是爱尔兰人，英国探险家，全名欧内斯特·沙克尔顿（Ernest Shackleton），生于 1874 年 2 月 15 日，1922 年 1 月 5 日，在南极探险的过程中因心脏病突发逝世。

此人最荣耀的时刻，是在 1912 年 4 月"泰坦尼克"号沉没之时，被官方邀请作为航海专家，就泰坦尼克号的沉没发表专业意见。1914 年初，他希望沿着他的两次南极失败探险之旅，第三次到南极探险，于是，抱着试试看的心理，他公开发布了招募广告。本以为没什么人响应，却没承想，短短 3 日之内，就有超过 5000 人应聘。他从中挑选了 27 人，与自己一起，经过五个多月的训练之后，于 1914 年 8 月 1 日从伦敦正式出发，意图穿越南极大陆。就在快要到达南极之时，他们的"坚毅号"考察木船却被浮冰死死地困住了，1915 年 11 月，木船终因无法脱险而沉入了海底。面对此情此景，沙克尔顿已没有心思探险，他只想着要把全体船员一个不少地活着带回去。接下来的五个月，他们 28 个人只能窝在一块巨大的浮冰上，靠企鹅肉和冰块生活，1916 年 4 月，浮冰经不起融化慢慢碎裂了，而他们企望的救援船只却始终没有出现。沙克尔顿没有办法，只能组织大家利用仅有的三艘救生船，在经过 7 个昼夜的狂风巨浪之后，转移到了远离航道的大象岛。经过这么长时间的波折，船员们的身体和精神都开始濒临极限。沙克尔顿知道，他再也不能等下去。4 月 24 日，沙克尔顿决定与另外 4 名船员乘坐一艘 22 尺长的救生艇"加兰号"，开始一项没有人认为可以成功的自救行动，目标是穿波越浪横渡 800 海里，到设有捕鲸站的南乔治亚岛求救。

　　临行前，沙克尔顿偷偷地写了一张字条，交给留下来的一位船员保存，相约 20 天后，如果沙克尔顿没有回来，他就可以把字条打开。字条上写着："我一定会回来救你们的，如果我不能回来，那我也尽力了。"

　　最终，沙克尔顿历尽艰险，居然到达了南乔治亚岛。稍事休整，沙克尔顿不顾大家的劝阻，立即亲自带领营救船只驶往大象岛，营救他的船员。120 多天后的 8 月 30 日，救援船在驶近大象岛时，心情激动的沙克尔顿两眼紧盯前方，急着清点人数：1，2，3，……，23。"都在，他们都在！"此刻，沙克尔顿狂喜而泣，不停地喊着，"都在，他们都在！"

　　事后，有人问这些船员，是什么力量让他们在如此艰难的条件下支撑这么长的时间？一位船员说道："我们坚信沙克尔顿一定会成功，他有这个能力，如果万一失败了，我们也知道，他已经尽力了……"而那张字条，却从来没有打开！

百年后的今天，这些船员的后代们，仍然会去南极沙克尔顿的墓地，叫上一声"The Boss"，重温一下沙克尔顿的座右铭：By endurance we conquer（坚毅必胜）。

2012年第七届玄奘之路商学院戈壁挑战赛，在曲向东自2009年创办了"极之美"极地旅行机构，并与沙克尔顿的故事"偶遇"四次之后，正式推出了一个以沙克尔顿命名的、体现领导力的团体奖项"沙克尔顿奖"。

甫一推出，沙克尔顿奖便受到参赛队员们的热烈欢迎，成为了各路队伍追逐的首要目标。沙克尔顿的探险故事所提炼出的10条体现领导力的策略，也成为了戈壁挑战赛的精神华章！

1. 牢记最终目标，集中精力实现短期目标；

2. 树立可见的、易记的、象征性的行为导向的个人榜样；

3. 向他人传递乐观和自信，同时面向现实，实事求是；

4. 保重自己——保持精力，不要自责；

5. 不断强化团队观念，"我们是命运共同体，我们生死与共"；

6. 消除地位差距，坚持礼貌待人，彼此互相尊重；

7. 控制冲突——将愤怒化整为零，包容异己，避免无谓的权力争斗；

8. 找到开心事务来庆祝，找到有趣的事情来逗乐；

9. 临危不惧，勇冒风险；

10. 永不放弃。

同样地，点将台上，我们每个组希望实现的首要目标，无一例外地都是获得沙克尔顿奖。

5月28日，一早，在经过两个小时的车程之后，我们来到了此次徒步的出发地——阿育王寺。但见远处，一个并不高大的土墩立在那里，已无任何建筑或寺庙的痕迹。原先听到这个名字后浮现在脑海中高大庄严、气象万千的寺庙，竟是这样一种情景，心里立刻向下一沉。这是阿育王寺吗？

这怎么会是阿育王寺？无论在何地，阿育王寺都是那么的宏大庄严啊！在这里怎么成了这个样子？岁月不至于让它变得如此吧？难道风沙真是那么的残酷无情？想到这里，不自觉地心情有些不佳，连之后的留影也有点强颜欢笑的感觉。

10：25，随着一声号令，队伍正式出发。

只见74名队员在工作人员的带领下，身穿一色的土黄色帆布衣服，背着行囊，拄着手杖，精神抖擞、义无反顾地向前走去，前方，除了左边的阿育王寺，看不到建筑，也没有树木，地面一片平坦，地上躺满砾石。脚下，似乎有一条路，但其实也不是路，只是不断地有人来走，才留下了一些印迹。这不，上周才有全球57所院校的2500多名商学院精英挑战了这里吗？但这印迹，怎么可能经得起风沙的吹拂？只要风沙一来，什么都会被埋掉的。这地底下不知埋了多少的东西呢！汉武帝时期，西域36国都是一派生气勃勃，国力强盛，人民幸福，连大汉帝国的皇帝也要依靠他们，这才有了张骞出使西域及后来被德国探险家斯坦因命名的"丝绸之路"的出现。这条丝绸之路，也是六条丝绸之路中最为有名、最有成果、影响最深的丝绸之路，中国的茶叶、丝绸，西域的汗血宝马、葡萄，都是在这条路上完成的交易，玄奘之路上的

踏上征途

沟壑丛生

敦煌城，就是这条路上贸易最为繁华的一座城市。但曾经声名赫赫的丝绸之路上，突然有一天却"西出阳关无故人"了，留下的是"葡萄美酒夜光杯，欲饮琵琶马上催。醉卧沙场君莫笑，古来征战几人回"这样悲凉的歌。听着这样的歌，当年盛装出行，走出河西走廊、远嫁乌孙国的细君公主和解忧公主会有怎样的感想？

我想，她们一定会更悲伤吧，这悲伤不是因为这一走，就再也见不到生她养她的父母和亲密无间的朋友，而是自己牺牲了青春，留下的却仍是一片杀伐之声。

不管有没有路，走吧，跟着走就好。前面不是有领队吗？领队手上拿着现代化的导航呢，我们每一个队也都有四个导航，所以不用担心，往前走就好。往前走去，渐渐地、不断地有沟壑出现，这些沟壑很深，需要相互帮衬才能顺利地上上下下；有的地方又很宽，沟里的大土墩一个接着一个，经常要在里边穿插着前行，一旦人走散了，相互之间就看不到，人的孤独和恐惧感就会产生。

　　还好是第一天，人都在一起。要是一个人的话，还真不敢走呢。我一边走着，一边想着，一边前后看了看，我们 B 队有几个队员没有走在一起，马上用对讲机呼叫起来："我是杨队，我是杨队，××、××，报告你的位置，报告你的位置。""杨队、杨队，我是××，我是××，我现在在××位置，我现在在××位置。"每次听到这样的回答，我才能放下心来。"我是××，我是××，请注意补水，请注意补水。"副队娄炎的声音传了过来，这时，大家都会拿起水包上的水管，吸上两口。（四天后，我回想一路上的经历，说的最多的话，就是这几句了。）三个多小时后，队员们陆陆续续来到了第一天的补给点，这是一个用充气帐篷搭起来的小屋，几十号人就这样挤在一起，脱下鞋子，拿出背着的食物，那是早上出发前准备好的黄瓜、番茄、火腿肠，还有西北特有的馕，还有"三千年开花、三千年结果"的人参果，和着组委会特意准备的绿豆汤或水吃了起来。

　　大家正吃着呢，一阵风突然袭来，"沙尘暴，沙尘暴"，有人喊了起来。怎么可能？一路上天气都好好的，沙尘暴怎么说来就来了？！难道电影《玄奘》中表现的镜头真让我们给遇上了？这可怎么办？抬头一看，不就是嘛！只见漫天沙粒在大风的裹挟下，一阵紧似一阵地吹来，我们赶紧低下了头，把脸和吃的东西保护起来。肆虐的沙尘暴吹过帐篷，吹过我们的身体，继续向前

沙尘暴后的午餐

长河落日中的晚餐

吹去。我们遇到的怎么不是三毛笔下的风呢？"一阵荒原的朔风，强劲地吹了过来，已觉得很惬意，很快乐，吹掉了心中所有的捆绑。"这风多好啊！

十几分钟之后，沙尘暴停了下来。大家已没啥心思吃饭，匆匆理了一下东西就出发了。看着前面的漫漫长路，想着说来就来的沙尘暴，我的心情一下子灰暗起来：在上海好好的，为什么要来到这个地方？心里边，突然间这样的念头冒了出来。这不行啊，千万不能这样想，我给自己下了死命令。我知道，在这样的地方，如果任由这样的念头蔓延，那是很可怕的，不光自己走不出去，还会连累自己的队友，沙克尔顿奖没可能拿到，自己在点将台上豪言的2—3名男神女神奖更是奢望！难怪，曲向东在第五届戈壁挑战赛的点将台上说了如下的话语：来到戈壁，请发心。如果你发心力克对手永争第一，我们祝福你；如果你将自己当成唯一的对手，努力克服自己的贪婪、恐惧、怠惰，我们祝福你；如果你只是来体验一段奇异的风景和旅程，我们同样祝福你。但请一定坚持你的发心！

此时此刻，我始终疑惑的是，在各方面条件都远不如现在的古代，玄奘是怎么从这里走出去的呢？

玄奘，生于公元 600 年，卒于公元 664 年，河南偃师缑氏镇陈沙村人，俗名陈祎，唐太宗时期伟大的翻译家、旅行家、佛学家，佛教法相唯识宗创始人。家里有 2 个哥哥，1 个姐姐，他是在二哥长捷法师的影响下进入佛门的。玄奘十三岁入选为僧后，游历各地，遍访名师，潜心研究佛学经典《涅槃经》《摄大乘论》等。玄奘是一个边学边思的人，他越学越觉得教内宗派林立，各擅一家，各说一词，遂决定效法先人，西行求法，解此疑难。唐太宗贞观三年（627），玄奘从长安城出发西行。但不知何故政府没有给他发放出关文牒，他其实走不出去。谁知玄奘决心既定，便什么都不考虑。路上，一道道的关卡把他拦住了，他又从一道道的关卡里想方设法走了出去。走到我们正在走的玄奘之路附近，为了躲避关卡的盘查，玄奘抱着"宁可向西而死，不可东归而生"的信念，在徒弟变心的情况下，铤而走险，一个人向死亡之地莫贺延碛走去。一阵狂风刮来，他的马受惊跑了，玄奘见状赶紧追了过去，追啊追，马没有追上，他却眼睁睁地看着装满水的水袋从马背上掉了下来，水从摔破的水袋中不停地汩汩流进沙中，绝望的玄奘使尽浑身的力气向水袋冲去！怎奈沙漠里跑不起来，水又流得太快，等他终于抓起水袋时，水袋里已无一滴剩下的水！身处沙漠，独自一人的玄奘终于晕倒了，这一晕，就是五天四夜！《慈恩三藏法师传》中记载了当时情形："四顾茫然，人马俱绝，夜则妖魑举火，灿若繁星，昼则惊风拥沙，散如时雨，虽遇如是，心无所惧，但苦水尽，渴不能前。是时四夜五日无一滴沾喉，口腹干焦，凡将殒绝，不复能进，遂卧沙中默念观音，虽困不舍。"五天后，玄奘居然在这茫茫的沙漠中醒了过来，一人一马，毅然决然地继续向西走去。

正如爱尔兰诗人叶芝所写："冷冷看一眼生死，骑士啊，向前！"（Cast a cold eye，on life，on death，horseman，pass by.）

同处唐代的大诗人李白则豪情万丈地写道："明月出天山，苍茫云海间；长风几万里，吹度玉门关。"

其实，他们所在的地方，"上无飞鸟，下无走兽，遍望极目，欲求度处，则莫知所拟"（法显《佛国记》）。可想而知这是怎样的一种自然条件和生存环境？玄奘等所具有的不一样的精神，也只能用他们身处唐代来解释了；或者说，正是因为有了这样不一般的人，才成就了唐代开放包容进取的社会氛围。

玄奘用了五年时间，穿越戈壁沙漠，翻过帕米尔高原，途经多个西域和中亚国家，历尽艰险，终于抵达了他心目中的圣地——印度首都新德里那兰陀寺，潜心钻研佛学，写作了《会宗论》等，终成一代大师。17年后，贞观十九年（645），玄奘返回长安。在他回到长安的那一天，数百万人齐聚街头，欢迎他的归来。回来以后，玄奘专心住在朝廷专门为他而建的大雁塔慈恩寺，翻译和研究佛经，共译出大小乘经论75部、1335卷，为中国佛教事业的发展作出了自己无与伦比的贡献，玄奘因此成为了中外文化交流史上一个永恒光辉的典范。

想想玄奘，比比自己，刚刚冒出的畏惧之心，不得不赶紧缩了回去。

下午5点多钟，戈友们陆陆续续来到了第一天的栖息地常乐营地。休息

还有2公里

与天地为友

帐里，到处都是横七竖八躺着的戈友；还有的戈友脱下袜子，在清理自己的脚泡。由于我自己没出脚泡，所以一路上对讲机里传来的"脚上出水泡，没法走路了，在处理"等没有切身感受，现在当亲眼见到之时，我心里由衷地对这些戈友生出了敬佩之情。在这不是沙漠、戈壁、丘陵，就是胡杨、骆驼刺的荒芜之地，顶着30多摄氏度的高温、踩着四五十度高温的大地，拖着长满水泡的双脚，只是因为来到了这里，只是为了沙克尔顿奖杯，没有人喊痛，没有人掉队，更没有人退出，一路前行，坚持走完了第一天的28.2公里。坐在旁边，看着他们的脚，我在庆幸自己没有脚泡的同时，心里想着：明天怎么办呢？还有后天，大后天？脚泡既不会马上好，而且只要走，还会出现新的脚泡！要不要去跟组委会提个建议，让有的人明天就别走了？我心里斟酌着。还是不问了，这不，当有人去问候的时候，所有戈友的回答都是："没事，没事！"相信他们吧！

休息帐外，早到的、能干的几个老戈友，已经把大家的帐篷搭好了，晚上休息没问题了，心下一阵宽慰。

吃过晚饭，是分享会。戈友们聚集在休息帐里，主持人要求大家用一个词说出自己第一天的感悟，如"幸福""痛苦""团队"等，我脱口说出了这样一个字：熬！

不是吗？在这 28.2 公里，以及后面三天可以想见的近 90 公里路途上，你要忍受这高温的天气和炙热的土地，你要忍受这没有绿色和生气的戈壁，你要忍受吃三天的简餐，你要忍受三晚不能洗澡的野外休息，你要忍受着疲乏，你要忍受着脚泡，你要忍受着身体的种种不适，你还要忍受着……这不都需要熬吗？

熬吧，我说。熬并不一定是个痛苦的词，来到这里就是要熬的，这种熬，其实是一种涅槃，是一种自我修炼和成熟的过程。这种熬与人生中来不及做好准备造成失败带来的熬是完全不一样的——那种熬叫煎熬，这种熬叫坚持。何况，还要看和谁一起熬！在这里，可都是靠谱的戈友！

时间既慢又快，第二天，在落日快要垂暮之时，我和 B 队的最后几个戈友一起到达了休息地——昆仑障。晚上，我们 B 队经过热烈的讨论，决定为了保证第四天能至少获得一名男神女神奖，让我第三天不要负责收队，自己先走，到了宿营地风车阵可以早点休息恢复体力，为第四天的奔跑做准备。虽然我感觉负责收队对我不会有大的影响，但既然大家一致决定，作为队长，我得少数服从多数。"收队的任务就交给你们了！"我郑重地说道。

说到收队，看似是陪伴走得慢的人走到休息点，但与平常的陪同却有很大的不同。它不能像平常那样可以走走停停，或者想走就走，不想走就不走，吃香的喝辣的去；而是不管出现何种情况，除非选择退出，都必须坚持走下去。在那身心俱疲、看不到终点的时刻，人是很容易崩溃的。这时，负责收队的人的带领、陪伴、鼓励就显得特别重要。所以，在最后一天的庆功仪式上，我对巢洋在第 3 天自己先到了以后又回去 8 公里陪伴队友，以及汇添富基金董事长李文坚持每天陪同最后一个人走完全程钦佩不已。

第三天，是从昆仑障到风车阵的路线，全程 31.3 公里。据来过的戈友讲，这也是 4 天中最难走的一天。这一天，不光是上下午要各穿过 5 公里和 3 公里的盐碱地，它也是很早就可以看到但就是走不到宿营地的一天，尤其是进入风车阵以后，这怎么走都走不完的 5 公里！只能熬着！

竞逐

　　第四天早上4点30分，一阵号角响起，戈友们准时起床。最后一天了，虽然昨晚例会、篝火晚会等事情睡得晚，今天又起得这么早，但大家的状态还是非常好。好多戈友在说，最后一天反而想多走一点，不想那么早结束，结束了就没得走了。在这么纯粹的地方，能多待会儿是一件幸福的事情。听了这样的话，我一阵感动。是啊，简单、纯粹是人人都希望的，但社会是一个复杂的系统，如果这么简单、纯粹，就不是社会了！只有来到这里，来到这戈壁，你才能让自己简单、纯粹的真性情自然流露，你也才能够看到大家自然流露出来的简单、纯粹的真性情。我想，这也是戈友们喜欢来到，并一次次来到这里的原因吧。我集合了我们小组，在相互鼓励了一番之后，把昨晚开会讨论的冲奖战略安排又说了一遍，即根据第4天的可选择走也可以选择跑的规则，我、巢洋尽量跑，冲男神奖；黄健带着淑芬跑、走结合，帮助淑芬尽量冲女神奖。6点06分，大部队在一片"我们男神女神，都是戈壁之神"等激励人心的口号中，向21.7公里外的全程终点——广显驿奔去。

由于眼睛老花，所携带的墨镜是平光镜，不方便看导航仪，因此，我特意请比戈跑步学院的坤明教练带着我和刘璞跑。刘璞是香港特意过来参加"玄奘之路"徒步活动的，人长得很帅，半马成绩在1小时38分，这里也正好是他的家乡，他特别希望把这难得的跑步献给这片深情的土地！正式出发后，我们3人很快冲到了最前面。远方晨曦中，一辆越野吉普车打着一面红旗，在指引着我们前进的路。

跑不多远，我的大腿开始出现疲劳感。昨天没有感觉，所以也没做放松，哪知今天刚开始就出现了这么个状况！看来3天走下来还是有影响的，但也没办法了，尽量跑吧，就是不知道其他人实力如何，能不能进前3名。根据规定，前6名都有奖，但只有前3名才有奖牌，所以争取进前3名是必须的。手机悦跑圈里，报步的声音不断地传来：你已经跑步1公里，耗时……，最近1公里用时……；你已经跑步2公里，耗时……，最近1公里用时……。第一次跑在这一望无际的戈壁滩上，渐渐地我们与大部队拉开了较长的距离，在丘陵的遮蔽下，后面已看不到人影。头脑里，忽然冒出了陈子昂的诗，"前不见古人，后不见来者；念天地之悠悠，独怆然而涕下。"这是一片怎样的土地啊？如果，如果这里依然是山川纵横、河陌交错、绿草缨缨、鱼鸟欢畅、牧童放歌、牛羊齐鸣，该有多好！但这些都已成为历史了，留下的只是史书中朦胧的记忆。

突然之间，左前方的一块碑石映入了我的眼帘，不大的石碑上写着4个朱红的大字"红色之路"。不是"玄奘之路"吗？怎么是"红色之路"？再往前跑出一公里多，在迎面而来的一座山脊上，竖立着一块硕大的石碑"红西路军白墩子战斗纪念碑"。原来，这里是红军西路军战斗过的地方！

西路军是中国工农红军的一支，主要有红四方面军组成，共21600人，其中主力6000人，刀棍队近7000人，非战斗人员近9000人，由徐向前任总指挥，陈昌浩任政委。西路军下辖3个军：第5军辖5个师4个团，3000余人，枪1000余支，平均每枪子弹5发，军长董振堂；第9军辖2师6个团，6500余人，枪2500余支，平均每枪子弹15发，军长孙玉清；第30军辖2

西路军纪念碑

师 6 个团，7000 余人，枪 3200 余支，平均每枪子弹 25 发，军长程世才。另有骑兵师，200 人马，200 支枪，平均每枪子弹 25 发。1936 年 10 月，红军三大主力成功会师后，中共中央、中央军委为了稳住脚跟，决定尽快占领宁夏、甘西，打通与苏联的联络。为实现《平（番）大（靖）古（浪）凉（州）战役计划》，西路军根据命令，渡过黄河，单独西进，意图接通新疆。在第一个重大战役古浪战役中，西路军遭到了马步芳主力的猛烈攻击，虽最终歼敌 5000 余人，但自身伤亡也达 2000 余人，包括参谋长陈伯稚在内的排以上干部大部分牺牲。此时，敌情开始出现变化，中央军委遂下令西路军停止西进，在凉州一带就地建立根据地。由于实力悬殊、补给困难，最后，穿着单衣草鞋的西路军将士们伏尸盈雪、视死如归，与由飞机、重炮、骑兵组成的 20 多万强悍的敌军顽强战斗半年之久，以歼敌 55000 人的战果、牺牲 7000 余人的代价，完成了中央交给的所有任务，在中国革命战争的历史上，写下了凄美悲壮的篇章。

原来，我们正跑在这样一条革命之路上！

安息吧，英勇的革命先驱！

奔跑吧，激越的添富戈友！

8 点 30 分，我与刘璞携手冲过终点。

回到上海的第 2 天晚上 9 点多钟，我看到微信群里不停地有戈友在发他们写的《路志》（记录玄奘之路心得的文章），我想，作为队长和一员，又是戈壁男神第一名获得者，我也该写点东西吧。

飞扬的青春　　　　　　　　　　　第一名

　　几天以来萦绕脑海的点点滴滴，瞬间从笔下哗哗流出，成就了这篇被汇添富基金和行知探索文化集团公众号刊发的文字——《戈壁抒怀》：

　　　　有一个地方，是那么的向往，但当我来到这里，却发现，是多么的苍凉；

　　　　有一个地方，是那么的贫瘠，但当我来到这里，却发现，是多么的丰饶；

　　　　有一个地方，是那么的狷弃，但当我离开这里，却发现，是多么的留恋。

　　　　那就是戈壁！

　　　　戈壁啊，戈壁！

　　　　有一支队伍，是那么的"陌生"，但当他们来到这里，却发现，是多么的情深；

　　　　有一支队伍，是那么的"松散"，但当他们来到这里，却发现，是多么的紧密；

　　　　有一支队伍，是那么的"艰难"，但当他们离开这里，却发现，是多么的坚强。

　　　　那就是汇添富第七期戈旅！

　　　　戈旅啊，戈旅！

当清晨号角响起的一刻，当晨曦洒满倦脸的一刻，当戈友相互搀扶的一刻，当失足倒地站起的一刻，当中途小憩安神的一刻，当心里倒数里程的一刻，当我们最后冲刺的一刻……戈友啊，那都是属于您的一刻。

昨日的路途，已然走过；昨日的伤痛，已印心里；昨日的星空，依旧高挂；昨日的拥抱，依旧温暖；昨日的泪水，已然抹干；昨日的欢笑，依旧甜蜜。

走过了昨天，我们就从一种人变成了另外一种人，那就是，从没有走过戈壁的人成为了走过戈壁的人；回到了城市，我们就从另外一种人变成了一种人，那就是，从在走戈壁的人，成为了曾经走过戈壁的人！

从此以后，我们可以自豪地对没有走过戈壁的人说：我们是戈壁人；

从此以后，我们也可以自豪地对正准备走戈壁的人说：我们是走过戈壁的人。

从此以后，我们可以自豪地对所有人说：

我们是走过戈壁的戈壁人！

坚持就是胜利

附：歌曲《蓝莲花》——2006 年首届商学院戈壁挑战赛主题曲

没有什么能够阻挡
你对自由的向往
天马行空的生涯
你的心了无牵挂
穿过幽暗的岁月
也曾感到彷徨
当你低头的瞬间
才发觉脚下的路
心中那自由的世界
如此地清澈高远
盛开着永不凋零
蓝莲花
（music）
穿过幽暗的岁月
也曾感到彷徨
当你低头的瞬间
才发觉脚下的路
穿过幽暗的岁月
也曾感到彷徨
当你低头的瞬间
才发觉脚下的路
心中那自由的世界
如此地清澈高远
盛开着永不凋零
蓝莲花

大满贯记（东京、柏林篇）

东京篇

说到大满贯，我首先想到的是网球。21世纪初起，每年的10月，网球大师杯（Master Cup）都会在中国的北京、上海举行。每到这时，都是网球爱好者的盛会。费德勒、纳达尔等网球界如雷贯耳的名字，都会在球场上展现着其美妙的身段、潇洒的步伐和精湛的球技。记得有一次，两人在决赛场上对垒，结果，处于巅峰状态的他们忘记了网球之外的一切，一直从黄昏打到午夜，历经近八个小时才决出胜负。现场的观众们都被他俩吸引得如醉如痴。这一场世纪大战，把观众和球员共同融进了疲劳而又欢乐的海洋。

跑马拉松以后，才知道马拉松也有大满贯（World Marathon Majors，WMM）。它成立于2006年，总部设在芝加哥，是世界顶级的马拉松巡回赛，最初包括波士顿、伦敦、柏林、芝加哥和纽约马拉松，以及2年一次的世界田径锦标赛和4年一次的奥运会马拉松。2013年，创办于2007年的年轻的东京马拉松，以其惊人的成长速度，也成为了马拉松大满贯的一员。2015年，雅培正式冠名，遂更名为雅培世界马拉松大满贯（Abbott World Marathon Majors）。

当今的男子马拉松世界纪录，就是在被称为世界最快赛道的大满贯成员——柏林马拉松创造的。2014年，丹尼斯·基梅托（Denis Kimetto）跑出了2∶02∶57，成为首位跑进2小时03分的运动员。女子马拉松世界纪录

大满贯赛事

则由葆拉·拉德克列夫（Paula Radcliffe）于 2003 年在伦敦马拉松创造，时间为 2：15：25。

截至 2017 年底，全世界共有 2275 人完成了世界马拉松大满贯比赛，其中，中国选手 185 人，他们一起成为了极大多数人可望不可即的六星跑者。中国选手六站平均最好成绩为 2：39：26，综合成绩排在全部选手第 10 名。两年前，中国选手还仅有 38 人完赛。再过二年，完赛人数该有 500 人了吧，其中，该有我和谢红。

我们的计划是，自 2017 年起，每年跑 2 个，花三年时间成为六星跑者。

被这一目标所吸引，首先，我们来到了东京。

东京，原名江户。16 世纪以前，日本处于诸侯争霸之中，国家还没有统一。其时，为首的丰臣秀吉野心很大，在内部没有平定的情况下急于进攻朝鲜，结果被明朝派出的军队打败（朝鲜是明朝的保护国，朝鲜这个国名也是明朝太皇帝朱元璋给起的），使对日本明治维新产生了深远影响的德川家康借机崛起。然而，乱世之中，德川家康并不能得到大家的认可，反而处处受到威胁。于是，他干脆把政权和天皇迁到了他的世袭领地江户，之后，天皇把江户改名为东京。

东京，一个闪亮的名字；东京马拉松，一个闪亮的马拉松。

东京马拉松能够在其创办仅仅六年之后就成为大满贯赛事，很多人是不理解的；在我到来之前，也不理解。我只知道，东京马拉松是世界上中签率最低的马拉松之一，服务非常之好。

2017年，是东京马拉松第11届，也就是说是东马新10年的开始。为了这个新的开始，东马提出了新的口号"new way, new Tokyo"，新东京，新赛道（新征程）。新赛道主要是减少了爬桥的次数和沿海的路段，并把终点从台场改到了东京驿和皇居之间临近日比谷公园的地方。

同时，赛事邀请了世界顶级运动员过来参赛，男子方面有：肯尼亚选手威尔逊·基普桑（Wilson Kipsang，个人最好成绩2：03：13）、迪克森·坤巴（Dickson Chumba，个人最好成绩2：04：32），坤巴同时是2014年东马冠军得主；女子方面，则有肯尼亚名将Kabuu Lucy（露西·卡布，个人最好成绩2：19：34）、Dibaba Birhane（迪巴巴，来自埃塞俄比亚著名长跑世家，2014年东马亚军，2015年东马冠军，个人最好成绩2：22：30）。2016年底的世界田径钻石联赛——上海站的比赛中，我在上海体育场亲眼目睹了迪巴巴在5000米和10000米比赛中的英姿，其一骑绝尘之势无人可以企及。

东京马拉松赛道

2月24日周五下午，在第11届东京马拉松赛前记者会上，头牌男子特邀选手基普桑（Wilson Kipsang）在目标成绩板上写下这个数字。

基普桑的小目标

这个预测反映这位34岁肯尼亚人的谨慎乐观：足以打破世界纪录，但只比纪录快一点点——7秒钟。

这些安排的目的只有一个：创造新的世界纪录。

新闻发布会上，基普桑心有灵犀地举起了2：02：50的纸板，将世界纪录提高了7秒。

至于我，可不是奔着啥纪录去的，世界纪录在我，更是一个看客。当然如果他们真的打破世界纪录，若干年以后吹起牛来，我也可以说他们是在和我同场竞技时候打破的世界纪录。这其实也不是吹牛，而是事实。我来到东京，还是为了我的大满贯之旅有个开始。而把东京马拉松作为开始，除了方便以外，我发现自己忽然有点喜欢上了日本这个国家。

由于战争的缘故，中日两个一衣带水的邻邦，从二战后起，关系变得非常复杂。尤其是中国人民的民族仇恨，在一代又一代的人心中，留下了难以抹平的创伤。走在街上，随便问一个人对日本的态度，说"好"的恐怕不多。我也是如此。多年以来，由于深受爱国主义教育的影响，对日本是持有倾向性很强的看法的。也因此，我从来没有去过日本。身边很多去过日本的人说，日本很好，很值得一去，我也没有动过心。2016年8月，朋友公司组织去长野跑越野，邀请我去。长野？跑步？这倒可以去走走。一来长野是鲁迅先生待过的地方；二来，跑步是我感兴趣的事情。就这样，我第一次来到了日本。

我对日本的印象就此有了改观。

终究，历史是历史，而现实是现实吧。人家有好的东西，还是要善于学习。

我想起1988年，我提交了加入中国共产党的入党申请书。根据规定，提交申请书以后，每个月必须写一篇思想汇报。对此规定，很多年轻人不以为然。我想，是我主动要求入党，既然有规定，那就要执行。于是，每月我都会用不太漂亮的字，写一篇两三千字的所谓"思想汇报"，其中写的比较长的一篇，讨论的是中日贸易问题（80年代初，国内最有影响力的广告是丰田汽车的"车到山前必有路，有路必有丰田车"，大量日货的进入引起了国内非常强烈的反弹）。当我一次次把思想汇报交给分管教师工作的书记时，我清晰地记得她沉默中的眼神。

讲到中日关系，根据学者金一南教授的研究，一个非常有意思的现象是：中国是从日本吸收了马克思主义思想；而日本，则是在中国诞生了其法西斯主义思想。

中国怎么会是从日本吸收了马克思主义思想？这要说到中日甲午战争时期。日本明治维新以后，走上了资本主义的发展道路，国力日增；而清政府在统治了近三百年后，内部问题重重，国力日衰。结果，在日本蓄意挑起的甲午海战中，清军北洋水师全军覆没，镇远、定远、致远等主力战舰皆被击沉，邓世昌、丁汝昌等将领悉数牺牲。清政府被迫签订了有史以来最为丧权辱国的《马关条约》。甲午战争以后，中国士大夫阶层终于认识到，自己不是"器不如人"，而是"制不如人"，遂大量就近前往日本学习。这些人士包括：康有为、梁启超、孙中山，以及未来的共产党人李大钊、陈独秀、周恩来等。其时，马克思主义学说作为反面教材已经被日本启蒙思想家加藤弘治于1870年介绍到日本。

共产党人纷纷接触并接受了马克思主义。李大钊成为了最早宣传马克思主义的共产党人士。1919年底，陈望道在他老家的厨房间完成了《共产党宣言》的中文翻译工作，中国共产党诞生前一年的1920年，《共产党宣言》公开发表。

1960年6月21日，毛泽东在接见以野间弘为团长的日本文学代表团时说："马克思主义的传播日本比中国早，马克思主义的著作是从日本得到手的……"

同样在1919年，日本法西斯的精神领袖、三十六岁的北一辉依靠饭团和清水，在上海的一间破房子里完成了他八卷本的巨著《国家改造案原理大纲》，法西斯主义思想就此成熟，中国等亚洲国家的灾难由此开始。

这颇有点黑色幽默的意味。

走上了法西斯主义道路的日本，最终也因法西斯主义吃尽了苦头，在第二次世界大战中成为了原子弹的试验场而完败。此后，日本在美国的帮助下开始发展经济，逐渐成为了世界经济强国，并于 20 世纪 80 年代成为了世界最发达国家。生活富足的人民开始享受多样化的生活，跑步逐渐流行，出现了村上春树这样的跑步作家，也使创始于 1920 年的"箱根驿传"成为了日本国内的知名赛事。2007 年，东京马拉松诞生。

第一次参加"六大"这样高等级的赛事，心里难免有一点点小幸福。或者如村上春树所说，有那么一点点的"小确幸"。毕竟，这样大型的顶级赛事，海外跑者仅有五六千人，而中国跑者，只有几百人而已。中国现代著名新闻工作者储安平在他的《幸福》中说："世界上的大部分人对于幸福都是憧憬的。每个人都有他自己的影子，这影子跟着他的主人跑……关于幸福的憧憬也是这样。然而幸福给每个憧憬着幸福的人却是幻灭。"我想，这些希望幸福的人是在幻想而没有真正去追逐吧，我来到东马的"小确幸"的确给我带来了实实在在的幸福。

25 日上午，我们来到位于台场的展览中心领装备。一走进展览中心，前往领物处的走廊上，只见一块大红的地毯一路铺向前方。这样的布置让我一下子从不适应到受宠若惊起来，我清晰地感受到了组委会对于跑者的不一样的尊重。沿着地毯走向前去，是两个不同的指示牌，一个指向跑者通道，一个指向观众通道。通过跑者通道进入室内，是无比宽敞的铺满红地毯的大厅，大厅前方，领物台后，有很多志愿者在那里为跑者服务。见到我们进来，这些志愿者便一起兴奋地拍起手来，并不停地拍着。她们拍得我的心里产生了一种无比畅快的感觉，幸福感骤然升温。日本女子不是很温婉的吗？怎么会是如此的热情大方、豪气干云？等领好了装备，她们又一起拍手欢送我们离开。在这样的时刻，你想不幸福都不行。就在我们准备离开时，NHK 电视台采访我，大意是问从哪里来，为何要来跑东马等。我一边接受采访一边说，你们可要给我播出呀。

来到博览区，第一眼就看到一个跑友站在东马的背景板前，很多跑者在排队与他合影，我也想拍一张，但一看人太多就打消了念头，其实主要还是不知道他是谁。后来得知，那是日本鼎鼎有名的业余跑者川内优辉，顿时肠子悔青。

走出大门，心里的喜悦依旧在心中回荡。只见湛蓝的天空中，白云悠悠，垂柳依依，阳光包裹在身上，让人感受到二月的东京，那不一样的温馨。

26日一早，我们来到了设在东京都厅前的起跑区。谢红觉得我能创PB，便让我不要陪她，各归各跑。于是，我来到了所在的D区。东京都厅前的马路并不宽敞，36000多名跑者拥进以后，长长的全是人。还好是分区起跑，否则人挤人的会很不舒服。我在起跑区做着准备活动，看着都厅周围简洁中透着高贵的建筑，心想东京还是不错，"失落的二十年"似乎并没有过大的影响。

前面讲到，战后日本在美国的帮助下发展经济以后，连续二十多年取得了年均GDP10%以上的增长，70年代中期开始，一举成为了全球发达经济体，股市、房市持续大涨。1983年，日经平均股价8000日元，1987年10月达到了26646日元，1989年末，进一步攀升至38915日元，6年时间涨了近5倍。股市总市值达到了美国的1.5倍，占全世界股市总市值的45%。野村一家公司的市值，就超过了美国所有证券公司的总和。1985—1988年，东京商业用地价格指数暴涨了近2倍。资产价格的暴涨，使得无论工作的还是不工作的人，都享受着财富迅速增值的盛宴。在《重返泡沫时代》这部电影中，充分反映了泡沫经济极盛时期日本国民的众生相。

日本经济的快速发展，使得对日本巨额贸易逆差的美国等坐不住了。1985年，在美国的主导下，西方5国（美国、日本、联邦德国、法国、英国）共同签订了《广场协议》。《广场协议》一经签订，日元对美元汇率便在一年间飙升了2倍。富得流油的日本人随之开始了全球买买买的模式，仅1985—1990年，日本企业共开展了21宗500亿日元以上的海外并购，其中 18 宗在美国。包括被美国政府定为"国家历史地标"（Nation Histosic Landmark）的洛克菲勒中心（Rockefeller Center）在内的诸多资产皆被日本买走。夏威夷 80% 的酒店和 70% 的高尔夫球场归属了日本人，"珍珠港事件"中没有陷落的夏威夷终于陷落。《纽约时报》惊呼，"总有一天日本人会买走自由女神像。"

然而，早已种下的金融风险因子终于发挥作用。1990 年 1 月 12 日起，日本股市持续暴跌了 70%，从 39800 多点直跌到 1 万多点。自此，日本经济迈入了漫漫熊途，20 世纪 70 年代小松左京写的《日本沉没》中的观点开始得到验证。

繁华落尽，尘埃落定。

但对大部分人来说，该干啥还干啥。跑者过来跑步，小池百合子则作为东京都知事（相当于东京市长），过来主持起跑仪式。小池百合子是一个极具远见的女性。1968 年，在读高中的年仅十六岁的她对同学们说："日本是没有资源的，今后石油将是主要能源，所以必须学习阿拉伯语。"为此，她放弃了东京大学而到开罗大学学习。

9 时整，被称为"内阁一枝花"的小池百合子扣下了发令枪。

都厅前的赛道上，来自世界几十个国家的运动员和马拉松爱好者在小池百合子的瞩目下分梯次出发了。快要轮到 D 区时，我突然觉得想上厕所，心想还是在跑前解决一下，以免在跑后耽误时间，便马上跑了出去。谁知这一来一回，竟花去了 10 多分钟时间，再回到赛道上时，F 区的都已经上来，速度一下子慢了下来。我只能在人群中不停地穿插，努力冲出重

赛后她欢欣地表示："我相信这一成绩足以入选肯尼亚世锦赛代表队。"（下图为东京都知事小池百合子为女子冠军颁奖）

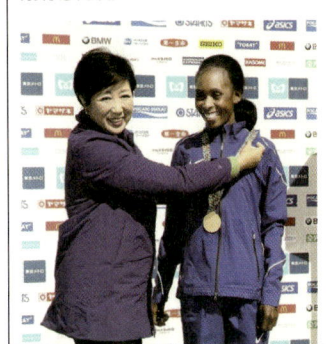

小池百合子为冠军颁奖

围。5 公里以后，来到了较宽的地方，才可以自由点跑。

我一边跑一边观察，东京马拉松凭什么这么快就成为了大满贯赛事？内行看门道，外行看热闹。我是一个资深跑者，既不是内行，但应该也不是外行吧。跑在赛道上，我不知道组委会是如何精心筹备的，但赛道是他们精心筹备的成果，他们所有的工作都会在赛道上体现出来。这不，慢慢地，我就感到不一样了。

东京马拉松以"零死亡"著称。自创办以来，从未发生过一起伤亡事故。只见赛道旁，每隔一段路都有医疗点，穿着白大褂的医生认真地守在那里；背着 AED 急救设备的医生，在规定的区域内来回巡逻；赛道上，医生跑者像兔子（pacer）一样，按一定的速度跑在跑友们中间。

东马的赛袍，不是赞助商去库存而是定制的。白色的衬底上，印着色彩明快的"Tokyo 2017"图案，干净舒适悦目。

补给点，各种饮料和食物充足，跑友们来到补给点前，志愿者就会热情地打招呼，然后递上各种食物让你自取。补给点后，是一排收集箱，专供跑者掷水杯等杂物。收集箱再往前，安排了几个志愿者，他们横挎纸袋，收集跑者手里的杂物。偶尔有一两只纸杯等掷在地上，马上就会有人捡掉。正是由于这样的用心，从 0km 到 42.195km，整条赛道异常整洁。

东马的赛道上，没有临时移动厕所，但你时不时地可以看到指示牌。指示牌上提醒跑者，左边或右边过去多少米，有厕所；厕所旁，有志愿者在维护秩序，只要是跑者到来，志愿者立即会加以引导，跑者不用担心发生拥挤或者耽误时间的情况。

赛道旁的观众，更是热情得不得了。他们完全没有那种"哈伊哈伊"的严谨，而是脸带喜悦，满血复活地一直在呐喊助威。日本自卫队乐队也出来了，拿出了他们拿手的曲目，舒心悦耳。

……

在这样友好的环境中跑步，你想偷懒都不好意思，只能用心跑着。我跑得也很快，半程过去，用时 1∶43。

星期天上午比赛开始时，由于气温不高，精英们一上来就奋力冲杀。

5只兔子的任务是以2:03:04的配速（2:54/km）领跑，出发后他们却有如脱缰野马一般，率领由8名选手组成的第一集团狂奔。

第1公里仅用时2:46，第一个5公里14:14——平均配速2:50，预期完赛时间2:00:06，直逼2小时！

赛后基普桑对东马赞赏有加："这是世界最快赛道之一，我希望以后再来。"——他指的可能是2020年东京奥运会。

他说自己没跑出目标成绩是因为"风有点大"："我试着再push一把，但没有可能（再快）。不过对我来说，2:03:58已经很好了。"

肯尼亚人包揽前六名，其中Gideon Kipketer第二，2:05:51（PB），春巴以2:06:25蝉联季军；Chebet第四2:06:42。

基普桑如愿夺冠

26公里过后，来到了一个折返点。大家都行云流水般地跑着，煞是好看。这时，只见对面的赛道上，一个身材高大的男子像坦克一样飞奔过来，那身体的斜线、结实的身躯、颀长的大腿、摆动的手臂，在明媚的阳光下，发出迷人的光芒。基普桑，那是基普桑！基普桑就在我的眼前，他跑得太美了，太美！这美，美得出神入化。

35公里到了，我日本的朋友组织了一帮啦啦队在给我们加油。那正好是一个闹市的转弯处，人特别多，怎么也没有看到他们，他们应该也没有看到我。算了，继续跑吧。

3:42:53，我以PB3分钟的成绩完成了比赛。基普桑虽然没有打破世界纪录，但以2:03:58的成绩打破了赛会纪录（原纪录2:05:42），获得冠军；名不见经传的肯尼亚选手Serah Jepchirchir以2:19:47获得女子冠军并大幅打破赛会纪录（原纪录2:21:27）。他们都刷新了日本本土马拉松比赛的最快纪录。

New Tokyo，New way，New Record。

冲过终点线后，是东京马拉松著名的第 43 公里。从这里到完赛区的 1 公里，热情的志愿者送上了一个个物品：金灿灿的奖牌、保温毯、毛巾及各种吃的东西。这无缝衔接的服务让人一下子轻松下来，忘记了满身的疲劳。我在这 1 公里上吃着、看着、回味着，等待着谢红的到来。一小时过后，穿着旗袍的谢红完赛了，她第一次跑进了 5 小时，成绩 4：53。

一切似乎是那样的完美。

回国的路上，心里忽然产生了些许的遗憾：没有去东京大学看看。这个培养了多位首相和诺贝尔奖获得者的大学是应该去的。但又据朋友说，产生了这么多诺贝尔奖获得者的东京大学一年的创业基金仅有 2 亿日元（未经考证），经常发生好项目拿不到钱、钱又找不到项目的情况。科研成果不能及时有效地转化为生产力。这与国内的境况有着天渊之别。难怪因成功地投资了阿里巴巴成为日本首富的投资大师孙正义很少在日本国内进行投资。这样看来，上世纪八九十年代在大陆独领风骚的日本家用电器 Panasonic、Hitachi、Sanyo、Sharp 等现在基本被人淡忘，也就在情理之中了。

日本，或许真的到了需要做些改变的时候。

柏林篇

北马之后，跑的是柏林。

柏林，在我，却是一个清晰而又模糊的所在。

罗西·麦克林在《柏林：一座城市的雕像》中写道："柏林，却总是变化无常。这座城市的身份，建基于变化之上，而非基于稳定。没有一座城市像它这般，循环往复于强大兴盛与萧瑟衰败之间。没有一个首都如它这般，遭人憎恨，令人惶恐，又那么让人一往情深。没有哪处地方像它一样，五个世纪以来饱受冲突之苦，深陷混乱之中，从宗教战争到冷战，一直都处在欧洲意识形态的中心。"（引用自傅敬民先生译本）

多么让人矛盾的柏林，又是多么矛盾地想去柏林的人。

其实之前不是这样的。之前，由于1970年德国首相勃兰特访问波兰时，在华沙犹太人纪念碑前以突如其来的一跪表示对受害国及其人民的忏悔，其作为二次世界大战策源地，已在我等心中慢慢淡忘了。柏林，作为德国的首都和最大城市，在我心中，是发达经济体的象征。然而临行前，心里还是不自觉地复杂起来。

这种情绪，不是我一个吧，身为英国人的麦克林也是如此。

"历史回荡在大街小巷之间，柏林的梦想家和独裁者们的憧憬和野心，似乎已经融入砖墙之中，成为这座城市实实在在的一部分。这座昏昏欲睡而又变幻莫测的城市，在人们的脑海中活灵活现。"

"城市中的种种，无论是被丢失了的还是需要重塑的，总有新的思想迫不及待地赶来填补空白，让销声匿迹的呼之欲出，将现实与虚幻相联。"（引用自傅敬民先生译本）

这是柏林的矛盾所在，或许，也正是柏林的魅力所在吧。

时空已经穿越了。在我，对于柏林的记忆，仅仅停留在二战的个别影像之中，是相当残缺和模糊的。因此心情虽有些许的复杂，却未曾下过判断或如东京般地回避。反而因为1936年的第11届柏林奥运会，是中国代表团参加的第一届奥运会，是中国人第一次"冲出国门、走向世界"。这届奥运会上，在我喜欢的马拉松项目中，又是亚洲运动员朝鲜人孙基祯获得了冠军，这都缩短了我与柏林心里的距离。

有些历史，还是尘封在故纸堆中吧；有些历史，却需要清晰地保存在心里。

我不是历史学家，我只是来跑马的，柏林。

9月22日晚上，登上飞机的一刻，我想到了中国奥运第一人的短跑名将刘长春。在包括刘长春在内的中国代表团出征柏林时，

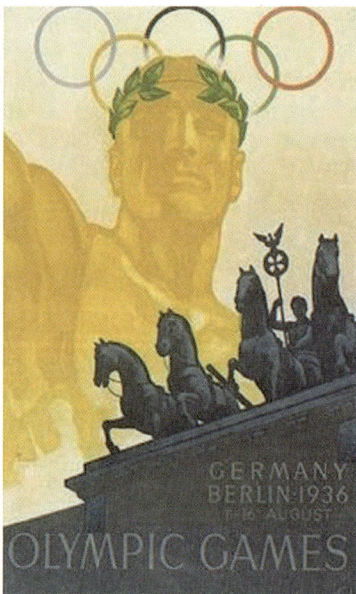

1936年柏林奥运会海报

随行的《中央日报》记者、《观察》杂志创办人储安平这样写道："船（意大利邮轮康梯浮地号）在中午十二时半左右，慢慢离岸，军乐声、欢呼声、鞭炮声和天空中的飞机声，混成一片……这一整团声音里潜藏着无限的热情，无限的希望，无限的鼓励。"

这种热情、希望与鼓励，我是感受不到的，也不想感受到，因此也没有这种热情、希望、鼓励下的压力。我只是去跑马的。在我的周围，是深夜里登机人匆忙的神情和匆匆的脚步，我知道，他们都累了，我也累了。

乘坐的是芬兰航空，因此首先飞到了芬兰首都赫尔辛基，我们需要在赫尔辛基转机。第一次来到赫尔辛基，赫然发现机场里是无处不在的中国元素：中国人、中国标识、中国广告（楹联等），顿时自豪了许多。机场商店就不用说了，各大品牌、各个品类的商品前，都是说着中文的中国服务员，没有一个老外。我疑惑了：虽说中国人有钱、喜欢 shopping，但老外就不需要买东西吗？何况在我们是出境，而对他们可是入境，有点意思的安排。

22 日傍晚，我们来到了柏林。吃饭的地方，全是中国过来跑马拉松的。中国超马第一人赵紫玉来了（超马，超级马拉松，是围着操场连续跑 12 小时或 24 小时的一个运动项目，距离长者取胜）。赵紫玉之前，主要是台湾人和日本人称雄亚洲。目前，亚洲超马纪录由中国选手梁晶创造，12 小时为 150 公里，24 小时为 276 公里。赵老师是厦门华侨大学副教授，是我非常尊敬的人；孔瑜来了，作为中国新锐制片人，她拍摄的诸多与民族题材相关的纪录片受到了广泛的关注……这么多人过来，他们是来创纪录的吗？

柏林马拉松创办于 1974 年，以创世界纪录闻名，被称为世界最快赛道。因此有人说，柏林马的故事就是路跑发展史的故事。为了让读者了解这一背景，我在这里简要罗列一下这个过程：

1974 年 10 月 13 日，第一届柏林马拉松在毗邻主办方夏洛腾堡俱乐部名下的体育场边的一条小马路举行，首届参赛人数 256 人。柏林跑者哈拉斯以 2：44：53 夺得冠军。如今，这位老人依旧跑在柏林马拉松的赛道上。

1976 年，参赛人数 397 人。

1977年，柏林马拉松与德国全国马拉松锦标赛首次合并举行。克里斯塔·瓦伦西克夺得女子冠军，并创造了世界最好成绩：2：34：47。

1981年9月27日，柏林马拉松因首次进入西柏林而成为了特殊的日子。比赛起终点也因此改到了联邦议会广场和库尔菲尔斯滕州。

1985年，参赛人数首次过万，达到11814人。

1990年，又是一个更加特别的日子。9月30日，就在两德统一（10月3日）的3天前，第17届柏林马拉松突破一直被限制在西柏林的窘境，贯穿了整个柏林。当天，25000名跑者，很多都是眼含热泪跑过了勃兰登堡门。这一天，也是柏林马拉松确立自己世界最快马拉松地位的日子。澳大利亚选手斯蒂夫·莫内格蒂跑出了2：08：16的世界最快成绩。

1998年，第25届柏林马拉松，来自巴西的罗纳尔多·达·科斯塔成为黑马，以2：06：05创造了新的世界纪录，他也成为了第一位马拉松平均速度超过每小时20公里的人。

1999年，肯尼亚女子选手泰格拉·洛鲁佩跑出了2：20：43，女子马拉松世界纪录就此打破。

2001年,由于发生了震惊世界的"911"事件,跑者们在赛前打出了"United We Run"（团结一致，我们跑步）的横幅。悉尼奥运会冠军、日本明星高桥尚子以2：19：46的成绩打破女子世界纪录，成为第一个跑进220的女性。

2003年，保罗·泰基特以2：04：55的成绩获得男子冠军并创造新的世界纪录，同时成为第一个跑进2小时05分的人。

2004年，日本女将涉井阳子以2：19：41打破赛会纪录。

2005年，雅典奥运会冠军野口水木将纪录提升至2：19：12。

2007年，格布雷西拉西耶跑出了2：04：26，以缩短二十九秒的成绩打破世界纪录。

2008年，格布雷西拉西在非常有利的天气条件下，成为男子马拉松跑进2：04的第一人，创造了2：03：59的世界纪录。

2011年，肯尼亚人穆斯约基以2：03：25的新世界纪录卫冕冠军。

2013 年，威尔森·基普桑获得冠军并以 2：03：23 刷新世界纪录。

2014 年，肯尼亚人丹尼斯·基梅托成了世界上第一个跑进 2：03 的人，以 2：02：57 第 10 次打破世界纪录。

2015 年，柏林马拉松打出了"世界最快赛道上的马拉松节庆"的口号。

今年，各路豪杰尤其是基普桑、基普乔格、贝克勒都在虎视眈眈之中。5 月份，他们 3 人刚刚参加了 NIKE 公司组织的破二测试，最终，基普乔格以 2：00：25 的成绩获得冠军（这一纪录因不是在正式赛道不能被认定为世界纪录），平均时速 21 公里。

其后，我在骑车训练中，最高时速仅仅达到 17 公里（摩拜单车）。

难怪跑得快的人都被称为飞人：刘翔、博尔特、基普乔格。

没跑步之前，我只是觉得这些飞人跑得好快；跑步之后，我觉得这些飞人跑得好美。这些美，是灵动的美，是协调的美，是超越极限的美。

美，是人类得以传承的唯一元素，是不能消失的存在。

真正的美，是永恒的。虽然，它可能仅仅是极短的一瞬。如刘翔之跨栏，如博尔特之 100 米、200 米短跑，可能只是 10—20 秒之间。这也是我现在喜欢看马拉松的原因。两个多小时里，我可以坐在电视机前，泡一杯清茶，尽情地欣赏这些精英运动员创造的独特的运动之美；两个多小时里，这些精英们用他们的身体，在马拉松的赛道上，从起点开始，创作的 42.195 公里之长的动感之美、变幻之美、前进之美。

这是我糊里糊涂在 2014 年第一次跑马拉松时就感受到的。

能够创作这样的美，本身就是实力的证明。如梵高之《向日葵》、贝聿铭之"卢浮宫"。

想到这些，我为自己只能是个平凡的跑者也就甘心了。

人嘛，还是要给自己找些退路的。我不能是美的创造者，但可以是美的欣赏者。遗憾的是，我很快发现，在柏林，要做个美的欣赏者并不容易。

在柏林，最有名的景点之一就是柏林墙。中国跑者到了柏林，首先去的地方，十有八九会是柏林墙。柏林墙，到底是个什么所在？

柏林墙（Berlin Wall），也称反法西斯防卫墙，始建于 1961 年 8 月 13 日，完工于 1961 年 11 月 20 日，全长 169 公里，是民主德国（现德国由民主德国和联邦德国统一而成）在自己领土上围绕西柏林筑起的边防设施，目的是阻止民主德国和联邦德国之间人员的自由来往。柏林墙是德国分裂的象征，也是冷战的标志性建筑。

　　柏林墙建立之前，由于各种原因（工作、贸易、观光、团聚等），东西德国虽然制度不同，但人员交往还比较自由。没有想到的是，随着经济发展差距的日益扩大，大量的民主德国人士尤其是技术人员和劳动力开始逃往联邦德国，据估计这一数字将近三百五十万人，给民主德国的社会经济发展和稳定造成了重大不良影响。民主德国遂在苏联的支持下修建了柏林墙。

　　柏林墙建好以后，并没能阻止民主德国人逃亡，很多人还是在想方设法外逃。于是，柏林墙一再被加高，加上军事镇压，彻底打碎了一些人的梦想。但悲剧也因此产生。在现在唯一留有遗存的柏林墙对面，是柏林墙博物馆。博物馆里，有非常详细的有关柏林墙的影像资料。当我看到画面上由于柏林墙的存在造成亲人们只能痛苦地隔墙而望等一系列镜头时，深深地感到了历史的残酷与无情。

　　29 年之后，1990 年 6 月，民主德国政府决定拆除柏林墙。1990 年 10 月 3 日，两德实现统一。

　　美国总统约翰·肯尼迪说："自由是不可分割的，只要一人被奴役，所有的人都不自由。"

　　站在残留的、伸向天空的钢筋和黝黑的柏林墙边，我唯一的心愿，就是逃离。

　　这样的历史，还是让它留在故纸堆里吧。

　　然而，历史就在那里，现实也在那里。

　　现在的现实，就是组委会在柏林墙倒塌的那一刻，把柏林马拉松的赛道，穿过柏林墙、穿越了东西柏林！

　　我倒是希望，它能把马克思居住过的 7 个地点串联起来，这对我以及很

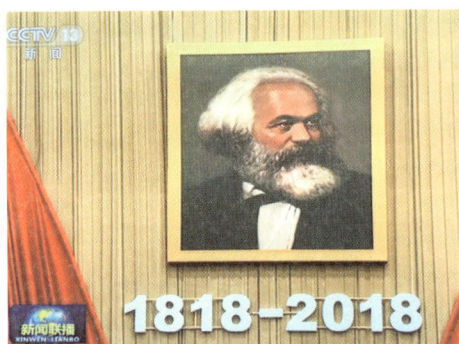

隆重纪念马克思诞辰200周年

多年轻人来说，似乎更有意义。

2016 年，一首名为《马克思是个九零后》的说唱歌曲突然流行，作者是媒体新人、北京大学毕业生卓丝娜。歌中唱道：

我对他的第一印象，在政治课
学了他的思想，只是为了及格
本打算过了就算，书再也不念
后来翻开却发现并不讨厌
人生总是充满意外
有一天我看到他的厉害
看到我的信仰别再问 why
别再看 magazine（杂志）我在看马克思
我出生在 1990s，
我就是你的 Bruno Mars（布洛诺·马尔斯）
但你是我的维纳斯（Venus），
我亲爱的马克思（Marx）
统治者说着乌托邦却不知自由该怎么写
你站出来说无产阶级的力量永远正不畏邪

不为了权不为了钱

但是为了信仰我们一往无前

（前进进　前进进）

Cause we both won't give up till we die

Cause we both won't give up till we die（到死也不会放弃）

像叶孤舟行在山丘

那样地为真理争斗

像他一样嫉恶如仇

像他一样不屑权谋

马克思是个九零后

作为曾被评为一千年以来对人类文明进程影响最大的人物，作为"世界公民"（马克思流亡期间的自嘲语）的马克思，在世界思想史上有着独特的地位。他不仅开创了推动中国革命的马克思主义，在西方同样留下了深深的烙印。法国存在主义大师萨特说，"马克思主义是不可超越的哲学"；英国学者戈兰·泰尔博恩说，"在我们的时代，任何思想家的影响都不能与马克思相比，马克思的重要性是无与伦比的"。

而马克思说："伟人之所以伟大，是因为我们都跪着。"

马克思与柏林的关系源于他的父亲。马克思年轻时，喜欢写诗。有一天，他把自己写的诗歌邮寄给他在老家特里尔当律师的父亲。父亲看了以后告诉他，诗歌不是他的本行，他不能在波恩大学这样下去，他必须让他的母亲安下心来，转到柏林洪堡大学学习法律，子承父业。就这样，十八岁的马克思坐了5天马车，于1836年10月抵达柏林。马克思在柏林生活了五年时间直至1841年5月。在柏林，马克思没有学习法律而是转向哲学，并获得了哲学专业的博士学位。之后不久，马克思开创了他的思想大厦，提出了辩证唯物主义学说。1847年11月，马克思与恩格斯一起，应邀写出了对世界革命影响至深的《共产党宣言》。

马克思在洪堡大学读书时，不知何故，经常搬家，五年中住了七个地方，分别是：米特尔大街 61 号、莫伦大街 17 号、老雅各布大街 50 号、路易森大街 45 号、沙里泰大街 10 号、马克格拉劳大街 59 号和许岑大街 68 号。

马克思说："劳动创造了美。"难道他是把搬家当作劳动了吗？

也是，"这里有玫瑰花，就在这里跳舞吧"。

马克思又说道："青春的光辉，理想的钥匙，生命的意义，乃至人类的生存、发展，全包含在这两个字之中：奋斗！只有奋斗，才能治愈过去的创伤；只有奋斗，才是我们民族的希望和光明所在。"

何止是"我们民族的希望和光明所在"？以马克思为代表的这些犹太人所作出的奋斗，同样是这个世界的希望和光明所在！这些犹太人是：犹太教创始人摩西、基督教创始人耶稣、音乐家门德尔松、哲学家维特根斯坦、美国前国务卿基辛格、艺术家毕加索、华尔街缔造者 J.P. 摩根、美联储前主席格林斯潘、股神巴菲特、Facebook 创始人扎克伯格……他们创造的光明及给人类带来的希望，始终是我们前行之生生不息的动力源泉。

当上帝给犹太人赐名以色列（lsreal，意指与上帝搏斗）时，可曾想到今日之群星灿烂？

"唯有爱情和咳嗽无法掩饰。"马克思还应该说，"作为犹太人的才华无法掩饰。"

显然，马克思谦虚了。或者说，马克思也不是谦虚了，他只是不想过去而已。

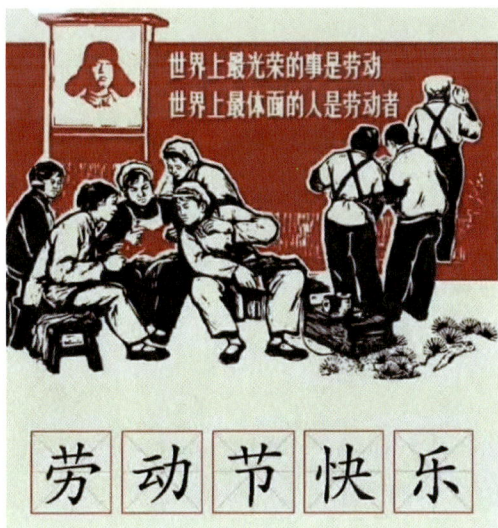

马克思和燕妮

"任何时候，我也不会满足，越是多读书，就越是深刻地感到不满足，越感到自己知识贫乏。""在科学上，没有平坦的大道，只有不畏劳苦沿着陡峭山路攀登的人，才有希望到达光辉的顶点。"所以，与其"后悔过去，不如奋斗将来"！身为贵族的燕妮，一定也是被马克思的这些特质所吸引，才义无反顾地摆脱家庭的束缚，嫁给了大胆说"我爱你"（Ichliebe dich）而她非要倒着说"你真逗"（Ichhabe dich lieb）且比她小四岁的这位卡尔·马克思的吧。

不过这位贵族小姐倒也真能跑。当马克思被普鲁士政府驱逐、被法国政府驱逐、被比利时政府驱逐，而不得不到处奔逃时，燕妮小姐始终紧随其后，不离不弃，直至跨越波澜起伏的英吉利海峡，来到伦敦。

如果当时就有六大马，他们是不是也很快可以完赛？

9月24日，来到了柏林马拉松开跑的日子。一大早，起点处霏霏细雨中，照例已经是热闹非凡。好在柏林马拉松的起终点都位于著名的勃兰登堡门所在的德国第三大、柏林第二大城市公园——蒂尔加腾公园，所以并没有感觉特别拥挤。当我和谢红及跑友到达我们所在的第三区时，赛道上已等满了跃跃欲试的选手。赛道的前方，是一个巨大的液晶显示屏，显示屏上不停地滚动播放着历届柏林马以及男女精英选手们的精彩瞬间。看着屏幕，我站在绿树成荫的菩提树大街，心里恍恍惚惚地觉得有点不可思议：我居然来到了世界最快赛道，我今天要和基普桑、基普乔格、贝克勒同场竞技！这时，阴冷的雨丝在我，是那样的滋润甜蜜。北马后的疲劳，也随着这雨丝悄没声地溜得没了踪影。

　　发令枪响后一个小时，9：45，我们第三组出发。脱掉雨披，我们慢慢地向前跑去。谢红第一次跑背靠背，又是跨国跑，我准备一直陪着她。我们慢慢地向前跑去。但可能是心理影响吧，虽然我们配速控制在7分钟，但感觉似乎是要比其他地方快些。不愧是世界最快赛道。我问谢红怎么样，她说："可以的。"她说："我没问题的，要不你先跑吧，你去创PB。"我说："那没必要，我还是陪你跑，你第一个背靠背，又在国外，天气又不好。"就这样我们慢慢跑着，第一次到柏林的我们，慢慢地跑着，随着人流，体验着柏林这座矛盾的城市。

　　胜利纪念柱过了，夏洛腾堡宫过了，军械库过了，亚历山大广场过了……不知不觉中，我越跑越轻松起来。30公里处，天又下起雨来，气温迅速下降，刚有点热气的身上，一沾上雨水，冷得浑身哆嗦。38公里处，来到了新柏林的商业区——波茨坦广场。看着一幢幢漂亮的建筑，我不知道二战期间杜鲁门、丘吉尔、蒋介石在柏林近郊的波茨坦签订敦促日本无条件投降的《波茨坦公告》时，勃兰登堡门已被苏军插上红旗的柏林，该是何等的苍凉。如今，已是另一番景象了。赛道两旁，都是观众，这些观众好像德国大选与他们无关似的（赛事当天是德国大选日，默克尔第四次当选德国总理），看着奔跑的选手，兴奋而又激动。

　　有的中国观众，看到脖子上扎着国旗的我，都很骄傲地喊着"中国、中国"。"中国、中国"的呐喊，让我没有了在异国他乡的感觉。柏林马的中国元素：中国广告（万达、TCL）、中国跑者（600多位）、中国观众，已经浑然成了一体。只可惜，贝克勒听不到了，他在20公里处退赛了！基普桑听不到了，他在35公里处退赛了！基普乔格也听不到了，他以比世界纪录慢 32 秒的 2∶03∶25 的成绩跑完了。

纪录，是用来打破的；风景，是用来欣赏的；而自豪，是用来感受的。

赛后，我和谢红去打印成绩证书，排在长长的队伍后面，忽然听到有人说，中国选手有专门的窗口，不需要排队。我将信将疑地对谢红说，我去看看。果然，"中国选手成绩打印处"几个大字赫然映入眼帘。打印室内，两个年轻的德国人在帮中国选手仔细地打印着成绩。拿好成绩证书，看着还在排着长队等待打印的各国选手，我和当年在德国学业已成的朱德一样，心里一声呐喊：回家啰！

大事记：

1. 2018 年 9 月 16 日，基普乔格在柏林马拉松以 2∶01∶39 的成绩，打破世界纪录夺得冠军。

2. 2019 年 9 月 29 日，三十七岁老将贝克勒在柏林马拉松以 2∶01∶41 的成绩夺得冠军。

2018年跑马记

坚强的力量

谁愿意记得这个日子呢？2008 年 5 月 12 日。

谁会忘记这个日子呢？2008 年 5 月 12 日。

2008 年 5 月 12 日，汶川大地震的日子。

纪念汶川大地震

2008 年 5 月 12 日下午，我正在陆家嘴的会议室开会。2 点多钟，突然觉得头晕晕的，我想终究年纪慢慢大了，中午不休息就容易觉得乏。这时，与会的人都感觉到楼有点晃，窗帘的拉绳也开始左右荡了起来。地震了！从小就经历过多次地震的我迅速反应过来。但知识和经验告诉我，这时不能慌张，也没必要慌张。因为 1976 年 7 月 28 日唐山大地震以后，大楼的抗震强度全都定在了 8 级以上，一般的地震不会对建筑物造成如倒塌等实质性的危害，再说，现在也没有弄清楚情况，盲目慌乱反而会造成不必要的伤害。于是，我安抚大家先不要动。过一会儿，大楼又开始晃了起来，这时，大楼保安来了，说是地震了，希望大家马上撤离。我在叮嘱大家一定不能乘电梯、一定要走楼梯后，就随着楼道里急促的人流从 10 楼下来了。

走出大门一看，陆家嘴中心绿地上，乱糟糟的全是人；周围，还有大量的人流涌来。大家的神情，不安中带着疑惑；很多人，都在抬头看着周边密密麻麻的建筑；还有很多人，在不停地拨打电话。我也拿出手机，给正在北京的谢红打电话，想问一下那边的情况，但如其他人一般，电话始终拨不出去。

脚下，大地如波浪般在涌动。

十三岁时，我的老家发生地震，正在黄昏下扫地的我，感到的是同样的情景。

过了好一会儿，电话恢复了。中心绿地上，一个个电话忙不迭地通了起来，嘈杂声顿时响成了一片。

有人告知，是四川地震了，但具体情形不知。

四川地震？四川那么远，地震怎么会影响到上海？那得是多大的地震啊！我的心揪了起来，急切地想多了解一些情况，然而，所有的新闻都是空白。

事发得太突然了！

下午五六点钟，新闻出来了，是四川省汶川县发生地震，震级 8 级，震源 20 千米，震中汶川县映秀镇。

汶川县？汶川在哪里？打开地图一查，汶川是四川省中北部的一个县，离都江堰70公里；映秀，离都江堰仅仅40公里。

晚上7点，急急地坐在电视机前看《新闻联播》。画面上，这场新中国成立以来影响最广的地震，已对汶川及周边的北川、茂县、理塘、马尔康等12个县市造成巨大的损失，大量房屋已被损毁。

事后统计，此次地震共造成69227死亡，374643人受伤，17923人失踪。直接经济损失8452亿元，占四川2006年全省GDP的96.6%。

当晚，时任国务院总理温家宝立即奔赴灾区，组织抗震救灾。

这场突如其来的地震，马上把全国人民的目光从即将于8月8日首次在中国北京举办的奥运会，转移到了地震上。在四川天府之国松软的地质上发生的这场强震及其后频繁发生的高强度余震，把震区的道路全破坏或堵住了，唐家山水库等大量的堰塞湖在不断形成，随时都有决堤的危险。震区的百姓，衣、食全部没有来源，压在墙下的生命，得不到及时的救治。国家迅速组织起来的几十万抗震救灾人员，以及大量设备，却因道路不通无法进入灾区！每天看着电视，《新闻联播》中专门辟出的"汶川特大地震"专题报道，让每一个中国人的心，越来越痛苦起来。

一方有难，八方支援。全中国人民迅速凝聚起一股强大的力量，志愿者一拨一拨地向灾区挺进，解放军战士则如猛虎下山，急速地奔向灾区，企业个人不停地捐款捐物，所有的新闻媒体，都开通了捐赠热线。在广州，曾发生过一件非常感人的事情：一个双腿残疾的乞丐来到捐赠台前，就在人们以为他只是路过之时，他却拿出100元钱，塞进了捐赠箱！记者问他为何要捐赠，他说，相比灾区人民，我还有口饭吃。

每天，都有灾民在不断地被救出；每天，都有感人的故事在发生。

老婆：明天我要带领突击队到小龙潭执行援救任务。如果我牺牲了，不要难过，将来等我们的孩子长大了，告诉他（她），他（她）的父亲是一名军人！照顾好父母，保重！你的老公，2008.5.20。

什邡市蓥华镇中学老校长康玉龙说：只要还有一个学生没有救出来，我就不会撤离现场。

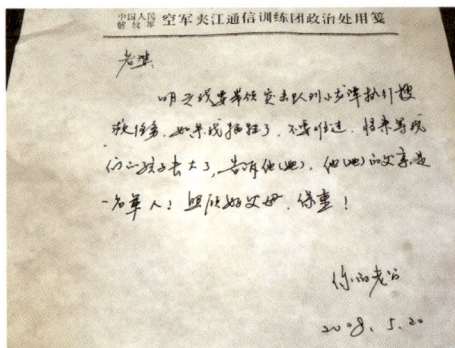

博物馆实物

参观建川博物馆

　　为了救同学受了重伤的成都温江区玉石乡实验小学学生陈浩说：要是再遇到这样的事，我还会做的。因为能救而不救，我肯定会感到惭愧的。

　　曲山小学五年级三班的李月小姑娘，自己右腿被石头卡住了，却对准备营救她的人说：别管我，先救下面的同学。

　　绵竹市汉旺镇高二学生张明建对同在废墟下的同学苟科说：苟科，你活着出去以后，转告我爸妈，我这辈子做不成他们的儿子了，只好下辈子再做。

　　都江堰一处民宅中，一名已经死亡的女子双膝跪地，双手托地用力支撑着身体，身下，是她三个多月大的孩子。死者的手机里，是她写的短信：亲爱的宝贝，如果你能活着，一定要记住，妈妈爱你！

　　……

　　一晃，十年过去了。十年不短，但国人对于地震的记忆，宛如就在昨天。人们不愿意想及，却又难以忘却。

　　5月13日，汶川要在映秀举办一场半程马拉松，以此来彰示一个新汶川的开始。

　　看到这一消息，我立马拉了几个跑友报了名。

　　5月11日晚上，我来到了成都。

　　第二天，是5月12日。映秀，正在举行地震10周年大型纪念活动，高速公路都封闭了，要下午5点才能通车。于是，我折向成都西北，在再一次祭奠余旭之后，来到了四川省大邑县安仁镇。

安仁，中国博物馆小镇。这个偏僻的地方能够成为中国唯一的博物馆小镇，除了1958年就已被国家定名为博物馆的20世纪中国无人不知、无人不晓的大地主刘文彩故居外，还因为一个人，一个非常人的人：樊建川，以及他徒手创办的中国最大的博物馆群落：建川博物馆。

樊建川，宜宾人，1957年出生，父母都是军人。樊建川自小就不是一个安分的人，经常会参与打架斗殴等事情。他的父亲很有意思，只要儿子打架打赢了，就会给他奖励，奖品也很独特——白酒。父亲给他讲的最多的一句话是：有气是人，无气是尸，人活着就是为了一口气。这意思倒是和《一代宗师》中的师父给咏春拳创始人叶问戴上腰带时说的那样：一根腰带一口气。

为了一口气的樊建川，处处表现出了他的与众不同：在部队，是特等射手；国家恢复高考，他是全军80个报考人中唯一被录取的；毕业不久，被选拔为宜宾市常务副市长；正当大家公认他仕途一片光明之时，他却选择了辞职，下海并注册成立了"建川房屋开发有限公司"，理由是：工资太低。正当中国房地产市场蓬勃兴起之时，2005年，抗战胜利60周年之际，他又做出了一个惊人的决定：开博物馆。不可思议的是，9个月后，反映中共抗战的"中流砥柱"等5个馆开出了。至今，建川博物馆群落已经建起了30个不同主题的博物馆。

樊建川说，他建博物馆的宗旨是：为了和平，收藏战争；为了未来，收藏教训；为了安宁，收藏灾难；为了传承，收藏民俗。

自从我知道这个博物馆后，我曾多次来到这里，多次走进同一个馆：汶川地震博物馆。

博物馆里，随着脚步的移动，5月12日、5月13日、5月14日……一直到6月30日，每一天，汶川地震造成的破坏、伤亡及全国乃至全世界人民一起，共同抗震救灾的画面被清晰地展现了出来。每次，我从一幅幅图像前走过，都会被生命的脆弱和挣扎所震撼，被灾区人们的真情所感动，被300万救灾人士的无私无畏所折服。尤其是不忍卒睹那惨烈的一幕幕，看着它，每一次心灵都会像被什么东西撞击了一般，无比疼痛。这疼痛的心，仿佛在流着无助的血—— 这血，只能化作了泪。含着泪，模糊的眼睛看着墙上的一幅幅照片，盼望着何时我们能够挽狂澜于既倒。

博物馆里，有这样两首诗，读着它，每一个人都会心如刀绞：

汶川，挺住

在电视里

看到汶川的一棵树

我会默默地对它说：挺住

看到半堵墙

我会默默地对它说：挺住

看到一面欲哭无泪的山坡

甚至一道恐怖的裂痕

我也会默默祈愿它：挺住

像一个顽固的守旧派

我在心底千百次地祝福

汶川，挺住

可是不争气的泪水

却一次又一次地掏空

我内心的领土

妈妈别哭

妈妈别哭

我现在已没有痛苦

不用再看我

你一辈子也会记住

妈妈别哭

我不能陪你走今后的路

这么多人陪我我不会孤独

却担心你悲痛地泪流如注

我多么希望你能幸福

我多想长大了孝敬父母

我真的不想

早走这一步

妈妈别哭

别再抱着我幼小的身躯

请给我换上爱穿的衣服

拿来我爱读的书

假如天堂里还有学府

我会在梦中告诉你

考试的分数

妈妈别哭

泪水掀不起压我的混凝土

只要妈妈你还活着

就是上天对我们的眷顾

因为有你

每年清明那小坟上

会多一锹土

下午 6 点不到，我们来到了映秀镇，住进了周大姐家的客栈。安顿好行李，我们便问周大姐怎么去今天纪念活动的地方。周大姐说，我带你们去。路上，我跟周大姐说，你们现在住得很好。她说，

庄重的起跑仪式

漩口中学遗址

是的，都是政府盖的，每平方米 770 元，但政府有补助，自己基本上没拿出多少钱。周大姐又说，她家两个女儿，刚刚看到的是小女儿，她的一条胳膊在地震中没有了；大女儿在政府部门工作，她的儿子在地震中没了。讲到这里，周大姐哽咽地讲不下去了，我也难过地不敢再听，便把话题岔了开去。再走了一会儿，周大姐说，到了。我抬头一看，原来就是在漩口中学。

学校的门头，是鲜艳的五星红旗下，黑色的"四川汶川特大地震漩口中学遗址"几个大字。

走进校门，是倒塌的校舍和已经成为标志的永远定格在 14∶28∶04 的一面大钟。这钟，曾经多少次忠实地提醒着可爱的孩子们，放学了，可以回家了。可是，2008 年 5 月 12 日，它却没能及时提醒：孩子们，地震到来了，快快奔出教室！

而今，它与楼房下孩子们的青春，都留在了那天下午的 2 点 28 分 04 秒。

难道，难道席慕蓉的《青春》，写的是你们吗，亲爱的孩子们？

所有的结局都已写好

所有的泪水也都已启程

却忽然忘了是怎样的一个开始

在那个古老的不再回来的夏日

无论我如何去追索

年轻的你只如云影掠过

而你微笑的面容极浅极淡

逐渐隐没在日落后的群岚

遂翻开那发黄的扉页

命运将它装订得极为拙劣

含着泪 我一读再读

却不得不承认

青春 是一本太仓促的书

　　在沉重的人流中，走出已经成为特别旅游区的漩口中学遗址，不复平静的心让大家不忍多待一秒，于是，我们便赶往这次比赛的终点——水磨古镇吃饭，那里，来自昆明的谢志萍校友在等我。

　　一到古镇，谢志萍就把我介绍给她的一个叫石头的伙伴，并说，石头是昆明军区十级医师，地震时不顾生病的老人和幼小的女儿，主动请缨，参与了抗震救灾工作，是抗震救灾一级英模获得者。我看着瘦小的石头，脑子里与一级英模有点对不上号，就笑了笑，算是打了招呼。谁知石头一听说我，却热情得不得了，说早就从谢师姐那里听说我了，并看过我写的《跑马记》，然后夸张地说：我好喜欢看你的文章哦，文字特别美。我有点不适应石头这样夸张的表达，只是礼节性地说："是吗？"

新家门口的周大姐

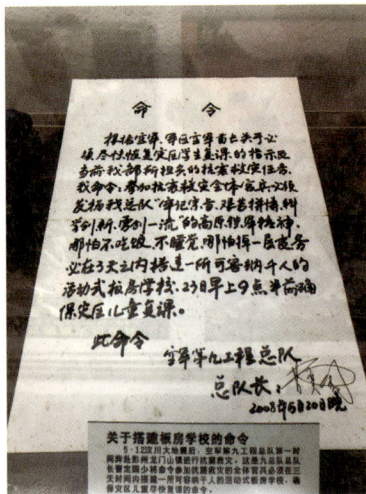

命令

吃饭时，志萍问我准备怎么跑。我说："我与伙伴们说好了，慢慢跑，准备跑2：28：04，以纪念汶川地震10周年。"

吃完饭回到周大姐家，周大姐还没有休息，我便与她聊起了家常。周大姐说，她儿子在都江堰跑运输，孙子跟着爸爸，在都江堰的一所私立中学读书，她老伴在都江堰照顾他父子俩。我一听周大姐的孙子在私立中学读书，心里立即咯噔了一下，就问为何要去那里读书，而且是私立中学。周大姐说："那里教育质量好哎，我们都觉得大人辛苦点没关系，但孩子一定要读好书。"听着周大姐轻轻的话语，看着周大姐平静的脸庞，我寻找着合适的语言，却发现脑中一片空白。我只能假装随意地问道，孙子书读得怎样？周大姐说："好哎，全校500多个学生，排在90多名。"我又小心翼翼地问："那一年要多少钱呢？"周大姐说："一年要5万多元。""5万多？"我吃惊地说道："那儿子媳妇赚的钱只够孙子读书了。"周大姐没有直接回答，而是说："我也会贴一点给他们，我一个月有1000多块钱的。"看着才六十多岁却心如止水一般的周大姐，听着她娓娓道来的话语，脑子里映现着倒塌了的漩口中学遗址，我突然浑身不自在起来，我不知道自己能做点什么，怎么做，为了汶川，为了汶川的孩子们！

我想起在汶川地震博物馆，有这样一纸——5月20日晚由空军第九工程总队总队长签发的命令："根据空军、军区空军首长关于必须尽快恢复灾区学生复课的指示及当前我部所担负的抗震救灾任务，我命令：参加抗震救灾全体官兵必须发扬我总队'牢记宗旨、艰苦拼搏、科学创新、勇创一流'的高原铁军精神，哪怕不吃饭，不睡觉，哪怕掉一层皮，务必在三天之内搭建一所可容纳千人的活动板房学校，23日早上9点半前确保灾区儿童复课。此命令。"

复课以后的孩子，似乎没有经历过如此惨重的地震一般，在废墟中开心地蹦了起来，脸上，纯洁得让人以为是在天堂。

7月3日，被推迟了的高考恢复举行。绵竹东汽中学的教室里，虽然仅有四个同学，他们却始终认真地在参加考试。他们，暂时地忘记了内心的痛苦和室外的危险。

对知识的渴望，让灾区人民变得如此坚强，即使身在炼狱，心却在天堂。

13日早上5点多起来，周大姐的儿媳妇推着她们藏族同胞的围巾、天珠等工艺品，准备去摆摊。我问周大姐儿媳妇一天能赚100块钱吗？周大姐说："赚不到哎，现在来的人少，卖货的人多。"我安慰她说："今天有马拉松，来的人多，今天生意一定好。"周大姐说："不晓得哎。"

8点多，我们出发向起点走去。阳光下，映秀已是一个小城镇的模样了。整洁的街道两旁，是一排排如周大姐家一样簇新的广东援建的楼房。这楼房，抗震强度可以达到八级。当年，地震发生以后，国家在抗震救灾

彭州市龙门山镇九年制
学校地震后第一天复课
同学高兴异常。　田捷砚/摄

复课后的孩子们

外国跑者

主席台

爱立方雕塑

的同时，也动员地方力量迅速布置了对口援建工作，共有21个省市自治区实施了对口支援，使灾区人民早日走出了地震的阴影，过上了安静的生活。

正如汶川县委书记、藏族干部张通荣在汶川马拉松起跑仪式上致辞时说的那样，汶川，在全国人民的支持下，在汶川人民的努力下，已经成为全球灾后重建的典范，已经成为了一个新汶川。

《汶川地震灾后恢复重建对口支援方案》：

1. 山东省——四川省北川县
2. 广东省——四川省汶川县
3. 浙江省——四川省青川县
4. 江苏省——四川省绵竹市
5. 北京市——四川省什邡市
6. 上海市——四川省都江堰市
7. 河北省——四川省平武县
8. 辽宁省——四川省安县
9. 河南省——四川省江油市
10. 福建省——四川省彭州市
11. 山西省——四川省茂县
12. 湖南省——四川省理县
13. 吉林省——四川省黑水县
14. 安徽省——四川省松潘县
15. 江西省——四川省小金县
16. 湖北省——四川省汉源县

17. 重庆市——四川省崇州市

18. 黑龙江省——四川省剑阁县

19. 广东省（主要由深圳市）——甘肃省受灾严重地区

20. 天津市——陕西省受灾严重地区

听着张书记坚定有力的话语，看着"爱立方"的精美雕塑，我欣慰地想：汶川，挺住了！中国，挺住了！

起跑前，组委会特意安排的由石头等组成的"中国力量跑团"，在雄壮的国歌声中，举行了隆重的升国旗仪式。广场上的每一个人，面对冉冉升起的国旗，都在用心底的声音唱着："起来，不愿做奴隶的人们，把我们的血肉，筑成我们新的长城……"从未有过的雄壮！从未有过的激越！从未有过的感动！从未有过的力量！这歌声，让来到汶川本就止不住的泪水，流淌在每一个人的脸上。我旁边的两个当地女孩，从来没有跑过步，为了表达对汶川大地震的哀思之情，也来参加这首届汶川马拉松。跑前还神情轻松、俏皮可爱的女孩，此刻已经成为了泪人！哭吧，尽情地哭吧。哭不是错，在汶川，哭，是一种爱，是大爱。

在跑港百时，因路上的时间较长，我就想一些问题。其中的一个问题是，为何四大文明只有中华文明能够得以传承？为何受尽苦难的中华民族，能够得以生生不息并能够重铸辉煌？我想，这主要是中华民族，是有大爱的民族，中国人民，是有大爱的人民！我们有爱，且愿意付出爱；我们会爱，也愿意接受爱！爱，能够让人幸福，能够让人充满智慧和力量；爱，能够让世界安宁，能够让世界获得新生、赢得未来。

爱因斯坦不是说过嘛："有一种无穷无尽的力量源，迄今为止科学都没有对它找到一个合理的解释。这是一种生命力，包含并统领所有其他的一切。而且在任何宇宙的运行现象之后，甚至还没有被我们定义。这种生命力叫'爱'。"

十年前的汶川和十年来的汶川，我想，对于"爱"，肯定是有不一样的理解的吧：对于强大祖国的爱、对于血肉同胞的爱！

感恩墙

居民新居

是的，是有不一样的理解。到了汶川，我也有更不一样的理解。

我理解了，2008 年 5 月 14 日，地震刚刚发生两天，抢险人员还只是刚刚进入地震灾区之时，一个老奶奶站在路边，举着的是"谢谢了"……

我理解了，漩口中学遗址对面的墙上，刻着的是《感恩的心》：我来自偶然，像一颗尘土，有谁看出我的脆弱……

我理解了，映秀镇家家户户的屋顶上，都高高地插着五星红旗……

我理解了，为何有人会写出《映秀花开了》这样的催人泪下的歌……

赛道旁，英勇的人民解放军战士排成一排，站在那里，如雕塑一般，一动不动。那优美的仪态，像一道风景，不，他们就是一道风景，一道独特的风景。他们的军装，摄人心魄；他们的脸上，镇静执著。他们为何那么镇静？他们为何没有泪水？他们没有看到大家都在哭吗？难道他们不感动吗？不，不，不是的。他们怎么可能没看到！他们怎么可能不感动！他们怎么可能不想到，10 年前还是孩子的他们，或许也正在这里，与他们的亲友，生离死别！但他们今天不是来哭的，正如十年前想尽办法也无法进入灾区，最后只能在气象条件十分恶劣的情况下从近 5000 米高空强行跳伞深入灾区救援的十五个战士不能哭一样。他们在用他们的不哭，换来父老乡亲和跑者的哭。

向战士们敬礼吧，像当年才三岁的小郎峥一样，向解放军战士们敬个礼！

汶川马拉松的路，就是当地人民平常的交通要道。这路，蜿蜒着通向大山深处。路的左边，岷江日夜不息地隆隆而下；右边，高山郁郁葱葱地巍然而立。轰鸣而下的岷江啊，你是在逃避还是哭泣？隐于树下的高山啊，你是在忏悔还是哀思？3公里处，到了百花大桥遗址。2008年，抢险人员刚刚越过此桥，大桥就被地震引发的泥石流冲塌了，石头也在其中！

我在人群中慢慢跑着，心里一边想着当年的地震，一边看着今日的汶川，慢慢地跑着。这时，一位姓王的男子跑到了我身边，和我聊了起来："听你刚在讲从上海来？""是的。""专门过来跑步？""是的。"从聊天中得知，这位王先生也是1965年生人，平常喜欢打乒乓球，这是他第一次参加马拉松跑。他说，他是当地人，家人在地震中没有受到伤害，但汶川当时的损失太大了。他说昨天，他们组织大家一起，跑了5.12公里。然后他说，他是汶川地震亲历者、抗震救灾参与者、重建成果享有者。我一听他讲出这样三句话，就说："你这三句话讲得好，你是领导吧？"他说："不是，我是行政人员。"我们一起跑了一会儿，就分开了。路旁，是举着标语、敲锣打鼓为跑者加油的汶川人民。

一会儿，一对恋人追了上来，那个先生，紧紧地拉着他心爱人的手，生怕她丢了似的，

坚毅的战士

热情的人民

一起跑着。姑娘，你也要抓住他，不能让他丢了哦。十年前，一个姑娘就是一不小心就把男友弄丢了的。当年，她在火车站送放暑假的男友回家，绵阳老家。临行前，男友调皮地问：要不要跟我回去见见家长？姑娘害羞地说，下次吧。谁知，地震来了，这一别竟是永诀。下次，没有再来。此后，每年的此刻，姑娘都要来到绵阳，寻找她在地震中失踪的男友。今年，在姑娘再一次来到绵阳离开时，她跟初恋男友的父母说："对不起，我要跟别人结婚了。"老人家似哭又笑地看着姑娘说："是我们家没有福气，你们小两口以后好好过。"

　　10公里处，漩口镇到了。漩口镇也是在地震中受灾特别重的镇，镇口聚集了好多在新鲜地看马拉松的百姓，前方竖着一块牌子，牌子上写着："漩口隧道，默语路段"。道路的右边，放着一张桌子，桌子上摆满了金黄色的花。

亲密的伴侣

静默的隧道

隧道中的标语

沉重的完赛者

　　我拿了一朵，向隧道跑去。隧道口安放着几个花篮，跑友们纷纷把手中的花，插在了花篮上；花篮前是一张桌子，桌子上是汶川地震时无处不在的用蜡烛点成的代表着与灾区人民"心心相印""心连心"的心形图案。

　　隧道里，大家都自觉地沉默下来，跑动的脚步瞬间轻了许多。隧道的墙上，"身后有力量，前方有希望""我们永远在一起"等横幅挂在那里，给予生命以新的赞歌。

　　跑出 1.6 公里长的隧道，路边人群里，一个妈妈抱着她心爱的孩子，妈妈的妈妈，在为他们打着伞，孩子在妈妈的怀里熟睡着，幸福甜蜜地熟睡着。我经妈妈们同意后，给他们拍了一张照。我希望，孩子能够在他想睡的时候，可以一直在妈妈的怀里沉睡，不要有异样的声音，把他吵醒。

　　远远地，是墙上刻着的"大爱无疆"四个大字——水磨古镇到了。

　　穿过古镇老街，就是阿坝师范学院，那里是终点。我一看时间，前面有点慢了，跑 2：28：04 有点紧张了，便不顾两旁热情的呼喊，加速跑去。冲过终点，手机上显示 2：29：52。我重重地打了一下自己，但转而一想，还是 2：29：52 好。

　　这是因为，14 点 28 分 04 秒，这个时刻，不该再来。

附：

映秀花开了

一个阳光的午后
走在爱立方的路口
看见幸运草在微笑点头
告诉快乐就是手牵手
许多远方的朋友
千里迢迢来到了映秀
看见了百合花在微笑点头
感受着爱的幸福温暖依旧
映秀花开了
歌儿响起了
人间大爱的地方
洒满真情和阳光
映秀花开了
鸟儿飞来了
山清水秀的地方
充满生机和希望
许多远方的朋友
千里迢迢来到了映秀
看见了百合花在微笑点头
感受着爱的幸福温暖依旧
映秀花开了
歌儿响起了
人间大爱的地方
洒满真情和阳光

映秀花开了

鸟儿飞来了

山清水秀的地方

充满生机和希望

映秀花开了

歌儿响起了

人间大爱的地方

洒满真情和阳光

映秀花开了

鸟儿飞来了

山清水秀的地方

充满生机和希望

港百记

"先生，麻烦让个座。"

冲过终点，我刚坐在唯一空着的小凳子上，便听到一个女声亲切地说道。抬头一看，是一个志愿者，正扶着一位穿着赛服的老者在找地方休息。只听志愿者善解人意地说道："他是本届赛事年纪最大的参赛者，七十六岁了，刚刚完赛。"还没听他讲完，我便已经站了起来，让座给大爷。大爷是韩国人，名叫 Seongjae park，他以 22 小时 05 分 27 秒（比我还快十分钟）的成绩完成了 2018 年 UTMB（Ultra-Trail Du Mont-Blanc 环勃朗峰耐力赛）第一站——香港 100 公里越野赛，在官方公布的本届 1999 名参赛选手中，男子排名第 727 名，总排名第 901 名！老人家因此获得了 2018 香港 100Megagrip 特别奖的"最大年龄完赛者奖"。

老人家微微佝偻着背，慢慢地坐了下去。

看着他从容不迫的神情，我顿觉惭愧地想：还好我完赛了。

因为，这是一场我没有跑就想放弃的比赛。

港百（HK100），全称香港 100 公里越野赛，由吴秀华（Janet）和 Steve Brammar 夫妇创办于 2011 年。创办这一赛事的初衷，用身为律师的吴秀华的话讲，"只是为了给香港本地跑者提供一个探索自我、感受香港的机会"。然而，比赛开办以来，由于香港独特的地理位置、经济优势以及赛事组织等多方面的原因，其影响力呈爆发之势。参赛人数从第一届的 185 人，增长到了 2018 年的 1999 人，报名人数则超过了 4000 人。这 1999 人，分别来自 60

参赛国

参赛人数变化

个不同的国家。

每年港百的比赛，为避免拥挤，选手可以根据自己的成绩，选择在 A、B 或 C 组出发。A 组的出发时间为早上 8 点，B 组为 8：08，C 组为 8：15，出发地点为西贡半岛的北潭涌。比赛全程共设有 9 个补给点（检查点），分别为东坝（East Dam，累计路程 11 公里）、咸田湾（Ham Tin，累计路程 21 公里）、黄石（Wong Shek，累计路程 28 公里）、海下（Hoi Ha，累计路程 36 公里）、榕树澳（Yung Shue O，累计路程 45 公里）、企岭下（Kei Ling Ha，累计路程 56 公里）、基维尔训练营（Gilwell Camp，累计路程 65 公里）、笔架山（Beacon Hill，累计路程 73 公里）、城门水塘（Shing Man Dam，累计路程 83 公里）、铅矿坳（Lead Mine Pass，累计路程 90 公里），直至终点——大帽山扶轮公园，累计路程 100 公里。港百赛道远离市区，其主线是麦理浩径（大约有 60 公里），沿途共经过 8 个郊野公园和风景区，主要是在山间穿行，有山径、沙滩，有农舍、平地，但更有连绵起伏的山丘，如鸡公山、狮子山、针山、草山、大帽山这样的名山，全程累计爬升 5200 米，关门时间 30 个小时。

港百另一吸引人的地方，是它设计了小金人制度。赛事规定，凡在 16 小时以内完赛者，可以获得小金人；20 小时以内完赛者，可以获得小银人；24 小时以内完赛者，可以获得小铜人。所有 30 小时以内的完赛者，都可以得到 5 个越野积分。

想到奥斯卡金像奖颁奖仪式上手捧小金人的明星们，跑者的心里都是痒痒的。

对于这一被称为越野界入门级的赛事，听了众多大咖们热情洋溢的推介，自己的心里也是痒痒的。但毕竟是 100 公里，需要通宵连续不断地跑，对于我这样的年龄，又缺少越野经验的人来说，则始终下不了决心。

我只是作为一个跑者，密切地关注着，关注着这港百的赛道。

2015 年，大陆选手横空出世，闫龙飞以 9 小时 52 分破赛道纪录的成绩，首获冠军。

2016 年，闫龙飞一路领先，但在最后时刻，他却跑错了道，最终以 9 小时 37 分的成绩获得第二名，第一名被同为 Solomon 国际队队员的法国选手 Francois D'Haene 获得，成绩为 9 小时 32 分 26 秒。这一成绩也创造了新的港百纪录。女子冠军首次由中国选手东丽获得，成绩为 12 小时 05 分 32 秒，这一成绩比 2015 年整整提高了 34 分钟。

2017 年，冠军被中国越野跑界头号业余选手运艳桥获得。运艳桥在全球诸多高手如 Sage Canaday、Tim Tollefson 等几乎悉数光临的情况下，克服阴雨湿滑的天气，以 9 小时 35 分的成绩完成比赛。

2018 年，进入新时代了，自己是不是该去试试？毕竟，开始跑步也已经 4 年了。想到贡嘎山徒步时遇到的那些小丫们，心里便有些忍耐不住。

就在自己犹疑不决之时，我

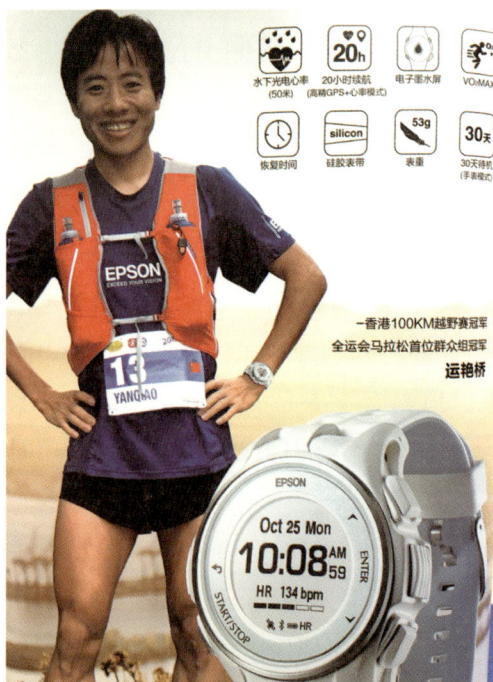

大神运艳桥

看到了朋友转发的中欧跑团团长塔班的一篇文章，介绍她作为一个女性，如何克服生理、心理和体能的重重困难，2017年完成港百赛事并顺利拿到小铜人的情况。看了她的文章，经人介绍，我和塔班认识了。

严格地说，塔班不是一个温婉的女性，长得高高大大的她，性格颇有点汉子的意味，语速较快，非常热情，善出主意。听了我的跑步史，塔班坚定地说："你可以的，报吧，明年一起去跑。"她这么一鼓励，自己的信心瞬间升腾起来：不就100公里吗？！只是我也知道，跑步的人都是这样鼓励人的，在他们眼里，即便自己跑得累死累活，但鼓动别人时跑步似乎都是那样的轻巧，包括越野。

是啊，这犹如人生一样，过不去就是沟坎，过去了那就是通途。

塔班是过去了的。

那报吧，先报个名。不是说人生要有"中国梦"嘛，就把港百作为自己的一个梦想，去实现一下——万一实现了呢？

就这样，2017年8月5日早上9点，第一时间抢进港百官网，成功报名。

接到报名成功的消息，我的心里瞬间不自觉地紧张。真的要去跑了，我行吗？人顿时有种被逼上梁山的感觉。都说人要有梦，但梦想和冲动、任性和不自量力，到底有多少距离？去跑了，却退赛了，那到底是在实现梦想还是在瞎折腾？即使跑下来了，万一受伤了，或者身体留下了隐患，到底值不值？那到底是为了什么去跑？是不是在图虚荣、要面子？可我又不是一个图虚荣、要面子的人。

亚里士多德说，"人生最终的价值，不在于生存，而在于觉醒和思考的能力。"作为生存在世上的人，你只能接受这样一个事实：突然有一天，你来到了这个世界；突然有一天，你离开了这个世界。所以每个人，都没有权利选择自己的出生和死亡，却必须选择自己的三观（世界观、人生观、价值观）和幸福。因为人生最重要的价值，就是自己心灵的幸福。

哦，是为了幸福去跑。

幸福，多么虚幻而又多么实在的感觉。人的一生，或许，只有幸福才是属于自己的吧。

早些年代，有一首叫《我们的生活充满阳光》的歌中唱道："幸福的花儿心中开放，爱情的歌儿随风飘荡，我们的心儿飞向远方，憧憬那美好的革命理想……"的确，做人也要像花一样，不管有没有人欣赏，但是你一定要绽放。你不是为别人绽放，而是为自己绽放：不做别人的赏物，只做最美的自己。在这个世界上，有些人把你当童话，有些人把你当神话，也有些人把你当笑话。你怎么顾得过来呢? 不过没有关系，他们都是外人，做好你自己就可以! 做出不一样的自己。

要做出不一样的自己，目标自然是要完赛了。因此，我给自己的港百定了一个小目标：确保小铜人，力争小银人!

也就是，我必须在一天一夜的 24 小时内，跑完这未知的 100 公里，累计爬升 5200 米。

想到 2016 年超低温天气的港百，有人因气候原因被困大帽山 14 小时之久，我的腿都在颤抖。

还是站直了吧，既然自己做了选择，就要对自己的选择负责。我不是喜欢一边选择一边抱怨的人，更不是喜欢一边选择一边放弃的人。抱怨是对选择的不尊重，而放弃，则是对决定的不尊重。

我从来没有听过，一个喜欢抱怨或轻言放弃的人，会有很大的舞台——无论在现实中，还是在人的心里。

离开赛还有 5 个半月，来得及。

我开始制订计划。

我的计划是这样的：保持每月 200 公里以上的基本跑量，如有时间就多跑一点，并以赛代练，按竞技跑的要求尽可能多跑几个马拉松；每隔一天，做一次深蹲，深蹲个数为 300 个；同时，针对上海没有山的情况，每隔 3 天到跑步机进行坡度跑：从坡度三开始，跑到坡度七或八，每一个坡度跑 1 到 2 公里，练习腿部肌肉、心肺和爬坡的能力。如有机会，就去附近的杭州或苏州爬爬山，进行一些适应性训练；临赛前两个月，争取跑一次 70 公里以上的长距离。

　　计划制订得平平淡淡，而执行得，更是勉勉强强。我深知自己的缺点：有目标，有动力，也追求结果，但对自己要求不是太严，有时甚至有点得过且过。

　　有人可能会说，你全马330的水准、340左右的成绩，实力这么强，还这样讲，岂不是矫情？！

　　还真不是矫情，这就是我的真实写照。

　　这主要是因为，我不是特别专注的人。

　　反映撤侨行动的电影《红海行动》中，新兵李懂面对复杂残酷的敌情显得比较紧张，神枪手顾顺对李懂说道：压力会让人专注。是啊，对于高手来说，愈有压力愈能镇静，愈能保持专注。其实，这也是他们能够成为高手的原因。但对很多人来说，压力只会让他们焦躁、恐惧，甚至绝望，反而更不能专注。人与人的差别就此产生。

　　我跑马，主要是为了健康、为了好玩、为了身心的愉悦，既不属于跑马的锦标主义派（一味追求成绩），也不属于舒适主义派（完全不追求成绩），而是属于想怎么跑就怎么跑的自由主义派。所以，虽然我也会对成绩有一定的要求，但因为比较放松，又为了写《跑马记》要注意积累素材，所以不可能做到太专注，压力因此也就小了。

　　9月17日北京马拉松以344完赛以后，第一次背靠背（2周或2天连续跑两个马拉松）跑了9月24日的柏林马拉松，虽然时差较大，而且是到了就跑，但还是比较轻松地跑了下来，信心大增。11月12日，上海马拉松，我以5分钟的配速持续跑着，就在以为335的目标实现在望时，我最担心的情况出现了：30公里处左小腿严重抽筋，现场医护人员看到我的情况，建议我不要再跑，但我想，才2个半小时就已经跑了30公里，还有12公里，就是走我也能走下来，于是在坐了5分钟以后，还是踏上了赛道。最终，虽然仅以343完赛，但我的跑步能力还是又一次得到了验证。港百临赛前，我安排了12月24日的广州黄埔马拉松、1月7日的厦门马拉松和1月14日的

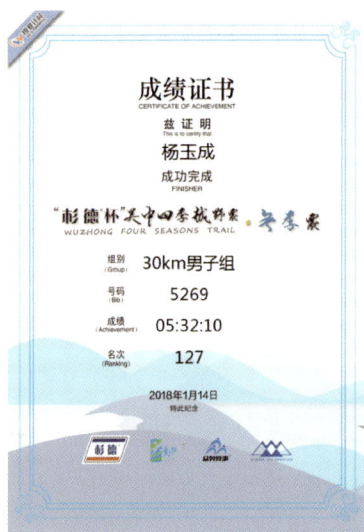

成绩证书
CERTIFICATE OF ACHIEVEMENT

兹证明
This is to certify that
杨玉成
成功完成
FINISHER

"杉德杯"吴中四季越野赛 · 冬季赛
WUZHONG FOUR SEASONS TRAIL

组别 (Group)	**30km男子组**
号码 (Bib)	5269
成绩 (Achievement)	05:32:10
名次 (Ranking)	127

2018年1月14日 特武纪念

苏州吴中冬季30公里越野赛作为拉练。没有想到的是，年底发生了多年未见的大流感，我也受到了感染，直接导致黄埔马拉松后半程完全不在状态，最后以405完赛、厦门马拉松弃赛！这样怎么行啊！20天以后的1月27日就是港百。于是，抓紧时间吃药、休息，原计划的70公里拉练也泡汤了，只剩下30公里的吴中赛。

结果，自以为已经恢复的我仅仅以533的成绩完成了这累计爬升仅1700米的吴中赛。更为严重的是，跑完以后一个星期，腿部都很不舒服，上下楼梯就更为困难！这可怎么办？一周后就是港百，看样子只能退赛了。

谢红说，实在不行就不要去了。我说，好不容易弄到了名额，去还是要去的，不过最迟准备在50公里处退赛，就当体验一下。

谢红说，那好吧，我给你做补给。

1月26日，我们来到了香港。晚上，塔班邀请我们和她的同学一起吃晚饭。

晚餐快要结束之时，塔班说，老规矩，大家报一下成绩。一个一个地报上来了。有15小时的，有16小时的，有准备弃赛的，突然，坐在我旁边的报十五小时的哥们儿说，轮到你了。一点没有思想准备的我说，我就不报了吧。我想，一则我不是你们同学，二则我也是准备退赛的，但我一个大男人，在这么多牛人面前说不出口啊。这哥们儿又说，不行，坐在这里都是要报的。行吧，那就报吧。"26小时。"我说。这时，塔班提醒我说，那你可能要请很多次客哦！啊！还有这一茬。原来，他们是有游戏规则的。每次比赛前，大家都要预测一下自己的成绩，如实际成绩快于预计成绩，每分钟按2个点计，如慢于预计成绩，则每分钟按一个点计，以提高娱乐性。那好吧，就22小时，万一跑下来了呢？

晚餐后我对塔班说，我们俩报的都是 22 小时，时间一样，明天我跟你跑。

第二天一早，我们来到了比赛出发地北潭涌。与马拉松不同，越野跑的人数总体不多，所以出发点并不拥挤，也没有高音喇叭沸腾的音乐和主持人嘶哑的嗓音。进入赛道，我看到了前方拐角处漂亮的拱门，心里不自觉地升腾起了一丝自豪之情：不管能不能完赛，我毕竟还是第一次站在了百公里越野的起点。赛道上，来自 60 个国家的参赛者们一个个神情轻松，谈笑风生，一点没有即将面对 100 公里征战的压力和紧张，都是牛人哪！而被港百吸引过来的一众大陆高人：祁敏、梁晶、周其祥、李伟、狄鋆……站在最前边的他们，又会是怎样的神情？他们可都是冠军的有力争夺者。

出发了。

1 公里过后，向右拐进了一条很窄的上坡路，大家只能停下刚跑起来的脚步，人挨人地挤过去。还好，这段路不长，大家走得又快，几分钟之后就走出了这片区域，来到了宽阔的山野。我和塔班忽前忽后，分头跑着。跑者与大自然融合在一起的风景，美丽无比。直让人觉得，这就是天人合一的世外桃源。

跑过万宜水库，塔班说："很快就到 CP1（第一个补给点）。"我说："这么快。"塔班说："我们一个半小时就到了这里，速度确实可以。"过了 CP1，即将到 CP2 之前，是一片海沙。跑在沙上，右边有海浪阵阵扑来，排山倒海，气势宏伟。哗哗的海浪，犹如优美的音符和拨动的

出发地北潭涌

旋律，声声沁入我的心里，舒适怡情。跑在这样的地方，想想再累也值了。这时，我对塔班说："你先跑，我要拍一张照片。"于是，我把登山杖拿出来，摆了一个大大的"V"字，拍了下来。我希望这个"V"字，能给我带来好运。

CP2过后，就是不断地爬上爬下的路，路旁不断地出现写着"麦理浩径"四个字的木牌。哦，著名的麦理浩径，我们跑到了。

麦理浩（CrawFord Murruy Maclehose，1917年10月16日—2000年5月27日），英国资深外交官和殖民地官员，1971年至1982年出任香港第25任总督，先后4度续任，任期前后长达10年半，是香港历史上在任时间最长的港督。

麦理浩刚上任时，香港随着经济的发展，人口剧增，住房极为稀缺，教育得不到普及，交通拥挤不堪，政府执政效率低下，贪污风气极为严重。针对这些情形，麦理浩没有逃避，而是正确面对，矢志改革，推出了一系列改变香港政治、经济、社会、教育、法治的举措：开发九龙等新市镇，推行九年义务教育，兴建地铁，改善医疗，创办廉政公署；推动经济向电子、金融、商业等方向转型……一举改变了香港的政商和社会面貌，为香港成为"亚洲四小龙"和国际金融中心奠定了重要的基础；同时他还主动拜访北京，与邓小平展开会谈，为香港回归谈判揭开了序幕。因此，他执政的时代被称为"麦理浩时代"（MacLehose years）。

工作之余，麦理浩及他的夫人喜欢徒步。后人为了纪念他，把他徒步的路线命名为"麦理浩径"。麦理浩径正式启用于1979年10月

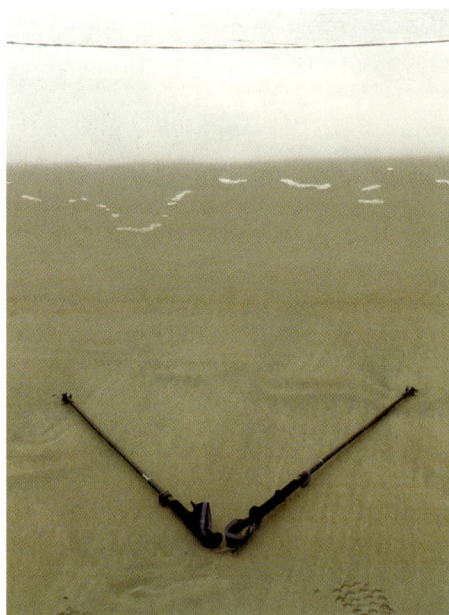

胜利"V"

26 日，它位于新界，长 100 公里，跨越了香港大部分土地。沿途经过 24 个郊野公园中的 8 个和 20 多座山，这些山大部分就在我们港百的路线之中，尤其是香港最有代表性的针山、草山和大帽山。

麦理浩在任内一直想培养香港人对英国的归属感，但他不想采用强迫或奴化的做法，他说："我们不可能强迫港人效忠英国，但若能培养香港人的自豪感，则应该是有效的方法。"他做到了。这一点，对现在如何治理好香港也很有启迪。

下午 4 点左右，我们爬上了前半程最陡的鸡公山。鸡公山虽然只有不到 400 米，但因为太陡了，我用了很大的劲才爬了上去。到了山顶，一群年轻人在拍照，一个个漂亮的 pose 摆出来，开心得不得了。我想，现在的年轻人真是好啊。这时，一个女生问我："你们是参加港百的吧？"我立即自豪地说道："是的。"又随口问道："你的普通话很不错。"她说："我们是大陆来的。"抬头一看，不就是嘛，都是大陆过来读书的，趁周末同学们一起郊游。我拍了一张照就道别下去了。前方是 CP5，谢红在那里等我。

下午 5 点 20 分，我和塔班来到了 CP5，另有两位塔班的同学弃赛了，也来到了这里。CP5 是整个赛程的中心点，靠近大路，交通方便，容易撤退；对于大部分选手来说，又是白天与黑夜的交汇点，他们必须在这里进行拉升、休整、补充食物；更重要的是，要在这里换上厚一些的御寒衣服，带上头灯、充电宝及能量胶、盐丸等，以备战夜间的比赛。根据我们 22 小时的

麦理浩径

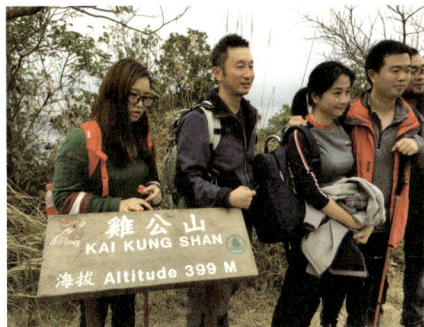

山顶大陆学生

完赛计划，夜间还需要跑 12 小时。

谢红在 CP5 早就铺好了塑胶毯子。毯子上，是晚餐时大家提出希望补给到的食品：姜茶、方便面、紫菜汤、杨枝甘露、小熊维尼曲奇……还有啤酒。两位已经退赛的同学，正坐在旁边休息。

似乎早有默契似的，看到我的到来，谁也没有问我是否还要跑下去。我自己也一反之前的打算，没有提出退赛，而是积极地拉伸、休整、换装、补给，做着跑下去的准备。我清楚地知道，如果这里不退赛，改在后半程退赛，要回到酒店将非常艰难，那是在山间、在深夜。

但我就是开不了"退赛"的口。

我想，作为一个战士，不到最后一刻，是不能离开战场的，离开了就是逃兵；同样地，作为一个跑者，是不能离开赛道的，离开了，也是逃兵。

做逃兵容易，做勇者难。但不努力做个勇者，人生又有何意义？！

而我，经过 9 个多小时、50 多公里的奔跑，似乎刚刚找到感觉；似乎，刚刚踏上赛道。

事后，谢红跟我说："我看到你的状态，就知道你能跑下去的，而且能完赛。"

5：55，我们出发了——塔班，还有我。

向着山林，向着深夜！向着赛道，向着终点——出发了。

与谢红，没有拥抱，没有告别，没有叮咛，没有嘱托。只有一声："走了！"

香港的天黑得真快，我们刚一出发，天就全黑了下来。

天黑下来了，心里却没有丝毫的紧张，面对漫漫长夜，可能是童心在作怪吧，反而有些小兴奋。

童心可能是一个人最早的初心了。小时候，天真无邪，精力充沛，对世界充满好奇，对快快长大充满渴望。一颗糖、一块钱，都可以让自己开心好几天。如果有机会去趟城里、走个亲戚，那更是无法替代的快乐了。我自己小的时候，只要一放假，就会到外婆家去，一去就是两个月。作业草草完成以后，就只有玩了，每天都和小朋友们玩得昏天黑地。外婆有时看不下去了，也会骂我，但那个骂，是娇嗔的骂，是慈爱的骂，是喜欢的骂。

正如有人所说：在每个人的内心深处，总有一片美好却又短暂的回忆，那是属于美好童年的宝贵回忆。那种记忆是无法取代的，它在每个人心里，就像夏夜璀璨的星空，一闪一闪，仿佛是永不熄灭的灯。

亲爱的外婆

怎么可能熄灭呢？这童年的灯。

我和塔班打开头灯，一路跑着。

香港的山野离市区并不遥远，却是静静的，没有人群的喧嚣，没有初上的华灯，没有闪烁的霓虹，没有川流的车群，只有蛙声，只有虫鸣，只有跑者，以及跑者踩在碎叶上窸窣的声音。

"前面上坡。""前面下坡。""这里左转，这里右转。"我和塔班互相关照着跑着。

黑夜里，我越发感到和塔班结伴而行是多么的正确。毛主席说过："路线确定以后，干部是决定的因素。"而我要说："目标确定以后，战略是决定的因素。"在港百，我的战略就是与塔班同行。

再往前走，忽然发现右前方的道上隐隐约约地躺着一个人，上前一看，是一个跑友，在经过一段大上坡之后，在躺着休息。天这么冷，睡着了怎么办？于是我问塔班道："晚上会想睡觉吗？"塔班说："不会想睡的。"我一边跑着，一边将信将疑地听着。

陆陆续续地，路旁躺着的人越来越多。看来真是累了。我评估了一下自己，还可以，继续。

快到CP7时，遇上了一个一直在呕吐的人，我关切地问道："怎么了？"这个年纪轻轻的小伙子答道："我不行了。"我说："你先休息一下吧，到休息点再说。"塔班说："CP7 就在前面，是全程唯一在山上的补给点，有篝火，在那里可以烤一烤，暖暖身子。"小伙子说："好的，谢谢。"但待我们跑到 CP7 时，又过去了将近两个小时，这个小伙子何时能到呢？

到 CP7 时已经晚上 10 点多，再往前走就是深夜。所以在这里休整的人很多。我拉伸了一下，喝了些水，吃了几片橙子，那无味的饭团和糙糙的小三明治，却再也咽不下去。不管了，就靠可乐撑着吧，反正也不觉得饿。忽然，在看手机的塔班说："我们被罚了一个小时。""是吗？你怎么知道？"我问道。"群里说的。"塔班说。原来，我们出发时站错了队，跟着 B 组出发了，按照规则，只要没有按规定出发，罚一个小时。

罚就罚吧，反正是来体验的。

补给点。休整好的跑友一个一个地出发，后面的跑友，一个一个地陆续到来，大家既匆忙而又有序。这时，只听一个跑友对志愿者说道："我吐得不行了，想退赛。"志愿者说："你在这退赛我们是没有办法的，这里没有车，离公路也很远。"这怎么办呢？听着他们的对话，我有点为这个跑友着急。

20 分钟后，我和塔班休整完毕，我一个壶灌好水，一个壶灌好可乐，出发了。

11 点钟，我的心略微有点紧张起来。平时，这是我就寝的时间，现在虽然没有睡意，但会不会影响体能？后半程，可是不停的上山下山。

就在我开始担心的时候，塔班渐渐慢了下来，她说她的心率上升太快。我说那就慢一点。不一会儿，我却跑到前面去了。为了给塔班鼓劲，也为了让她知道前面有人在等她，我在深夜里"塔班、塔班"地喊着。在这漆黑的夜里，我希冀，对塔班而言，这喊声是她力量的所在，也是希望的所在。

塔班赶上来以后，说道：老杨，你可以争取小银人的，你先走。我说，我们一起走。塔班每赶上来一次，她都要说一次让我先走。我心想，塔班啊，在这黑咕隆咚的荒郊野外，我怎么可以把你丢下不管呢？如果你状态好，慢慢走也行，现在状态并不好，万一有啥情况，一个女同志，那可怎么办？为了给她减轻压力，我说道："塔班，今天夜里我们就相依为命了！"

在这漆黑的山林里，有一个相依为命的人，也是一种幸福吧。

人生是一列单行列车，沿途会有很多站点，能陪着你一起走完的人是不多的。塔班，就让我们在这港百的站点一起走完。1月27日的深夜，我们的使命和牵绊就是相携对方，一起走完。

夜越来越深，我们的头灯却越来越暗：电即将耗尽。电池的生命快结束了，而我们的使命却还在继续。这时，我和塔班都发现身上没有带备用电池。面对连绵不尽的山路，看着前方山路上飘忽的光影，我有点绝望：我不会因为没有头灯完不了赛吧？在忽明忽暗之中，只要有跑友经过，我们就会关掉头灯，跟上一段路程，以节省电力。头灯的光越来越暗，我的体会却越来越深：对于一个人来说，光明是多么重要——无论在这起伏的山间，还是在漫漫的人生。

塔班拿出她备用的小手电，说，用这个吧。打开了它，脚下和心里瞬间一片光明。

我拿着小手电，塔班在前，我在侧后，一路照着，一路跑着。

《一代宗师》作为一部电影杰作，里边有句经典的台词："有灯就有人。"倒过来说，有人的地方就会有灯，就会有光明，就会有希望。经历过漫漫黑夜，越发体会到光明的重要，越发珍惜光明的到来。我从心底里感到，无论何时何地，我们都要点亮眼前的灯，更要点亮心里的灯。

但有时候，亮灯容易，向前走，没有实力还真不行。在这深夜的山里，越往前行，体会越发深刻。2016年港百女子冠军陈林明在赛后接受采访时说，没有三年的越野经历，不要来跑港百。是啊，马拉松再怎么长，最多6个小时也就完赛了，而且是在城市中心，有这么多的志愿者、观众以及跑友，出现任何情况都能得到及时的帮助。而在这山里，实力和强大的心理素质，缺一不可。

跑吧，"宁可一思进，莫可一思停"（《一代宗师》）。往前挨一寸，便离终点近一分。

凌晨2点左右，我和塔班来到了全程最难的路段：三山（针山、草山、大帽山）中的针山。

之前的路，虽然也有爬山，但基本都爬升一段，就是平地或者下山的路。到了针山区域，一路全都是上升。我们一路跑着。塔班指着前方远远流动的灯光说，我们要爬过那个山头进入草山，然后是大帽山。我看着远方山脊上晃动的灯影，心里的恐惧感不自觉地升起：这要跑多长时间啊？！于是赶紧低下了头。

我登山有个诀窍，就是不管多高，绝不经常抬头，只顾走好脚下的每一步。因为经常抬头，看到前方层层叠叠的山峰，心里的压力实在过大。所以，人生中不能只顾走路，还要学会抬头看天，但再怎么看天，走好脚下的每一步都最为重要。

后半夜，风刮了起来。海边的风伴着山形，一阵紧似一阵；风里，雨丝阵阵袭来。不会下雨吧，要是下了雨，这山路就更不好走了。我们不停地爬着。塔班确实非常累了，走一会就要休息一会儿。四个结伴而行的老外，戴着大大的头灯，与我们忽前忽后地行进着，其中一个老外一路上不停地大声说着话，精力够充沛的。悦跑圈里，时不时地报着成果："跑步 ×× 公里，总用时 ×× 小时 ×× 分钟，最近一公里用时 ×× 分钟 ×× 秒。"听着现场播报，我的心里时不时地有点着急：小铜人就在眼前，但由于被罚了一个小时，我们必须在早上 7 点之前赶到终点。时间越来越近，而后面等着的是最高的大帽山，还不知道会出现怎样的情况。不过也就想想而已，一会儿，这着急的心就过去了。相比于小铜人，哪有并肩战斗的战士安全抵达重要！慢慢走就好，终点总是会到的。

习近平说："中国人民相信，山再高，往上攀，总能登顶；路再长，走下去，定能到达。"

塔班是特别坚强的人，只要稍微恢复点体力，或到了平地区域，她就会努力奔跑。她非但自己努力跑，还不停地看着路线图，提醒我后面的路况。我很庆幸自己有这样神一样的队友。不知不觉地针山过去了，草山过去了，我们来到了耸立在眼前的大帽山。塔班说，爬过这座山，还有 5 公里就到终点。

与塔班在终点合影

　　大帽山的路虽然是柏油路，但特别陡。90多公里过来，体力逐渐地接近了极限，我喝了口支撑了我一晚上的可乐，深深吸一口气，向上爬去。塔班说，她得休息一会儿。我看着她难受的样子，陪着她坐了下来。我们坐着面对着来时的路，谁也没有说话。内心里，涌起的是过去20多小时模糊的记忆。一片片晨露轻轻洒落，一盏盏头灯无声晃过；远处，已经可以听到大海里海燕的叫声，这迎接黎明的海燕的叫声，欢畅无比。

　　塔班说："走吧。"看着她镇定的样子，我说道："我拉着你走吧。"坚强的塔班终于把手伸了过来，我拉着她，朝山顶奔去。

　　山顶，鼓声阵阵。

　　到了山顶，后面就是下山的路，终点已近在眼前。我们不由得像海燕一样，不约而同地跑了起来，向着大帽山下的扶轮公园跑去。

　　这时，我想起了高尔基的《海燕》：

　　"在苍茫的大海上，狂风卷集着乌云。在乌云和大海之间，海燕像黑色的闪电，在高傲地飞翔。

　　这是勇敢的海燕，在怒吼的大海上，在闪电中间，高傲地飞翔；这是胜利的预言家在叫喊：让暴风雨来得更猛烈些吧！"

老唐记

第一次见到老唐的,是他的背影。

那是 2015 年的 9 月 17 日,在以 4 小时 9 分 10 秒的成绩跑完北京马拉松之后,拿好完赛包,我便坐在正对着完赛拱门的栏杆旁,一边休息一边等谢红。刚入秋的北京,虽然红叶开始摆动起它漂亮的衣裙,太阳却不肯退去炙人的温度,依然热情似火。我坐在栏杆边,抹着不停淌下的斗大的汗珠,看着身边已经完赛的跑友,大部分人和我一样,也只有喘气的劲了。抬头看看天,阳光直射着,眼睛有些睁不开来。唉,这样的天,跑马真不容易! 也不知道谢红什么时候能到,这可是她的首个全马。

忽然间,在我的左前方,我看到几个跑友站在那里,完赛以后一点也没有疲劳的样子,神采飞扬地聊着啥,其中有一个人,也就 1 米 7 的个吧,精神最为亢奋。这个人的背上挂着一个条幅,条幅上印着这样几个字:天津老唐,陪我跑西藏。陪我跑西藏? 啥意思? 不过跑步的人反正啥点子都有,5 月 20 号跑出"520"(我爱你)图案的,2018 年跑出"2018"字样的,各种极限跑的……举不胜举。从天津跑到西藏,想想也罢。

我把视线转了过来,轻轻喝了口水。

2016 年 7 月间,我从微信群里看到一条消息,天津老唐历时 114 天,连续跑了 118 个马拉松(其中有 4 天因西部山区沿途找不到住宿,每天跑两个),于 7 月 17 日顺利跑到西藏布达拉宫门前,庆祝他六十岁的生日!

这让我一下子惊呆了! 整个人都不好了。

雄伟神秘的布达拉宫

原来老唐不是说说的，还真干上了！一个六十岁的老人，从他家所在的海拔仅有 1.3 米的天津塘沽，跑过河北、跑过山西、跑过陕西、跑过四川，跑过"蜀道难，难于上青天"的秦岭，跑过海拔 5300 米的米拉山口，连续 114 天，跑了 118 个全马，跑到了西藏，跑到了雄伟的布达拉宫前！

松赞干布在为迎娶远嫁而来的文成公主修建布达拉宫之时，可曾想到过这些？

老唐，本名唐广礼，1956 年出生，天津塘沽人。老唐读书时，便在同学中显示出了一定的跑步天赋，但他如极大部分人一样，并没有想过真的去跑步。毕业以后，老唐被分配到当地国税局食堂工作，成为了一名厨师。20 世纪 70 年代的食堂，又是国营单位的，一般都随便做几个菜，炖个粉条，炒个腊肉，也就对付过去了。但老唐有他的想法，他要像大宾馆一样来做小食堂的菜，他开始潜心钻研，很快便创作出了如"桃园三结义"这样的名菜，参加评比后一举获得了很多奖项。三年后，老唐被评为特级厨师，一个小食堂从此有了第一位特级厨师。

随着阅历的增长，老唐开始不满足于在这样一个小食堂工作，他想创业，想开辟自己的事业。就这样，他来到了京津间必经之地的廊坊，开起了宾馆，吃饭住宿一条龙。老唐以其独特的手艺，加上他比较善于经营，宾馆开得红红火火，他的日子也越过越好。

然而，天不遂人愿。2006年的一天夜里，宾馆现场的施工人员不慎引发了火灾，把宾馆烧没了，还出现了伤亡事故。老唐半夜惊醒过来，看到自己多年的心血付之一炬，阵阵焦痛吞噬了他的内心。

宾馆没了，多年的积蓄赔完了，老唐一下子瘫了。没承想，这还不是结束。过不多久，陪伴他多年的母亲和妻子相继突发疾病，先后离他而去。这下，老唐真的倒下了。

他把自己关在仅有50平方米的家里，面对墙壁，哭问着上帝，为何要对他如此不公平？

渐渐地，原先生龙活虎的老唐，沉寂了。

朋友们看在眼里，急在心里，一个个都坐不住了，纷纷过来劝慰，但都不起作用。2008年，有朋友说，北京有场马拉松，要不一起去跑跑？马拉松？在北京？可能是好奇，也可能是北京作为首都在这一代人心中的感情，老唐

老唐在训练

答应了。12 月，他来到了北京，来到了马拉松的出发点——天安门广场。

穿着皮鞋的老唐，以 3 小时 26 分的成绩跑完了他的首马。那年，他五十二岁。

终点处，抚摸着挂在脖子上的北京马拉松完赛奖牌，老唐的心里乐滋滋的。他既快乐于 3 小时 26 分的优异成绩，又快乐于找到了自己喜欢做的事情。

从此，老唐家附近的体育馆操场，成了他每天必到的地方。

每天早上的 4 点半，老唐就起床跑步。老唐说，叫醒你的，不是身边的闹钟，而是心中的梦想。当地朋友把这时间称作"老唐 4 点半"。在美国，也有一个著名的"科比 4 点钟"，说的是美国 NBA 巨星科比，年少之时，每天早上 4 点就到体育馆练球，终成巨星。科比说，"你见过凌晨 4 点的洛杉矶吗？我见过每天凌晨 4 点的洛杉矶。"

而凌晨 4 点，也是很多人开始工作的时间。在北京，此时有 108 个消防中队、622 辆消防车在严阵以待，有 895 条线路的公交准备发车，有 94735 张病床有医生和护士在守护。有上万名共享单车护卫队在整理单车。有个来自温州的小伙说："干这个比健身强，可以练出八块腹肌，"同时自豪地说，"共享单车是中国的新四大发明，我现在的工作特别高级，是在保护新四大发明。"而在北京 1.6 万平方公里的土地、6000 多公里的道路上，还有无数值夜班的巡警、交警、片警，他们和北京城里的 18 万盏路灯一样，让这个城市始终充满光明。每一次跑马拉松之时，我都会习惯性地问志愿者是何时到岗的，他们的回答一般都是"早上 4 点"。难怪有人说，"如果要了解一个城市，就应该去看看它凌晨 4 点的样子。"

新年到来之时，老唐会准时来到操场，在四百米的跑道上刷上 158 圈，以这种独特的方式迎接新年。

天气不好之时，他便来到附近 33 层高的大楼，上上下下地爬楼梯，每天上下 20 次。有时，他还会来到郊外，来到天津海拔最高的九山顶（1078.5 米），连续不断地爬坡跑。

老唐每天一个全马地跑着，无论春秋，还是冬夏。

他的目的只有一个：适应各种气候、各种地理环境，让自己成为全天候的跑者。

马拉松，在老唐，是再也放不下了。

从此，哪里有比赛，哪里就有老唐的身影。每一次，他都身披斗篷，威风凛凛地奔跑在全国各地的赛道上。好在，中国足够大，马拉松足够多，老唐也足够会跑。

2016 年承德马拉松，老唐在跑了 8 年之后创出了他的马拉松 PB 成绩 3 小时 05 分 16 秒。时年，老唐六十岁。

2017 年 1 月 8 日，我在海口马拉松的出发点遇见了老唐。看见他一只手挂着绷带，我便问道："老唐，手怎么了？"老唐说："一周前去跑厦门马拉松，在做准备活动时摔了一跤，手骨折了，厦马没有跑成。"我说："那您还来跑海口？"他说："不碍事了。"一只手挂在脖子里的老唐，以 3 小时 45 分完赛。

老唐的名气越来越响，挂在墙上的马拉松奖牌和获得的荣誉证书，越来越多。有一天，不甘于平庸的老唐心中萌生了一个想法，他要成为"中国最痴跑者，华夏最疯狂人"。既然要成为"中国最痴跑者，华夏最疯狂人"，一般的跑跑就意义不大了，老唐要来点大的。

他要跑西藏。

想法一经提出，便遭到了女儿、女婿的一致反对。一天一个全马，从天津跑到西藏，是不是疯了？！

疯了，就是疯了。执著的老唐，坚持着自己的想法。

他的坚持，在于他全天候训练的累积以及他对自己的了解。但跑到西藏，毕竟不像在家里，终究有一张舒适的床，那是要风餐露宿、翻山越岭的呀！更何况，是要在一般人到了就会高原反应的西藏，更不要说还要跑西藏！

看到父亲异常坚定的决心，懂得顺了就孝了的孝顺女儿女婿，默默地关上了自己赖以生存的店铺大门，开着车，陪同老父亲于 2016 年 3 月 26 日，从天津奥林匹克体育中心门口，在众多跑友的祝福声中，出发了。

没有任何一种理想生活的追求方式应该被粗暴以待！哲学家说道。

自这天起，天津的市民，晚上6点，都会准时坐在电视机前，收看天津一台《都市报道》新闻中每天都会播出的"老唐跑西藏"的报道。

第1至第8站，老唐离开天津进入霸州，马不停蹄地奔跑在河北境内……8天时间，总用时36小时39分钟，总里程343.55公里。4月3日，老唐离开河北进入山西境内。

一进入山西，就是绵延不绝的太行山脉。这里，也是战争时期中国共产党的大后方，是八路军以及刘邓大军当年长期战斗过的地方。在电视剧《八路军》中，我印象特别深刻的是八路军进入太行山脉以后那缺衣少吃、异常困难的情形，但共产党人靠着坚强的意志坚持了下来，并最终夺取了全国的胜利。多少次，我都想去太行山脉走一走、看一看，尤其是那如奖牌一样挂在太行山边的著名的挂壁公路，还想去跑一跑，但由于各种原因至今未能成行。今天，老唐来了，一袭斗篷，上书"天津老唐，陪我跑西藏"，威风凛凛地来了。第9至第23站，老唐用了15天共68小时42分，跑了639.22公里，穿越了路窄坡长、弯急车多、盲区连连、举头可望天的太行山区，进入陕西境内。

离开山西，进入陕西，并不是从太行山区就进入了平原，而是从太行山来到了更为艰险的秦岭。热情的陕西跑友在佩服于老唐精神的同时，也对这样一位六十岁老人如此执著的精神感怀于心，特别热情地接待了老唐。都说跑者最懂跑者嘛。是啊，每天一个全马，没有理疗师，没人帮他康复，全靠自己的毅力和意志以及心中的梦想在支撑，这是非常人所能及的。当然，老唐除了平时训练的积累较好之外，也有他的土办法。每天，他在跑完42.3公里以后，都会躺在床上，臀部顶着墙壁，把腿成十字形竖直，放松两个小时。放松完了以后，老唐的状态也就迅速恢复了。

秦岭，是中国地理南北分界线。到了秦岭，其南北气候、温度、地形的差异非常大。秦岭多峰，尤以华山、终南山、太白山为甚。华山大家都知道，号称"西岳"，是大西北进出中原的门户，以华山天险闻名天下。终南山就有点神秘了，这个名字知道的人其实挺多，早在古代，《诗经·秦风》中就有"终南何有，有条有梅"的诗句，但知道它在哪里的人可能不多。终南山以隐者出名，药王孙思邈、唐初四杰之一的王维、西域高僧鸠摩罗什都曾常年隐居于此，唐代官绅大多在此建有别墅，其中以王维的辋川别墅最负盛名。现如今，很多厌倦了城市生活的人，也会来到终南山隐居。而秦岭能被尊为华夏文明的龙脉，则是因为洋洋五千言的《道德经》在此著成。在惜字如金的古代，5000字堪称煌煌巨著了。老子在写完《道德经》之后，便一路向西，再无踪迹。

而作为中华龙脉的秦岭，其更大的贡献在于，抗日战争时期，北平被日军占领前夕，一帮有识之士不畏艰险，把故宫所有的文物匆匆装上了几百辆卡车，一路向西，往中国的腹地——四川奔去。在逶迤高耸狭窄曲折的秦岭公路上，排成十几里长的车龙，缓缓而过，竟无一辆翻车，所有的文物因此没有遭到鸦片战争时期那样的浩劫，得以留在了祖国。

有人把唐代名家的诗句经过重新组合，写成了一首非常经典的描写秦岭的诗：

> 终南阴岭秀（祖咏），
> 碧嶂插遥天（李世民）。
> 愿乘泠风去，
> 直出浮云间（李白）。
> 秦岭愁回马（杜甫），
> 心事两悠然（白居易）。
> 行到水穷处（王维），
> 月出孤舟寒（岑参）。
> 云横秦岭家何在（韩愈），
> 试登秦岭望秦川（孟浩然）。

老唐自韩城进入陕西，过西安以后，就到了秦岭地界。一路过大荔、越秦岭、闯汉中，以88小时04分完成了陕西境内的701.025公里。

第41至第63站，共23个全马，是在天府之国的四川进行，这也是进藏前的门户。四川地貌具有山地、丘陵、平原、高原4种类型，以山地为主，土地肥沃，资源富集，风景优美，所以古人早就有"少不入川，老不出川"之说。想当年，大诗人陆游从杭州来到四川当官以后，就再也不想回去，四川之美可想而知。所以，如果一个人能玩到"乐不思蜀"的程度，不是玩疯了，就是这地方确实是人间天堂。老唐从广元进入四川境内以后，心情也是大好。但新的挑战随之而来。这些挑战，不是复杂多变的地形，而是无处不在的辣——四川的辣啊，麻辣的辣！平时在家里，老唐都是以鱼虾等海鲜为主，从来不曾沾辣，现在到了四川，无菜不辣，空气中都飘着辣的气息，这可怎么办？吃吧，肠胃不舒服；不吃，跑步怎么跑？但这些都难不倒老唐，他开始吃方便面，再逐渐适应着麻辣的滋味。慢慢地，一天一天过去了，老唐来到了雅安地带。

雅安，一个当地人称为"三美"（人美、水美、鱼美）的地方，以大熊猫自然保护区闻名。但在这里，赞助商因要求越来越高、老唐满足不了他们的要求擅自毁约了。马上就要进入最为困难的青藏高原地带，没有了赞助商怎么办？女儿女婿十分焦急。老唐说，没有关系，没有赞助商，一样能搞定！

得意的老唐

在老唐给我讲他跑西藏的经历讲到这里时，他反复强调，这能难倒我吗？这能难倒我吗！没有他们我照样可以跑到拉萨！说得轻描淡写却又语气坚定，尤其是说完以后那"嗯"的拖音里显得他是那么的坚强！好在仁者之师是不会孤独的。太原的一个跑友听到消息，立即给他送来了一辆越野车，央视十台听说了老唐的故事，也过来帮他摄像，陪伴他一路前行。红军爬雪山、过草地前转战多时的天全、泸定、康定、理塘一带皆被老唐一一征服。109 小时 24 分，四川 974.78 公里顺利完成。

第 64 站开始，就是平均海拔 4 千米的青藏高原。直面而来的，是 60 余万平方公里、主峰为贡嘎山的横断山脉。"横断山脉"这一形象的名称是清末江西贡生黄懋材取的。当时，他受四川总督锡良的派遣，从四川经云南到南亚次大陆考察"黑水"源流。途中，他看到澜沧江、怒江自西北飞啸而下，江与江之间山脉如墙般耸立，绝绝地横断了去路，便给这片山脉取名"横断山脉"。既然叫"横断山脉"，又有江河阻隔，可以想见，常人很难通过。红军长征途中，曾多次在此陷入绝境，也因此有了"强渡大渡河、飞夺泸定桥"等许多壮美的故事。老唐到此，也要低头。但老唐又不是一个愿意低头的人，他有他的办法：跑！第 69 站，他上午翻越海拔 4659 米的剪子弯山，下午翻越海拔 4718 米的卡子拉山，下山以后，没有地方休息，他继续往前跑，穿越海拔 4260 米的道班，跑了两个全马才来到山间的所邸村栖身。这一天，他经历了春夏秋冬 4 个季节。

芒康过了，天路 72 道弯过了，波密过了，林芝过了，7 月 17 日，老唐如期来到了他心中的圣地、沿红山坡而坐的布达拉宫。布达拉宫前的广场上，老唐用他标准的胜利姿势，庆祝自己六十周岁的生日。

天津到拉萨，5231.28 公里，总用时 629 小时 48 分钟。

1935 年，毛泽东在红军长征走完最后一段路程、快到陕北时，曾有诗《念奴娇·昆仑》云："横空出世，莽昆仑，阅尽人间春色。飞起玉龙三百万，搅得周天寒彻。夏日消溶，江河横溢，人或为鱼鳖。千秋功罪，谁人曾与评说？而今我谓昆仑：不要这高，不要这多雪。安得倚天抽宝剑，把汝裁为三截？一截遗欧，一截赠美，一截还东国。"

天津跑到拉萨，114 天，老唐做到了。

回来后的老唐，更忙了。

2017 年新年伊始，他有了新的计划。

他要成为当代徐霞客。

徐霞客，名弘祖，字振之，江苏江阴人，出生在明朝历史上非常特别的年份——万历十五年，即 1587 年（见黄仁宇著《万历十五年》），中国地理学之父，中国喀斯特地貌研究之父，中国洞穴探测之父。徐霞客的名字，来自于他的父亲。在他还小的时候，有一次探险回来，父亲对他说："儿啊，你眉宇间有烟霞之气，我看啊，你是烟霞之客，以后应当云游四方。"从此，徐弘祖便成了徐霞客。

徐霞客自小就立下了"大丈夫当朝碧海而暮苍梧"的志向。二十二岁时，徐霞客在为父亲守孝三年之后，母亲对他说："男儿应当志在四方，怎能因为母亲在，就像关在篱笆中的小鸡、套在车辕上的小马，留在家里无所作为呢？你外出游历、舒展胸怀去吧！"就这样，在母亲的支持下，徐霞客开始游历天下。朋友们不理解，说："天地之间，不能席被；风月何用，不能饮食。你游历天下，有何意义？"每当这时，徐霞客都会说出三个字：我喜欢。徐霞客说："汉代张骞、唐代玄奘、元代耶律楚材，他们虽都曾游历天下，但都是接受皇命而行。而我，不过是一个小老百姓，没有皇命钦点，没有政府资助，穿着布衣、拄着拐杖、套着草鞋，做到了他们三人做到的事情，我这一生还有什么好遗憾的呢？"在离开这个世界的时候，他只说了四个字："此

《徐霞客游记》书影

生无憾！"

在游历的途中，不管白天遭遇什么危险，不管身体多么的疲惫，到了晚上，徐霞客都会点起油灯，写下游历中的所见所闻。这点点滴滴的所见所闻，便成了后来震惊天下的地理巨著、科学巨著、文学巨著——60万字的《徐霞客游记》。

在徐霞客五十四岁的人生中，游历了北京、河北、湖南、云南、广东等共21个省、市、自治区，登上了嵩山、雁荡山、黄山等名山大川，发现了云南香格里拉、嵩山西沟、湖南麻叶溶洞等著名景点，纠正了长江源头为岷江的错误观点，留下了"五岳归来不看山，黄山归来不看岳"等诸多名句。徐霞客最成功的地方，在于他以自己喜欢的方式度过了一生。这一喜欢，也成就了徐霞客自己。徐霞客的一生，是至今为止仅有被公认的成功人生。著名纪事体小说《明朝那些事儿》写了许多的王侯将相、名臣大儒，但在书的最后，它却以徐霞客压轴。作者当时明月对此说道：我之所以这样安排，是想告诉读者，所谓百年功名、千秋霸业、万古流芳，与一件事情相比，其实都算不了什么。这件事情就是，用自己喜欢的方式度过一生。

2017年3月6日，老唐从《北京青年报》报社门口出发，一天一个全马，向"徐霞客开游节"的举办地——浙江宁海跑去。在《徐霞客游记》的开篇之作中，徐霞客写道："癸丑（万历四十年，公元1613年）之三月晦（5月19日），自宁海出西门。云散日朗，人意山光，俱有喜态，三十里，至梁隍山。……雨后新霁晴，泉声山色，往复创变，翠丛中山鹃映发，令人攀历忘苦。"宁海为了纪念这一具有历史意义的事件，自2001年起，开始举办"中国徐霞客开游节"。之后，经过努力，2011年，又推动国家将徐霞客出发日的5月19日定为"中国旅游日"。就是在这一年，宁海开始举办"中国当代徐霞客"评选活动，2017年是第七届。

老唐正是受此感召，身披战袍，出北京，过天津，直下山东、江苏、浙江，经过73天的奔跑，于5月18日顺利到达宁海。

5月19日，老唐参加了隆重的"第17届中国徐霞客开游节"，获得了"第

7届当代徐霞客特别贡献奖"。对于这一奖项，老唐是无愧的。

就在我写这篇文章之时，老唐又有了更为宏伟的构想：他要重跑长征路！他计划今年3月出发，花2个月左右的时间，沿着红六方面军长征的路线，先行跑到红军长征的会师地——会宁；然后于10月10日，也就是中央红军正式开始长征的出发日，从江西瑞金出发，用1年的时间，沿着中央红军长征的路线，一天一个全马，一路跑到会宁。他要把这英勇的壮举，谨献给中国工农红军长征胜利85周年！

勇哉，老唐！壮哉，老唐！

大满贯记（波士顿、伦敦篇）

波士顿篇

由于遇到 122 年历史上最为恶劣的天气，2018 年的波马（波士顿马拉松），不一样了。

由于日本业余跑者川内优辉（Yuki Kawauchi）以 2：15：58 的成绩意外夺冠，2018 年的波马更不一样了。

2018 年 4 月 16 日，星期一，美国"爱国者日"（The Patriots Day），也是全球跑者瞩目的第 122 届波士顿马拉松开跑的日子。作为一个城市马拉松，波士顿马拉松在全球受到的关注度可能不亚于近期的中美贸易争端。

这既因为它是最古老的城市马拉松。1896 年，现代奥林匹克之父顾拜

恶劣天气中的轮椅选手

风雨交加中奔跑

日本最强业余跑者川内优辉

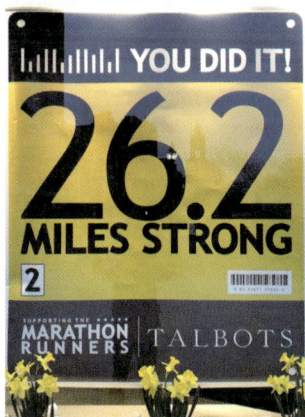

波马一定行！

旦在希腊雅典创办了第一届现代奥林匹克运动会。就是在这一届奥运会上，顾拜旦推出了马拉松这个项目。回国的路上，参会的波士顿运动协会（B.A.A）觉得这个项目很好，便商量着在波士顿进行推广。第二年即1897年，波士顿马拉松诞生了，是全世界唯一诞生于19世纪的城市马拉松，也是从未间断过的城市马拉松，首届共15人参加了比赛。

也因为5年前的2013年4月15日，波士顿马拉松发生了极为惨重的爆炸案，包括一名八岁儿童和中国留学生吕令子在内的3人被当场炸死，近200人受伤。这一案件在2017年被拍成电影《恐袭波士顿》在全球公映。出于对即将参加的波士顿马拉松的关心，我也专程去观看了这部拍摄技巧并不高明的电影。这一爆炸案件是自1972年慕尼黑奥运会11名以色列运动员被恐怖分子杀害以后，体育赛事中最为严重的事件，并因此诞生了一个新词"Boston Strong"。Boston Strong，这证明了一个道理：人只有在遇到灾难以后，才意识到需要更加坚强，才会努力地更加坚强，也才会真正地变得更加坚强。

更因为波士顿马拉松著名的BQ（Boston Qualification），即所谓的参赛门槛。这一赛事门槛源于1970年。其时，波士顿运动协会为了把参赛人

AGE GROUP	MEN	WOMEN
18-34	3hrs 05min 00sec	3hrs 35min 00sec
35-39	3hrs 10min 00sec	3hrs 40min 00sec
40-44	3hrs 15min 00sec	3hrs 45min 00sec
45-49	3hrs 25min 00sec	3hrs 55min 00sec
50-54	3hrs 30min 00sec	4hrs 00min 00sec
55-59	3hrs 40min 00sec	4hrs 10min 00sec
60-64	3hrs 55min 00sec	4hrs 25min 00sec
65-69	4hrs 10min 00sec	4hrs 40min 00sec
70-74	4hrs 25min 00sec	4hrs 55min 00sec
75-79	4hrs 40min 00sec	5hrs 10min 00sec
80 and over	4hrs 55min 00sec	5hrs 25min 00sec

波马报名门槛

数控制在 1000 人以内，设置了必须能跑进 4 个小时才能报名的参赛目标。如今，这一报名门槛根据不同年龄有了大幅度提高。为了达到 BQ 门槛，全世界多少跑者在为之奋斗着，心甘且情愿，无怨并无悔。

　　对于这样的报名门槛，我和谢红自然只能望之兴叹。虽然去年上马，按照前 30 公里的配速，我是有希望冲到 330 的，无奈小腿严重抽筋导致功亏一篑，其实还是实力不行。但波马谁不想去？哪个跑者不想成为六星跑者？尤其是夫妻二人，能够拉着国旗一起冲过终点，一起成为六星跑者！就我所知，目前，国内夫妻一起跑完了六大马的只有青岛的一对，如果我们 3 年跑完六大马的计划能够实现的话，在国内夫妻一起成为六星跑者前十应该不成问题。而在六大马中，波马自然最难成行。好在朋友与波士顿运动协会熟悉，帮我们争取到了 2018 年的波马名额。就这样，我们来到了波士顿。

　　波士顿位于美国东北部，毗邻大西洋，是马萨诸塞州的首府和最大城市，也是新英格兰地区最大的城市，全市人口四五十万人。城市中央，温情的查尔斯河汩汩流淌，流向了绿地，流向了海洋。2017 年，波士顿全市 GDP 达 4282 亿美元，折算下来，人均 GDP 近 9.5 万美元，相当富裕。波士顿的创建，是因为英国清教徒的到来。1620 年起，一批又一批的英国清教徒拥挤在"五月花号"等木桅船上，越过波涛汹涌的大西洋，来到马萨诸塞湾，并于 1630 年正式创建了波士顿。

创建波士顿以后，以约翰·温斯洛普为代表的清教徒，希望塑造一个极端稳定、结构良好的社会，于是开始大力兴办教育。1635 年，美国第一所公立学校——波士顿拉丁学校开学；1636 年，美国第一所大学剑桥学院成立。1639 年，一位名叫约翰·哈佛的人在去世前把一生的积累和 400 本图书捐赠给了学校，剑桥学院为了纪念这位慈善家，便更名为哈佛大学。现如今，哈佛大学已成为全球学子心中的圣地和全球诸多杰出人士的母校。我们到了波士顿，唯一去的地方就是哈佛，以及 MIT（麻省理工学院）。

当然，波士顿不仅有哈佛、MIT，还有波士顿学院、塔夫茨（tufts）等一百多所大学，有超过 15 万名大学生在此就读。波士顿因此被称作美国的"雅典"。很多中国的父母，也特别希望把自己的孩子送到波士顿的中学或大学学习。因为，"努力工作、道德正直、教育为先"的波士顿城市文化，更有利于一个优秀孩子的塑造。

波士顿的纬度较高（52°59'N），与中国呼和浩特相同，但由于靠近大西洋，波士顿的气候常年比较舒适，即便在最热的 7 月，平均气温也在 27 摄氏度左右，极端气温非常罕见。

这非常罕见的极端气候，却让我们遇上了。

气象报告:4 月 16 日，低温（2 摄氏度左右）、中到大雨、风力 6.5 级（风速 25 英里 / 小时）。对跑者来说，这风，还是逆风。

波士顿马拉松是从霍普金顿（Hopkinton）出发，一路向东，经亚什兰（Ashland）、纳提克（Natick）、卫斯理（Wellesley）、牛顿（Newton）到波士顿的路线。沿途山林繁茂，生态优美，不多的居民生活在一个个小镇上，安详舒适。最热闹的是在卫斯理，这是一个由于卫斯理女子学院的存在而规模较大的镇。很久以前，我就知道了这个学校，那是因为据称宋氏三姐妹毕业于此学校（其实是宋美龄在此就读，宋蔼龄、宋庆龄是就读于卫斯理安女子学院（Wesleyan college）。而现在，在波马的跑道上，卫斯理女生们独创的"尖叫隧道"（scream tunnel）和对跑者"kiss me"的大胆表达让卫斯理在跑者的心中深入人心。

　　与东京马拉松不同，柏林、波士顿都分区出发。柏林是分三区，波士顿则分成四浪（4 Wave），分别为红色、白色、蓝色和黄色。第一浪红色上午10点出发，我们黄色则是在 11：15 作为最后一浪出发。其时，是北京时间晚上 11：15，正是人们开始进入酣睡之时。这实际上意味着，对于中国跑者来说，基本就是通宵在跑。想想有点太辛苦。于是，我和谢红商定，不乘坐组委会安排的大巴士（美国中小学使用的接送孩子的大型巴士）前往出发点，而是预约了朋友 Leo 的车送我们前往，这样可以避免过早到达、减少在出发区等候的时间，何况第二天天气还那么不好。

　　与朋友一家吃好晚饭，早早地休息了。心里祈盼着明天天气能好点，因为天气预报也是一会儿东一会儿西的，让我们颇吃不准。第二天早上起来，打开窗户一看，只见雨在风的吹拂下，一阵紧似一阵地下着。马上打开天气通，映入眼帘的，是"温度 2 摄氏度，中到大雨，逆风 6.5 级"！果然是最恶劣的天气，波马 122 年历史上最恶劣的天气！

　　看来，这波士顿的天气，还是蛮守信用的，说好来就来了。

　　来就来吧！我不是说来也来了吗？！遇上这样的天气，何尝不是一种幸运？跑马本来就是一件辛苦的事情，选择了跑就要接受各种的天气，这是跑马拉松的挑战，也是跑马拉松的乐趣。如果总要选择最好的天气跑马，那和马拉松"挑战自我，超越极限，坚忍不拔，永不放弃"的精神本身就相违背。这就如人生，如果总希望自己的人生风平浪静、波澜不惊、顺风顺水、心想都能事成，怎么可能呢？要轰轰烈烈、波澜壮阔，就必然要迎接各种各样的挑战——而精彩，也就在这挑战之中。

　　从这个角度讲，我是多么的幸运！

　　战略上可以藐视，战术上却必须充分重视。穿好赛服，我和谢红都穿上了很轻的防雨保暖外套，我又破天荒地戴上了手套，我想，到比赛时再穿上雨披，总应该够了。

　　一切准备妥当，9 点钟，Leo 载着我们出发了。

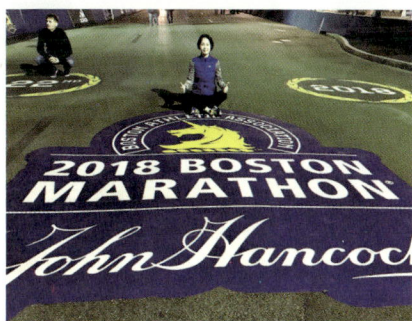

跑者在祈祷

一路上，风继续吹，雨却渐渐地小了下来。

40分钟后，我们来到了波马的出发地——Hopkinton，钻进了为运动员们准备的等候出发的大帐篷里。大帐篷在一片低凹的平地上，高处的水，哗哗地流下来，几脚下去，鞋子马上就全湿了，湿冷的感觉立即开始向上蹿。看着帐篷边尚未开化的雪和大帐篷里难民一样的跑者，我很难想象这是在波士顿，这是在波马！

六大马之首的波马，应该是很神圣的呀！

这恶劣的天气！

看来是我想象中先入为主的观念误导我了。是啊，人往往就是被先入为主的观念误导了的。

坐没有地方坐，站着鞋子在不停地进水，还有一个小时才轮到我们出发，想想心里有点后悔：再晚一点出来就好了。

组委会显然考虑到了这情况，准备了热咖啡、面包、香蕉等供跑友随取。这个时候，一杯热咖啡显得多么珍贵！

熬啊熬，终于熬到了11:15，我和谢红冲进渐渐大起的雨里，一起出发了。

那一瞬间，我在想，那些第一时间出发的精英们，该快到终点了吧？今年的冠军会是谁呢？他们中可有来自13个国家的46名精英运动员，包括六名波马冠军、17名美国顶尖选手和23名奥运会参赛选手呢，如肯尼亚的

Geoffrey Kirui，美国的 Galen Rupp 等。

还有大名鼎鼎的日本最强业余跑者、比赛狂人——川内优辉。

川内优辉出生于 1987 年。这一年，正是日本名将漱古利彦以 2：09：26 的成绩勇夺波马冠军之年。川内长大以后，他喜欢跑步的母亲川内美嘉便逼着他开始跑步，而川内也逐步露出了他跑步的天赋。但即使如此，川内依然没能进入他梦想中的能够参加箱根驿传（这是日本高年级学生参加的国内最为知名的长跑比赛，以比赛残酷著称）的明星学校，而是进入了一所具有正宗日本皇室血统、在长跑领域却非常落后的日本学习院大学。之后，虽然他有幸以联合队队员的身份参加了箱根驿传，但两次成绩都没有显出任何过人之处。

谁知川内优辉却是非常有信念的人。大学毕业以后，他选择了一所夜间进修学校工作。工作时间是每天中午 12 点 45 分到晚上 9 点 15 分，周末两天休息。选择这一职业的原因除了可以享受公务员待遇、比较稳定以外，他可以有规律地做点事：上班和跑步。他的月跑量在 600 公里左右的水平。为了检验自己的成绩，川内便频繁地参加马拉松比赛。2014 年，他参加了 13 场各类马拉松（顶尖专业运动员一般为每年两三场）。渐渐地，他的努力获得了回报：2011 年大邱世锦赛，他代表日本团出战，以 2：16：11、第 18 名的成绩完赛，位列日本所有选手第 3 名；2011 年东京马拉松，他取得了全部选手第 3 名、日本团选手第 1 名的好成绩。川内优辉还创造了一个跑步趣味世界纪录——穿着西服 1：06：00 完成半马。波马之前，川内还是世界上马拉松跑进 2：20 次数最多的人：78 次！这足以让一众职业高手为之汗颜。

在一次接受采访时，川内优辉说：想成功必须非常的努力。但光是努力还不够，你必须小心地避免受伤害，以最有效的方式去训练，而且要知道你做这些训练，是因为你打心底喜欢它。

我打心底里认同川内的说法。自我跑步以后，很多人常会问我如何能够坚持下去。我说，这不是坚持的问题，而是喜欢的问题。一件事情，如果自己不是发自内心的喜欢，坚持一次可以，两次问题也不大，但要一直坚持下去，是几乎不可能的事情；而要取得理想的成绩，更不可能。

波马刚一出发的路，略有下坡，跑起来本应该比较舒适，但因赛道较窄，跑者众多，加之大雨倾盆，所以想轻松也轻松不起来。附近的很多居民，却依然走出家门，或打着伞，或淋着雨，为我们加油鼓劲。在这样寒冷的日子，这些居民也是颇不容易的了。都说波马的观众热情，我算是感受到了。

雨不停地下着。雨滴随着狂风，重重地坠落下来，叭叭地掉落在我们的头上、脸上和身上。在国内，此时已是春天，正是春雨贵如油的时节。在外面跑步，如果碰到一场雨，那一定会尽情地畅跑在雨中，让雨水把自己浇个透湿，然后说一个字：爽！而在波士顿，这是冬天的气象呢！为了防止失温，我陪着谢红小心地跑着。我清楚地知道，停下来会意味着什么。

头一次跑步遇到这样的天气，渐渐地，人的精神有点不振。跑到11公里处，路边忽然传来了我最喜欢的迈克尔·杰克逊的歌，那独特的嗓音、激昂的音乐，瞬间传遍了我的全身。我想起1987年，我在学校担任班主任时，为了希望同学们今后都能成为对社会有用的人才，曾专门在上海人民广播电台"点歌台"为同学们点播了迈克尔·杰克逊刚刚传入中国的非常流行的歌"《真棒》"（*Bad*）。真棒！不是吗？今天，我也要做个真棒的人。

雨太大了。一路上，为了防止雨吹进衣领，我只能略低头用心跑着，旁边的景物已无暇顾及，只是注意看着越来越长的公里数。前方，尖叫声突然一阵紧似一阵地传来。抬头一看，原来是20公里处的卫斯理女子学院到了。猩红色的院墙前，挤满了沐浴在劲风冷雨中的女学生们。"kiss me""kiss me"的纸牌子，一个接着一个；有的疯狂的女孩，不停地把手拍着自己的嘴唇。这尖厉的叫声钻入耳鼓，雨声再无听到的可能。跑者却像没有看见一样，自顾自地跑着。说到"尖叫隧道"，很多人可能以为，现在的女孩开放了，才形成了这样一个特色。其实，尖叫隧道的来历，可以追溯到首届波马。那时，总共15名参赛选手中，有一名是卫斯理女生们特别喜欢的哈佛大学的男生，于是，在比赛日，她们便相约在赛道旁，一起为这个男生加油助威。不承想，这一传统就此保留了下来，成为了波马独有的风景。

20 公里过后，渐渐地，我发现了一个越来越严重的问题，就是赛道上除了冰水和佳得乐饮料之外，没有任何补给！这么冷的天，冰水喝了只会感觉越来越冷，因而不敢喝，其实也不需要补水。而跑马前吃的一桶方便面和几片面包所供给的能量早已消耗殆尽，咖啡的热气也早冒完，低血糖的症状越来越明显，肚子里明显地感觉需要进食，路边却没有任何可以吃的东西！难道波马的跑者们是因此而不得不奋力奔跑创造好成绩的吗？！我纠结着要不要把随身带的备用的一根星巴克能量棒拿出来吃，可现在吃完了，后面 20 多公里怎么办呢？坚持了一会儿，感觉不能再撑了，还是把能量棒拿出来准备吃。谁知，戴了手套的双手已经在不知不觉中冻僵了，怎么着也撕不开能量棒，我只能拿嘴咬，咬了好一会儿，才咬开了吃上。这时我才明白，一路上的白色帐篷医疗站点，为什么有那么多的跑友不停地跑进去，他们肯定是失温了。在户外，失温对于一个人来说是极其麻烦的事，何况是对于一个跑者？事后得知，共有 1298 人在比赛过程中接受治疗，80 人送医，包括 3 位特邀选手。难怪川内为了迎接这一届波马，特意安排了一个月时间专门到波士顿进行训练，那经常是 –20 摄氏度左右的天气，冰天雪地。在这种情况下，"再苦也决不放弃"就不是一个人随便说说的了。我问谢红："行不行？"她说："可以。"我每一次问她，她都说"可以"。看着她的样子，我心里的担心却在愈益增加：她哮喘刚刚有点恢复，而这天实在太冷，雨实在太大。我只能说："慢慢跑，不急。"嘴上这样讲，心里其实希望早点跑完。再往前，看到有的老外捧着一个脸盆，脸盆里放着一条条紫薯色的像粗粉条一样的东西，我立即拿了几根，和谢红一起吃了下去，也算是享受了一次老外的"私补"。吃了一点干货，人感觉好多了。

赛道起起伏伏中，我们一起跑着，担心着著名的"心碎坡"的到来。

但跑啊跑，并没有看到"心碎坡"（Borkenheart hill）。里程，却已经是 35 公里，早已过了 32 公里处的"心碎坡"。"心碎坡"在哪里？原来，"心碎坡"的说法并不是来自于这段路有多么艰难，600 米的长度，也不能跟雅典马拉松 18 公里以后的连续 15 公里上坡相比，而是 1936 年 4 月 20 日的波士顿马拉松时，卫冕冠军凯利在翻越 Newton hill（牛顿山）后强势逆袭，在此处（波士顿学院 Boston college 附近）追赶上了领先的埃里森·布朗，然后友好地拍了一下布朗的后背。没想到，布朗被凯利拍了以后，浑身的能量再次被调动起来，最终以 2：33：40 获得了冠军，凯利仅仅得了第 5 名，这让他心碎不已，"心碎坡"由此得名。

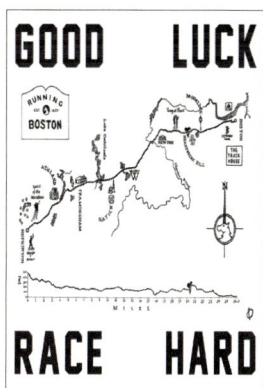

祝福

一路上，穿得"厚厚实实"的，虽然保暖，却因号码布没有露出来，摄影师即使给我们拍了照，我们也找不到（国内已经可以人脸识别）。好不容易来了一趟波士顿，总得留几张赛道上的照片回去啊。这时，我看到左边赛道上，一位摄影师大叔躲在伞下正在兢兢业业地工作，立即撩起雨披和外衣，露出号码，拉着谢红一起合影，终于留下了这样一张有点意思的照片。

撩起雨披和外衣，露出号码，拉着谢红一起往前冲。

再往前，横跨查尔斯河的 "Boston Strong" 大桥到了。2013 年爆炸案发生后，"Boston Strong" 成为了代表波士顿力量的新名词。走在街上，到处可以看到黄色的小花和"Boston Strong"几个大字。看来，Boston Strong 已经成为了波士顿城市新的力量的重要源泉。"Boston Strong" 大桥一过，开始进入市区，最后 2 英里了。再往前，就是当年的爆炸发生地。这时，可以明显地看到，跑者们一个个再次勇敢起来，奋力地向终点跑去。我们的心里，此刻也是充满了感动，鼓足最后的勇气向前奔跑！右拐，左拐，再右拐。地上，铺满了一件又一件的雨衣，我知道，那是选手们脱下的！他们为了在终

在大雨倾盆中冲刺

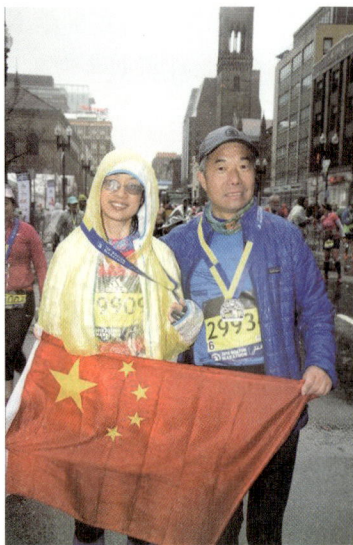
再冷也要拉着国旗合影

点留下最美的形象，即使雨再大，也要让大家知道，他是几号选手，他是一个真正的跑者！我和谢红也马上脱掉雨披，露出号码布。已经冻得脑子都几乎周转不灵的我突然想到该拿出红旗了，立马解了下来，一头交给谢红，一头自己拉着，向终点奔去！大风猎猎，雨柱狂泻。这时，心中只有一个信念：我来自中国！我要让五星红旗飘扬在波士顿的大地！

4：49：35，我们在观众如潮的欢呼声中，冲过了终点。戴上独角兽奖牌的那一刻，我紧紧地拥抱着谢红，脸上，任雨水流淌。

日本著名作家村上春树说："在过去的三十年间，我跑过了三十三个马拉松。我的足迹遍布世界各地，但若有人问起哪里才是我的最爱，我会毫不犹豫地回答：波士顿。"

波士顿，何止是村上春树的最爱？它也是我的最爱，也一定是众多跑者的最爱。

伦敦篇

跑马拉松这几年来，一直困扰我的一个问题是：马拉松的距离为什么是42.195公里？每次快要跑到终点、人已经精力不济只希望早点结束的时候，尤其会想着这个问题：这195米是怎么多出来的？或者说为什么要这195米？有几次，PB在望了，也是被这最后比几公里还长的195米打碎了梦想，也打碎了很多很多跑者的梦想。

从波士顿飞往伦敦的飞机上，我又不自觉地想到了这个问题。

伦敦马拉松，世界六大满贯赛事之一，由英国田径名宿布拉谢尔和迪斯莱共同创办于1981年。伦敦马拉松以慈善闻名，每年三分之二以上的名额都会分配给各类慈善机构，再由慈善机构征集报名。所以，虽然每年伦敦马的名额不少（2018年为54565人），但大部分都分配给了本国选手（2018年英国名额为47979人），导致公开抽签部分的中签率奇低，对于外国选手来说，几乎没有中签的可能。因此，凡是想跑伦敦马的外国跑者，基本不会去参与抽签，而是直接掏钱。正因为此，到2018年，伦敦马拉松累计募集了超过9亿英镑之巨！我去马博会（马拉松博览会）领取赛包之时，现场显示今年已经募集了1800多万英镑，并且这一数字还在跳动之中！

19日晚上11点到了伦敦，一起的跑友便商量着行程。由于22号跑完马

慈善捐赠显示屏

上要乘机回国，便决定 20 日上午去领装备，下午去剑桥大学；21 日去马克思墓和温莎城堡，然后回来休息以迎接第二天的比赛。第二天上午一早，我们便赶到了刚刚开门的马博会。只见巨大的展厅里，首先映入眼帘的，是无处不在的红色元素：满地的地毯是红的，布景是红的，志愿者们穿的衣服是红的。那些穿着红色志愿服的大爷大妈们，戴着老花镜，仔细地核对着每个人的信息，有条不紊地给选手们准备着各种衣物，准备好了以后，还会耐心地给你讲解需要注意的事项，最后，一定会说上一句：congratulation。看着他们慈祥的面容，第一次来到伦敦的我，心里轻松了许多。

领好装备，简单吃了点午餐，我们便向剑桥大学出发了。剑桥大学创建于 1209 年，至今已有八百多年的历史，是目前世界上排名靠前的大学中成立最早的之一，由包括三一学院（Trinity college）在内的 35 座学院组成。虽然剑桥已经培养出了 80 位诺贝尔奖获得者、13 位英国首相和 9 位大主教，但我们想看的，主要是世界科学史上的奇才之一、英国工业革命的先驱——牛顿，以及在中国深入人心的《再别康桥》的作者徐志摩所描写的康河（River Cambridge）。到了离伦敦 80 公里以外的剑桥镇，浓郁的古色古香气息扑面而来。只见并不宽敞的马路两旁，到处都是泛黄的砖墙，稍经修缮的门店里，摆满了各式各样的商品，来往的客流熙熙攘攘。据当地的朋友介绍，一年有

马博会现场

三百多万游客到访剑桥。

　　我们一个学院一个学院地走着，很快就来到三一学院。站在三一学院的门口，看着古老庄重的院墙，崇敬之情迅速在心里升腾：牛顿就在眼前了，徐志摩就在眼前了，霍金，也就在眼前了。

　　走进院内，中间是一片方方正正的绿地。绿地中央，矗立着一座雕像，绿地的四周，是用于教学的古朴的建筑，在每个建筑的门口，都放着"private"的牌子。我们围着绿地走着，慢慢地向草坪走去。这时，一个老师模样的人过来说："你们不能走到草坪上去。"我说："那两个人怎么可以走上去呢？"他温和地说道："他们是剑桥的老师！"此时，只恨自己此生不是剑桥人。

　　我们沿着校园里安静的石板路，寻访着徐志摩的足迹。走不多远，康河便出现在了眼前。河上，一座小桥遗世独立。我站在桥上向康河看去，康河两旁，垂柳依依；康河里，小船悠悠；船橹划出的波光，艳艳地发出它清澈的光。船上的游客三三两两，或打着伞，或晒着阳，随船荡着，仿佛是在世外的桃源。走过桥去，映入眼帘的是一块不大的石碑，石碑上刻着徐志摩的诗《再别康桥》："轻轻的我走了，正如我轻轻的来；我轻轻的招手，作别西天的云彩。……悄悄的我走了，正如我悄悄的来，我挥一挥衣袖，不带走一片云彩。"

无与伦比的剑桥

站在这傲然的艳影里，我想，徐志摩的再别，一定是有诸多无奈的吧。

但牛顿却看不到。牛顿在哪里呢？牛顿在"private"里。那里，是不属于我的所在。我看着天空，看着天空中太阳的五色谱，思考着生下来只有 3 磅重（不到 3 斤）的牛顿，有着怎样智慧的眼睛，能够自他年轻起，就发现了万有引力、微积分，牛顿第一定律（惯性定律）、牛顿第二定律（加速度定律）、牛顿第三定律（作用与反作用力定律）……以及五色谱。还是到威斯敏斯特教堂（西敏寺）去吧，我知道，牛顿就安葬在那里。

西敏寺是英国一所非常特殊的教堂。说是教堂，其实主要是皇室家族的墓地。极致精美的教堂里，安葬着英国从维多利亚时代到伊丽莎白时代所有的已故皇室成员。但就是这样的一个地方，却又安葬着许许多多对英国社会历史的发展作出过巨大贡献的人士：一战中牺牲的 197 名空军将士、狄更斯、卢瑟福、达尔文以及牛顿！一进大厅，正前方把大厅一隔为二的，便是牛顿的塑像。只见牛顿斜躺在那里，看着天体运动，自然地思考着。

牛顿说："我的成功主要靠不断地思考。我总是把课题保持在我的面前，等待着第一个黎明，一点点地现出它强烈的光芒。"

作为开创了科学、理性时代的人类历史

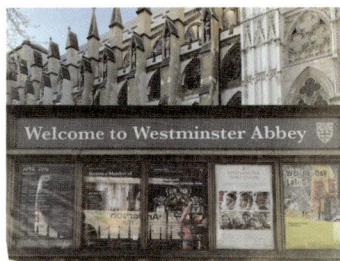

安息在威斯敏斯特教堂的牛顿

我读过的《资本论》　　海格特公墓里的马克思墓碑

上最伟大的科学家，牛顿去世前还说道："我不知道我可以向世界奉献什么。但是对于我自己来说，我似乎只是像一个在海岸上玩耍的孩子，以时常找到一个比通常更光滑的鹅卵石或美丽的贝壳来自娱，广大的真理海洋在我面前却仍然没有发现。"

这就是牛顿，这就是英国皇室会用这么好的位置安放牛顿的原因。看着牛顿硕大的雕像，我却想到了另外一个问题：英国皇室让这些杰出人物安葬在自家的教堂里，是多么的与众不同啊！他们想展示给社会的，到底是君临天下？还是开放包容？我忽然又似乎明白了，"一带一路"推进的过程中，英国为什么会第一个成为中国发起设立的亚洲投资开发银行（AIIB）股东的西方发达国家，互联互通又为什么会首先从"沪伦通"开始。

我愿意相信，是他们的开放包容。

在这种开放包容中，最受益的人之一就是卡尔·马克思（Karl Marx）了。马克思，1818年5月5日出生于德国小城特里尔，今年正好是他诞生200周年。马克思年轻时，作为律师的父亲希望他子承父业，谁知马克思对律师行业不感兴趣，却成为了《新莱茵报》的记者。不久，言论激进的马克思遭到了普鲁士当局的驱逐，他便来到了法国，又因同样的原因到了比利时，最后来到了英国。到了英国以后，穷困潦倒的马克思在恩格斯的资助下，勤奋钻研，写出了《资本论》一、二、三卷。

我在 20 世纪 80 年代初上大学时，国家刚刚准备改革开放，财经类院校大多也是刚刚恢复招生，教材是很不成体系的。经典名著，除了亚当·斯密的《国富论》、凯恩斯的《就业、利息与货币通论》，就是《资本论》了。正因为此，马克思影响了我的青春，也影响了我的一生。当我们来到处于高档社区的 Highgate 公墓时，管理人员立即拿出宣传册，布满名人墓地的小册子里，唯有马克思的墓用红星标着，十分醒目。看来，BBC 曾经组织评选的千年以来 100 个思想家，第一名是马克思，所言非虚。

走在伦敦的街头，联想起过来的飞机上看的《大国崛起》中对英国的介绍，不禁对公元 1600 年就已经成为欧洲第一大城市的伦敦，多了几分亲切与欢喜。英国诗人塞缪尔·约翰逊曾经说过："谁厌倦了伦敦，谁便厌倦了人生。"看来确有道理。它让我忘记了《雾都孤儿》中 Olive 的悲惨和《三十九级台阶》中"你知道第三十九级台阶吗？"的紧张。

但 22 日实在是太热了。据预告，当天的气象温度是伦敦 70 年来最高的，也是伦马举办以来最热的，温度为 23℃。又据说，可能会有雨。23℃？那还可以啊，去年北马最高温度 33℃ 呢。早上 5 点多起来，拉开窗帘，如射线一般的晨曦瞬间直射进来，即时温度 16℃。看着热烈温馨的太阳，想着要从西半球跑到东半球的伦马、想着 21 日刚刚九十二岁生日的女王 10 点要亲自按下发令枪、想着今年正好是马拉松距离被确定为 42.195 公里 110 周年、

我的伦马比赛号

谁将成为六星跑者

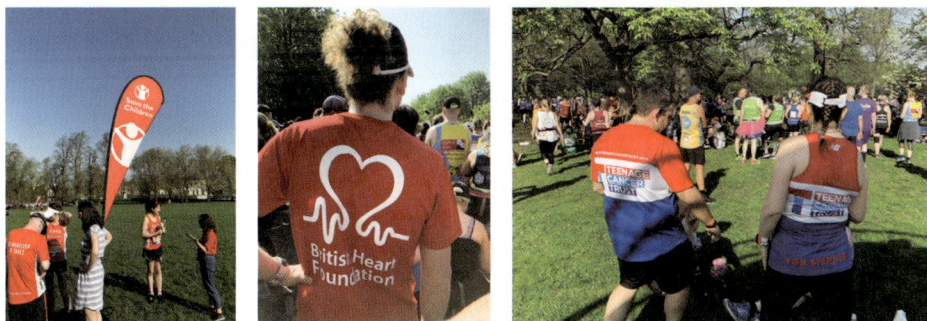

参赛的慈善组织代表

想着 20 日我们去温莎城堡时正在举行婚礼的哈里王子要在终点给获奖选手亲自挂上奖牌、想着这是我和谢红在冰火两重天的波马和伦马背靠背跑六大满贯，豪气自在我胸。

一个小时的地铁后，我们来到了出发点位于西半球的皇家格林尼治公园（Greenwich Park）。这也是确定格林尼治时间（世界时）的格林尼治天文台所在地，它建于 1675 年。9 点多，公园里人山人海，运动员正如潮水一般地涌来，我们随着人流潮水一般地向起点涌去。突然，看到左边有几个人在一个高高竖着的 "Save the children" 的旗下集合，心想这有点意思，马上跑过去拍了个照。

不一会儿，我们来到了起点。我发现，有很多本地的跑友，衣服背后都有字。如 "Cancer Research" "Cancer Trust" "British Heart Foundation" "Fire Fighters" 等。这时我才反应过来，伦马以慈善出名不是徒有虚名，他们是真正在做事的，这些机构都是当地的公益组织，都很有影响力，如 "CANCER RESEARCH"。正因为此，才有那么多的跑者自愿地加入这些公益组织，自觉地参与到慈善活动之中，敬仰之情由此更多了一分。难怪行前，"知行合逸" 的工作人员小米，在群里讲我们都是慈善跑者、是对伦马有贡献的人（今年共有 643 名中国人参加伦马）的同时，特意强调了要注意的行为规范。这时我想，国内的哪个大型马拉松如果也往这方面发展，该有多好。

10 点钟快要到了。这个时间，皇家成员们应该都已经在屏幕前，陪着他

英女王亲自发枪

温莎城堡

们的女王准备观看马拉松吧。1908 年，伦敦奥运会马拉松比赛，正是为了照顾只能在教室里观看比赛的王子们，英王爱德华七世的妻子亚历山德拉王后说："我希望马拉松比赛能从温莎城堡前的草坪开始，这样，皇室的小成员们正好可以从教室的窗户，直接观看马拉松起跑时的情形。"就这样，当年马拉松的起跑点被定在了温莎城堡教室的窗户下。

事后一量，此一距离是 26.2 英里，相当于 42.195 公里。1920 年，42.195 公里被国际田径协会正式确定为马拉松比赛的距离，直至今日。现在，所有跑者多跑的这 195 米，都是为这些身不由己的王子们跑的，所以再苦再累，相比这些只能关在家里观看赛事的王子们，而我们还能自由奔跑，想想也罢了。

10 点整，九十二岁的女王，如一百一十年前她的祖母玛丽公主一样，用颤抖的手，按下了起跑的按钮。

选手们一组一组陆续地出发了，而我们还在等待之中。我很淡定地等着。我想，查尔斯王子都等了几十年了，我就等那么几十分钟，我急啥呢？当然，我的心里也不乏疑惑：女王要到什么时候才愿意把王位传给她这名叫查尔斯的王子呢？

10 点 40 分，终于轮到我们最后一组——第七组出发。跨过拱门，是热浪下欢乐的海洋，号声、喊声、音乐声，还有闪光灯的嚓嚓声，响成一片。空气中没有风，雾都著名的雾霾，也早已随着英国现代化的进程消失了。太阳直射下来，照在皮肤上，隐隐地有点疼。这少有的感觉让我隐隐地想，今天可能有点艰苦。果不其然，跑了不一会儿，汗就开始不停地流，我和谢红说，今天一定要注意补水。跑到 5 公里时，一个小伙子躺在地上，医生在给他做降温处理。这么早就有人出现状况，是从来没有遇到过的。看来对于伦敦当地人来说，这已经到了他们能够承受的极限。也是，旁边的帅哥美女们，很多不都是一边晒着日光浴，一边在看我们跑步吗？！不一样的伦敦，不一样的伦马！人挤人的赛道上，突然出现了一个蓬头垢面、背着十字架跑步的人。十字架上写着：Children In Crisis。

我的心一紧。是啊，现在世界各国在大家的努力下，都越来越富裕，饿死人的现象已经越来越少。而战争，那毫无理由的战争，却从不肯消停。尤其是在中东地区，这个曾经富得流油的地方，本世纪以来忽然成为了各种新式武器的试验场。人们流离失所，孩子们生活在惊恐之中，他们没有机会优雅地站在教室的窗前看马拉松，他们只能在求生的路上，不停地逃亡。正如刚刚受到袭击的七岁叙利亚女孩唱的那样："真羡慕你活在天堂，可我在炮火中无处躲藏。"

他们到底做错了什么呢？而我们又做对了什么？！

晒日光浴

十字架下

横跨东西半球的伦敦大桥

为伦敦骄傲

20 公里处,来到了著名的伦敦塔桥(Tower Bridge),从这里跨过长达 346 公里的英国"母亲河"泰晤士河(River Thames),就到了伦敦西区。跑友们纷纷在这里留影,我也跑过不错过,拍了一张。

背对塔桥拍照时,我心中闪过了一个念头:这世界第一座开拉式悬索桥,会不会突然悬吊起来啊?这当然是开玩笑,这么多跑友在桥上呢,还是好奇心在作怪。拍完照,继续往前跑,桥上更多的是加油的人,炎热的天气里,这喧嚣声让我的耳鼓有点嗡嗡的。这时,我希望他们能够安静一会儿,让我专心跑步。但我也知道,伦敦是比较少见到这么好的太阳的,又有这么好的他们能够参与的活动,可能他们的亲朋好友也在这跑者之中,他们正等待着他(她)的出现。而作为跑者,有亲友站在路旁给自己加油鼓劲,是特有幸福感的事情,尤其是在人精疲力尽之时。喊就喊吧,总比脱欧闹分裂好。马拉松本身就是全世界跑者团结的大会、共进的大会、胜利的大会,与观众一起追求的,是一种圆满、一种成功、一种和谐。而今,作为六大马的伦敦,其作用当然更加不同。

正因为此,30 公里掉头处,高高地竖着一块牌子:London Pride。

London Pride, I Pride, We Pride, For London, For Me, and For Us.

但路边中暑的人实在太多了。这么热的天,

还有195米

白金汉宫前

让人的消耗太大。和波士顿一样，伦敦的赛道上除了水，也没有其他补给。35 公里过后，我开始产生弃赛的念头，这可是从来没有过的。看了看谢红，她仍然在努力跑着，只能暂时把这念头压住。是啊，正如坦桑尼亚运动员约翰·斯蒂芬·阿赫瓦里说的那样：我的祖国把我派到 2 万公里外的墨西哥城，不是让我来听发令枪的，是要我冲过终点的。而我来到这里，也不是来听发令枪的，是要和谢红一起，拉着五星红旗，冲过终点的。这样想着，穿着新的赞助商 New Balance 赛服的我，心理很快达到了新的平衡。我们互相鼓励着，拼足最后的劲，向着终点——白金汉宫（Buckingham Palace）跑去。

经过 4:42 的奔跑之后，冲过终点，我躺在地上，一个志愿者过来问我，需要去医护室吗？我果断地回答：No。抬头看着清澈的天空，我的脑子里是一片混乱的声音："To be or not to be？这是最坏的时代吗？这是最好的时代吗？"

刚刚安葬在威斯敏斯特教堂牛顿身旁的霍金说："人工智能（AI）将毁灭人类。"

莎士比亚有言："一切过往，皆为序章。"

这样看来，To be or not to be？

或许，永远是一个问题。

2019年跑马记

四十周年记

一天午暇，随手翻着跑步 app，忽然，"跑进新时代，小岗再出发"几个大字映入眼帘。点开一看，原来是首届中国凤阳国际马拉松即将于 10 月 28 日举行。正在构思要围绕祖国改革开放 40 周年写一篇跑马记的我，立即报了名。

2018 年 12 月 18 日，是我国改革开放 40 周年纪念日。

40 年前的 1978 年 12 月 18 日，邓小平同志在十一届三中全会上，宣布中国正式进行改革开放。邓小平同志说："如果现在再不实行改革，我们的现代化事业和社会主义事业就会被葬送。"

在历史的长河中，40 年只是弹指之间。但这 40 年，中国人民却共同谱写了一曲感天动地、气壮山河的奋斗赞歌。

国内生产总值由 3679 亿元增长到 2017 年的 82.7 万亿元，年均实际增长 9.5%；全国居民人均可支配收入由 171 元增加到 2.6 万元；我国贫困人口累计减少 7.4 亿人，贫困发生率下降 94.4 个百分点；建成了包括养老、医疗、低保、住房在内的世界最大的社会保障体系，医疗保险覆盖超过 13 亿人；居民预期寿命由 1981 年的 67.8 岁提高到 2017 年的 76.7 岁；改革开放之初一票难求的粮票、布票、肉票、鱼票、油票、豆腐票、副食本……都成了收藏品，展示在了国家历史博物馆；货物进出口总额从 206 亿美元增长到超过

4万亿美元，累计使用外商直接投资超过2万亿美元，对外投资总额达到1.9万亿美元；对世界经济增长贡献率超过30%……现在，我国是世界第二大经济体、制造业第一大国、货物贸易第一大国、商品消费第二大国、外资流入第二大国，我国外汇储备连续多年位居世界第一，中国人民在富起来、强起来的征程上迈出了决定性的步伐！（以上见习近平2018年12月18日"在庆祝改革开放40周年大会上的讲话"）

江阴，长江边的一个县级市。2018年，全市GDP总值已接近万亿元人民币。在改革开放40周年来临之际，江阴市政协常委赵文碧发表了《沐浴在小城大爱里》的文章，反映了当地改革开放取得的巨大成就。她分三个段落朴素地写道：小城市不再小、小城市也洋气、小城市大格局。在文章的结尾，她说：现在的江阴人民住有所居、老有所养、病有所医、学有所教，百姓生活水平越来越高，居住环境越来越好，产业质量越来越优。……我们有理由相信，江阴小城的未来一定会更美好。

这40年，也是出生在"文革"中的我从一名初中生到一名大学生，再走进社会的40年。40年朝气蓬勃，40年风云变幻，40年波澜壮阔，40年海阔天空。

这40年，既是我们伟大祖国的40年，更是我人生路上的40年。

这40年，怎能忘却；这40年，难以忘怀。

能够在改革开放萌芽地之一的凤阳小岗村跑一场马拉松，这是对改革开放40周年多好的纪念方式啊！

"跑进新时代，小岗再出发"。

再出发吧，向着未来的40年。那时，一定是个面朝大海、春暖花开的时节。

10月28日，一早，我站在了凤阳国际马拉松的起跑线上。凤阳是淮北的一个县级市，又是首次举办马拉松比赛，但却因为改革开放的缘故，受到的重视程度不亚于北上广深等大型赛事。中国田径协会副主席、安徽省人民政府副省长等领导都来出席；站在主席台上的，还有小岗村"大包干"带头人严金昌。

在中国改革开放 40 周年的历史上，有两个地方最有代表性：一个是深圳，一个是小岗村。深圳，因为特区的关系，它是城市改革开放的典型；小岗村，则因在极左思潮泛滥之时，率先在全国推行"包产到户"，成为农村改革的典型。

小岗村位于凤阳县东 25 公里处。1978 年以前，是全县有名的"吃粮靠返销、用钱靠救济、生产靠贷款"的"三靠村"。每年秋收过后，为谋生计，家家户户都要敲着瓷盆唱着地方特色的花鼓戏外出讨饭。在"说凤阳、道凤阳，凤阳本是好地方。自从出了朱元璋，十年倒有九年荒"的凤阳，作为"三靠村"的小岗村之困难可想而知。不能再这样下去了。1978 年底，闻到了改革气息的村党支书记联名 18 户村民，以"托孤"的方式一起订立了"生死状"，按下了"红手印"，偷偷地废除了"集体所有、按劳分配"的生产方式，推行以包产到户为核心的"大包干"。"生死状"上写着："我们分田到户，每户户主签字盖章，如以后能干，每户保证完成每户的全年上交和公粮。不在（再）向国家伸手要钱要粮；如不成，我们干部作（坐）牢刹（杀）头也干（甘）心，大家社员也保证把我们的小孩养活到十八岁。"

"生死状"是签下了，田也分配好了，但上面允不允许却是个大问题。那时，中国到底该向左还是向右？该发展还是守旧？改革该是"姓资"还是"姓社"？……意见极其对立，斗争极其尖锐，过程极其复杂。所以，看上去是一个偏远地区的农村小队分田分地，其实却涉及中国社会发展本质的原则问题。在电视剧《历史转折中的邓小平》中，有很多集都在讲述这一历史时刻。正在这时，《光明日报》以特约评论员的名义刊登了南京大学哲学系讲师胡福明的文章《实践是检验真理的唯一标准》，站在时代潮流一方的《解放军报》第一时间予以转载。这篇文章的发表，犹如在死谧的湖海掷下了一块巨石，迅速在全国大地掀起了滔天巨浪。中国向何处去？中国该向何处去？中国会向何处去？人性被泯灭已久的中国人民思考着，站在风口浪尖的中国领导人思索着。中国这头睡狮，该醒吗？会醒吗？

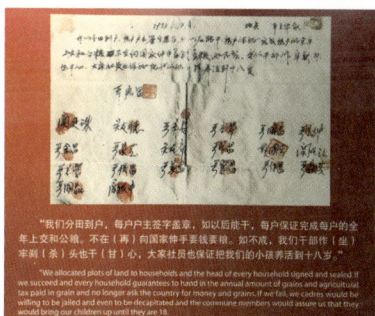

小岗村村民们的"红手印"　　　　　　　　　　　决定性的评论文章

滑铁卢战役失败后，关在圣赫勒拿岛的法国皇帝拿破仑说：中国是一头沉睡的狮子，一旦醒来将会震惊世界。感谢上帝，就让他睡着吧。

中国，你还睡得住吗？

最终，留法回来的邓小平排除"左"的干扰，作出了在全国推行包产到户的决定。我清晰地记得，当包产到户在我的家乡推行时，父老乡亲们奔走相告的喜悦情景。包产到户好啊。正如时任凤阳县委书记陈庭元说的那样：大包干，大包干，直来直去不拐弯。保证国家的，留足集体的，剩下都是自己的。

1980年春节前，时任省委书记万里专程来到小岗村考察。看到仅仅实施大包干一年时间，就已经家家粮满园，户户谷满仓，万里高兴得不得了，连连说道："哎呀，这回好了，可以随便吃饺子、下面条了。"

一个已经站起来了三十年的民族，靠这几个农民，才开始过上"随便吃饺子、下面条"的日子。

站在凤阳马拉松的起点，想着这样一些事，想着这样一些人，我的思绪难以平静：我该怎么跑这个马拉松呢？怎样跑才能更有意义呢？最终我决定：创PB吧。我想，只有跑一个PB，才能对得起这片土地，才能对得起这里的人民，才能对得起这个伟大的时代。

出发了。我看了一眼站在主席台上的严金昌，想着他昨天和我讲述当年大包干的情形，随着发令枪冲了出去。

冲出去！

　　凤阳马拉松虽是一个县级马拉松，参赛人数却有 15000 人。从市民广场出发后，就进入了主赛道——中都大道。宽敞的中都大道两旁，红旗招展，歌声飞扬。赛道上，满满当当的都是人。我在人群中穿梭着，努力地往前赶。我要赶上 330 的兔子，跟着他们跑，这样我才能有把握创 PB。

　　不知不觉中，悦跑圈里传来了"你已经跑步 5 公里，用时 24 分 20 秒，最近 1 公里用时 4 分 48 秒"的声音。这时，330 的兔子也由远而近、就在我的眼前了。

　　凤阳马拉松的赛道，是从市民广场出发，经中都大道、凤翔大道、濠州大道、改革大道、友谊大道，直到终点——大包干纪念馆。是从县城出发，沿着乡村公路，一直跑到小岗村的路线。这些大道，都是近几年富裕起来以后新修的，笔直宽敞，跑起来很是舒服。我跟着 330 的兔子，以不到 5 分钟的配速奔跑着。天空中，太阳明媚，微风清扬，两旁的稻田里，稻子已经成熟了，农民开镰收获的季节马上就要到了。

　　马路旁，村民纷纷走出家门，聚在一起看比赛。现在的人见识真是多了，在自己家门口有这样的赛事，村民都是一副见多不怪的样子。男人们边抽着

丰收时节

烟，边看着唠着；妇女们则各自忙着自己的家事，纳鞋的纳鞋，理菜的理菜，时不时地抬头看一眼，说两句。孩子们自然纷纷暴露出他们活泼好动的天性，一边跑前跑后，一边好奇地看着。有的男孩鼻子里还拖着鼻涕，却好玩似的喊着"加油、加油"，那调皮的样子，真是可爱极了。我不禁想起了我孩提的时候，那时候家门口没有马拉松，但有一次，我和哥哥放学后在河边放羊，突然，在河中央，远远地开来了坦克车。那墨绿的外壳下，坦克车沿着大运河河道奔驰向前，坦克上高炮耸立，革命军人戴着钢盔，敬着军礼，庄严地目视前方，英姿飒爽。"一辆、两辆、三辆"，我和哥哥数着，"四辆、五辆、六辆……"哇，共有七十二辆坦克从我眼前驶过。这情景太威武了！太威武！看着这些坦克，我忘记了天，忘记了地，忘记了羊，忘记了回家。直到天快黑了，才依依不舍地站起来离开。回到家中，遍寻我们不着的家长已经着急得不得了，还好有哥哥在前面顶着，否则，父亲的巴掌也会落到我的身上。

多么快活而又凄美的儿时时光啊！

想起来，心里酸酸的。

看着赛道旁的孩子们，我的思绪拉了回来。我想对孩子们说：孩子们，你们真是幸福的人呐，虽然你们不一定知道幸福为何物，但你们真是幸福的人。改革开放初期的孩子们，可没有你们这样的幸福。

1980 年 5 月，《中国青年》杂志上，刊登了一封署名"潘晓"的读者来信。信的题目叫："人生的路啊，怎么越走越窄"。信中写道：我今年二十三岁，应该说才刚刚走向生活，可人生的一切奥秘和吸引力对我已不复存在，我似乎已走到了它的尽头。回顾我走过来的路，是一段由紫红到灰白的历程；一段由希望到失望、绝望的历程；一段思想长河起于无私的念头而最终以自我为归宿的历程。……有人说，时代在前进，可我触不到它有力的臂膀；也有人说，世上有一种宽广的、伟大的事业，可我不知道它在哪里。人生的路啊，怎么越走越窄，可我一个人已经很累了呀……

这封信我没有第一时间读到。当时正在农村中学读初二的我，除了书本，是看不到一张报纸更不知道还有《中国青年》这样的杂志的。直到上了大学，才听说有这样一封来信，并立即引起了我的共鸣。

改革开放，大方向是定了，可怎么改革？怎么开放？刚刚从极左路线中脱身而出、稍稍有了点生气的中华大地，思潮混乱，思绪翻腾。

这从我进大学以后国家经济体制改革的动向就可一见端倪：计划经济—有计划的商品经济—商品经济……政策的变化比翻书还快。群众在无妄等待，中央在努力突围。

年轻人，则在迷茫中痛苦思考：

顾城写了《一代人》：黑暗给了我黑色的眼睛，我却用它寻找光明。

北岛写了《回答》：卑鄙是卑鄙者的通行证，高尚是高尚者的墓志铭。看吧，在那镀金的天空中，飘满了死者弯曲的倒影。

梁小斌写了《中国，我的钥匙丢了》：……我在这广大的田野上行走，我沿着心灵的足迹寻找，那一切丢失了的，我都在认真思考。

这首诗，我曾经倒背如流。

浪漫灵性的海子，写下了凄绝的《面朝大海，春暖花开》：从明天起，做一个幸福的人；喂马、劈柴，周游世界；从明天起，关心粮食和蔬菜；我有一所房子，面朝大海，春暖花开。

细腻宁静的舒婷，留下了感人至深的《致橡树》：我必须是你近旁的一株木棉，作为树的形象和你站在一起。根，紧握在地下；叶，相触在云里。

更有谦谦淡然的汪国真的《热爱生命》：我不去想是否能够成功，既然选择了远方，便只顾风雨兼程。

后来，"风雨兼程"被写进了歌词，成为一首歌的歌名。歌中唱道：今天你又去远行，正是风雨浓；山高水长路不平，愿你多保重……明天我也要登程，伴你风雨行；山高水长路不平，携手同攀登；还是常言说得好，风光在险峰；待到雨过天晴时，捷报化彩虹；来也匆匆去也匆匆，就这样风雨兼程……

就这样风雨兼程！

改革开放的路，不就是风雨兼程的路吗？人生的路亦然，马拉松的路，同样需要风雨兼程。

天气越来越热，渐渐地我有些跟不上兔子的脚步，在18公里处，距离终于慢慢地拉开了。跑步这么多年，从来没有脚泡的我，感觉前脚掌处也出现了一个大水泡，每跑一步，隐隐地钻心地疼。看来，PB是没有希望了。怎么办？还要不要跑下去？看着渐渐拉开的人群，在烈日下奋战的我，心里开始纠结起来。

纠结的很重要的一个原因，是在这样的一条赛道上，如果不能PB，感觉就如人生没有了目标一样，是没有什么意义的。我们来到这个世界，短短的几十年，难道就为不知所措而来、浑浑噩噩而去吗？我相信对绝大部分人来说，肯定不是、肯定不想。每个人考虑的，是在这短短几十年中，如武侠大家金庸说的那样，"大闹一场，悄然而去"。但这又哪里是一件简单的事情！同样的，我来到这条赛道，哪里是仅仅想着完赛、拿块奖牌？我要的，是跑得精彩一点，以这种精彩，"跑进新时代"，以这种精彩，"小岗再出发"！但PB肯定是没了，我又不愿轻易退赛，那精彩在哪里呢？

这时我发现，我好像更理解改革开放以来，国家所面临的困境，更理解改革开放所经历的磨难了。改革，开放；对内改革，对外开放。话很容易说，可怎么改革？怎么开放？自从十一届三中全会定下了改革开放的大战略，就这一问题，一直争论不休。思想层面，一种意见认为，中国经过了这么多年的努力，终于消灭了私有制，如果改革开放，人人成了有产者，那怎么还是社会主义？以邓小平为代表的改革派说，"贫穷不是社会主义"。改革的意义，是为下一个十年和下世纪的前五十年奠定良好的可持续发展的基础。没有改革就没有今后的持续发展。所以，改革不是只看三年五年，而是要看二十年，要看下世纪的前五十年。这件事必须坚决干下去。

大政方针既定，但如何改，改什么？怎么革？革什么？在那个百业俱疲、百废待兴的时代，都是大问题。经常地，大家思想统一了，但遇到具体问题却又形不成一致的意见。在这样的大背景下，当时刚上大学的我们，一到吃饭时间，就会端着饭盆，在操场边的空地上，一边吃着饭，一边以"主人翁"的姿态，争论着国家大事，常常就一个问题，争得面红耳赤，口干舌燥。邓小平不愧是大战略家，他紧紧抓住了"发展是硬道理"这一关键点，只要有利于发展，只要能让老百姓富起来，都可以先行先试。他说，不管白猫黑猫，抓住老鼠就是好猫。于是，"包产到户"出炉了，个体户冒头了，万元户出现了，"四大特区"成立了，以蛇口为中心的小渔村——深圳，开始沸腾了。

深圳，这个改革开放前的"逃港"中心，率先成为引进外资的大前方！深圳，开始沸腾了。

在电视剧《历史转折中的邓小平》中，当他来到改革开放不久却很快成为一片热土的蛇口，看着在汽车的喇叭声、机器的轰鸣声、工人的号子声中，一幢幢楼房拔地而起，一条条道路快速建造，一片片厂区迅速形成，邓小平激动得说不出话来。

随后，邓小平郑重地写下了这样几个大字：深圳的发展和经验证明，我们建立经济特区的政策是正确的。

在思潮激荡的历史时期，一位八旬老人，胸中要有多少感慨，才能颤颤巍巍地写下这几个大字！

一切都是抉择的结果！所有人和事物的发展，都是抉择的结果。时间，

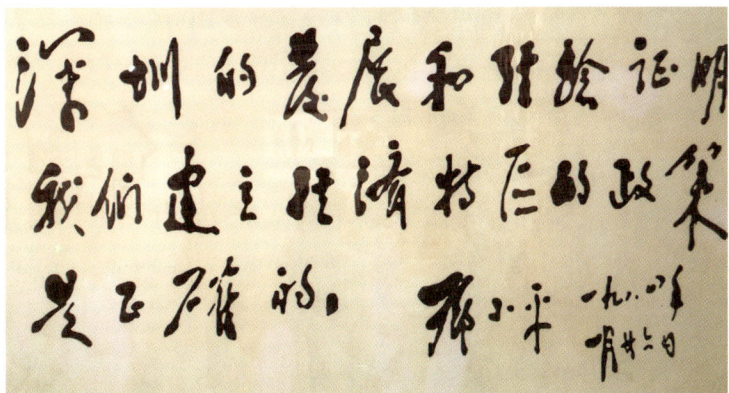

会给每一个抉择以最好的证明。

这一抉择，改变了多少中国人民的命运啊! 不，是改变了所有中国人民的命运!

难怪，于 11 月 13 日开幕的"庆祝改革开放 40 周年大型展览"，仅仅一个月的时间，观展人数就突破 100 万人! 工人、农民、知识分子、干部、职员、学生，男男女女，老老少少，都在寒冷的冬日，从祖国的四面八方来到国家博物馆，只为沿着参观的足迹，感受祖国日新月异的沧桑变化。

这是过去的 40 年，也是闪耀在眼前的 40 年。

也是因为改革开放，才有了如今风靡全国的马拉松运动。1981 年，北京举办了改革开放以来全国第一场马拉松。相对于现在来说，这一比赛非常袖珍，仅有包括中国在内的 12 个国家和地区的 86 名选手参赛，最好成绩也仅为 2 小时 15 分 20 秒，但这却是一个生气勃勃的时代的开始。现如今，马拉松运动已经风靡全国，成为人们喜闻乐见的第一运动了。

跑过改革大道，已经 25 公里过去了。一拐弯，进入了一个村子。村子不是很大，也看不到多少人，每家每户的房子却都是二层或三层的楼房，漂亮整洁。楼房的周围，村民们种了各种各样的蔬菜，或高或矮，或绿或黄，层次丰富，色彩宜人。村子里，看不到任何的垃圾，连烟头都没有。看得出来，这不是为了这次马拉松专门打扫的。看来 2005 年中央实行 "新农村建设"以后，不光是在我老家，在全国各地农村都带来了巨大的变化，脏、乱、差的现象已大为改善。也如我一样，村民们都越来越热爱自己的家乡了。所以现在走亲访友，大家言语中都会热情地推荐自己的家乡，自豪感无不溢于言表。电视上，各地方的广告语更是让人为之向往："好客山东欢迎您""老家河南""江西风景独好""湖南如此多娇……"《谁不说俺家乡好》这首歌，唱起来更带劲、更动人了。

村里的路，细长狭小，蜿蜒曲折。抬头一看，指示牌上写着"总小路"。正好有个村民在旁边看比赛，我就停下来问她，一路上过来，其他路都叫"中都大道""改革大道"什么的，气势不凡，这条路为什么叫"总小路"？村民告诉我，他们这里很偏，以前交通很不发达，也没有一条好好的路，附近也就这样一条像样的路。农民收割的时候，拉着装满粮食的大板车从路上走过，一辆一辆的，经常造成堵塞。村民们就唉声叹气地说，为什么这路总是这么小啊？何时才能建一条大马路呢？现在，大马路修起来了，这条路也经过了重新整修，拓宽了，但还是小。村民们为了纪念它，就把它叫"总小路"了。

乡间小路

跑过"总小路",我心里估算了一下,按照当时的速度,大约3小时47分可以完成比赛。3小时47分,对于很多跑者来说是多好的成绩啊!但对我来说,又有什么意义呢?!我来凤阳,要的不是参加一场比赛、拿一块奖牌,我要的是在这特殊的年份、特殊的赛事,纪念改革开放40周年的仪式感,要的是人生的一种特殊意义。《钢铁是怎样炼成的》作者奥斯特洛夫斯基说过:"人的一生可能燃烧也可能腐朽,我不能腐朽。我愿意燃烧起来。"

必须燃烧!想到这里,我忽然感到,天空中的太阳开始变得殷红起来,它就像溅在国旗上的鲜血,述说着倒下的先烈们的故事;赛道旁的加油声,仿佛成了革命战争时期战天斗地的号子声:解放区呀么嗬咳,大生产呀么嗬咳……此刻,稻田里稻穗正随着微风摇曳,仿佛在给运动员们唱着《春天的故事》:"1979年,那是一个春天,有一位老人在中国的南海边画了一个圈……1992年,又是一个春天,有一位老人在中国的南海边写下诗篇,天地间荡起滚滚春潮,征途上扬起浩浩风帆,春风啊吹绿了东方神州,春雨啊滋润了华夏故园。啊,中国,中国,你展开了一幅百年的新画卷,捧出万紫千红的春天。"

这时,我的脑子里一闪:跑4小时,不也是对改革开放40周年最好的表达吗?不,要跑3小时59分59秒,这才是最好的表达。用这一秒,才能反映向着改革开放新的40年"再出发"的心情。目标一定,心里立即轻松了下来。

追随凤马脚步,重温改革之路。

跑进新时代,小岗再出发。

3小时59分59秒,这个目标对我来说就比较轻松了。一看时间还早,我自然地慢了下来。我的心情也由赶路变成了看风景,不是走马观花地看,而是欣赏地看。也很奇怪,心情一变,原来不是风景的成了风景,原来不那么美的风景也越看越美了。著名雕塑《思想者》的作者奥古斯特·罗丹说:"世界上从不缺少美,而是缺少发现美的眼睛;对于我们的眼睛,不是缺少美,而是缺少发现。"美国盲人女作家海伦·凯勒在她的自传体小说《假如给我三天光明》中写道："我想知道为什么有些人在森林里面走了一个小时却什么也没有看到。我一个看不见任何东西的盲人却看见了无数的事情。我看到了一片叶子上对称的美感，我看到了银杏树表面那种光滑的触感，我看到了树枝上那种粗糙的凹凸不平。我作为一个看不见的盲人可以给那些能够看见的人一个启示：去善用你的眼睛就像你明天将会失明一样。去聆听美妙的天籁、悦耳的鸟鸣、奔腾的交响曲，就像明天将会失聪一样。去用心抚摸每一个物件就像明天将会失去触觉一样。去闻花香，去品尝每一口饭菜，就像明天你将永远无法闻到香味和品尝味道一样。"南宋有一首悟道诗，是这样说的："尽日寻春不见春，芒鞋踏遍陇头云。归来笑拈梅花嗅，春在枝头已十分。"

这样想着，身上的疲劳、脚底的疼痛、心里的焦灼纷纷消失了。太阳变得温柔起来，小树变得亲切起来，微风变得宜人起来。不觉间，我来到了上书"小岗村"的牌楼前，再往前一公里，就是终点"大包干纪念馆"。这一公里的马路两旁，都是乡民们开的各种农家乐。严金昌也开了以他的名字命名的"金昌食府"。我到了小岗村以后，就是在他的"金昌食府"里，和严金昌聊着，听他讲着当年血气方刚的他是如何和大伙一起按下了红手印，包产到户后又是如何慢慢地过上了好日子。他说，他有七个子女，现在都在做着各自的事情，日子过得挺滋润。就这"金昌食府"，得益于过来旅游参观考察的人，一年纯收入也有近 20 万元。2016 年，习总书记还亲自到访了他家。现在，自己七十多岁了，还忙得很，"明天，我还要给你们跑马拉松发枪呢"。我慢慢跑着，耳边回响着金昌大哥幸福的话语，眼睛搜索着"金昌食府"。昨天，金昌大哥在我离开他家时说，他要在家门口等我，当我跑到这里时，跟我一起拍照留念。我也希望在我快过终点的这一时刻，与他这位"大包干"的带头人再合个影，以奔跑的姿态与他在"习总书记视察处"的门前再合个影，留下这有特殊意义的瞬间。一会儿，"金昌食府"到了，却没有看见严金昌。正好大嫂从家里出来，我便问道："大嫂，金昌大哥还没有回来？"大嫂说："回来了。""那人呢？"我问。"出去玩去啰。"大嫂回答道。这个金昌大哥，你一定不是玩去了，而是被人请去讲你"红手印"的故事去了，讲你如何

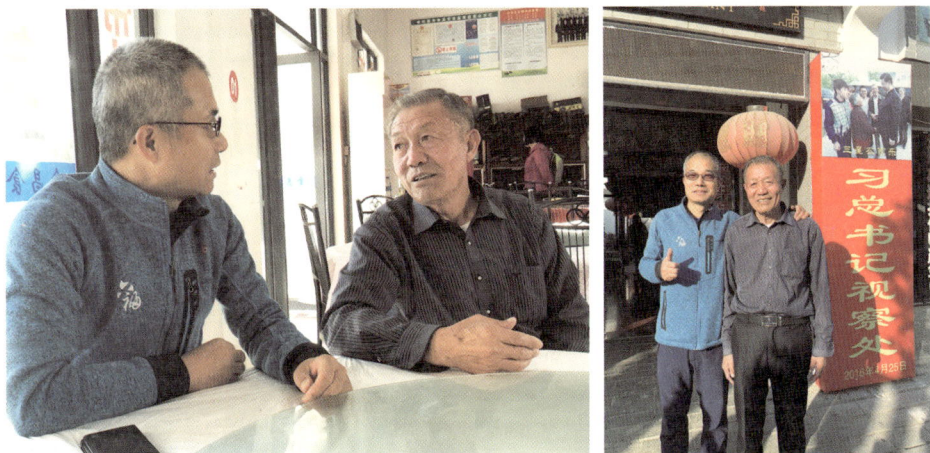

我和金昌大哥

富裕起来的道路去了吧。

我心里失落地想着，转身慢慢向终点跑去。只有 200 米了，我把手机拿了出来，一边看着跳动的时间，一边慢慢跑着。我要控制好时间，我要跑到 3 小时 59 分 59 秒！一个遗憾已经发生，不能再有新的遗憾。我小心翼翼地跑着，还有一分多钟时，我来到了终点前，便停了下来。工作人员左看右看不知道我想干什么，纷纷对我喊道：你的名次很好，赶快过去啊。我回答道：我要的不是名次，我要的是跑 3 小时 59 分 59 秒，比 4 小时提前 1 秒，体现出"再出发"，体现出跑进"新时代"。工作人员一听，说"这好有意义"，便一起对我鼓起掌来。

1 秒，一个时代。

如今，新的 40 年开始了。在这新的时代，我们都要努力奔跑——因为，我们都是追梦人。

UTMB 环勃朗峰记

　　当地时间上午 11 点多，我在霞慕尼雪园饭店临街的凳子上坐了下来，点了一瓶冰镇啤酒，情不自禁地又一次打开了记忆中的 "the Mass"（弥撒），随即，那宗教般的、摄人灵魂的歌声和着音乐一起传了过来。

　　　始终满盈，或又虚亏，可恶的生活
　　　时而铁石心肠，时而又关心抚慰，当作游戏一般
　　　穷困，权利，被它如冰雪般融化
　　　神啊，神圣的弥，神圣的弥赛，神圣的弥赛亚，神圣的弥
　　　　　赛亚
　　　神啊，神圣的弥，神圣的弥赛，神圣的弥赛亚
　　　命运将我的健康，与道德情操，时时摧残，虚耗殆尽，疲
　　　　　惫不堪，永远疲于奔命
　　　就在此刻，不要拖延，快拨动震颤的琴弦
　　　神啊，神圣的弥，神圣的弥赛，神圣的弥赛亚，神圣的弥
　　　　　赛亚
　　　神啊，神圣的弥，神圣的弥赛亚，神圣的弥赛亚
　　　相信，全能的神
　　　命运将我的健康，与道德情操，时时摧残，虚耗殆尽，疲
　　　　　惫不堪，永远疲于奔命

就在此刻，不要拖延，快拨动　震颤的琴弦

神啊，神圣的弥，神圣的弥赛亚，神圣的弥赛亚，神圣的

　弥赛亚

因为命运，打倒了坚强的勇者，　所有人请与我一起悲号

音乐声中，我安详地坐着，思绪却在不停地震颤。为了平复内心的热流，我喝了一口啤酒，瞬间，热流化成了泪光。

我在心里告诉自己：我完赛了。

我是怎么完赛的呢？这 UTMB。

UTMB，The Ultra-trail du Mont-Blanc，简称环勃朗峰超级越野赛，由霞慕尼当地的凯瑟琳女士和她的丈夫米歇尔于 2003 年创办。创办这场赛事的初衷，是因为霞慕尼虽然地处法国（离著名的依云水所在地很近），但却是在瑞士、意大利、法国交界处的三角地带，是三国友谊的象征。在本地相关机构的支持下，UTMB 诞生了。首届比赛于 2003 年 1 月 2 日举行。当时，凯瑟琳女士希望能有三百人参赛，如果有五百人更好，没想到一下子来了十多个国家的七百多人。但这七百多人，却仅有六十七人完赛。

经过十六年的发展，UTMB 已从当时仅有一个 150 公里的项目发展到如今的七个项目，分别为 PTL、UTMB、TDS、CCC、OCC、MCC、YCC。其中距离最长、难度最大、耗时最多的 PTL，

凯瑟琳与选手合影

米歇尔参加比赛

又被浪漫地称为"里昂的小小漫步"（The Petite Trot à Leon）。

UTMB 在创办的第八年，也即 2010 年起，虽然已经成为世界上最大的越野赛事，但由于各种原因，连续三年历经了相当多的困难，出了很多变故，甚至在 2010 年被迫取消了比赛，这让凯瑟琳夫妇相当痛苦。他们意识到，太快的成功可能已经让他们丧失了对赛事应有的敬重与警觉，而他们终究是人而不是神。在三国交界、地形复杂、气候多变的阿尔卑斯山，尤其是最高峰勃朗峰地区，任何危险都有可能发生。于是，他们开始像筹划自己的婚礼一样筹划每一届赛事，没有一天休息，真正能够闲下来的时光，是 UTMB 的赛事周。

多么勤劳的人啊，即使已年届七十。

更令人敬佩的是，凯瑟琳的丈夫米歇尔在赛事开始的前六年，都会亲自参加"难上加难"的 UTMB，全程 171 公里，累计爬升 10300 米。后来，由于赛事期间事务繁杂，大家建议他应该待在赛事主管的位置上，他才放弃直接参加比赛。但是 2017 年，他还是按捺不住跑向了 TDS（当时是 121 公里，累计爬升 7100 米）的赛道，只是手里多了一个无线电，一边跑步一边处理事务。

他本来就是山里的孩子，怎么可能拒绝得了山的召唤！

在凯瑟琳夫妇及其团队的打造下，UTMB 已然成为世界殿堂级越野赛事，其对越野跑者的吸引力，犹如波士顿马拉松之于路跑者。

之所以是殿堂级的赛事，原因很简单：门槛很高，大家都想去，世界顶尖高手都会来。K 天王、酒庄主、法国小鲜肉 Xavier，以及中国的祁敏、梁晶、姚妙，还有想成为顶尖高手却只可能是菜鸟的我。这就如马拉松，世界上有那么多马拉松，却只有柏林马拉松会吸引所有顶尖高手，因而成为世界最快赛道，是一个道理。

而能够成为殿堂级的赛事，原因同样简单。这其中，有勃朗峰自 1607 年第一次出现在地图上起 500 余年的山地热情，有霞慕尼作为第一届冬奥会举办地的极致美景和成熟设施，有徒步、滑雪、越野等到了这里就想去户外的天然氛围；最重要的，还是有凯瑟琳夫妇为跑者所想的创新思维。这从 UTMB 创办时只有一个 150 公里的项目，到现在有 PTL 等七个项目就可见一斑。其目的只有一个，为更多的人群提供一个真正的超级越野耐力赛。"忘掉道路吧！"凯瑟琳说道。

忘掉道路吧！这样的话语，让多少越野跑者神往不已。

凯瑟琳夫妇的创新思维，还体现在即使是同一个项目，它每年的线路也可能有所不同。

UTMB，之前的线路是翻越群山到达莱孔塔米纳镇（Les Contamines），后来圣热尔韦镇（Saint-Gervais）主动加入，而凯瑟琳夫妇觉得金字塔山口（Coldes Pyramides）特别上镜，又把它规划了进来。只要能让跑者看到更多，他们不在乎是否一定是 171 公里。

PTL 则是为了满足人们的探险欲。它是一个 300 公里的徒步组别，规定完赛时间 150 小时，是所有赛事中唯一一个非竞赛项目。这个项目经过的大多是悬崖、冰川、高山、峡谷等无人区，需要自导航完成，且全程只有 4 个补给点。所以需要自己携带衣、食等更多的装备。正因为难度太大，为了安全起见，它必须以 3 人且一人为女性、为单位组队的方式进行。每次赛事限额 100 个队、300 人。比赛过程中，只要有两人到达终点即为完赛（允

PTL以及中国完赛选手

许有 1 人退赛）。2018 年和 2019 年，中国大陆都分别有三队选手报名参加，去年仅有一队到达终点，今年三队则全部完赛（其中有两队各有一名女性退赛）。在我完赛后的第二天早上，我和谢红晨跑回去的路上，在一个拐角处，突然见到轲影像（由车可创办，专门从事赛事拍摄的一家机构）的人激动地向前几步，蹲下身子，摆好架势，准备拍摄。我立即停下脚步向前看去，只见两个人拉着国旗迎面走来，原来是首队中国 PTL 选手回来了！在场的所有中国人那个激动啊，那个激动！他们回来了！中国有人完赛 PTL 了！进入镇子，两位选手跑了起来，我打开手机跟在他们后面，一面录像，一面陪着他们跑过终点。

TDS 的设立，则是为了与历史相呼应。TDS 的出发地位于奥斯塔山谷腹地，这里曾经是统治意大利王国几百年的萨伏伊王朝所在地。一路上，参赛者必须沿着萨瓦公爵的足迹穿行，直至终点。

而对于极大多数跑者来说，完成 171 公里太难了，更多跑者希望在穿越三国的同时又能完成赛事，于是就有了我参加的从意大利库马约（Courmayeur）到瑞士尚佩斯（Champex-Lac）到法国霞慕尼（Chamonix）的三个 C。

中国大陆人参加 UTMB，是从陈盆滨开始的。2009 年，陈盆滨在中国大陆众所不知越野为何物时，就只身来到霞慕尼，并以第 26 名的成绩完成了 TDS 组 121 公里赛事。2014 年，也就是我开始跑步的那一年起，随着中国跑步运动的兴起，以闫龙飞、运艳桥等为代表的选手开始涌向霞慕尼，直至 2018 年中国选手的爆发。这一年，中国参赛队员获得了两个冠军、一个亚军、三个前十，分别是贾俄仁加的 OCC 男子冠军、姚妙的 CCC 女子冠军、姚妙的男友祁敏的 CCC 男子亚军、申加升的 OCC 第六以及纯业余跑者运艳桥、马妍星的 TDS 男女第十！

他们的封神之路，让国际越野界为之一惊，让中国越野界为之一震！并让刚刚完成了香港 100 公里越野的我，心里纠结不已！

去？还是不去？

去，人生地不熟，语言不通，孤身一人，不知道会遇到什么情况，更没有信心完赛；

不去，这样一个殿堂级的赛事，人生有几次可以错过？

要不先报个名吧，也不知道能不能中签。塔班说，报吧报吧，你一定可以的。不愧是鼓动高手。

那就报吧。正如今年一位参加了 UTMB 但没有完赛的自媒体人员在 U6 补给站休息时，一位游客跟他讲的那样：你还可以，相信你的心，不要相信大脑传递给你的信息。

我大脑颤颤巍巍地传递给我的信息是：随便报，你不可能中签！

中签通知

中签选手国别

但我错了，我确实不应该相信大脑传递给我的信息：我中签了！

在全球 26000 个报名者中，我中签了：CCC，101 公里，累计爬升 6100+ 米，累计下降 6200+ 米，完赛时间 27 小时，从库马约到瑞士尚佩斯到法国霞慕尼。

事后得知，包括港澳台在内，共有 673 名中国选手成功报名，是除法国、意大利、西班牙、英国之外的第五大参赛国。

那就去吧。"当你决定出发，最艰难的部分就已经迈过去了。"著名旅行路书《Lonely Planet》的创始人说道。

就当是一次旅行，一次孤身一人的旅行。

从此，我的备忘录里，多了一个日子：2019 年 8 月 30 日。

著名导演王家卫的《重庆森林》里有一句台词，是这样说的：不知道从什么时候开始，在每一个东西上面都有个日子。秋刀鱼会过期，肉酱会过期，连保鲜纸都会过期。我开始怀疑，在这个世界上，还有什么东西，是不会过期的？

8 月 30 日，虽然遥远，也会过期。

慢慢地，周围的人都知道我要去跑勃朗峰，一个个友好地微笑着。

慢慢地，我来到了勃朗峰，在 8 月 30 日快过期的时候。

8 月 28 日，经迪拜转机（可以转机的城市很多，选择迪拜是因为不久前阿联酋王储到访北京时，一天之内两次受到了习近平的接见，让我感觉在当今纷乱的世界，阿联酋与中国关系非常友好），到了日内瓦。在日内瓦，受到了在联合国工作的朋友和我学生的热情接待，从他们的热情接待中，我也能略微感觉到他们对我的此行不无担心：能完成吗？

而我轻松畅快的表象里，内心盘算的，却始终是我该如何跑、准备多少时间完赛之类的问题。由于有了两次港百的经验且都在 22 小时多完成，所以我想，放宽 1—2 小时也即 23—24 小时完赛应该把握较大。因为从距离来说，CCC 比港百少 3 公里，但爬升比港百多 800 米，考虑到在国外有时差以及路况不熟悉等因素，2 小时的余量应该是比较合理的。事后证明，

在联合国前合影

漫画版爱因斯坦

我还是乐观了。这印证了爱因斯坦所说的，并不是每一件算得出来的事情，都有意义；也不是每一件有意义的事情，都能被算得出来。

第二天，朋友安排车送我们去霞慕尼。上车以后，我一看开了一辆奔驰商务车的是一个女司机，便想，女司机一般开车较慢，可能要比预想的时间晚到了。哪承想一出城市，女司机便在一路上坡、弯道众多的山边公路上，把车开得飞快。我悬着一颗心轻轻问道：你是哪里人？女司机没有明白我的提示，反倒是自豪地说道：霞慕尼！

哦，不一样的霞慕尼，不一样的女司机！

这让我想起了美国著名作家马克·吐温游玩勃朗峰时的一件趣事。

马克·吐温前往霞慕尼时，雇了一辆敞篷马车。当他们吃好饭准备上路，很多游客已经赶到了他们的前面。这时，车夫说道：不必为此烦恼，静下心来，不要浮躁，他们虽已扬尘而去，可不久就会消失在我们身后。你就放下心坐好吧，一切包在我身上，我是车夫之王啊。你看着吧！

遇到这样的车夫，马克·吐温只能在惊魂未定、如愿到达并住进了霞慕尼旅馆上等房间之后，自嘲地说道：如果这位王爷的车技略欠敏捷——或者说，不是老天有意安排，在他离开阿冉提时喝得酒气熏天，那将是不可能的。

是啊，如果不是女司机自信的车技，我们也不可能1个半小时而不是朋友说的需要2小时，从洛桑到达霞慕尼UTMB必经之路旁的Alpina旅馆。

是不是到了霞慕尼人都会自信起来？反正我对即将到来的比赛也没觉得什么。

第二天，是领装备时间。来到离旅馆不远的户外健身馆，进进出出的都是人。健身馆外，冠名赞助商Columbia的大气球引人注目地随风摇动着身姿；健身馆内，用铁栅栏分割成了几个区域，也没有什么指示牌，所以一进去，人有些糊涂，不知道该如何处理。还好当地朋友法语很好，很快搞清楚了情况，我按照要求就去领物，一关一关地过去，来到了强制装备检查区。轮到我时，一个法国志愿者已经空了下来，但她旁边的中国志愿者正在忙着。我想虽然交流有问题，就到法国人那里吧，反正准备已经很充分了：手杖、压缩风衣、羽绒服、充电宝、八节备用电池、按要求准备的160厘米×220厘米规格的保温毯……一批批、一件件，统统拿了出来。结果，这个法国美女就是不给我盖章通过。这时，旁边的中国志愿者走了过来，她告诉我，那个法国人的意思是我的比赛裤不是压缝防雨的，不符合要求。我立即解释说，我带了，但在旅馆没有拿过来，并且这条裤子我一直穿着比赛的，很舒服，很适合我。然后我有点疑惑为何对我那么严，就说道，我看很多人不是穿着短裤参加比赛的嘛？那个法国志愿者回应说，那是因为他们跑得快。哦，是因为我慢。整个赛事结束以后，我终于理解了组委会为什么对于强制装备有这么高的要求。

领好赛包，拿出号码布，在特意印制了代表国别的五星红旗的号码布中间，是5312四个数字。我一看，挺满意，因为这四个数字加起来是11，这意味着我必须靠自己的两条腿在8月30日9点开始的CCC赛事中，在27小时以内完成那累计6100米爬升的101公里。随后我在今年精心设计的卡通越野人物前留了个影。

回到旅馆，便开始整理装备。越野背包、水袋、手杖、越野鞋、中途要换的袜子、过夜的保暖衣服、两只头灯、备用电池……国内带过来准备在路

来到UTMB

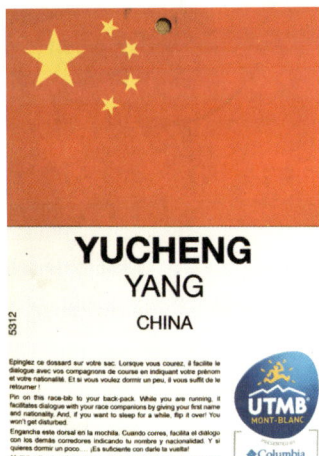

专属铭牌

上吃的东西：猪肉脯、牛肉干、玉米花，尤其是榨菜……东西太多了，但还是担心不够。据多次参赛的老司机们说，一定要多带一点，阿尔卑斯山气温变化大，吃的又主要是奶酪等我们不习惯的西方食物。而我内心祈祷的，是在补给站要有可乐。在两次港百中，我几乎吃不下什么东西，主要就是靠可乐支撑。但据说，补给站只有水……一桩桩、一件件，谢红帮我一起，哪些是我出发时带的，哪些是她晚上带到两小时车程以外的CP5、瑞士尚佩斯（Champex-Lac）给我换的。忽然，谢红说，还有一张牌子呢？我说什么牌子？她说挂在背包上的牌子，我说没有看到有什么牌子。她说有的，居然找了一下，找了出来。拿到牌子一看，我一阵惊喜，原来是在鲜艳的五星红旗下，印有我名字的铭牌。

在祖国70周年华诞来临之际，我的名字，居然和国旗印在了一起！这出乎意料的安排，一下子让我觉得无比神圣、庄重，并在瞬间给了我满身的力量。

一定要完赛！我在心里对自己说道。

正要入睡时，突然看到一则消息。在刚刚结束的MCC组别中，20多名参赛者一起，抬着身有残疾、坐在轮椅上的老太太一起完成了距离40公里、爬升2300米的比赛。只见画面上，赛道两旁全是欢呼的人群，老

残疾老太太到达MCC终点

库马约小镇

太太满含热泪，激动的心情让她的面部肌肉不断抽搐着，20多个参赛者，则如阿尔卑斯的大山一般，势不可挡！

我来不及考虑这和凯瑟琳夫妇的创新有什么关系，但其以人为本的温馨瞬间穿越了我的心灵。这是什么样的比赛啊！难怪有人说："UTMB，仅仅是站在起跑线前，就已经热泪盈眶。"

由于要乘6点的大巴赶到出发地意大利库马约，因此早上5点就起床了。谢红问，时差影响还蛮大的，你怎么样啊？期待马上就要变成现实，正开心着呢，便回应道：挺好。不是说心情好，一切都好嘛。再说了，来了就是为了出发的，即使没休息好也不能不出发啊。真的挺好。

来到大堂，朋友已经带着熬好的粥、煮好的鸡蛋等着了，匆匆吃了几口，便如战士出征般，头也不回地向大巴快步走去。

不一会儿，大巴车就坐满了。我看了一下，周边没有一个中国人。一心想着找个搭档的，看来是没有什么希望了。再休息会儿吧，于是轻轻闭上了眼睛，身子则随着车子的疾驶左右摇晃着。

天色将明未明之时，我来到了高山环抱的库马约。在凛凛的寒风中，我默默自豪地说道，这些山，都是我即将要征服的。

一车一车的人都过来了，大部分人来到了类似国内的游客中心取暖。离开赛时间尚早，我纠结着要不要去点一杯热咖啡或再吃点汉堡啥的。正排着队呢，忽然发现需要用现金而不能用手机支付，心想还是算了，身上总共只带了 20 欧，后面时间还长着呢。

打了个盹，我随着大部队向一公里外的起点走去。位于市政府门口的起点处，这时人声异常鼎沸。熙熙攘攘的人群中，我看到进口就往里挤，谁知一个老大妈不让我进。我以为她不知道我是来跑步的，便把号码布拿出来给她看，她还是不让。我反应过来这是精英运动员的进口，正准备走时，抬头一看，今年港百冠军申加升就站在我的旁边，他的后勤团队人员正在帮他做出发前最后的准备。又要和他跑在同一条赛道，一阵激动，立即拉着他合了个影。

都说"一切都是最好的安排"，看来真是。

库马约太小了，观众太多了。广播里，一遍遍播放着希腊先锋电子作曲家范吉利斯（Vangelis）最广为流传的代表作《征服天堂》；赛道上，是安静等待出发的跑友；赛道旁，是激动不已地看着跑友的观众，呐喊声、口哨声、欢呼声、一阵阵传来。我钻啊钻，好不容易来到了我出发的第三组，也是最后一组。原来 UTMB 是分组出发的，可能是为了仪式感吧，我想。

站在队伍的最后，看着前方的 UTMB 拱门、密密麻麻的选手、热情洋溢的观众，以及周围屹立的山峦，虽然还没出发，还不知道赛道的艰难，我却发现我是那么地喜欢这 UTMB，我觉得我都已经爱上它了。莎士比亚在《罗

偶遇申加升

库马约周边群山

密欧与朱丽叶》中说，年轻人的爱不是发自内心，而是全靠眼睛。谁说中年人不是？

这里是天堂。天堂，是用来安放而不是用来征服的。在之后的 27 小时里，我就把自己好好地安放在这天堂里吧。

9 点 33 分，我跨过了起跑线，像一只飞翔在天堂里的小鸟，向前跑去。

跑了没两步，一个中国观众说，"来拍张照来拍张照"，我想这必须满足啊，立即停下来摆了几个 pose。等拍完照出发，赛道上已经空无一人，但观众一个没少。我就在这么多观众的注视之中，开心地向前跑去。前方，是十几个穿着宠物服装给选手送行的孩子。

跑出小镇不久，来到了一片森林之前，大家都停在那里，我也只能停了下来。停了好长时间，都不见人动，看来是堵住了。一会儿，20 多分钟过去了，还不见动静，我心里有点急。这时，只见两个老外从旁边草丛中倏地超了过去，嘘声也立即响了起来。"身上背着带有国旗的牌子呢，一定要按照规矩来"，我想。又过了好一会儿，终于轮到了我，一看是赛道太窄了，仅容一人可以通行。难怪要分区出发。

CCC 出发以后的路，是连续 13 公里、累计爬升近 1300 米、相当于近 500 层楼的上坡路。照这样的速度，3 小时以内到达 CP1 的可能性不大了。

我只能跟着一步一步地向前走去。

此时，正是阿尔卑斯山最好的季节。周边的山峦上，草木葱郁，各种各样的鲜花开满了山间，几只蝴蝶在花间飞来飞去，自顾自地欣赏着花的美丽，似乎全然不见这么多跑者匆匆的脚步。天空中，云朵一朵朵懂事地慢慢荡着，不疾不徐地慢慢荡着，犹如西方人慢节奏的生活。

2 个多小时后，我来到了第一个打卡点，也是整个赛程第二高点的 la Tronche。一出发就连续爬了十几公里的山路，好多人已经受不了，都坐在山顶休息。我顾不上揉一揉发软的大腿，拿出事先准备好的五星红旗拍照。出发前，我和很多人说过，1 个月后就是祖国 70 周年华诞，我要让五星红旗闪耀在阿尔卑斯山的山巅。这样的机会，一个人或许一生只有一次。

在山边羊肠小道

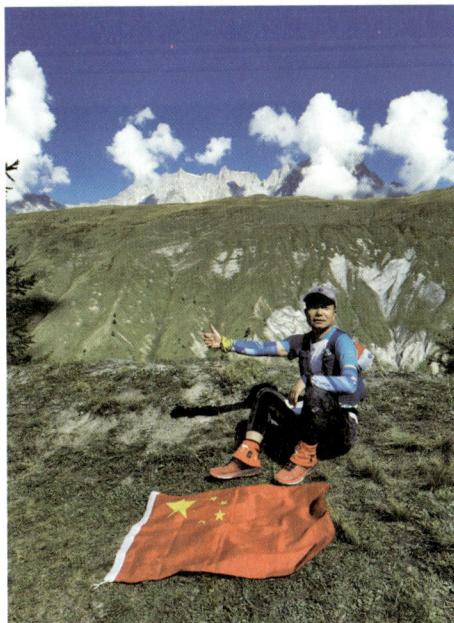
勃朗峰上

拍完照，趁人群有点散开，我迅速向山下跑去。我希望利用下坡的机会，发挥我下坡能力较强的优势，抢回一点时间。正准备奔呢，却不得不收住了脚步：下坡太陡了，而且如上坡一样，既窄又都是碎石路。这时我有点反应过来，UTMB的赛道如地形图所显示的，不是上就是下，几乎没有平路可跑。难怪很多人都会提前来到这里熟悉赛道，而我没有那么多时间，只能来了就跑。好不容易来到了一段较为平缓的地方，一头牛挡住了去路。牛晃荡着牛铃，"嘚嘚"地自顾自走着。背上背着东西的老牛可能也走累了，沉重的呼气声伴随着牛铃的铛铛声有节奏地传来。我和一个法国跑友跟在牛的后面，无奈地走着。走了好一会儿，终于来到一片开阔处，我们迅速赶到牛的前面，极速跑去。

3小时27分，我来到了第一个补给点，位于 Refuge Bertone 的 CP1。

这一时间，比我计划的，晚了整整半小时以上。

看来 UTMB 不仅海拔高，其难度也远超预期。幸运的是，今年的补给点上，有可乐。

又开始上坡了。这一次的顶点，是 Grant Col Ferret。沿着山边赛道，不停地盘旋而上。每到一个高点，停下来休息时才发现，看似不陡的爬升，其实已一览天涯。这时，前方的一座白色小屋旁，有一些人在休息。我看了看，后面依然是爬升、爬升、再爬升，便停下来想补点水。前后找了一下，没有供应的东西，跑友们都在一个接了山泉水的水龙头那里灌水，原来是天然补给。我捧起水轻轻喝了一口，山泉的甘甜立即滋润了我的全身。多好、多有特色的补给！要不是来到这里，我怎么能够喝到如此沁人心脾的山泉。我好幸运！用山泉揉了揉发抖的大腿肌肉，一边想一边向山上走去。

在似乎无穷无尽的爬升之后，我来到了海拔 2537 米的 La Fourly。喘息未定，看到小木屋中有半瓶可乐，便问工作人员可不可以给我一点。工作人

老牛与选手

选手用山泉水洗脸

关门时间20∶15

完赛成绩

员说这里是打卡点不是补给点，不能给你喝。我说我没有可乐跑不动，他说那也不行。多次交涉无果，我有点生气，也太不善解人意了。但也没有办法，看着深谷中隐隐约约的补给点，我踩着灰褐色的石渣，一路下坡而去。

太阳照在身上，汗珠滴在地上，我努力跑着。我庆幸自己没有喝 La Fourly 的可乐，如果我喝了，他们喝什么呀! 他们在 La Fouly，还要等很长的时间。我为我当时甚至想抢过可乐就喝而惭愧起来。

每到 CP 点，我照例采用我越野的一贯策略，稍微吃点东西，灌好水，尤其是可乐就出发，这样我可以超越很多人。事后证明，这一策略相当成功。就以这次赛事来说，在所有参赛的 2132 名选手中，我第一个打卡点的成绩是第 1762 名，最后完赛名次是第 1259 名 (最好名次第 1230 名)，从这一结果来看，如果我早点出发的话，进前 1000 名应该大有希望。

一路追赶之后，来到了一个大 CP 点，好多选手在此补给休息。我转了几圈，除了奶酪芝士和干得无法下咽的饼干，多了一些火腿，就顺手吃了几片，还不错，口感咸咸的，比较鲜美，总算是吃到了一点合适的东西，改善了我越野赛总是吃不下东西、只能靠可乐提供能量的情况，心满意足了许多。稍微拉伸，补充好水和可乐，我准备出发。

西班牙残疾选手以28小时18分
冲过终点后脱下假肢庆祝胜利

　　这时，我有点纳闷，这么大的一个大站，到底是 CP4 还是 CP5？按照越野赛的规律，一般中心站（CP5）才会有这么大。如果是 CP5，谢红会等在这里的，但我没有见到。随口问了几个人，也说不清楚。在出站口，观众中有一个台湾女生很坚决地说，这是 CP4，然后拿出地形图给我看具体的位置。在如此遥远的国土，这暖暖的乡音让我非常高兴。

　　从 CP4 出发，到 CP5 还有 14 公里，主要是下坡的路。这时已经是晚上 7 点，天却仍旧明亮。我盘算着一定要在晚上 8：30 左右、总用时 11 小时以内到达 CP5 Champex-Lac（尚佩斯）。瑞士山区的小镇，仿佛如天外来客，一座座星星点点地分布在宁静的山间。镇上的居民三三两两，走出家门，巴孚巴孚（bravo、bravo，好棒好棒）的加油声络绎不绝。赛道上，选手也是三三两两的，大家都很累了，距离在不经意之中拉开了。

　　我评估了一下自己的状态，除了大腿明显吃力以外，其他都还不错，于是开始加速。很快地，每公里跑进了 530 的配速，照这速度下去，11 个小时以内到达 CP5 很有把握。天慢慢地昏暗下来，我没有停下来戴上头灯，而是抓紧时间跑着。

　　有人说，当你奔跑在山野，战胜了你的身体、你的极限、你的恐惧，超越了你自己，将自己的梦想转变成了现实，那就是属于你自己的胜利。

或许，这就是人们心中的"诗和远方"？

天空完全黑下来的时候，我来到了 CP5 前的上坡路段。咦，CP5 怎么没有放在上坡前的村子里？经过连续十几公里的下坡，大腿真的很累了，只想停下来休息，谁知还要爬这么大的上坡！我试图找人问一下，但似乎没人说得清楚。

天越来越黑，我的情绪开始有点波动，"怎么安排的 CP 点，为什么不放在前面的村里，这黑黢黢的要爬到哪里去啊？"

突然，一束光线照了过来。"杨玉成"，有人喊我。抬头一看，是谢红。"你怎么在这里？"正处在疲惫情绪中的我机械地问道。"我估计你快到了，就一直站在这里，一面等你，一面给大家照路。"听到回答，一阵感动涌上了我的内心。多么贤惠的妻子！多么理解人的志愿者！见到谢红，我又抛出了有关 CP5 的问题：怎么 CP5 没有选在村里？"前面也是村子"，原来如此，两个相距不远的村子，一个是 CP5 的所在。

进 CP5 补给站的要求很严格，它所在的巨大无比的帐篷里分成选手区和家属区两部分，选手必须由规定的有摄像功能的大门进入，里边有各种补给，选手可以进入家属区，但家属不可以进入选手区。选手补给休整完毕后也要回到选手区，从同样有摄像功能的出口出发，以记录下选手完整的资料。当我进入帐篷时，里边人山人海，甚至连落脚的地方都没有。深夜了，后面是到达终点前的爬升各有近 1000 米的三座大山，充分的补给和休整十分必要。

我吃着方便面，照例没有什么胃口。谢红说还是要尽量吃点，毕竟十几个小时已没吃什么东西，但我吃了却反而有恶心的感觉，咽不下去。还是要根据情况来，不能硬吃。于是开始换衣、拉伸、休整，半小时后，我一看快10 点了，便说我出发了，你们也回去吧，到酒店还要 2 小时呢。

看着谢红信任的眼神，我有点感动地说道：放心，明天早上在终点等我。

在旁边盯着我看了半天的一个法国美女妻子竖起的大拇指中，我冲向了黑沉沉的夜。

罗曼·罗兰说过，"世界上只有一种英雄主义，那就是看清生活的真相后依旧热爱生活"。越野跑者也只有一种英雄主义，那就是知道赛道的艰难后依旧热爱赛道。

夜里，除了选手头上的光束，没有一丝亮光。我看得见的，是前方的两个选手和远处朦胧的山脊。后边，传来的是稀疏的脚步声。

我摸索着跑着，没有走错路的担心，没有空无一人的恐惧。我内心清楚地知道，只有往前走，必须往前走，才能到达终点。终点，才是我的归宿。这时，守住内心便没有恐惧，便不会孤独。

5 公里之后，我来到了第一座山的山脚 Plan de Lau。停下来看了一下，山上，是不断移动着的选手的头灯。远远地，似乎是几公里外的山尖，晃动着的灯光告诉我，那是我后半夜必须翻越的第一个高峰。快近 12 点，深夜的寒冷不断地钻进我并不厚的衣衫，引起阵阵的冷战。这时，最好的办法是快一点，以保持身上的暖意，谁知想快却不是容易的事。在这 2000 多米的高海拔地区，稍一提速我的心率就会蹿到 140 以上，过高的心率让我的大腿

完赛后第二天迎接选手跑向终点

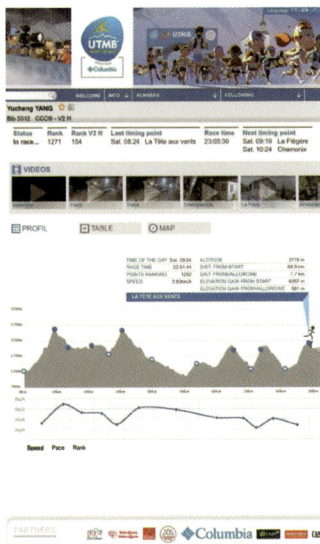
我到达最后一个山顶的实时图

肌肉便会像棉花一样软弱无力。这时,我只能坐下来,等待心率降到110以下。就这样,我控制着心率走走停停,终于翻过了第一座山。下坡路上,我一路狂奔,来到了CP点。

还有两个山头,就可以到达终点。我盘算着。

在黑夜隆隆的雷声中,我边走边歇地来到了第二个山顶。又可以下坡了,心里暗暗窃喜。

跑啊跑的,却似乎跑不到头。这个CP点怎么这么远?不应该啊,心里有点吃不准。终于,前方有提示CP点到了的牛铃声传来,跑近一看,却是几头老牛躺在那里,牛铃在山顶大风的吹拂下相互撞击着,发出清脆的声音,这"骗人"的声音。骗就骗吧,总比没有声音好,一个人在这山野,就把这铃声当作问候。

但就是到不了底。到不了底,就不能补给;没有补给,我只能谨慎地喝水,谨慎地吃随身带的那点东西。"地图上看路线差不多,为什么这个下坡比前一个长这么多?"心里又有了小小的情绪。心里可以有情绪,脚下却不能,否则摔跤、受伤一定随之而来。

我用心跑着。我相信,只要跑,底终归会到的。

山底终于到了,CP点也终于到了。CP点里,热烈的音乐声中,只有不多的选手在进出。

我看了下表,比预计速度慢了一个多小时。看看外面,也没有几个选手,我想我可能已经太慢了,要不就索性再慢一点,做个"关门兔"(在规定完赛时间完成比赛)吧。于是找个地方躺了下来,身上,立即是哪

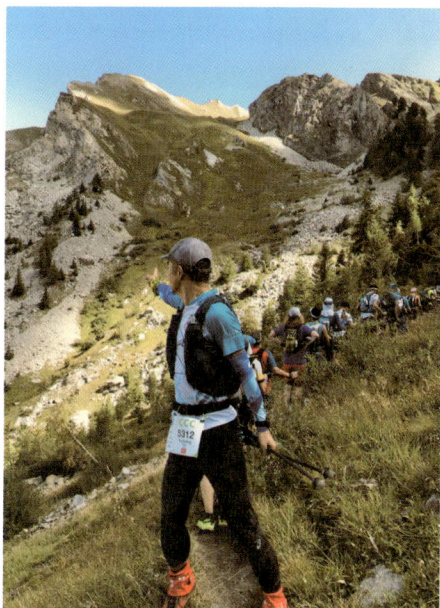

跑到了山的另一边

儿都不舒服的感觉。

躺在那里，我想到了一句话：相信最后的结果一定会是好的；如果不是，说明还没到最后。

现在，离终点仅有最后一个山头、14公里的路程了。

出发！这时天开始渐渐亮起来，太阳明晃晃地钻出了山，气温开始渐渐升高。我在山腰上换下厚衣服，穿上了白天的薄 T 恤。

最后一座山是在一个叫 Lac Blanc（白湖）的地方。白湖海拔高度2352米，由于山口占有着优越的地理位置，是观赏勃朗峰最美的平台。一个晚上都在独步前行，黑夜中看不到任何的风景，这时看着周围的山石湖泊，以及裸露的山崖上不肯融化的积雪，我知道，我已经来到了阿尔卑斯山的另一边。

越来越接近终点。

这接近终点的路，既长又不好跑。山上，全是硕大的裸石；山路，虽然较直却是一样的狭窄；山边，是看得到底却甚为陡峭的悬崖，让人不得不小心翼翼。太阳越来越大，汗珠越来越密，水的消耗越来越多，心里希望跑得快点，脚步却甚为不听使唤：不会到不了终点吧？

整个比赛结束以后，我知道了，确实有包括 K 天王妻子在内的 30% 的选手没有到达终点，完赛选手仅 1578 人，我还排在中国选手年龄组（五十一—五十九岁组别）第一。这让我大为惊诧。

我小心翼翼地努力跑着。这时我很疑惑：这边山上为什么没有山泉？如

K天王抱着女儿为参加CCC赛事的妻子加油

晚上12点多，镝木毅的妻子、女儿陪他跨过终点

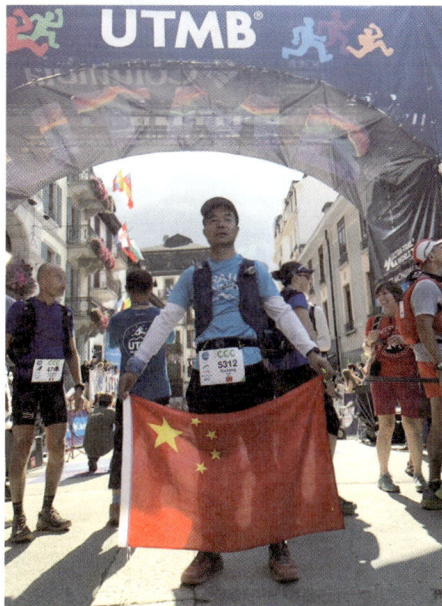

下山以后　　　　　　　　　　　　　　　　　　我"封神"了

果有，我可以用来补给，用来冷却发木的大腿，用来温暖远方的希望。

海子说，远方除了遥远一无所有。

那一无所有的远方，却是跑者心中的诗和梦想。

9点35分，我来到了最后一个补给点La Flegere。帐篷门口放着一块牌子，上面写着，关门时间：10：35。看到这个时间，我知道，我肯定可以完赛了，拿起西瓜连吃了几块，心里一阵舒坦。

一个志愿者善解人意地说，最后8公里，加油！但这8公里，虽是下坡，却都是树根石头，要注意防滑。

就要到终点了，心里有点急切。下坡路上，我习惯性地跑了起来。但确如志愿者所说，石子路上滑来滑去的非常难跑。路上的树根又一条条横亘在那里，阻挡着前行的脚步。唉，快到终点都没有一段好路，这难度也是太大了点。

等我跑完，要向当地政府反映反映，把路修一修。

这时我明白了，为什么有人会说，我们选择 UTMB，不是因为它们容易，而是因为它们不容易。

25 小时 05 分 17 秒，经过一天一夜多的奔跑，我来到了 UTMB 的终点。听着《征服天堂》的音乐，我知道我征服的，不是天堂，而是自己。

"我可能没有赢过，但也没有败过。"日本越野教父、UTMF（环富士山越野赛）创始人镝木毅说。是的，我可能没有赢过，也没有败过，但我跑过。

9 月 1 日，离开霞慕尼的路上，UTMB 闭幕式主持人维京战虎般的吼声隐隐传来。远方，勃朗峰安坐在那里，满身一片色彩。

退赛记

又一次退赛了。

这是我的第四次退赛。

这一次，是在青岛。

2019 年 5 月 4 日，五四青年节，五四运动 100 周年的日子，我受邀参加今年的青岛马拉松。就在不久前，刚刚在这个城市，举行了隆重的庆祝中国人民解放军海军成立 70 周年活动。作为一个受德国影响很大的城市，青岛，有其着独特的城市底蕴和丰富的城市底色。在黄海与东海的连接处，湛蓝的海水日夜滋润着这个城市；处处可见的海鸥，时不时地从太阳深处飞来，翱翔在青岛的上空，传递着春的信息；海边，一排排雅致的小屋，美目流盼地挨坐着，犹如出水的芙蓉；市内，四季常青的植物，适宜地点缀，让有"东方瑞士"之誉的青岛，兀立在北方的滨海之畔。但作为一个中等城市，青岛能够在中国社会历史进程中留下浓重的一笔，却是因为 1919 年，巴黎和会上以顾维钧为团长的中国代表团收回青岛主权谈判失败，以此为导火索，中国爆发了改变民族命运的"五四运动"。由此，1919 年成为中国近、现代史的分水岭。

这样一个城市的马拉松，是要好好地跑一跑的。

自认为还年轻的我，也准备好好地跑一跑。

而因为郭川的存在，在青岛跑好步，似乎更是天经地义的事。

郭川，1965 年生，与我同龄，青岛人。郭川能够留名于世是因为他中国

郭川和他的团队

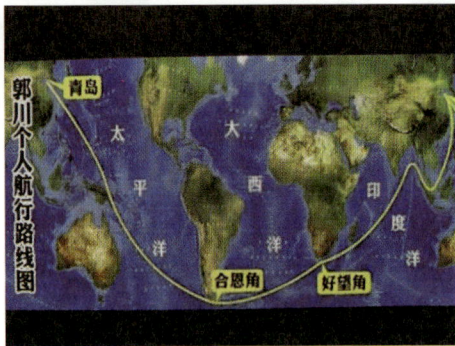

郭川航行路线图

航海第一人的头衔——三十一岁便当上央企副总裁的郭川，命运在 1988 年突然拐了个弯：他喜欢上了帆船。他在《我为什么选择帆船》中写道："在过去的 20 年，我们物质上的进步可谓神速，然而精神上的追求却陷入了迷茫和困惑"，"单调的生活让我厌倦，我开始拼命拓展生命的外延"，"我想重新开始，不想活得像一条死鱼"。随即，郭川把法国哲学家帕斯卡的名言"我只赞许那些一面哭泣一面追求的人"作为自己的座右铭，驾着帆船走进了深深的海洋。郭川在《执著的人是幸福的》一文中说道："我认为我是一个幸福的人，因为执著，我成就了我的梦想。好奇与冒险本来就是人类与生俱来的品性，是人类进步的优良基因，我不过遵从了这种本性的召唤，回归真实的自我。"2016 年 10 月 19 日，孤身一人的郭川从旧金山金门大桥出发，计划横渡太平洋于 11 月 5 日到达上海。但这一次，郭川没有回来。他把自己，交给了星辰大海。

　郭川说：

"我恐惧过、绝望过、崩溃过，但从没放弃过。"

"我的事迹或许无法拷贝，但我的精神可以。"

在青岛奥运帆船基地的大堤上，郭川的名字，被深深铭记。

有人说，如果人生也分上下半场，上半场最怕的是错过，下半场，最怕失去。

五四广场出发地

2016 年 10 月 19 日，郭川失去了大海，我们失去了郭川。

5 月 4 日早上 7 点，我心中想着郭川，来到了出发地——青岛五四广场。作为山东省内最有影响力的赛事，此时的五四广场，正是热闹非凡。

见惯了诸多大型马拉松赛事的我，已对各种 cosplay 了无兴趣，只是安静地站着，等待出发。

谁人能知，已做了充分心理准备的我，在半程的终点，因身体不适退出了赛场。在退离"五四一百——青岛国际马拉松"终点拱门的一刻，心里的愧疚久久不能停息。

是不是应该坚持一下？我拷问着自己。

莎士比亚说，人的一生很短，但如果卑劣地度过这一生，就太长了。

退，究竟是理性还是畏缩？是逃避还是成熟？

站在拱门旁的栏杆边，看着热浪下一个个跑过的跑友，我的心绪散得很开，人生的经历像电影一样一幕幕地展现了出来。

20 世纪 80 年代末，我在一所大学当老师。那个时期，既是改革开放取得初步成果、社会取得巨大发展的时期，也是由于改革开放处于"摸着石头过河"阶段社会思潮混乱的时期。迷茫中的我好在有一方书斋。于是，只要一有时间，我就会跑到图书馆看书以及那些在顶尖刊物上发表的论文。我想发表文章。我朴素地认为，那些书和发表在顶尖刊物上的文章一定是最好的，只要多看、多学习，我也一定能写出可以发表的论文，这样我就有机会谋取更高的职称甚至评上教授，那我的人生就会丰富很多。果然，经过一段时间的摸索以后，我开始慢慢地发表文章了，虽然只有短短的三五千字。翻看着一本本印有我名字和文章的刊物，我的心里喜滋滋的。

这样的日子过了两年，我却产生了退出的念头。我意识到我必须重新选择赛道，而不能在教师岗位滞留。原因非常简单，我发现我无法钻研过于理论的东西，那些大部头的书都是我的催眠剂。

看不下去便写不出来，写不出来我便永远成不了教授。而成不了教授，我如何面对这么多优秀的莘莘学子？

必须退出。就这样，我离开了校园，进入了社会。

20世纪90年代末，我在一家上市公司做高管。彼时，正是各种事件高发的时期：东南亚金融危机、1998年百年不遇大洪水、中国驻南斯拉夫大使馆被炸……以及即将到来的千年虫（the millennium bug，跨世纪之交的计算机2000年问题，简称y2k）。面对此景，人们对自己前途的恐惧和对国家命运的担忧复杂地交织在一起。我是一个乐观的人，我想的是，国家改革开放20年了，即将进入下一个快速发展的阶段，但是，我和谢红都没有国际化的背景，没法迎接即将到来的全球化时代。经过家庭讨论，留学是不可能了，于是，通过移民的方式，我们一家三口来到了已连续6年被联合国教科文组织评选为"最适宜人类居住的国家"——加拿大。

2001年7月28日，我们飞抵温哥华。

相对于是时的国内，加拿大的各方面都太优越：城市、建筑、环境、秩序……美中不足的是，逃避香港97回归到了加拿大的张导游在介绍美景之余心情沉重地说，他在加拿大生活压力很大，每天都担心月供和养老的问题。

怎么会？不是说国外的生活和养老都是怎么怎么好的嘛？！听到张导的介绍，我在不解之余，权当矫情。我只是半真半假地对他说：现在香港回归了挺好的，既然在加拿大这样，那就回去吧。张导有点伤感地说道：我已回不去了。

他回不去，我发现我也不能待下去。这个所谓的发达国家，重要经济来源是农林牧渔，只是因资源密集、人口稀少、长期和平、背靠美国而成为发达国家。而这个发达国家，只是人均 GDP 高而已，偌大的国家几乎没有创新、没有制造、没有品牌，最大的工业企业 Nortel，也在我们到达之前的互联网泡沫中破了产。所以这个所谓的发达国家，只是一个比较富裕的国家而已。学不到东西便不能待，赶快撤。年底，我们放弃了移民资格，回到了祖国。

……

时间很快证明，我退对了。

著名投资大师达利欧告诫道，一个人必须独立思考并决定：1.你想要什么？2.事实是什么？3.面对事实，你如何实现自己的愿望。这些问题太复杂，不容易想明白，我只知道，继续教书和留在加拿大都不适合我，我必须重新选择。

或许，这就是达利欧所说的进化：进化是宇宙中最强大的力量，是唯一永恒的东西，是一切的推动力。不进化就死亡。进化是生命最大的成就和最大的回报。

但是进化，谈何容易。

而物竞天择，又无处不在。

《物种起源》中，达尔文说道："（物竞天择）的最后结果，必然包括了前进（advance）和倒退（retrogression）两种现象。"这两种现象，都是不自然地发生的，而这种不自然中，却有着其必然。

2019 年，"国家地理 2019 年旅行者摄影大赛"（2019 National Geographic Travel Photo Contest）落下帷幕。中国 90 后户外摄影师储卫民获得了全球总冠军大奖和城市组一等奖。储卫民在大学学的是计算机科学与技术，对 IT 颇有心得的他在德国留学期间爱上了摄影，在拍摄的过程中，储卫民发现了生活的无限可能。他说："走得越远，看过的风景越多，越觉得生命只有一次，一定要努力活出精彩不负此生。"

回国后正顺风顺水地做着软件工程师的他决定辞职退出光鲜的 IT 行业："我想成为一名职业旅行摄影师。"在父母、亲人、朋友的一片错愕声中，他递交了辞职申请。

储卫民想要的，是尝试不同的道路，追寻自己内心真正喜欢的东西。

他真正喜欢的东西，就是拍遍世上最美的风景。

从此，高山峻岭、星辰大海成为他生活的诗和远方，直至来到了北极圈的格陵兰。

在外形像一棵圣诞树、仅有 1000 个居民、必须通过支线航空与外界取得联系的 Upernavik 小镇，储卫民一头扎了下来。他走遍了小镇的每一个角落，把一切不属于生活的内容剔除得干干净净，用他喜欢的最基本的形式，简单、简单、再简单地表达心中的生活。于是，有了中国人首次获得总冠军的作品《北极的冬天》。

看着如此梦幻的照片，我的思绪不自觉地出现虚幻。

著名诗人、给我们留下了警世之言"有的人活着，他已经死了；有的人死了，他还活着"的臧克家说：人生永远追逐着幻光，但谁把幻光看做幻

《北极的冬天》

光，谁便沉入了无底的苦海。

或许，这就是有的人身在天堂、心在地狱的缘由？

这都是进、退惹出来的。

进、退不是两难，真是万难。

还好马拉松退出没有那么难，退出只需要脚步停下。

去年5月，我参加了秦岭50公里越野。彼时还没发生秦岭违建别墅的事件。参加这个越野，纯粹是想看看作为中国南北分界线，王维、鸠摩罗什等隐居于此，老子在此著述了《道德经》的秦岭，是怎样的一个所在。27公里过后，有一段爬升的路。只见陡峭的山壁前，一根绳子垂直而下，选手们到此都不得不拉着绳子，一个个踩着雨后湿滑的山体，努力攀爬而去。山上，选手踩松了的石块时不时滚落下来，选手们虽然自顾颇为不暇，却不得不相互一边提醒一边前进。第一次遇到这样的路，我既有些欣喜，又颇感艰难备至。拉着绳子上行了500多米以后，我本就不强的上肢已经开始力不从心。越往上，气喘力竭症状越明显。这时，只能用北宋思想家王安石《游褒禅山记》中的话安慰自己："世之奇伟、瑰怪，非常之观，常在于险远，而人之所罕至焉，故非有志者不能至也。"

爬吧。一个多小时后，终于爬上了一片开阔之地。往前走了几步，见到了一个志愿者，我立即祈祷似的问：后面是下山了吧? 志愿者轻描淡写地回答道：还要爬一座一样的山。

立马，我开始怀疑人生。

再一次的爬升，让我痛苦不已。这时，我探险猎奇的心思早已逃逸，再也顾不上寻找王维的辋川别墅，顾不上欣赏他意远境深的诗："独坐幽篁里，弹琴复长啸。深林人不知，明月来相照。"真正的是"道可道，非常道"。

人已"行到水穷处"，却再不想"坐看云起时"。

退赛! 一次次地退赛，我是不是都要成为"退赛王"了?

已有"退赛王"之称的埃塞俄比亚马拉松运动员，拥有男子室外5000米、10000米、室内5000米三项世界纪录的"跑神"贝克勒（Bekele）却说：我不是"退赛王"! 我还在为破世界纪录而努力!

看了贝克勒2016年柏林马拉松之后的参赛纪录，有谁会相信他竟然是仅比当时世界纪录差6秒的2小时03分03秒完赛的奥运会、室外世锦赛、室内世锦赛，以及世界越野跑锦标赛冠军的"全满贯金主"?

2017年迪拜马拉松起跑摔伤，DNF（未完赛）

2017年伦敦马拉松，2nd，2：05：57

2017年柏林马拉松，DNF（未完赛）

2018年伦敦马拉松，6th，2：08：53

2018年阿姆斯特丹马拉松，DNF（未完赛）

2019年东京马拉松，DNS（弃权）

自古美人叹迟暮，不许英雄见白头。

但贝克勒不信。他自信天赋异禀，怎能说他江郎才尽? 他放下了生意，放下了家庭，只身来到荷兰奈梅亨，开始进行封闭训练。

三十七岁的他，要在 9 月底的柏林证明自己。

9 月 29 日，星期日。下午 4 点多，我坐在沙发上看第 46 届柏林马拉松实况转播。因基普乔格即将参加 Break2（破2）计划缺席，本没有兴趣的我观看这一赛事纯粹是因为柏林马拉松的所谓最快赛道。赛道上，贝克勒淹没在一众精英之中，没有任何引人注目之处，直至 37 公里的他实现了反超。这时，我作为一个跑者，和转播解说员一样，开始兴奋起来。离破 2 小时 01 分 39 秒的世界纪录越来越近，我不停地给他鼓着劲。36 到 40 公里，贝克勒跑出了本届柏林马拉松最快的分段成绩 14 分 15 秒。后半程的 21.0975 公里，贝克勒仅用时 60 分 36 秒，比前半程整整快了 29 秒。结果，贝克勒以 2 小时 01 分 41 秒，比基普乔格去年在柏林马拉松创下的世界纪录慢 2 秒的个人 PB 成绩夺得了冠军。

他用行动证明了自己不是"退赛王"；或者说，"退赛王"回来了。

在每个人的人生中，都会有这样的或进或退，或以进为退，或以退为进的经历吧。

中国共产党也是如此。

电视剧《潜伏》中，有一句经典台词反映了中共中央是如何以退为进的。

1947 年，胡宗南在蒋介石指使下，全力进攻延安。出于战略上的考虑，中共中央决定放弃延安。消息传到天津，担任潜伏工作的翠平非常不解，便问余则成。余则成说不清楚，便找机会问他的上级。上级就是上级，面对这么复杂的问题，上级告诉他：有一种胜利叫撤退，有一种失败叫占领。

果然，一年后，抱着"存地失人，人地皆失；存人失地，人地皆存"信念的毛泽东，带领中共中央重新回到了延安。两年后，全中国解放。

所以，退就退吧。

《了凡四训》说：从前种种，譬如昨日死；从后种种，譬如今日生。

萨特在其系列小说《自由之路》中说道，"人必须为自己的存在和自己的一切行为承担责任"，"必须始终在自身之外寻求一个解救自己或体现特殊

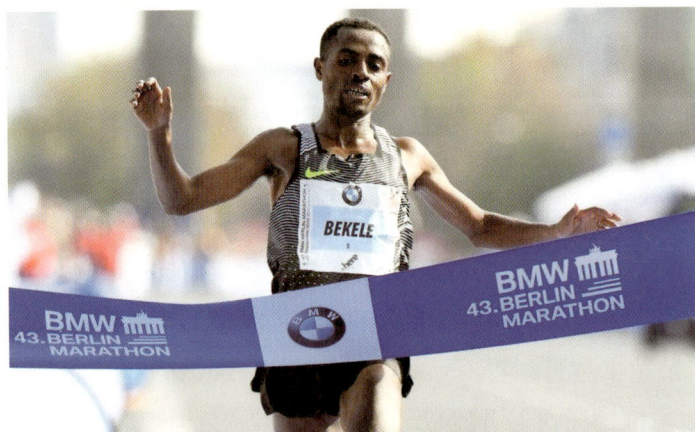

贝克勒冲过终点

理想的目标，才能体现自己真正是人"，"人需要的是找到自己"；"我笔下的人物之所以显得格格不入……那是因为他们意识清晰。他们清楚自己是谁，而且选择成为自己"。在这样的情况下，每个人（person）都将成为人（man）。

英国格言有云："Don't grow old, grow up."

所以，退吧! 退一步，海阔天空。

大满贯记（纽约、芝加哥篇）

纽约篇

20世纪90年代，一部电视剧在国内悄然却持续地热播开来。在那个中国人刚刚开始有可能通过奋斗改变自己命运的时代，任何机会即使面临再大的困难，都会被人紧紧抓住，不忍松开。这部电视剧讲述的，就是两个年轻的中国艺术家夫妇，在一无所知的情况下，奔赴美国纽约屈辱拼搏的故事。这部电视剧的名字，叫《北京人在纽约》。

电视剧的开头，是这样说的：如果你爱一个人，就送他去纽约，因为那里是天堂；如果你恨一个人，就送他去纽约，因为那里是地狱（If you love a person, delivers him to go to New York, because there is a haven；If you hate a person, delivers him to go to New York, Because there is a hell）。

纽约，一个天堂和地狱交错的城市。

对于抓得住机会的人，纽约一定是天堂；对于抓不住机会的人，纽约，那就是地狱。

2019年1月，美国政府突然停摆，至今为止，停摆时间已经创下历史纪录。政府停摆的原因在于，特朗普总统关于在美墨边境修建1000公里隔离墙以防难民偷渡的议案没有获得国会通过，特朗普遂下令关闭了政府职能部门。这一看似极端的举动背后，是特朗普总统对于国内日益暴增的难民数量的担忧。想起我去跑纽约马拉松时，晨跑中就在第五大道特朗普大厦楼下

约克公爵

看到横衣而卧、瑟瑟发抖的流浪者的身影，我对特朗普不愿纽约成为流浪者地狱的苦衷的理解或许又多了一分。

纽约诞生于公元 1651 年。其时，同为殖民国的英国和荷兰之间爆发了争夺殖民地的战争。结果，荷兰战败，英国如愿占领了这片被称为"新阿姆斯特丹"的土地。英国获胜以后，英王查理二世便让自己的弟弟约克公爵管理这片土地。约克公爵遂将自己的领地从英国约克郡迁到了这里，并命名其为 New York，即新约克，以标志着他新生命的诞生。在中文翻译中，按音译译成了"纽约"。从此，纽约成为了至今为止世界上最著名的城市，它是美国、同时也是世界第一大城市。虽然，它仅有 1214 平方公里的土地和 851 万的人口（2017 年）。

第一大，大的是实力和影响力，而不是人口和土地。

有实力和影响力的，不仅仅是纽约这个城市，还有在这个城市举办的一项赛事。这一赛事在全球上万个赛事中，位列全球前六的位置，也称六大满贯；它也是全球最大的赛事，刚刚过去的 2018 年，共有 53121 人参加——这一赛事就是纽约马拉松。

纽约马拉松由 Fred Lebow 创办于 1970 年，至今已有 39 年的历史。它于每年 11 月初（2018 年是 11 月 4 日）举行。首届比赛，仅有 127 人参加，但现在，它已是世界最大的马拉松赛事，在只有全程一个项目的情况下，参赛人数最多超过 10 万人。纽约马拉松吸引人之处首先在于，它有非常良好的氛围，以及非常特别的赛道。纽约马拉松的出发地点位于纽约面积最大、人口却最少的一个区——STATEN（斯坦顿）岛，出发之后，立即上了著名的自由之桥——Verrazano Narrows 大桥（韦拉扎诺大桥），然后经过布鲁克林区（Brooklyn）、皇后区（Queens）、布朗克斯区（The Bronx）和曼哈顿（Manhattan）。在经过了纽约全部的 5 个区后，抵达面积 340 公顷、有 6000 棵大树和 93 公里跑道的天然氧吧——纽约中央公园 67 街的终点。在这样大型的城市，拿出整整一天的时间（纽马关门时间为 6 个半小时，但只要跑者愿意，他可以在任何时间跑到终点），让所有跑者穿越它所有的区，非纽约莫属。

正因为此，在 2006 年世界马拉松大满贯成立之时，在竞争异常激烈的情况下，纽约马拉松率先入选，成为最早加入的 5 个赛事之一（其余为波士顿、柏林、伦敦、芝加哥，东京于 2013 年加入）。

作为一名跑者，一次可以跑遍五大街区、有着全球最棒的城市文化之路的大满贯赛事——纽约马拉松，是不得不跑的。

就这样，我和谢红于 11 月 2 日，再次来到了纽约。

这也是我和谢红的第五场大满贯赛事。三年完成大满贯的目标，越来越近了。想到这里，乘上飞机的那一刻，心里稍稍有点窃喜。

虽然在我的内心，我还是喜欢干净祥和的上海，而不是混乱嘈杂的纽约。

但谁让纽约是跑者的天堂呢？！一个跑者不得不去的天堂。

第二天一早，我和谢红没有参加大满贯赛事前一天必有的 5 公里跑，而是自己早起跑了一会，简单吃了点早餐就去领装备。

纽马领装备的地方在 Jacob K Javits convention center，一查地图，离酒店仅有 5 公里，当即决定：不乘到处塞车的出租，走过去。不才 5 公里嘛，我和谢红相视一笑。

很快，我们来到了 Convention center。进入人流涌动但因场地宽敞并不显得拥挤的场馆，迎面而来的，是纽约路跑协会的欢迎牌：NEW YORK ROAD RUNNERS WELCOMES YOU！欢迎牌的旁边，是一个女跑者扶着受伤的男跑者的照片。心里一阵温馨。

欢迎牌

相互扶持的跑者

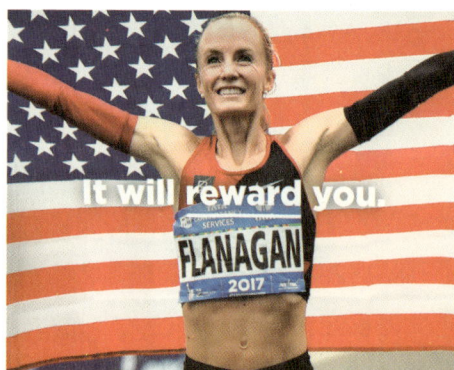

　　再往前走，是不同跑者的清晰的照片，照片上面，写着这样的句子：
It will change you；It will reward you；It will move you；It will focus you；
It will unite you；以及位于起点处的 It will inspire you，直到 GROW。
Change/reward/move/focus/unite/inspire and grow，多好的词，这是对马
拉松运动的多好的表达啊！这不正是我多年以来所写的"跑马记"中想表达
的思想吗？纽马把它都表达出来了。看来，全世界马拉松跑者的收获都是一
样的。

是不是全人类也可以提炼出这样几个共同的词，并付诸于自身的行动，那世界上可能就不再有战争、不再有冷战、不再有恐怖主义……这该多好！

应该会找出来的吧，或者快一些，或者慢一些。

在华为，有这样一句话：所有世间美好的事物，都值得耐心等待。

想到这里，对于纽约的感受，立即好了许多。

谢红说，是挺好的呀，你看就在我们出发前，习近平主席还专门给特朗普总统打了一个电话，全球股市市值因此增加了10万亿呢。真是最"贵"的一通电话。当然，这电话不是为我跑纽马打的，而是为了中美贸易合作共赢打的。

不管怎样，有这样的喜庆气氛总是好事，好事不嫌多嘛，说不定就此

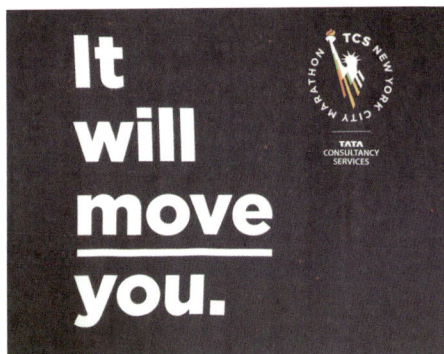

纽马口号

Tweet

Donald J. Trump @realDonaldTrump

Just had a long and very good conversation with President Xi Jinping of China. We talked about many subjects, with a heavy emphasis on Trade. Those discussions are moving along nicely with meetings being scheduled at the G-20 in Argentina. Also had good discussion on North Korea!

1/11/2018, 10:09 PM

5,600 Retweets 21.2K Likes

沪深大盘		资金流 ›
上证	深证成指	创业板指
2676.48	7867.54	1348.28
+70.24 +2.70%	+299.75 +3.96%	+61.95 +4.82%
中小板指	沪深300	富时A50期指
5317.61	3290.25	11602.500
+239.76 +4.72%	+113.22 +3.56%	+412.500 +3.69%

美洲市场		
道琼斯工业	纳斯达克	标普500
25380.74	7434.06	2740.37
+264.98 +1.06%	+128.16 +1.75%	+28.63 +1.06%
多伦多300	圣保罗IBOVESPA	墨西哥MXX
15150.15	88419.05	45446.83
+122.87 +0.82%	+995.50 +1.14%	+1504.28 +3.42%

特朗普的推特和大涨的股市

谢红还 PB 了呢。此前，她的 PB 是 4 小时 38 分，她的年度目标是 4 小时 35 分，如果能够跑进 4 小时 33 分，那她就可以成功晋级国家业余一级马拉松运动员。但在纽马，这确实很难：低温、要跑经 5 座大桥，累计爬升达到 300 多米。

尽量带吧，这个时候，pacer（兔子，陪跑员）很重要。之前，我不是在包括港百在内的很多比赛中被评为"最佳兔子"的嘛。

在马拉松比赛中，跑在最前面的精英跑者，乍一看以为都是选手，其实几乎每一个人都有一个 pacer。这些 pacer 的任务是，陪着他的目标选手跑到 30 公里，然后退出比赛，选手自行完成最后的 12.195 公里。这些 pacer 的成绩都很好，但他们为了更好的选手，毅然放弃自己的成绩，甘心做一个 pacer。对此，我一直不太理解。自从我经常给别人担任 pacer 以后，我才明白，成就别人，往往比成就自己更有价值。

Nike 公司是全球顶尖的两大体育用品公司之一（另一个为 Adidas）。但在前几年的竞争中，它逐渐掉队了。不甘落后的 Nike 公司经过仔细分析体育市场的形势，毅然决定抓住全球跑步市场这个群体。战略确定之后，公司随即投入巨资研发新的跑鞋，最终，推出了称之为 4% 的竞速鞋。为了造势，

2017 年 Nike 公司在意大利米兰总部外的蒙扎赛车场精心策划了一场"破二"试验。他们的安排是,邀请当时成绩最好的三个选手:基普乔格、德西萨、塔德赛分别在三个兔子的陪同下同场竞技,目标就是打破 2：02：57 的世界纪录,跑进 2 小时。最后,基普乔格跑到了 2 小时 0 分 25 秒(此纪录因不是正式比赛不被承认)。4% 一举成名,Nike 公司就此翻身。

但即使如此,Nike、Adidas 也不能独占花魁,新的势力在不停地成长,并形成了百花齐放的格局。这不,美国本土品牌 New Balance 近几年异军突起,持续攻城略地,继拿下 2018 年伦敦马拉松主赞助商之后,又拿下了本届纽约马拉松的赞助商资格。

New Balance,多好的名字。平衡,以致新的平衡。万事万物的发展不

出发地STATEN岛

就是一个平衡——新的平衡——平衡——新的平衡的过程吗?!大部分矛盾或冲突的出现基本都是固守旧的平衡,而没有重视需要新的平衡的结果。

可新的平衡意味着利益或自我的重新定位,多难啊!

理想无比丰满,现实超级骨感。

11月4日早上4点(国内下午5点),照例的晨起准备。因出发地STATEN岛很远,有1个多小时的车程,我们必须在6点赶到乘坐大巴的地方排队候车。除爱沙尼亚女总统柯斯迪·卡留莱德(Kersti Kaljulaid)这样大牌的以外,5万多名选手都要乘坐大巴前往出发地。晨曦中,1万多辆大巴穿行在市中心和STATEN岛之间,如果把这车流拍成视频的话,应该颇为壮观。

7:30,我们来到了STATEN岛。面朝着大海,气温只有2度,一下车,寒气就直逼过来。组委会显然考虑到了这样的情况,善解人意地在地上铺了大量的稻草,供选手们休息。我看了一下表,离我们出发还得2个多小时,便和谢红找了一个尽可能避风的地方坐了下来,刚钻出地面的冬天的阳光,虽然精神,却没什么力气,只在稻草上留下了金色的光影。

寒风中漫长的等待。

很多年以前,看到过《读者》杂志的一篇文章,题目叫"等"。讲的是主人公的妻子临产,他在产房外等待的故事。主人公说,世间最为美好的事情,就是等。等了以后,幸福、快乐、愿意……都会随之而来。

没错,所有世间美好的事物,都值得耐心等待。只是在这寒风中的等待,也是颇为不易的呢。都说跑步辛苦,我倒觉得,等待有时更为辛苦。

纽马由于人多,选手分区起跑的规则是大型赛事中最复杂的,它分成红、黄、蓝三种颜色,4个WAVE(4区),每个WAVE里还分ABCD。看着如潮的选手,看看时间差不多了,我也不管和谢红不在一个出发区,拉着她跟在后面就出发了。好在安检不是太严格,没有拦我们。爱沙尼亚女总统就惨了,她刚在推特发出"上路了,祝我好运",就被拍到跑错区了。但她没有受到影响,最后在两名成绩2:46和2:47的美国特工布瑞曼与乌赫的保护下,

爱沙尼亚女总统在纽马

全是跑者的Verrazano大桥俯瞰图

以 4 小时 02 分 40 秒的成绩完赛。

纽马一出发，就上了 Verrazano 大桥，这是一座双跨式吊桥，长约 2 公里。跑在桥上，海风横切过来，脸上有丝丝的疼。看着前方蜿蜒通向终点的赛道，看着两边壮阔蔚蓝的大海，我突然产生了一种像鱼那样身处"自由世界"的感觉。我意识到，我们人类一切探索的终极目的，其实就是鱼的状态：在上善若水的世界里，天地广阔，任君遨游。

跑过 Verrazano 大桥，进入布鲁克林。布鲁克林是纽约人口最多的区，有 250 多万人，如果单独立市，按人口规模可以排到美国第四。布鲁克林曾以黑人集聚、犯罪率高著称，但在前任市长朱利安尼的治理下，近年来都大有好转，然而意味着愚昧落后的"黑人区"标签却再也撕不下来。其实，布鲁克林有其独特的魅力。19 世纪，它曾被称为树之城、家之城和教堂之城，乡土气息十分浓郁；布鲁克林也是杰出人士和诺贝尔奖得主的摇篮，NBA 巨星乔丹、拳王泰森、好莱坞名导伍迪·艾伦等都出生在这里。

所以，一进入布鲁克林区，两边的观众开始多了起来，加油声、助威声、音乐声一阵紧似一阵的热烈。几公里跑下来，身上渐渐热了些，人的情绪逐渐兴奋。我一边陪谢红跑着一边观察着，发现纽马的观众和华盛顿、波士顿等美国其他赛事的观众一样，特别的热情和投入，但有一个显著不同，那就是他们不太喜欢拿标语——尤其是全世界几乎都在对特朗普总统口诛笔伐之时，几乎没有抨击他的任何标语。是因为纽约是特朗普的大本营的缘故吗？

NBA巨星乔丹

好莱坞名导伍迪·艾伦

很快地，布鲁克林区过了，皇后区过了，布朗克斯区过了，跑过第五座大桥，我们来到了曼哈顿。曼哈顿是《北京人在纽约》中大提琴家王起明和他的妻子郭燕来到纽约后的打拼之地，也是他们人生从低谷到峰顶又回到低谷的起落之地。这里是王起明的天堂，也是王起明的地狱。同样的，它是全世界众多冒险家的天堂，也是众多冒险家的地狱。因为，这里有一条街，它叫华尔街。

华尔街，英文 Wall street，直译为"墙街"。它位于曼哈顿区的南部，原来是百老汇大街的一堵土墙，从东河（the East River）一直延伸到哈德逊河（the Hadson River）。不知何时，好事人沿着墙修了一条街，称之为"华尔街"。后来，土墙被推倒了，"华尔街"的名字却保留了下来。这条街，长不到1英里，宽仅11米。但就是这样一条街，却集聚了以纽约证券交易所为中心的2900多家世界顶级金融机构，被称为"美国的金融中心"。我第一次到华尔街时，既为它的声名所震慑，又为它的狭小所困惑。

下午1点多了，3个多小时过去了。从早上起来到现在，已经9个多小时。此时，也已是国内深夜2点多，正是人们酣睡之时。跑在路上，纵使观众震天的呐喊，已驱散不了疲劳感的出现。我想让谢红慢一点，但看到她努力奔跑的样子，只能鼓励她说：好样的，加油！到了终点，加西亚会拥抱你的。

皮特·加西亚（Peter Ciaccia），纽约马拉松赛事总监，他从一个媒体人转型到马拉松行业已经18年。就在本届马拉松起跑前夕，加西亚宣布他将

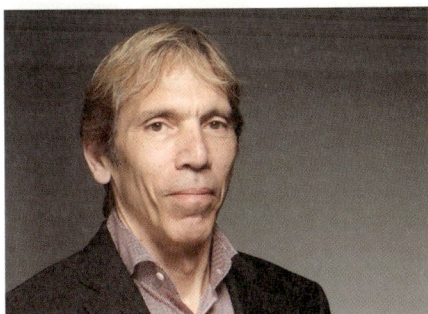

皮特·加西亚

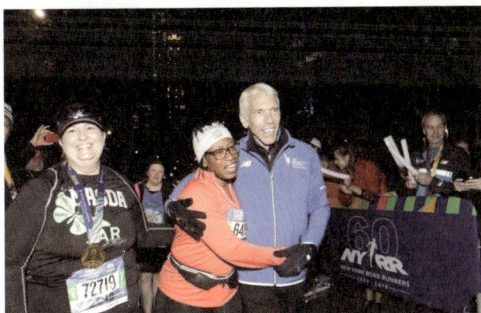

黑夜中的等候

在赛后正式退休，这一决定让国际马拉松界惊诧不已。在来纽马之前，我并不知道有这样一个人，也不知道自己跑的这么多马拉松中的诸多创新与他有关，更不知道他会有这样的决定。真是碰巧了，犹如伦敦马拉松时会遇到女王陛下亲自按下发令枪一样。

大家从下面这句话中，可以看到加西亚在马拉松界的地位：NB 的波士顿马拉松可以成就一个 NB 的赛事总监，但 NB 的皮特·加西亚，才最终成就了 NB 的纽约马拉松！

他发起了"干净跑步"（Run clean），解决了跑步兴奋剂问题；

他发起了免费跑步、轮椅跑步等活动，影响了百万级别的青少年和残障人士加入到跑步行列；

他发起了"分时分区起跑"，扩大了一场赛事的有效规模；

他发起了"放弃衣物寄存，赛后获得完赛斗篷"，收集了大量衣物赠送给无家可归者；

他发起了"多次参加志愿者活动，可以获得赛事直通名额"，鼓励大家参与到志愿者行列；

他组织编写的马拉松赛事规则和组织手册，已经成为世界各大马拉松的金科玉律；

每场比赛，他都会等在终点，尽可能拥抱每一位跑者，直到最后一位完赛者冲线！

......

加西亚说，"在过去的 18 年中，我非常荣幸地与业内最具创造力、最有创新性、最为敬业的个人与团队合作，对此，我永远心存感谢！"

我们也感激你，皮特·加西亚！

35 公里过后，我们跑进了纽约中央公园。深秋的中央公园里，草色碧绿，树叶金黄，阳光从树叶间洒落下来，星星点点，斑驳陆离。赛道旁，观众拥挤在一起，密密匝匝，人人脸上洋溢着开心的微笑。在这样的氛围中，即使已经很累了，想停下来走几步也是怪不好意思的。不但不能走，还要跑得好看。我们调整着跑姿，努力奔跑着。

上坡、下坡、拐弯、上坡、下坡……"中央公园的起伏怎么这么多啊，上海世纪公园一点坡都没有"，心里有点不耐烦地想着，脚下却不能耽搁。

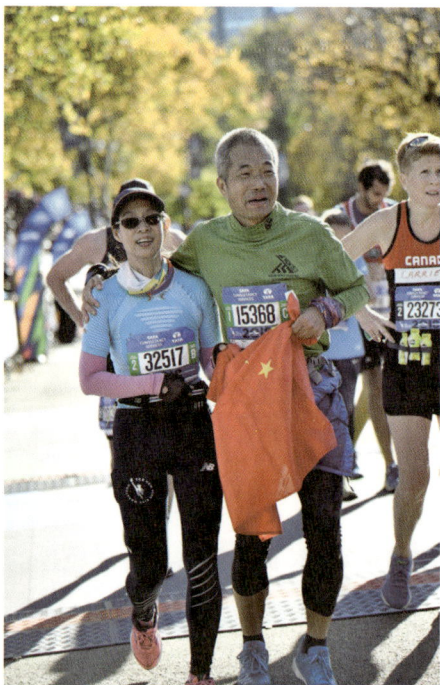

谢红PB了

最后一公里了，我把五星红旗拿了出来，一头交给谢红，一头自己拉着，向终点冲去。这时，我希望听到"China China"的呼喊声，但是没有，再往前，没有，一直到终点，还是没有。唉，你不是说要unite的吗，现在 unite 去哪里了？那加西亚应该会拥抱我们吧？我们都是跑者啊。冲过终点，加西亚忙着没有出现。我转过身拥抱了谢红，对她说：你PB了。

第二天，《纽约时报》登出了完赛时间在 4：55 以内的选手名单，其中有：Xie hong 4：29：48。

如果你爱她，就陪她跑纽约马拉松，因为，那里是天堂；如果你恨她，就陪她跑纽约马拉松，因为，

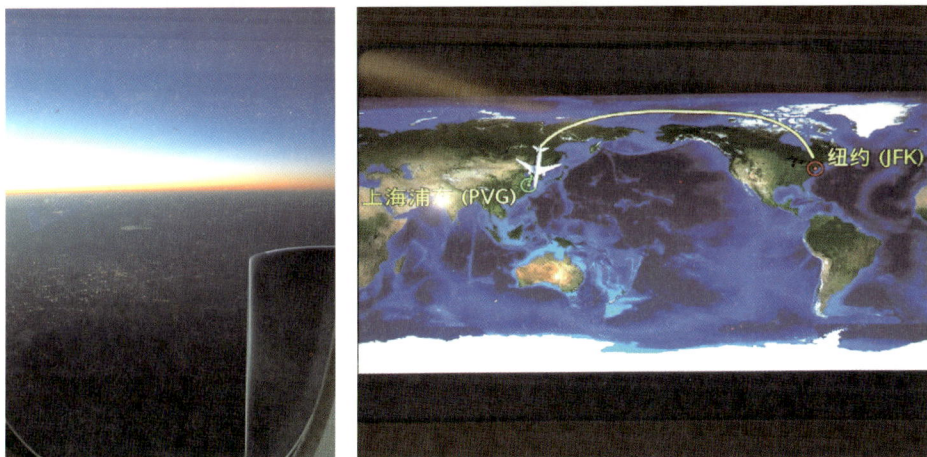

舱窗外归家的曙光

那里是地狱。

加西亚说："了解我的人都知道，我来自摇滚的世界，现在是回到摇滚世界去的时候了。"

我要说："了解我的人都知道，我来自中国，现在是回到我的祖国——中国去的时候了。"

比赛结束后，我们乘上了飞往中国上海的飞机。早上醒来，飞机已经飞临中国东北。舱窗外，广阔的大地一望无际，鲜红的太阳正跃出地际。瞬间，我感动了。我知道，我已经回到家了。

芝加哥篇

最后一站了。

这一站，是芝加哥。

这一站跑完，为期三年的六大满贯计划就将结束。我将和谢红一起，成为六星跑者（Six Star Finishers）。在全球上千万马拉松爱好者中，六星跑者仅仅 6600 多人，中国只有区区 386 人（至 2019 年度），而夫妻同时成为六星跑者，自然是少之又少。

自第五站纽约马拉松结束，11 个月过去了。这一天，这一站，心中充满了长久的期待。

就在 10 月 11 日，我们到达芝加哥的当晚，中美贸易谈判传来了取得实际性进展的消息，以道琼斯指数为代表的全球股市随即大涨。时间如白驹过隙，从 2017 年 3 月 11 日中美贸易争端开始，整整两年半已在惊心动魄中

芝加哥马拉松

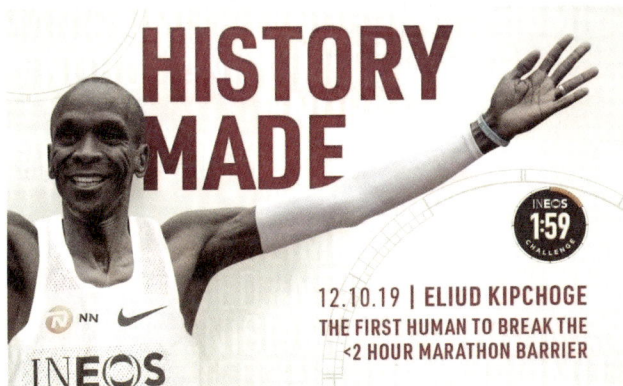

基普齐格"破2"

悄然而去。

这一天，最吸引眼球的，却是另一件事，一件与跑步相关的事，那就是基普乔格的"break 2（破2）计划"。自 2017 年在意大利蒙扎赛车场以 25 秒之差惜赛以来，一晃，两年半过去了。这一次，无论是赞助商 Nike 还是基普乔格本人，都早早地表露了他们志在必得的决心，基普乔格与 159，已经传播到了地球的每一个角落。Nike 趁机为它新推出的品牌 NEXT，做了一个大大的广告。两年前的 4% 和两年后的 NEXT，犹如两把利剑，直击跑者的内心。Nike 借助这两大品牌，一举压服了老对手 Adidas，成为了马拉松赛道上一道亮丽的风景。果然，基普乔格没有再次错过，在 41 只精英兔子（PACER）的陪同下（分成 6 组，每组 7 人，呈前 5 后 2 的破风队型），基普乔格以 1 小时 59 分 40 秒 1 的成绩，成为世界上第一个跑进 2 小时的人。赛后，基普乔格说，No human is limited（人类无极限）。

一切，似乎都到了该结束的时候。

No human is limited.

自上帝七日创世纪以来，确实，No human is limited.

可能跑步以来见识了更多的世界，这些以前会激动半天的事，如今在心里连些许的微澜也没有。只是想到第二天的跑步，我自言自语似地对谢红说：

公主伊万卡

基普乔格破 2 成功，对明天的芝马应该是个很大的激励。

我相信，芝马的赛道上，每一个跑者心中，都会回荡着这激动人心的话语：No human is limited, I am unlimited.

但在芝加哥这样一个以"风城"（windy city）闻名的城市，无极限，似乎也只能想想而已。

坐在 Trump Tower（特朗普酒店大厦）的沙发上，无聊地想着这些事，心中的思绪就像酒店外面芝加哥河面上的波光，忽明忽暗。

这都源于那该死的贸易争端。此刻，我很想知道 Trump Tower 的主人、特朗普的公主伊万卡的想法。

2009 年，因儿子在芝加哥森林湖中学（Lake Forest Academy）读书，我第一次来到美国。下了飞机，心中的凉意渐渐升起：这不像是美国！破旧的机场，令人心惊胆颤的服务，坑坑洼洼的高速公路，并不感觉法治社会应有的秩序井然的交通，随时听闻的枪击事件……美国，美利坚合众国，这个世界上最发达的国家，全球的霸主，就是这样的吗？

"这不像是美国的样子"，看着出租车外面忽闪而过的天空，我想。

慢慢地，我有点明白过来，美国自 1929—1933 年经济大萧条之后罗斯福总统实行新政、艾森豪威尔总统大规模建设基础设施以后，美国的基础设施建设，也就是所谓的硬件，落后了。在这种情况下，美国还能成为强国，是靠它的软件，或说软实力：科教文卫法。

走得越多，看得越多，这种感觉，越加强烈。

对此，美联储前主席格林斯潘显然要悲观得多。他在其退休后撰写的煌煌巨著《繁荣与衰退》中说道：美国的成长可以称得上一部令人振奋的奋斗史，但这个故事发展到今天，出现了令人感到刺痛的局面，美国的生产力增长已经完全停止。

美国的拓荒者新教徒曾经认为，辛勤劳作是证明自己美德的一种方式。是美国人尤其是年轻人不劳动了吗？一路看到的，都是年纪稍大的或是黑人。美国，可是诞生了"五一国际劳动节"的国度。

这样的感受，也仅是自己想想，在美国的朋友面前，是绝不敢说出口的。因为我清楚地知道，有些长期生活在美国的留学生，虽然没有加入美国国籍，还保留着中国公民的身份，但在他们的内心深处，对大陆有诸多的看法或歧见，这从他们身上的脾气就可以看得出来。大家只要留意一下就会发现，但凡是美国的海归，对任何事情意见都可能会特别的大，牢骚都可能会特别的多，好像在他们眼里，这个国家一无是处似的。我有时会与关系近的美国回来的朋友半开玩笑半认真地说，从你们身上我特能理解美国的霸权主义，否则为什么其他国家回来的人没有那么大的脾气而你们总是有。所以，我知道只要我一说美国的基础设施落后等，得到的一定是"中国只重视硬件、只有硬件行"之类的回答。于是，我干脆不说。

美联储前主席格林斯潘及其著作

问题是，美国仅仅是基础设施落后吗？

　　显然不是。

　　芝加哥人奥巴马作为一个律师，于 2009 年 1 月 20 日以"变革"（change）为核心思想，以平民身份击败共和党对手麦凯恩，就任第 44 届（第 56 任）美国总统以后，曾清醒地说过，"中国至少有三样东西值得美国学习：招商引资、高铁和基础教育。"当我在《参考消息》上看到他的观点时，在大为吃惊之余，也深深地感到他讲得太有道理。进入 21 世纪以来，美国引进外资连年负增长，说明美国的投资环境（包括劳工技能水平）已严重缺乏竞争力；在内生能力不够的情况下，不主动招商引资难免坐吃山空；中国高铁的水准与普及速度无疑更让人惊叹。在如此复杂的地形地貌、极热极寒的温差和长年冻土的青藏高原，中国的高铁都能以 350 公里的时速疾驶，超越了世界上任何一个国家的运输能力，这样的情况在这么短的时间内发生，可能是任何一个国家没有想到的，连中国人自己都没有想到。想当年，邓小平在乘上日本新干线接受日本记者采访谈到他的感想时说道，"有催我们跑的意思"。当外国元首乘上中国的高铁是不是也会这么想？其他人我不知道，但奥巴马显然是的。他在当选总统后来中国访问时，特意乘坐了从中国上海到杭州的为时 45 分钟的高铁。回去以后，他列了一个计划，就是要在美国推广高铁。但奥巴马显然很清楚美国的国情。这个在《独立宣言》中明确每个人都享有"生命权、自由权和追求幸福的权利"的国度，要取得一致的发展意见并不容易。善于"变革"的奥巴马退而求其次地说道："我们可以从华盛顿到纽约首先干起。"是啊，是应该首先从华盛顿到纽约干起，这段路仅有 360 公里的距离，在极不舒适的老式火车上却需要晃荡 4 个多小时才能到达，也是太慢了点。想当年，美国正是在范德比尔特、摩根等的推动下，大规模开展铁路建设，建成了横贯东西的美国铁路干线，提高了通行效率，加快了西部开发，才为美国成为世界强国奠定了基础。还有纽约到波士顿、纽约到费城……遗憾的是，连任两届、当了 8 年美国总统、希望"变革"的奥巴马，在他离开白宫的时候，连一公里高铁都没有建起来。

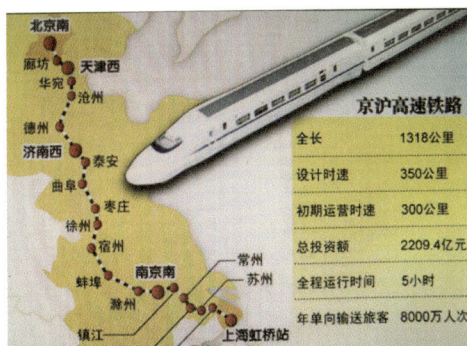
京沪高铁

港澳珠大桥

我相信，这是让很多美国人失望的，最起码我那个特别喜欢中国高铁的犹太朋友 Yosi 会。

精明的商人特朗普显然看到了问题。这个以"永不言败"（Never forgiven）自居的房地产商和脱口秀主持人，不愿意仅仅"变革"，他要"让美国再次伟大起来"（Make America Great Again）。他在竞选时说道：两伊战争和阿富汗战争，除了让美国获得了全球恐怖主义之外，什么也没有得到。如果我们把花在战争上的13万亿美元用于美国的国内建设，那美国该会是什么样子！13万亿美元，近80万亿人民币，可以修建多少机场、高速、高铁啊！即将在A股上市的长达1318公里的京沪高铁，总投资才2210亿元人民币；史无前例的港珠澳大桥，总投资是1200亿元人民币。

特朗普提出了2万亿美元基建计划。

照例，没有人支持。

美国的精英政治阶层为了维护美国的全球霸主地位，愿意慷慨地把钱用在军事上，却似乎不愿意花在有关民生的项目上。

推不动的特朗普不是奥巴马，他有他的办法。他上推特（Twitter）！他不想把自己的"伟大"梦想藏在心里，他要让美国人民都知道他的梦想。他要利用推特来推动他的梦想、实现他的梦想。果然，他与众不同的推法，把美国推向了一个尴尬的位置，把自己推到了风口浪尖的所在。不可否认的是，

芝马线路

科斯盖打破世界纪录

成为六星跑者

伊万卡的礼物

他也把美国推到了一个新的发展阶段：道琼斯指数连创新高、失业率大幅下降、GDP 保持高位增长、投资开始复苏……

这是不是会让对美国前途惊恐不已的格林斯潘稍稍安魂：美国会继续像过去一百年那样统治世界吗？美国是突然之间得到上帝的眷顾才崛起的，那我们会不会看到另一个令我们惊讶的现实——美国突然失去上帝的眷顾？

如果上帝真的存在的话，我也希望得到它的眷顾，眷顾我和伤中的谢红完成这最后一站的芝加哥马拉松，顺利成为六星跑者。

10 月 13 日，比赛日，天气阴凉，风速 4 级。由于赛事 9 点才鸣枪起跑，酒店离出发地不到 2 公里，难得不用那么早起去跑步。慢慢地起床，慢慢地吃完方便面，慢慢地出发。今天慢慢跑，完赛就好，多看看这个风中的城市。

儿子在此学习了四年，每次来都是为了看儿子，从未好好地看过这个城市，今天要好好看看。当然我也知道，1871年一把大火就毁了的芝加哥太小了，真没有多少可以看的。

芝加哥马拉松的路线，是从芝加哥城著名雕塑豆子旁的格兰特公园出发，沿密歇根湖，经 State St、Broadway、Franklin St、Ogden Ave、18th St、Archer Ave，再回到格兰特公园。沿途，是平常的建筑和热情的市民。

跑在路上，87% 是移民或移民后裔的芝加哥市民，包容性明显高了许多。

最终，肯尼亚选手布丽吉德·科斯盖（Brigid Kosgei）以 2 小时 14 分 03 秒的成绩把尘封了 16 年的女子世界纪录打破了；谢红在我的陪同下，克服伤痛，以 4 小时 41 分的个人第三好成绩，完成了我们的大满贯之旅。

理想的成绩。

No human is limited.

回到酒店不久，服务员给我们送来了一份写着"恭喜啦"的文件，打开一看，是酒店为完赛选手专门制作的成绩证书。4A 的纸上，是精美含蓄的图案，图案中央，写着选手的名字和成话绩。这在完赛经常没有成绩证书的

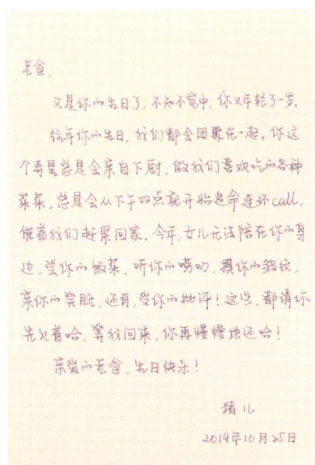

孟晚舟给父亲的信

载着脚镣的孟晚舟

美国，太令人惊喜！

这个精明的特朗普！

格林斯潘说：如果陷入了沼泽，那么很有可能是永远都挣脱不出去的。但如果只是被关在笼子里，那么只要找到了正确的钥匙，总是能逃得出去。事实已经表明，美国拥有打开笼子所需的所有钥匙，最大的问题是：它是否有意愿去转动这些钥匙？

1844 年 5 月 24 日，著名画家、纽约大学高等艺术教授莫尔斯向全世界发出了第一份电报，内容是："上帝创造了何等的奇迹啊"。

10 月 25 日，是华为创始人任正非的生日。因中美贸易争端受美国指使被加拿大扣押在温哥华的女儿孟晚舟给爸爸写了一封信，信中说：等我回来。

在中美贸易争端渐见曙光的今天，如果孟晚舟很快回到祖国，那算不算奇迹？

后 记

"岁月不居，时节如流。五十之年，忽焉已至。"

四岁让梨的孔融的感叹，让五十岁以前"为生活"的我，觉得应该开始做点什么，"为了生活"。

即便如此，却从未想到过会去跑步。

跑步以后，也从未想到过会出一本以跑步为主题的书。

可能很多事情就是这样，在不经意之中，便更新了其内在的意义。此或所谓无心插柳柳成荫吧。那是跑步以后，我忽然发现跑步并不仅仅是迈开双腿那样简单，而是有它不一样的生命内涵。这内涵，并不是我们去跑步就能感受得到，也不是每一个跑步的人都能体会得出来。但我们每一个人却必须要在人生的道路上跑下去，每一个人也都在努力地跑下去。正如习近平总书记指出：我们都在努力奔跑，我们都是追梦人。因此，如何跑得更好必然成为我们避之不开的人生课题。任正非说，精彩才是人生。

跑步六年来，我从不知道如何跑开始，至今已大大小小跑了上百个马拉松，带动几百人踏上了马拉松的赛道，也算是实现了自己"双百人生"的目标。我的成绩，从跑步小白开始，每年PB，2019年全马跑到了3小时32分59秒（北京马拉松），半马跑到了1小时41分18秒（苏州金鸡湖）。更让我没有想到的是，我居然能够踏上越野的山径，完成了三个百公里级的越野赛事（两次港百，一次UTMB），两次港百都拿到了小铜人，UTMB拿到了年龄组第一。但我最满意的，是我自跑步开始，坚持记录，每年四篇。六年下来，也有了二十四篇、二十多万字。于是，便有了这样一本与大家分享的集子。

感谢一直以来关心我、支持我、爱我的所有人，我将永远铭记你们；感谢陪伴我的跑友，尤其是老大哥支保平，没有他，或许我不会走上马拉松之路；感谢我的家人，你们始终是我孜孜前行之生生不息的力量源泉；感谢张潮，是他帮我介绍了如何出版此书，我相信，此书的最终发行，是对他在天之灵最好的慰藉；感谢长岛老师、梅芳老师、吴谦老师，是你们的辛勤劳动成就了此书；感谢儿子杨砚冰为书写序，他洋洋洒洒的文字犹如点睛之笔，引人入胜；最后，还要特别感谢慎召民老师题写书名，作为"辽宁舰"三个遒劲大字的亲笔者，他一定会让我们更好地沐浴在"生命的荣光"之中。

跑步不是一切。但正如著名诗人舒婷说的，"这也是一切"。

感谢过去一切的美好，期待未来更好的相见。

杨玉成

2020年2月